FANDANGO LIBRI

Viale Gorizia 19
00198 Roma

Published by arrangement with The Italian Literary Agency

ISBN 978-88-6044-490-5

Copertina:
fotografia: Luigi Ghirri, Parigi, 1972 – da fotografie del periodo iniziale (1969-1972). Courtesy Fototeca Biblioteca Panizzi, Reggio Emilia – © Eredi Ghirri
progetto grafico di Francesco Sanesi

www.fandangoeditore.it

Nicola Ravera Rafele

Il senso della lotta

IL SENSO DELLA LOTTA

"Ci sono state notti in cui avevamo perso anche il senso della lotta.
Tremavamo di paura, soli nella pianura immensa,
Avevamo male alle braccia
Ci sono state notti incerte e molto dense."

Michel Houellebecq

"Mentre stai vivendo una storia non è affatto una storia, ma solo rumori indistinti, cecità, rottami di vetri infranti e schegge di legno, come una casa in un tornado [...]. È solo più tardi che diventa una storia: quando la racconti a te stesso, o a qualcun altro."

Margaret Atwood

"Ah, che necropoli è mai il cuore umano! Perché andare nei cimiteri? Apriamo i nostri ricordi, quante tombe!"

Gustave Flaubert
Lettera a M.lle Leroyer de Chantepie

A Lidia, Mimmo, Maddalena

PRIMA PARTE
Roma

Corro tutte le mattine dispari della settimana. Mi impongo il lunedì, il mercoledì e il venerdì, un argine al fluire dei giorni. Se non lo facessi, abiterei uno stato di perenne stordimento.

Corro per un'ora, lo faccio per confondermi, per spossarmi, per affrontare la giornata con il cerchio alla testa e i battiti cardiaci accelerati.

Lavoro al *Corriere della Sera*, redazione romana, cronaca romana, quarto contratto temporaneo. Mi hanno preso dopo una carriera universitaria scricchiolante e qualche sostituzione estiva nelle free-press, grazie all'intercessione di un amico di famiglia.

Da quando ho messo piede in quella redazione, Diana, che è una milanese vecchio stampo, mi guarda con altri occhi. Pronuncia quel nome, *Corriere della Sera*, con un lento accento di trionfo sull'ultima 'e'. La allunga come in un festeggiamento tra iniziati, un party a numero chiuso per chi presenta un invito su cartoncino bianco. Anche se l'invito lo ha scritto un suo amico, anche se il mio spazio al *Corriere della Sera* è spesso quello dell'ultima pagina prima dei cinema.

È sempre un inizio, no? È così che si dice.

Il pomeriggio, dalle 16 alle 21, lo passo in redazione.

Quando stacco e mi muovo da piazza Venezia, non torno mai a casa.

Esco ogni sera per annientarmi.

La consapevolezza è sempre stata un problema.

Ho provato con le droghe, come ogni buon cittadino della mia età, ma non ha funzionato.

Anche oggi, mentre mi allaccio le scarpe, mentre chiudo la cerniera della tuta, mentre cerco gli auricolari, nulla è diverso dal solito.

Mentre sollevo una gamba da terra e la piego all'indietro per tendere i muscoli, mentre riempio una bottiglietta d'acqua e infilo le chiavi di casa nella tasca dei pantaloncini. Mentre guido la macchina fino al parco. Mentre parcheggio e poi mi avvio verso l'ingresso. Mentre attivo il GPS, mentre scelgo la playlist da ascoltare tra quelle che ho salvato nello smartphone. Mentre evito una pozzanghera lucida e colpisco un piccolo sasso con la punta della scarpa. Mentre lancio uno sguardo distratto verso gli alberi spogli, e poi verso l'area giochi (uno scivolo segnato da tag e disegni osceni, un girello occupato da un bambino solitario), mentre passo camminando lungo il viottolo che costeggia il piccolo canale melmoso. Nulla è diverso dal solito. Le cose del mondo sono al loro posto, rese più nette da una violenta luce invernale.

È il vento del Nord: il cielo è un compatto piano celeste che fa pensare al coperchio di una scatola di cioccolatini.

Il sudore gela sulla pelle. Sento le pulsazioni leggere nelle tempie.

Il canale di acqua torbida alla mia sinistra è immobile, la salita sembra sempre troppo lunga, le fronde dei platani proiettano ombre guizzanti sulla strada.

Il primo giro dell'anello di Villa Pamphili lo percorro in poco meno di ventitré minuti.

Seguo la strada che costeggia una staccionata di legno marcio. Uno spinone con una lunga lingua penzolante mi sfreccia accanto per qualche metro, poi la sua attenzione viene rapita da un ciuffo d'erba.

Supero la curva e mi giro, lo faccio ogni volta, verso destra per guardare il lago. Questa mattina riflette il cielo, sembra la bocca di un vulcano spento.

Quattro panchine vuote. Un belvedere che nessuno vede. C'è poca gente: qualche bambinaia con passeggino. Cani.

La gamba non arriva bene alla fine dell'allungo. Il piede si pianta nella terra morbida.

Prima di tutto arriva un'informazione al cervello. Perentoria: Fermati.

Il ginocchio sinistro si flette.

Un colpo di tosse.

Provo a mantenere l'equilibrio allungando la falcata con l'altra gamba.

Fermati.

Una massa calda tra le scapole. Una presenza improvvisa nel mio corpo.

Apro la bocca. Deglutisco, ma la carotide si stringe.

Il fiato si annoda in gola, qualcosa nel petto si contrae.

Il battito perde il tempo, si ingolfa.

Il cuore si agita come dentro un sacco nero.

Lo sento nella punta delle dita, nella testa, fino ai piedi. L'intero corpo che batte. Qualcosa che preme per esplodere.

La paura mi disfa i muscoli. Stanno per cedere.

Non cado per il dolore, non c'è nessun dolore: cado per la paura.

Non è vero che la vita ti scorre davanti. Non pensi. Ascolti le cavità del corpo. Il viso schiacciato contro il terriccio umido. E aspetti.

Apro gli occhi, cerco aria, non la trovo.

"Tutto bene ragazzo? Oh?"

Due runner, il primo fasciato in una tuta gialla, l'altro tutto griffato Adidas, si sono fermati accanto a me. Sento il loro respiro ansimante. Quello marchiato Adidas saltella sul posto per non raffreddare i muscoli. Un corridore coscienzioso: nemmeno di fronte a un moribondo vuole rischiare una contrattura ai bicipiti femorali.

"Ehi! Tutto bene?"

Il cuore non rallenta, provo ancora a deglutire, ma nessuna delle attività automatiche dell'organismo funziona più. Il mio corpo sembra appena costruito, non ancora programmato a compiere il suo dovere. Respirare, far scendere la saliva, pompare sangue nel sistema, muovere un braccio, una gamba.

Rassicuro i soccorritori con un gesto del pollice verso l'alto: sono inciampato, va tutto bene.

Lo faccio per levarmeli dai piedi. Voglio morire da solo. Come gli elefanti.

Loro aspettano qualche secondo, poi ripartono.

Mi alzo poggiando i palmi sulla terra e forzando sui gomiti. A metà del gesto mi blocco, mi abbasso, mi rialzo, come chi fa le flessioni.

In piedi. Mi gira la testa. Ho paura.

Muovo qualche passo, poi mi siedo sulla staccionata che delimita il laghetto. Mi fisso le mani, le dita tese. Ho le unghie troppo lunghe.

Per tre volte inspiro, ma l'aria si blocca sopra la lingua,

il torace sale e scende in movimenti convulsi fino a scatenare una crisi di tosse.

Le cuffie dell'iPhone sono stese lungo il mio corpo, sfiorano le scarpe. Sento la musica uscire come un rantolo distante. I bassi che raschiano. Mi sfilo la fascia elastica dal braccio, lascio cadere tutto per terra. Come se alleggerirmi potesse aiutarmi a respirare.

Vedo piccoli vermi viola ballare sulla rètina, e macchie gialle allargarsi sullo sfondo alberato.

Lentissimo, mi allontano dalla staccionata.

Nessuno sembra fare caso a me. Non quelli che corrono, non la coppia di adolescenti che cammina rapida verso il prato dopo aver marinato la scuola. Passeranno la mattina annoiandosi, lui sdraiato sull'erba bagnata, e lei con la testa contro il suo petto che manda con il cellulare messaggi WhatsApp alle compagne entrate a lezione.

"Musso Tommaso, nato a Parigi il 2.1.1979?"

"Esatto."

"Nato a Parigi..."

Il medico ha il camice aperto, come una veste da camera poggiata su una polo Ralph Lauren celeste e un paio di pantaloni scuri. Gli occhi neri sono troppo vicini, la bocca non ha labbra, sembra disegnata a matita. Un viso arredato da un architetto orientale, con pochi elementi che cercano di non occupare troppo spazio.

Studia la mia scheda, poi mi dedica una contrazione dei muscoli facciali: dovrebbe essere un sorriso.

"Parigi, Parigi...", dice con un sospiro, ricorda il tono di un cantante di una romanza d'Opera. Sembra ignorare che io sia in attesa di un responso.

"Ci vive ancora, a Parigi?"

"No. Non ci ho mai vissuto."

La bella clinica dei Parioli che mi posso permettere grazie all'assicurazione di famiglia è bianca, lucida, piena di piante ordinatamente incasellate lungo il corridoio, tra una porta e l'altra.

Un posto adatto per scoprire che stai morendo: il paradiso potrebbe essere così. Lindo e impersonale. Il terminal di un aeroporto definitivo.

L'ufficio al pianoterra del dottor Giacomo Pinto ha le pareti coperte di libri non letti. Scuri dorsetti plastificati con i titoli in oro, e in oro sono anche le pergamene che attestano le specializzazioni del dottore.

Libri in latino. Testi di medicina. E sulle pergamene: un master in angioplastica pediatrica a Chicago. Un corso di aggiornamento in diagnostica dell'ipertensione polmonare.

Ogni patologia su quegli attestati (lettere con svolazzi, carta spessa con finto invecchiamento da copisteria) sento di averla.

Il dottor Pinto si passa una mano tra i capelli.

Si alza dalla scrivania, si gode il potere che ha su di me. Dopo tanti anni non deve ancora essergli venuto a noia quel momento da imperatore romano al Colosseo: pollice verso, pollice in su.

"Signor Musso, credo che il suo possa essere stato solo un episodio di panico."

Mi perdo con lo sguardo oltre la finestra, verso i palazzi ocra, verso le terrazze dove le cameriere filippine stendono il bucato.

Pollice in su.

"In che senso 'crede'? Gli esami?"

"Abbiamo misurato la pressione, e il responso è interlocutorio."

"Non capisco."

"Lei ha la pressione molto alta. Centocinquanta. È troppo. Dovrebbe fare un elettrocardiogramma sotto sforzo, ma con la pressione così non si può", mi spiega.

Io non rispondo.

"Lei ha un'assicurazione, mi ha detto..."

"Sì."

"Allora la tengo qui. Se si ricovera le pagano la visita. E io intanto le faccio qualche altro esame..."

"Intende dire che potrebbe trovare qualcosa?"

I suoi occhi piccoli mandano una scintilla di sincera gentilezza. Il dottore mi poggia una mano sulla spalla.

"Intendo dire che probabilmente lei ha avuto un attacco di panico. Ma il cuore è capriccioso. Non si scherza..."

Lo interrompo.

"Sì, sì. Resto. Va bene."

Lui annuisce. Improvvisamente pensoso.

"Suo padre ha mai avuto problemi di cuore?"

Resto in silenzio.

"Suo padre..."

"Non lo so."

Il sospetto di avere fatto una gaffe contrae il sorriso del dottor Pinto. Mi distraggo osservando la scatola cranica troppo squadrata all'altezza delle tempie, e il collo dove una abbronzatura artificiale esalta i segni delle prime rughe. I capelli sono appena ingrigiti, uno ogni tanto, come fossero dipinti a mano.

"È morto."

Pinto piega la testa di lato per esprimere viva costernazione, poi mi chiede se conosco la sua storia clinica.

"No. Non la conosco. Né quella clinica, né altre. È morto nel 1983. Io ero piccolo."

Sarà il pavimento lucido e l'odore di pulito e tutte queste piante, ma sento la testa che gira.

Pinto sembra attraversato da un pensiero che lo turba. Apre la bocca per dire qualcosa, poi rimane in silenzio.

Usciamo dal suo studio. Lo seguo verso l'accettazione.

"Come si chiamava suo padre?"

"Michele. Michele Musso."

Inarca le poche labbra che ha.

Sulla porta mi stringe la mano: "Non si preoccupi. La rimetteremo a nuovo...".

E in quel tono troppo gentile io avverto la condiscendenza che si dedica ai pazzi.

Rimango due giorni in un letto troppo morbido, il mio orizzonte è il risvolto celeste del lenzuolo, il nome della clinica stampigliato sullo sfondo di un disegno floreale. Medici e infermiere vanno e vengono. Camminano senza fare rumore, tutti regolati sulla stessa velocità, come se avessero concordato una cadenza abbastanza lenta per essere rassicurante, ma troppo rapida per invogliare i pazienti a fare domande.

Mi dedicano l'attenzione relativa che merita un malato immaginario, e sorrisi tutti uguali.

Il senso della mia degenza è il riposo, mi ripetono. Usano plurali e frasi inutilmente cerimoniose ("Abbiamo avuto un episodio di natura cardiaca"), mi istigano alla regressione infantile abbassando e addolcendo il tono della voce. In questa clinica il lusso prende la forma di un viaggio a ritroso verso il liquido amniotico, la pace ha l'odore delle mele cotte e il colore delle pareti pastello.

La morte, la malattia, sembrano ipotesi lontane.

Si intuiscono appena negli sguardi annoiati dei degenti.

Durante la notte ascolto il mio vicino di letto russare.

È un uomo sulla sessantina, ricoverato dopo un ictus.

Il dottor Pinto mi dedica porzioni omeopatiche del suo tempo. Entra in tutte le stanze due volte al giorno, stringe mani, legge dalle cartelle cliniche, spiega, scuote la testa, ride senza emettere suoni.

Quando arriva da me, mi chiede di seguirlo.

Lungo il corridoio le piante ornamentali sono di una sostanza inedita tra la plastica e il verde. Potrebbero essere in titanio dipinto color smeraldo. Non hanno bisogno di acqua, ma ogni mattina le trovo cresciute.

Ci sediamo nel suo ufficio, e Pinto si passa le dita sugli occhi: cerca un tono, cerca l'inizio di una frase difficile. Lo intuisco, e mi monta il nervosismo. Cosa può avere scoperto sulla mia salute che ieri non sapeva?

"Forse non dovrei farle questa domanda, ma... spero di non urtare..."

Sembra diventato fragile, il dottore. Non ha più quei modi gentili ma secchi da padre abbronzato che convince i figli adolescenti dell'importanza di un corso di vela estivo.

"Ci ho pensato a lungo ieri, dopo il nostro incontro..."

Strano che chiami "incontro" una visita.

"Mi chieda quello che vuole." Ora è il mio turno per sorridere.

Sospetto che uno dei figli, perfetto velista e probabile

illetterato di Roma Nord, lo vedo di fronte a me poco più che bambino in una fotografia con cornice, voglia fare il giornalista. Nella fotografia Pinto ha i capelli ancora neri, quindi presumo che quel bambino con i denti storti ora sia un giovane disoccupato di buona famiglia.

"Suo padre si chiama Michele Musso."

La frase resta lì. Allarga una pozzanghera sul tavolo color mogano, tra le cartelle cliniche e l'invito per un concerto di musica da camera.

Annuisco.

"Ho conosciuto suo padre e sua madre tanti anni fa."

Con il pollice faccio pressione sul metacarpo dell'indice e del medio della mano destra. Sento schioccare i legamenti delle dita. Un gesto che ha qualcosa del nervosismo che precede una rissa da strada. Come se mi stessi preparando per picchiare qualcuno, in realtà sto solo prendendo il tempo che mi è necessario per costruire il sorriso dell'orfano.

Il sorriso dell'orfano è gentile verso l'interlocutore. Dice che no, parlare dei miei genitori non mi dà fastidio.

Il sorriso dell'orfano è stringato. Dice che sì, ho altro a cui pensare.

Il sorriso dell'orfano è annoiato e paziente, appena triste ma velato di lontananza. È incoraggiante, cerca di non generare imbarazzo.

Ci ho messo anni a comporlo, ma oggi mi posso dire abbastanza soddisfatto del risultato.

Ci vuole allenamento per trasformare in una faccia questa usanza sociale che costringe me a rassicurare chi mi parla, e non viceversa, rispetto alla morte dei miei più prossimi parenti.

Affabile e mondano. Ho imparato a raccontare la mia triste storia come se si trattasse di una vacanza di tanto tempo fa. Quando parlo, il tono è lo stesso che avrei scelto per chiedere a Pinto se anche lui è stato in vacanza in Grecia, e che coincidenza proprio a Itaca.

Invece la coincidenza che devo gestire è statisticamente molto più incredibile.

"A Milano immagino. Loro vivevano a Milano. Lei è di Milano?", dico alla fine.

Lui scuote appena la testa.

"Mi ha detto... che..."

Nonostante tutti i miei sforzi, qualcosa lo blocca. Da un cardiologo mi sarei aspettato più confidenza con la morte, soprattutto se risale all'inoltrato secolo scorso.

"Dopo Milano sono andati in Francia. Sono morti, tutti e due. Hanno avuto un incidente. Io ero da mia zia, a Roma. E ci sono rimasto. Era l'83. Quindi li ha conosciuti lì... buffo. Non ho incontrato molta gente che..."

Mi capita spesso. Quando finisco per parlare di loro mi si apre un rubinetto, un flusso di frasi slegate e nervosette.

Per tanti anni ho reagito alle domande con un silenzio scontroso.

Il pensiero di loro era una gigantesca mosca da scacciare. A sentirli nominare avevo l'impressione di uno strappo in una rete, uno strappo che andava immediatamente ricucito. O il mondo intero poteva collassare in quella falla, sparire per lasciarmi a passeggiare nello spazio vuoto.

È questo che succede agli orfani? O solo agli orfani per terrorismo? Non ne ho mai parlato con nessuno, non ho mai partecipato a gruppi e incontri, ammesso che esistano, tipo alcolisti anonimi.

Con il tempo ho imparato a esercitare il distacco. Ho visto talmente di rado foto dei miei genitori, che oramai le loro facce hanno perso ai miei occhi qualunque connotazione familiare: sono macchie nere, o variazioni mimiche del mio viso.

È difficile emozionarsi per l'assenza di una macchia nera.

Lungo la quieta strada dei Parioli inquadrata dalla finestra passano due ragazzi per mano, avranno sì e no diciotto anni. Lei butta un'occhiata al di là del vetro, e quello che vede, ma non lo sa e non lo saprà mai perché non guarda davvero, sono due strani pesci in un acquario: un uomo in camice bianco che allunga una mano nervosa verso un giovane paziente. Un giovane paziente che stringe la mano, sorpreso dell'improvvisa fretta che ha il dottore di metterlo alla porta, come se si fosse appena ricordato di un appuntamento importante.

Nel cuore della notte, il mio vicino smette di russare. Si siede sul letto. Nel buio:

"Me la fai fumare una sigaretta?".

"Non dovrebbe, signor Radaelli."

"Quanti anni hai?"

"Trentasette."

"E allora che cazzo vuoi? Hai trentasette anni e sei sano come uno stronzo. Io ne ho sessantuno, e un piede nella fossa. E voglio una sigaretta."

Apro la finestra, una lama di aria gelata filtra sotto il pigiama. Accendo una Camel e gliela passo.

"Com'è l'ictus, signor Radaelli?"

"Ah, non preoccuparti, non ti verrà. Gli ipocondriaci campano cent'anni."

"Io non sono ipocondriaco."

"Allora esci da qua e vatti a fare un doppio whisky alla faccia mia."

Mi accendo una Camel anch'io. Gli alberi fuori dalla clinica, mossi dal vento, proiettano ombre scheletrite sul muro difronte.

"Oggi il nostro dottore ti ha portato via per parecchio tempo. Pensavo fossi moribondo. Invece...", mi dice.

"Invece non ho nulla. Pinto voleva fare conversazione..."

"Beato te. A me mi chiama solo per farmi la paternale. Che senso ha chiedere a un uomo di più di sessant'anni di smettere di fumare? Dico. Che cazzo me ne frega? Quando suonerà la campana sarò lì, con un sigaro e un bicchiere in mano... tanto non finisce così per tutti?"

Radaelli si è alzato, e scalzo si è andato a sedere accanto al tavolino in plastica ai piedi dei nostri letti. Lascia cadere la cenere per terra, su quel pavimento che riflette la luce dei lampioni come fosse di vetro nero.

"Giustissimo."

"Di che ti occupi, quando non sei qui a farti passare il batticuore?"

"Lavoro al *Corriere della Sera*. Cronaca, pagine romane, contratto che va e viene."

La città sembra distante dietro la finestra.

"Io ho dovuto licenziare cinque dipendenti. La crisi. Per quello mi è venuto un ictus..."

Radaelli ha un'azienda di ricambi per trattori e una figlia che studia in America. Anche mia sorella, la mia quasi sorella, la mia mezza sorella, ha studiato in America, vive in America. Ho voglia di chiamarla su Skype, sul suo fuso orario dovrebbe essere ora di cena, ma Radaelli non smette di chiacchierare.

Prende un'altra sigaretta dal mio pacchetto, e indica un borsone nero che tiene sotto il letto.

"Se vuoi lì c'è una bottiglia di Amaro del Capo. È caldo, ma che vuoi fare? È tutto quello che sono riuscito a farmi portare."

Rifiuto cortesemente, mentre lui prende la bottiglia e si versa una dose doppia in un bicchiere di carta.

"Pinto dice di avere conosciuto i miei genitori. Sono morti quando ero piccolo, erano terroristi. Brigate rosse, roba così. Di questo voleva parlare."

Radaelli fischia, e mi passa il bicchiere.

Senza averlo deciso mando giù una sorsata che mi dà la nausea.

"Li hanno ammazzati?", mi chiede.

"Non lo so. Non l'ho mai capito. E se posso dirle la verità, non è che me ne freghi molto..."

Lui alza le spalle.

"A me la politica non interessa."

Poi, visto che io non parlo, lui continua.

"Però gente che va a rischiare così... con un figlio... volevano fare la rivoluzione magari."

"Immagino."

"Se posso permettermi, i tuoi genitori erano delle gran teste di cazzo..."

Rido.

"Probabile. Comunque sono storie lontane."

Di nuovo il sorriso da orfano. Ricordi di una vacanza di tanto tempo fa.

Mi avvicino al letto, passo una mano sul lenzuolo, come per cancellare una piega immaginaria.

Negare rallenta la vita. Creare un equilibrio che permetta di stare al mondo senza frizioni non è un'operazione a costo zero. Io ho lavorato con pazienza alla costruzione di una bolla che mi contenesse.

Il figlio adottivo di Diana e Luca Salvi, i miei zii promossi a genitori in corsa, era silenzioso e beneducato.

I loro amici quando venivano a cena commentavano a bassa voce:

"Diana e Luca sono stati proprio bravi. Trovarselo tra capo e collo così, con i genitori morti...".

"Ma tu hai capito come sono morti? Ma è vero che vivevano in Francia?"

"Comunque begli stronzi. Lui proprio..."

"Beh, e lei? Io se mia sorella mi fa una cosa così..."

"Ah perché la terrorista è la sorella di Diana? Mio Dio, povera Diana..."

"È proprio vero che gratti una famiglia felice e... toh... scopri di tutto..."

E poi: "Lui è proprio un bravo bambino. Non ci si crede. Con una storia così. Guarda, mangia tutto, sta a tavola con noi...".

Abbassavano la voce ma appena appena, come se bastasse a non farsi sentire da me. Non erano molto attenti alle regole dell'acustica. Forse era colpa del vino, che Luca metteva in grande quantità, mai meno di tre bottiglie dello stesso uvaggio, al centro della tavola oblunga del salone.

Io sentivo ogni cosa, sapevo che parlavano di me, e non riuscivo a smettere di ascoltare anche se avevo le orecchie calde per la vergogna e non riuscivo ad alzare lo sguardo dal parquet.

Avevo otto anni, abitavo a Roma da quattro, quando una donna magra e abbronzata con l'accento del nord aveva detto:

"Guarda. Io le conoscevo dal liceo, a Como, Diana e Alice. Alice si sapeva già che era un po' strana".

"Strana in che senso?"

"Strana. Non parlava mai. Suo figlio le somiglia. Ti dirò che quando mi guarda con quegli occhi blu così... non so... indagatori... sono gli stessi di sua madre."

"Povera Diana."

Ogni discorso finiva con "povera Diana". O "povero bambino".

Non osavo chiedere, ma intuivo che i miei genitori dovevano avere fatto qualcosa di davvero grave per non rientrare, pur essendo morti, nel novero dei degni di pietà.

Mi ritenevo piuttosto sicuro che essere morti fosse una condizione peggiore che essere sorella di morti, o figlio di morti. Eppure quella empatia che cercavo di evitare con tutte le mie forze era dedicata solo a me.

Irina, la domestica ucraina che dormiva nella stanzetta accanto alla porta d'ingresso, mi metteva il pigiama quando "i grandi" erano a metà della cena. Mi portava nel bagno per lavarmi la faccia e i denti con dei modi rudi che oggi mi fanno venire in mente un contadino che munge il bestiame.

Vestito di verde per la notte (un altro pigiama era punteggiato di piccoli strumenti musicali disegnati: sassofoni, chitarre gitane, tamburelli) tornavo nel salone per salutare.

Spesso trovavo Diana, Luca e i loro amici ancora attorno al tavolo, incoronati da lente volute di fumo azzurro. Ammutolivano al mio arrivo, e io cominciavo il giro di pacche sulla testa e buffetti sulle guance, domande sulla scuola ("Hai fatto i compiti?" "Ti è simpatica la maestra?") e promesse di grandi avventure future ("Un giorno vieni a casa mia di pomeriggio e ti porto a guardare gli aerei...") verso le quali nutrivo un disinteresse pari soltanto alla paura di sentirmi inadeguato.

Un amico di Luca che, da quel che ricordo, faceva l'attore di teatro, qualche volta si alzava dalla sedia per abbracciarmi. Credo dipendesse dal tasso di alcol che lo portava a commuoversi troppo facilmente.

Il momento peggiore era l'uscita di scena. Era allora che, nascosto appena dopo il gomito che divideva la sala dal corridoio, ascoltavo la maggior parte dei commenti sul destino triste mio e dei miei genitori naturali.

A dieci anni il problema mi sembrava semplice. La morte di mio padre e mia madre, Michele Musso e Alice Rosato, occorsa in circostanze misteriose quando io avevo quattro anni, e resami nota solo tre anni dopo, faceva parte dei dati di partenza della mia vita. Non avevo quasi memoria del periodo passato con loro, i miei ricordi erano Diana e Luca, la casa di via San Valentino dove stavo crescendo, le vacanze all'Argentario, la maestra Patrizia e i miei compagni di classe che mi prendevano in giro per quella erre arrotata, ultima testimonianza della mia lingua madre.

Nascosto nell'ombra del corridoio imparavo parole che avevano un senso ancora relativo: terrorismo, omicidio, brigatisti, clandestino, proletariato.

In quel momento erano arredi di una storia immaginaria, una fiaba distante. Non c'era in me nessuna consapevolezza della differenza che avrebbero marcato per il resto della mia vita.

Oggi la mia infanzia mi fa venire in mente un bosco. Il grande appartamento nel cuore della Roma borghese era sempre silenzioso, attraversato dal vento leggero della corrente provocata dalle finestre aperte (Diana odiava l'odore di chiuso, l'aria stagnante), fresco come sono fresche le case costruite attorno al 1930 con pareti spesse e pavimenti lucidi.

Diana aveva la consistenza di una quercia. Alta quasi un metro e ottanta, il portamento sempre perfettamente eretto, i capelli biondo cenere tagliati corti. La sua voce non tradiva mai una esitazione, c'era nel suo modo di relazionarsi a un bambino una autorevolezza naturale che mi teneva al riparo da qualsiasi dubbio. È probabile che avesse a che fare con il suo mestiere di psicanalista, ma ho il sospetto che fosse un talento innato.

Mi diceva: "Quello che ti è successo ti renderà una persona speciale. Più forte, più sensibile. Vedrai, ci lavoreremo insieme. Bisogna cercare le cose belle nella sfortuna", e aveva un tono che non lasciava nessuna possibilità alle cose brutte di esistere. Poi mi abbracciava. Io rimanevo rigido mentre ascoltavo la mia immensa gratitudine. Pensavo, confusamente ma non troppo: quando ti muoiono i genitori finisci all'orfanotrofio, o in altri posti inospitali che mi figuravo in varie fogge di derivazione dickensiana. Io invece ho trovato questa donna altissima che vuole occuparsi di me.

Più mi sentivo protetto da Diana, più cresceva in me il desiderio di meritarmi tante attenzioni. Sapevo che non era obbligata a farlo. Dickens era sempre lì, con le mie fantasie di scarpe rotte e vestiti lisi.

Non mi permettevo quasi mai di mettere in discussione quello che mi veniva detto, come invece faceva mia sorella Cristina, figlia naturale di Diana e Luca, che da bambina sembrava una artista del capriccio.

Se la mia vita mi faceva venire in mente un bosco, tutto quello che sapevo era che non volevo uscirne.

Mi piaceva chiudermi in camera a leggere libri, prima con le figure, poi per ragazzi. Dagli undici anni, grazie alla spinta di Luca, che considerava l'infanzia un territorio dal quale fuggire il prima possibile per poter godere completamente della cultura, ho cominciato con i libri dei grandi, come li chiamava lui.

Non ricordo se amassi davvero la lettura, o se fosse solo una funzione della quiete. Dal mio angolo del bosco ascoltavo le attività della casa. Irina che passava l'aspirapolvere, Luca che sfogliava il giornale sulla poltrona del salotto, Diana che tornava "da studio" all'ora dell'aperitivo e veniva a salutarmi con un bacio sulla testa, Cristina che cambiava vestito alle bambole con la concentrazione di una vecchia sarta.

Quell'equilibrio silenzioso mi sembrava la migliore garanzia di protezione. Era il senso della durata. Mi piaceva fare i compiti perché fare i compiti faceva somigliare ogni giorno al precedente. Non ero un bambino a caccia di avventure. Mi spaventavano i rumori improvvisi, e se vedevo un film che faceva paura ero capace di non dormire per tutta la notte, e questo succedeva quando i miei coetanei già usavano il cinema horror come scusa per abbracciare la compagna di banco nel buio della sala.

Quando l'equilibrio si alterava, Diana era capace di malumori lunghi e freddi come una giornata invernale, io venivo colto da momenti di sincera disperazione. Quella che per gli altri abitanti della casa era la normale schiuma della vita quotidiana, un battibecco a cena, un rimbrotto, una porta chiusa con troppa foga, un mal di testa, diventava ai miei occhi motivo di tormento.

Mi mettevo subito all'opera per contenere il danno nel più breve tempo possibile, ricucendo la tela che teneva insieme la nostra esistenza prima che a qualcuno potesse venire in mente di scappare.

Le mie preoccupazioni, come i miei sforzi, dovevano essere piuttosto smisurate rispetto allo stato delle cose: soltanto io leggevo nella filigrana di una porta chiusa una potenziale crisi familiare. Ero ridicolo mentre cercavo di convincere Cristina, con tono fermo da piccolo uomo, che non era in nessun modo utile piangere perché non si poteva andare al mare, che il mare sarebbe stata senza dubbio un'esperienza deludente, o che non c'era nessun fascino in un giocattolo nuovo.

Mi ero accorto in fretta che Diana era orgogliosa di me. Un orgoglio più denso di quello che riversava su Cristina, un orgoglio elettivo, che sostituiva il legame di sangue diretto, che anzi, probabilmente, forgiava un legame nuovo e non scontato. Riscuotevo per ogni mio successo ricompense esagerate. C'era un alone di miracolo attorno ai miei primi successi scolastici, alla mia serenità, alla mia normalità. Si compiacevano, Diana e Luca, fieri della loro opera, e io ero invitato a compiacermi con loro. Come fossi un pezzo di marmo che prendeva parte ai complimenti per la statua che ero diventato. Sì, sembravano dirsi, il disastro è stato evitato. L'orfano espatriato, il figlio della colpa, il gene marcio è diventato un bravo ragazzo. Ha preso nove nel tema di italiano, lui che in Italia nemmeno ci è nato. Siamo stati bravi, sembravano dirsi Diana e Luca, e per molto tempo quella loro fierezza era stata per me una consolazione costante. Soltanto dopo avevo cominciato a intuire le catene invisibili di quella responsabilità. Ero pur sempre il blocco di marmo che non doveva deludere lo scultore. Sarebbe stato così per sempre.

Una delle increspature più violente della quiete di via San Valentino la ricordo bene, perché mi riguardava direttamente e perché rimane ancora oggi avvolta in un alone di mistero.

***

Ho sette anni. Il grande salone con il parquet chiaro e il lungo corridoio che va verso le camere da letto sono inondati di sole. Io sono fuori, sul terrazzo. Mia sorella Cristina è seduta in una piscinetta gonfiabile e piange.

Nessuno si occupa di lei, e questo deve sembrarmi strano, allora rientro in casa per chiamare i soccorsi.

Anche Diana piange, seduta nel suo studio, che è diviso dal resto della stanza da una libreria piena di testi di psicanalisi in francese.

Mi chiedo oggi se il pianto di mia sorella fosse empatico. Dicono che ai bambini succede. O se è, quel pianto, uno dei particolari che ho aggiunto nella mia ricostruzione.

Rimango fermo sulla porta del terrazzo.

Diana dice: è morta. I singhiozzi sono silenziosi, lunghi.

Ha le gambe piegate sulla poltrona, è seduta sulle caviglie, sembra una statua.

Luca è in piedi accanto a lei, le sfiora le spalle senza parlare, in quella postura tipica degli uomini che hanno imparato l'arte della discrezione emotiva.

Parla di mia madre? Ho sempre pensato che fosse così, forse perché la nomina, forse per istinto, o l'ho inventato dopo, quando a tredici, quattordici anni ho cominciato a cercare delle risposte?

Cammino in avanti.

Sono tre anni che non sono più figlio di mia madre.

Mi avvicino a Diana. Le poggio la mano sul dorso della mano.

Rimango in piedi anche io. Una miniatura di uomo.

Lei è sorpresa, mi fissa ma poi si volta, come se volesse nascondermi le lacrime.

Mi abbraccia. Mi tiene così per troppo tempo.

Ricordo l'umido contro la faccia, l'odore della colazione.

Si aggiungono al quadro altri particolari minori.

È mattina, è fine estate, Diana è ancora in camicia da notte.

Dopo qualche minuto, senza una parola, Luca mi porta sul terrazzo. Ci sediamo vicini, accanto alla piscinetta, e mi dice che bisogna consolare Cristina. Ma la voce non gli esce subito, deve prima schiarirsela, e tossisce.

Parla lentamente, prova a prendere in braccio mia sorella, ma è goffo.

Mi dice: gioca con lei.

Cosa è successo? È l'anniversario della morte di mia madre?

In seguito a quella crisi di pianto Diana decide di dirmi la verità. Mi reputa evidentemente abbastanza grande per capire.

Così, qualche giorno dopo viene a prendermi a casa di Andrea.

La cosa che rende la stanza di Andrea molto migliore della mia è il letto, che, sistemato tra due armadi verticali e un pensile sospeso in alto, disegna una perfetta porta di calcio con traverse, pali, e il morbido del materasso che attutisce i tuffi.

Quando Diana viene a prendermi io e Andrea abbiamo

appena finito di giocare un intero campionato della Roma. Le regole sono semplici: cinque tiri per squadra, vale a dire cinque tiri per la Roma e cinque per la squadra contro cui gioca. Si contano i gol. Trenta partite. Sarebbe necessario mettere lo stesso impegno tra i tiri della Roma e quelli della squadra avversaria, ma questo non sempre succede. E in effetti, a quanto ricordo, alla fine di queste estenuanti simulazioni la Roma vince sempre il campionato. Io e Andrea ci alterniamo tra porta e attacco. Io sono il più legalitario tra i due. Faccio spesso notare come sia un gesto potenzialmente foriero di sventura per la nostra squadra del cuore il suo calciare apposta contro l'armadio (un palo panciuto, largo quasi quanto lo specchio della porta) i tiri dei nostri avversari.

Non giochiamo uno contro l'altro, ma giochiamo insieme la Roma contro il mondo, prendendo parte, drammatizzando e sostenendo noi stessi che interpretiamo qualcun altro.

Tutto questo potrebbe anche essere interessante se analizzato oggi, a quasi trent'anni di distanza, mentre si profila con la assoluta evidenza dell'incipiente mezz'età la predisposizione mia e di Andrea alle fantasie inconcludenti, e la totale assenza di competitività che spinge tutti e due ad attraversare la vita quotidiana senza peso, seguendo traiettorie rapsodiche, simili a foglie che fluttuano.

Ma questo non potevo saperlo. E quando il padre di Andrea, un omone con grandi baffi che a differenza di Luca amava il calcio, entra nella stanza di legno chiaro, che noi abbiamo coperto di graffi e adesivi, figurine Panini dei calciatori della Roma, sgorbi che dovrebbero somigliare a mostri dei cartoni animati, e ci tira qualche rigore mettendoci a turno in porta e quindi uno contro l'altro, né io né il mio amico apprezziamo la novità. Allo stesso modo non ci sfiora nemmeno l'idea che possa essere più divertente andare a giocare con gli altri bambini al parco, come sostengono gli adulti.

In questo i metodi educativi dei miei genitori adottivi non convergono, e spesso mi hanno reso partecipe di discussioni che riguardano la mia formazione. I bambini devono sapere tutto: niente porte chiuse, niente segreti, dice Diana con l'autorità di chi cita un ovvio precetto del suo mestiere di psicanalista. Secondo lei i bambini devono stare con gli altri bambini, secondo Luca i bambini devono stare con i libri. Il sogno di Luca è un mondo interamente abitato da monaci certosini, esploratori solitari e bibliotecari chini su testi polverosi, e mentre da giovane questa sembrava soltanto la posa di un intellettuale, oggi ha preso gli accenti di una solida misantropia.

Diana citofona a casa di Andrea al tramonto, quando la Roma ha appena finito di dominare il campionato di calcio 1986/87 senza perdere nemmeno una partita. Mi aspetto di veder arrivare Irina, come accade di solito, quindi la vista di Diana mi mette di buon umore. Ma è diversa dal solito. Guida in silenzio, e quando prova a usare un tono allegro ("Allora? Vogliamo andare in gelateria?") sembra un condannato a morte che scherza sulla sedia elettrica.

Mi porta nel retro di un bar elegante vicino casa: qualche tavolino su cui batte una luce fredda e irreale, poltroncine in finta pelle e musica della radio in sottofondo. Ordina una coppa di gelato per me, e un Dry Martini per lei.

Le immagini sono chiarissime, le parole le ricordo appena.

Un lungo (lungo? breve?) preambolo sulla morte. Quello che c'è, quello che non c'è più. Quanto è difficile capirlo per un bambino (a dire il vero non è semplicissimo nemmeno da grandi). Professione di laicismo: nessuna consolazione, nessuno veglia su di te dalle stelle, nessuno ti aspetta dall'altra parte. Diana fuma, tiene una mano poggiata sulla mia spalla, si sforza di guardarmi negli occhi. I tuoi genitori sono morti in un incidente mentre tu eri qui da me, tre anni fa, dice.

Ero troppo piccolo quando è successo, poi non ho più fatto domande. Devo aver intuito che non sarebbero mai tornati. Ricordo con chiarezza l'ultimo, sfocato ricordo di mio padre: il groppo in gola, la voglia di non piangere, e una strana sensazione. Michele che mi porta per mano in una città straniera, piove forte. Lui ha fretta, mi strattona, è nervoso. Arriviamo in un palazzo molto grande, con un androne lucido e triste, e poi bussiamo a una porta di legno chiaro.

Ci apre mia zia Diana, la sorella di mia madre Alice. Io non l'ho mai vista prima.

Tre anni dopo mi guarda finendo in un sorso il Martini.

So bene che è quella, in piedi sul pianerottolo di via San Valentino, l'acqua che forma una piccola pozzanghera ai nostri piedi, l'ultima immagine che terrò di mio padre.

Perché devo sforzarmi per non piangere?

Eppure non sono triste mentre Diana mi parla. Non provo nulla. Piango perché sento che è la cosa giusta da fare, e al tempo stesso non voglio farlo. Devo avere una faccia spaventata, perché lei si alza e mi abbraccia. Io rimango lì, rigido. I miei sensi acuiti percepiscono sulla pelle quella luce troppo forte, l'odore di detersivo per pavimenti e pop-corn, mentre il gelato si scioglie in sottili torrenti rosa sul bordo della coppa di vetro.

***

Sono cresciuto origliando il mondo degli adulti durante le cene, parlo poco, studio molto. L'approvazione di Diana e Luca mi pare l'unico mezzo per non essere respinto, buttato in mezzo a una strada. Sviluppo una serie innumerevole di fobie. Paura verso le piscine (l'odore di cloro ancora oggi mi fa stare male), verso i luoghi illuminati con luci al neon (uffici postali, corsie d'ospedale, sale d'aspetto, scompartimenti dei treni regionali, mense), verso la ruggine (dovevo avere arrotondato per eccesso le percentuali di contrarre il tetano, ma mi infastidiva anche l'odore, ammesso che la ruggine ne abbia uno, ma io l'ho ben chiaro in testa).

Ma la peggiore è la paura verso i miei coetanei.

A parte Andrea, che è il mio compagno di banco per tutte le elementari, e di nuovo al ginnasio dopo una forzata divisione per i tre anni delle scuole medie, non frequento praticamente nessuno.

A quattordici anni passo quasi tutto il tempo a studiare, e quando non studio vado al cinema da solo a metà del pomeriggio.

Non mi interessa il film. Quando si spengono le luci, e rimane soltanto il bianco baluginante del fascio del proiettore, mi pervade un senso di calore. Mi siedo lontano da tutti, di solito nell'ultima poltrona della terza fila. Da lì lo schermo è una gigantesca parete verticale talmente vicina che mi costringe a tenere il collo piegato in una posizione innaturale.

Dopo avere visto *Vanya sulla 42esima strada* la risata di Julianne Moore, bassa, trattenuta, una risata attraversata da una feroce nota di infelicità, mi rimane addosso per giorni.

Imparo a memoria interi dialoghi di *Pulp Fiction*. Parlo come Samuel L. Jackson.

"*Dunque, esaminiamo la situazione...*"

I miei preferiti però sono i film in bianco e nero che proiettano in un piccolo cinema non lontano da scuola. Le poltrone sono quelle di un aereo (una fornitura a prezzi scontati? Un'asta? Un furto?), la sala è fredda, d'inverno l'unico riscaldamento è garantito da una stufetta che ha visto tempi migliori, lo schermo è sporco, punteggiato di macchie scure, con un alone marrone chiaro in alto a sinistra, evidentemente conseguenza di una tubatura rotta.

Il proiezionista è gobbo, non avrà meno di settantacinque anni. Dopo avere fatto i biglietti (di solito il mio è l'unico) si avvia lentamente su per le scalette verso la cabina di proiezione con la sigaretta tra le labbra. La butta per terra mentre apre la porta, provocando un'altra piccola ferita nera sulla moquette blu.

Le pellicole sono rovinate, attraversate da righe improvvise che come colpi di frusta tagliano in due l'immagine e poi spariscono.

Stretto nella giacca guardo i film di John Ford e Ingmar Bergman, di Rossellini e Visconti, la Nouvelle Vague, il Free-cinema inglese.

Mi sento solo, ma al sicuro. Autosufficiente. Nelle storie degli altri non può succedermi nulla di brutto. L'inizio dei titoli di coda è di per sé un lieto fine. La morte e il tradimento, il dolore denunciano alla fine del film la loro natura di messinscena. Per questo più sono drammatici, maggiore è il mio sollievo quando mi ritrovo sputato dal buio nella strada. Dopo un film di Bergman vengo colto da raptus di allegria folle. Mi viene voglia di correre, di abbracciare i passanti, di rassicurarli tutti, uno per uno.

Non lo faccio, ovviamente. Cammino a testa china per le strade del quartiere, seguendo con le scarpe la linea del bordo del marciapiede. La mia, mi dico, è un'allegria che non ha bisogno di testimoni.

L'inizio del cambiamento ha un luogo e una data.

***

Palaghiaccio di Marino. Novembre 1994, un pomeriggio dopo la scuola.

Accetto la proposta di alcuni compagni di classe per andare a pattinare. Di solito non mi invitano mai da nessuna parte.

In classe, nella migliore delle ipotesi, vengo considerato utile per copiare un compito. Quel piccolo patrimonio di notorietà lo devo alla gentilezza con la quale, a differenza degli altri secchioni, permetto a chiunque ne abbia bisogno di leggere dal mio foglio.

Mi unisco a loro solo perché tra i pattinatori c'è Caterina. Caterina ha un anno più di me, e sembra una copia vivente de *La ragazza con l'orecchino di perla* di Vermeer (almeno è così che la ricordo. Era sicuramente meno bella, ma io ho una memoria che veste a festa il passato). Ha le stesse labbra perfette appena socchiuse e lo stesso sguardo triste. Eppure Caterina è sempre allegra, energica, pronta a scherzare con tutti. Sembra che l'intero mondo la adori: i professori e le compagne di classe, i bidelli, il barista del chioschetto davanti a scuola, che soltanto per lei prepara un cappuccino schiumato con cacao e vaniglia che richiede quattro minuti di lavoro.

Caterina pattina e balla, ha voti altissimi in tutte le materie senza fare nessuno sforzo apparente, fuma Marlboro Lights in modo distratto, spesso le lascia spegnere a metà perché dimentica di aspirare. Porta i capelli biondi sempre arrotolati attorno a una matita, o fermati da mollette che sembrerebbero infantili addosso a chiunque altra (piccole aragoste rosa, una balena che sorride, caramelle colorate).

Ovviamente tutti i miei compagni di classe sono innamorati di lei. Io non ho speranze. Le ronzo attorno, la sento parlare, anche di nascosto certe volte, a ricreazione, sedendomi a mangiare da solo appena dietro l'amica con cui lei sta ridendo di cose futili che mi paiono divertentissime. La ascolto per poterla riprodurre fedelmente nelle complicate seduzioni di stampo cinematografico che invento mentre cammino fuori dal cinema, ancora sotto l'effetto della perfezione dei gesti del film.

La filodiffusione spara *What's Up* dei 4 Non Blondes a tutto volume. La pista è piena, i miei compagni di classe, due ragazze e due ragazzi più Caterina, hanno passato il viaggio sul pullman tirandosi uno stick di colla e ridendo quando cadeva per terra.

Pattino piuttosto bene, memoria delle settimane bianche dell'infanzia a Sappada. Vorrei mostrare a Caterina quanto io sia meglio dei due lanciatori di colla, Gianluca e Riccardo, che adesso si stanno picchiando nel parcheggio del palazzetto.

Mi allaccio i pattini con sicurezza, guardo il lento incedere delle giacche colorate lungo il riflesso bianco dei neon.

Un palazzetto dello sport un sabato pomeriggio è l'idea stessa di artificiale, di sintetizzato chimicamente: è il sapore del Mars e delle Big Babol, è il colore fluorescente delle scarpe da ginnastica e delle tute acetate, con quello strano modo di riflettere la luce simile a quella di una carta da regalo stropicciata, è l'odore di olio di palma delle pizzette rosse comprate al bar davanti a scuola.

I compagni di classe mi guardano muovermi sul ghiaccio.

"Questo sa pure pattinare", sibila Gianluca.

Caterina mi dedica uno sguardo gentile, o almeno io lo vedo così.

Mi immagino fare il mio piccolo spettacolo mentre gli altri mi prendono in giro.

In quel momento decido che non so pattinare.

Faccio i primi metri piano piano, poi mi sbilancio verso sinistra. Una, due cadute.

Ruzzolo, impreco, scivolo.

Mi volto. Loro ridono. E io rido con loro.

Vado a terra di culo, apro le gambe a compasso, impatto il ghiaccio con le ginocchia.

Ho le lacrime agli occhi per il dolore. E sorrido.

I legamenti si tendono per controllare le scivolate. Le mie cadute sono citazioni di Jerry Lewis e Charlie Chaplin. Cado con grazia e poi scomposto, cado di faccia.

Rido.

Gianluca mi batte il cinque. "Che tajo... sei peggio di me..."

Caterina viene a raccogliermi da terra disegnando passi sicuri. Mi dà la mano.

"Attaccati a me", mi dice, e per un lungo tratto pattiniamo abbracciati mentre io mi sforzo di perdere il controllo delle gambe fino a quando, preso da un eccesso di perfezionismo, non esagero, mandando tutti e due a schiantarci contro la balaustra.

Ma lei ride, anche perché ha le ginocchiere e non si è fatta nulla, mentre io avrò lividi per settimane.

Quel pomeriggio torniamo a casa insieme, perché il dio della mobilità urbana ha voluto che ci tornasse comodo lo stesso autobus.

È un tramonto gelido, una pioggia impalpabile attraversa in tante piccole schegge il cerchio dei fari delle macchine ferme in coda. I semafori scattano lenti, il traffico si ingolfa, e io spero di rimanere bloccato lì per anni, anche se stare vicino a Caterina mi fa l'effetto di una sovraesposizione radioattiva.

"Ci siamo divertiti", dico per dire qualcosa. La stupidità della frase mi piomba addosso come un mattone.

Ma ho troppe cose nella testa. Una catena di domande mi impedisce di essere davvero presente. Lei ha davvero rifiutato il passaggio in motorino di Riccardo per la pioggia e il freddo? E se avesse preferito fare il tragitto con me?

"Perché hai fatto finta di non saper pattinare?"

Rimango a metà di un pensiero.

"Così. Mi sembrava più gentile..."

Lei alza appena le spalle.

"Ti capisco."

Siamo seduti sui sedili di fondo dell'autobus, Caterina è accanto al finestrino, le luci rosse, le luci verdi e gialle della città riflettono contro il vetro bagnato: tonalità barocche e fotogrammi da cinema sperimentale.

Le nostre ginocchia si toccano, mosse dal beccheggio di quella grande vecchia bestia arancione che arranca sulla strada, il 490, improvvisamente il mio luogo dell'anima.

"Ti ho visto l'altro giorno che uscivi da un cinema. Ti sei messo a saltellare su e giù dal marciapiede..."

"Mhh..."

Sentirsi infinitamente stupido. Non sapere che dire.

"Mi hai fatto molto ridere. Si vedeva che eri contento. Che film era?"

"Non lo so, che giorno era?"

"Boh. Ma mica andrai al cinema da solo tutti i pomeriggi..."

"Più o meno."

Lei guarda fuori mentre il mio mondo si sgretola, esplode, ho le orecchie calde come quando origliavo gli adulti a cena, e il rollio dell'autobus mi dà la nausea.

Poi lei mi mette la mano sulla coscia, e come se non avesse un pensiero al mondo mi si avvicina. Ha lo sguardo di chi ha appena avuto un'idea geniale. "Mi porti con te qualche volta?"

Ormai non ho il minimo controllo di quello che dico.

"Anche domani."

"Certo, domani."

Non parliamo più per tutto il tempo che il 490 impiega per attraversare due quartieri. Io penso solo che "domani" sarà un giorno radioso, e poi penso a tutto quello che potrebbe succedere (una malattia, una meteorite, uno sciopero dei proiezionisti) per farle cambiare programma.

La notte non dormo per l'agitazione, e ogni squillo del telefono la mattina dopo mi tortura. Mi nascondo nel corridoio mentre Diana risponde, e quando finalmente, all'ora di pranzo, lei mi chiama io sono già magicamente alle sue spalle.

Caterina non tossisce, non ha il tono di circostanza che introduce una buca. Mi chiede, la solita voce allegra, una voce da programma per ragazzi, che fa sembrare ogni cosa che nomina brillante e luminosa, di scegliere il film.

"Sei tu l'esperto", mi dice.

Arrivo all'appuntamento con mezz'ora di anticipo. Piazza Mancini la domenica pomeriggio. Un giardinetto di alberi spogli, ragazzi in Moncler nero fuori da una pizzeria al taglio, involucri di gelati industriali e pacchetti di sigarette buttati per terra. Strilli distanti, una comunità asiatica tutta in cerchio attorno a una fontanella, la radiocronaca delle partite che arriva da una casa del primo piano.

Mi siedo su una panchina, e forse intuisco di non aver capito nulla. Perché sono terribilmente allegro, i tremori sono passati, mi sento sicuro e leggero. Non ho dubbi: il film che ho scelto, *L'anno scorso a Marienbad* di Alain Resnais, le piacerà moltissimo, e già questo indica una svolta. Quando lei arriva, capelli sciolti appena lavati, guance arrossate, giacca aperta su un maglione bianco che fa venire in mente una nonna, una montagna e altre amenità pubblicitarie, ci abbracciamo. Lei parla molto e io posso stare zitto. Andiamo a piedi verso il cinema perché di tempo sul 490 ne abbiamo passato abbastanza, e io ho paura che quel posto che io amo tanto, con la sua moquette bruciata e il proiezionista così simile al mostro con il cuore d'oro delle fiabe, le faccia orrore. E questa idea mi pare una profanazione imperdonabile, che distruggerà tutto come l'aria che passa in un contenitore ermetico, corrompendo e avariando. Ma mentre camminiamo vicini sento che mi fido di lei, e del suo nervosismo evidente, così diverso dal solito. Sì, perché Caterina parla troppo di scuola, di film, di un libro che ha appena letto (*Orgoglio e pregiudizio*), di un altro che vorrebbe leggere e del sole pallidissimo che scende sulla città con quella tonalità particolare di malinconia che soltanto alle domeniche è dato avere. Io mi accendo una sigaretta dopo l'altra, Diana rosse morbide, pescate da un pacchetto semi-disintegrato nella tasca dei jeans.

Sta attaccata al mio braccio, e sfiora tutto (poster polverosi, qualche copia di vecchie riviste di cinema, una poltroncina sfondata color passato di verdura), chiede al proiezionista un programma e un abbonamento ("Perché non fate un abbonamento?"). Oramai sono quasi sicuro che non sto sognando, e mi domando come abbia potuto non vedere in lei tutto quello che stavo scoprendo, quale infinita distrazione, o istinto deviato, mi abbia portato così lontano da lei, talmente lontano da credere davvero che lei fosse più adatta a un Riccardo che a me.

E intanto sorrido alla schiena arcuata del proiezionista, sorrido perché sono fiero di Caterina, e sono felice che lui ci sia testimone, e lui mi lancia uno sguardo mentre entra in cabina, uno sguardo che dice che ha capito e che ci approva dall'alto del suo status di proiezionista, divinità benigna e silenziosa che veglia sui riti del cinema.

Fin dall'incedere lento delle prime inquadrature, i soffitti intarsiati, i lampadari e gli specchi, mi sembra di entrare in un territorio misterioso e sospeso.

"*In questo albergo immenso, lussuoso, barocco, lugubre, dove corridoi senza fine succedono ad altri corridoi...*"

Usciti dal cinema camminiamo in silenzio fino a un caffè che sembra miracolosamente immune dalla malagrazia che connota tutto il quartiere (non lo avevo mai notato, ma forse non era mai esistito, forse lo hanno aperto soltanto per noi), e Caterina vuole subito fare il gioco dei fiammiferi come nel film, ma non ne abbiamo allora esco a comprarli.

I fiammiferi sul tavolo, in file di sette, poi cinque, poi tre, poi uno.

Ogni giocatore può prendere tutti quelli che vuole, purché li prenda dalla stessa fila.

Perde chi rimane con l'ultimo.

"*Conosco un gioco in cui vinco sempre.*"

"*Se non potete perdere, non è un gioco.*"

Rimango per tre volte con l'ultimo fiammifero.

Se non potete perdere, non è un gioco.

Beviamo un intruglio caldo di acqua e rum scuro che a lei piace molto ("Si chiama grog, ti ubriachi e intanto ti passa anche il raffreddore..."), ed è tutto perfetto, così perfetto che sembra passato un anno nelle ultime ventiquattro ore, e io sono in un altro mondo che credevo esistesse solamente nella mia testa, e invece è lì a portata di mano.

Racconto dei miei pomeriggi solitari sostenuto dal suo sguardo sorridente. Una luce calda illumina la saletta del locale, dalla nostra posizione vediamo appena in lontananza il marciapiede fuori dalla porta, dove persone infreddolite e stanche vanno verso un destino che in quel momento mi pare sicuramente peggiore del mio.

Caterina parla dei suoi genitori che stanno divorziando, si stringe nelle spalle e abbassa appena la voce.

"A scuola sono sempre allegra soltanto perché sono fuori di lì", dice, e io le prendo la mano (sarà giusto? starò esagerando? però non l'ha tolta, la sua mano dalla mia, è rimasta dov'era sul tavolo accanto al posacenere).

"È vero che i tuoi genitori. Erano terroristi?"

Me lo chiede proprio così, con una pausa in mezzo alla frase.

Non è la prima volta che affronto questa domanda.

Poco tempo prima, a scuola, la professoressa di greco si è imbarcata in una pericolosa riflessione sulla storia recente finendo per parlare di Brigate rosse. Ho sentito tutti gli sguardi puntati addosso.

Mi stava davvero fissando mentre parlava, o ero arrossito per nulla?

Possibile che Diana le avesse raccontato qualcosa durante un ricevimento tra genitori e insegnanti?

Tolgo la mano da quella di Caterina, ma lei la afferra, come si farebbe con un cucciolo di cane che sta cercando di scappare senza collare. E io non penso ai miei genitori, ma all'evidenza che entro la fine di quella giornata ci baceremo, e io alla sola idea sento la stanza che gira intorno alla testa, e devo ricordarmi di respirare per mantenere il battito cardiaco più o meno normale, sennò poi mi si blocca la voce e sembro un pesce.

Forse è per quello che ho una espressione commossa. Intensità Dickens.

"Sarebbe cambiato qualcosa se avessero fatto altro? Se fossero morti sotto un tram o cadendo in un crepaccio?"

"Ma come sono morti?"

"Non lo so."

"Hanno ucciso qualcuno?"

Scuoto la testa.

Penso. I terroristi facevano quello, no?

Cerco di non vedere la sfumatura di delusione nel suo sguardo. Devo essere un orfano di guerra poco intrigante. Vorrei offrirle qualcosa di più, ma la sua curiosità mi offende. Sembra che abbia tenuto quella domanda lì pronta per tutto il pomeriggio, e chissà da quanto prima.

"Che differenza fa?", dico senza intonazione, e non sto parlando di loro ma di me: che differenza fa tra me e te, adesso?

Usciamo per la strada tenendoci sottobraccio: decido di baciarla dopo dieci passi. Conto fino a dieci, mi fermo. Mi giro e lei si gira, e una inerzia ci porta uno contro l'altro, come se non ci fosse nemmeno bisogno di decidere, ma fosse naturale, come bere quando si ha sete.

(Scherzi della memoria: un bacio che oggi immagino in una tempesta di neve, come in quelle palle di vetro che si vendono ai turisti. Ma la neve non c'era. Si sentivano solamente i clacson e i freni di piazza Risorgimento.)

Quando il bacio finisce io resto intontito per parecchi secondi da quel sapore di shampoo e rum, dall'odore di sigarette e di bucato della sua sciarpa grigia, e lei lentamente sfila un orecchino che le è rimasto impigliato nei capelli. Cammina davanti a me di un passo, immagino la sua confusione, l'emozione, e chissà, la paura. Passo il tempo guardando le vetrine che si spengono, e le evoluzioni circensi degli stormi di uccelli che in inverno, per motivi a me sconosciuti, migrano sopra il quartiere Prati.

Mentre aspettiamo l'autobus mi avvicino per baciarla un'altra volta, ma lei abbassa la testa. Il 490 si avvicina barcollando tra le macchine. Il mio caro 490.

Lei non mi guarda.

"Lo sai, vero, che io sto con Riccardo?"

Nella lunga apnea che segue io precipito verso la mia vita futura. Un destino da garzone in un negozio di videocassette usate, con i capelli unti, qualche ossessione inutilizzabile con le ragazze (fumetti erotici? cinema coreano? sport di lotta? animali esotici?), i brufoli per sempre e gli occhi acquosi. Mentre Caterina e Riccardo, con quei nomi da coppia di regnanti primi-Novecento, vivono la loro vita piatta e felice.

Lei sta parlando, ma io sento solo un ronzio e lo sferragliare lento dell'autobus che frena arrivando alla fermata.

"Non ti preoccupare", dico senza sapere che vuol dire.

Poi rimango in silenzio fino al momento di scendere, mentre Caterina guarda fuori dal finestrino con una pervicacia più adatta a un safari africano che a uno scorcio di viale delle Milizie in un giorno di novembre.

Mi telefona due giorni dopo, a scuola quasi non ci incrociamo, visto che i nostri assidui incontri casuali erano frutto soltanto della mia invadenza.

"Non volevo ferirti. Tu sei una persona speciale, io... sono stata così bene domenica. Davvero. Passerei ore con te."

"Grazie."

"Ci rivediamo?"

"Sì."

"Oggi pomeriggio mi sono legata i capelli con la coda. Sai quelle code strette strette? Ci ho messo un'ora."

"Quando vuoi che ci vediamo?"

Battito cardiaco e infinità del corridoio. Cristina che studia al tavolo del salotto, un silenzio tombale in casa che sottolinea ogni parola che dico. Irina passa con un cesto di vestiti sporchi tra le braccia. Rumore di ciabatte. Mi guarda e sorride. Il nostro Tommaso è innamorato. La immagino mentre lo dice a Diana con l'aria di chi la sa lunga. Esco con Caterina per tutto l'inverno. Per Natale le regalo uno scrigno di colori a carboncino Faber-Castell (per pagarli contraggo debiti con un paio di compagni di classe), *Tenera è la notte* di Fitzgerald e un portachiavi a forma di gatto peloso che miagola quando gli premi la pancia. Caterina mi regala una vecchia edizione delle poesie complete di Neruda che ancora conservo, e una compilation di Nick Cave fatta da lei su una cassetta Tdk da 90'.

Qualche volta, alla fine dei nostri pomeriggi passati a parlare e bere vino rosso, passati a vedere film e bere vino rosso, passati a ridere e bere vino rosso, mi elargisce un bacio con la bonomia di un sovrano illuminato.

Parla molto di Riccardo, che la fa soffrire, che forse l'ha tradita con Chiara, che non si è fatto sentire per due giorni interi.

Io la amo ogni giorno di più, anche quando capisco che nulla cambierà. Passando il mio tempo con lei imparo a recitare tutte le parti della commedia: l'amico, l'amante, il padre, la vittima.

Ma soprattutto imparo a parlare dei miei genitori, come non avevo mai fatto con nessuno.

Il solo fatto che Caterina mi abbia scelto, seppure in un ruolo da spalla del protagonista, mi dà sicurezza.

A scuola trasformo i miei silenzi prolungati in un culto.

Continuo a parlare poco, ma lo faccio con un sorriso da Gioconda e una sigaretta tra le labbra.

Scopro che lo stesso silenzio con una patina di sarcasmo passata sopra ti fa sembrare intelligente.

Da questo momento in poi resterò segretamente convinto di essere il dominus di una truffa ben congegnata.

Sto imparando a organizzare un arredamento dell'anima, un arredamento di mobili vecchi e ridipinti, di chincaglierie per clienti occasionali, dozzinale.

E di quell'arredamento fa parte la morte dei miei genitori.

Mentre mi lascio crescere i capelli, e mi infagotto in un eskimo che pare una citazione, comincio a recitare la parte dell'orfano.

Invento storie. Invento morti eroiche. Invento fughe in barca, traversate e tempeste, sparatorie e confessioni.

Cambio versione a seconda dell'umore. A volte hanno ucciso decine di persone e poi sono stati uccisi, altre sono innocenti figure di contorno stritolate dalla storia.

Alla fine di ogni conversazione mi sento un po' più solo, imprigionato in una ragnatela di balle che sto cominciando a scambiare per realtà.

Comincio a fare politica a scuola, e il mio passato mi rende autorevole. I miei compagni mi trattano come un docente esperto in lotta di classe e ribellione, come se avessi succhiato Marx con il latte materno.

Ma a me tutto questo non interessa. Ogni cosa che faccio la faccio per piacere a Caterina. E se, intorno ai quindici anni, cerco di scoprire per davvero qualcosa sulla vita di mio padre e mia madre, è soltanto per soddisfare la sua curiosità.

***

Lo sguardo del dottor Pinto è senza intonazione.

Mi fa pedalare con delle piccole ventose fredde sul petto, collegato a un computer vecchio come un Atari, che aumenta e diminuisce la resistenza dei pedali automaticamente. Pinto fissa un monitor.

Mi sforzo di respirare in maniera regolare, a fondo, cerco di sembrare rilassato.

Dopo qualche minuto (il fiatone aumenta, le gambe sono già un po' contratte), blocca le macchine.

"Lei è sano, Tommaso. Però si ricordi che quello che è successo non è normale per una persona della sua età."

Mi tolgo le piccole ventose di dosso. Una pasta viscida e gelata mi appiccica i peli sul petto.

"Lei è molto stressato in questo periodo?", mi chiede.

"Chi non lo è, dottore?"

"Risposta sbagliata. Non sottovaluti quello che le è accaduto."

"Io non lo sottovaluto. Però l'unica cosa che mi toglie lo stress è correre. Quindi. Quando posso tornare a correre?"

"Anche subito. Ma cerchi di... magari può prendersi una vacanza..."

Sorrido.

"Nei contratti a progetto le vacanze non sono previste."

Lui esce da dietro i suoi macchinari, mi tende la mano.

"Mi ha fatto piacere averla conosciuta, Tommaso. Se sente che qualcosa non va, non si faccia problemi a passarmi a trovare. Sono qui tutti i lunedì, i mercoledì e i venerdì fino alle 19."

La luce del mattino stampa un quadrato bianco sul pavimento. Fuori da questo sottomarino bordato in finto oro e carta da zucchero, oltre le spesse pareti che fanno rimbombare anche i respiri, le persone sane attraversano la strada e si scambiano opinioni, portano a passeggio il cane, mangiano cornetti. Un meccanico smonta un motorino, una governante asiatica sbatte un tappeto fuori dalla finestra, scatenando nell'aria una piccola tempesta di granuli luccicanti.

Non ho voglia di uscire, ma lo sguardo fiero di Pinto

indica in modo inequivocabile che il mio tempo è finito: la sua attenzione deve dedicarsi ad altre vite umane, meno radicate su questa terra della mia, afflitta solo da autosuggestione.

Mentre esco verso il corridoio, il dottore mi chiama.

"Tommaso... li ho conosciuti a Grenoble, i suoi genitori. Non a Milano. Ero abbastanza sicuro fosse l'84, ma evidentemente mi sbagliavo..."

Mi volto. Grenoble. Ci metto un po' a localizzare l'informazione.

Lui si incammina verso un'infermiera che lo sta chiamando con grandi segni della mano. Rimango fermo ancora qualche secondo, e forse lo seguirei se un'altra infermiera (quante sono in questa maledetta clinica? Tutte vestite con identiche tuniche bianche, e quell'espressione da angeli imbronciati sul viso?) non mi braccasse indicando lo zaino con i miei effetti personali che mi aspetta appeso a un attaccapanni.

"Il signor Radaelli mi ha detto di salutarla", mi dice.

Il cuore batte regolarmente.

Lo ascolto con una attenzione paranoica, di giorno, di notte, quando sussulta per un rumore improvviso, mentre mi addormento, quando un salto della caldaia raffredda all'improvviso l'acqua della doccia.

Lo sento accelerare quando un fuoristrada inchioda nel traffico romano costringendomi ad affondare il piede sul freno e sterzare a sinistra.

Per festeggiare il mio ritorno, il giornale mi ha spedito oltre via delle Valli, dove un comitato di cittadini protesta per i ritardi nella raccolta della spazzatura. Pioggia sporca contro il vetro, lavori in corso tutto attorno, scavatrici abbandonate sul bordo della carreggiata.

Ho lasciato Marta davanti allo specchio del bagno che organizzava la sua faccia come fosse un dipinto impressionista. Cancellare le occhiaie, stendere la pelle, correggere le labbra, attenuare le imperfezioni, disordinare i capelli con il phon, ravvivare il colore: un intero campionario di boccette e spray, polveri magiche e stick, spatole e matite poggiato sul bordo del lavandino.

"Cosa farai a cinquant'anni?"

"Mi sarò già suicidata."

"È un piacere svegliarsi con te."

"Vieni in redazione?"

"No, mi mandano a parlare con i comitati anti-Ama."

"Quindi ci vediamo in redazione oggi pomeriggio."

"Se per quell'ora hai finito di dipingerti."

"Sono una donna, mi trucco."

"In confronto la regina Elisabetta è una acqua e sapone."

Con due rapidi tocchi del dito indice si è tamponata il labbro, poi si è voltata a guardarmi.

Assomiglia a Diane Keaton in *Io e Annie*.

Ha gli stessi capelli castani lunghi fino alle spalle, lo stesso sorriso che esibisce una timidezza bugiarda ma ben raccontata, lo stesso naso perfetto che sembra disegnato da un copista di statue classiche. Visto che lo sa, spesso si veste come lei: camicia bianca con cravattina e cappello, occhiali da sole esageratamente grandi, pantaloni neri.

Mi sono innamorato di quello che sembrava molto prima che di lei. Forse molto più che di lei.

"Ma che ti hanno fatto in quella clinica? Sei uscito ancora più stronzo."

"Quanto te la prendi per una battuta..."

Sono rimasto appoggiato allo stipite, le chiavi della macchina sul palmo della mano. Lei mi fissa in silenzio: uno sguardo nordico, severo.

"Non è questo. Sono tre giorni che sei..."

Frase sospesa. Ha scosso la testa e ha ricominciato a lavorare con una matitina nera sul ciglio inferiore di un occhio.

"Sei insopportabile. Distante, ringhioso."

"Mh."

È tutto quello che ho saputo dire mentre uscivo tirandomi dietro la porta.

Il comitato dei cittadini si riunisce in un sottoscala gelido e illuminato come un obitorio.

Il capo della rivolta è un omino con l'aspetto di un amministratore di condominio, una fitta peluria che esce dalla camicia semi-sbottonata, ma non ha freddo?, che muove le piccole mani nell'aria mentre parla. Sta dicendo qualcosa su Roma pulita. Mi arriva soltanto un ronzio.

(Marta ha ragione. Cercavo un litigio senza causa, di quelli che sono articolazioni contundenti del silenzio.)

Battono le mani all'oratore, lui cerca di trattenere un sorriso soddisfatto. Chissà quale frustrazione lo ha spinto a dedicare il suo tempo a questa battaglia contro i gatti randagi che cercano le teste di pesce tra gli avanzi di cibo.

"Roma sembra l'Africa. La città più bella del mondo ridotta a una pattumiera a cielo aperto da questa amministrazione..."

Vorrei chiedergli se è mai stato in Africa, invece mi limito ad appuntare: *di destra?? Dietro c'è qualcuno???* sul mio quaderno.

(Come la spiego, a Marta, quella inquietudine che non

va più via? Ho trovato Grenoble su Google Maps, ho visto le foto. Ho passato un pomeriggio guardando panorami di Grenoble. Dev'essere un posto noioso. Cosa ci facevano i miei genitori a Grenoble? E non dovrei io, dopo tutto questo tempo, essere immune a questa ansia?)

Parla. Il tono ascendente e celebrativo che ha preso il posto del vigore da comizio. Una patacca che sta a metà tra una televendita e un accesso di isteria.

"Noi non molleremo! Noi – non – molleremo! Noi siamo il cittadino!"

Ronzio. La fobia della luce al neon che aumenta mi intossica come quando ero piccolo. Ho la tentazione di uscire.

(Ieri sera, Marta, mentre cenavamo in quel ristorante sardo *tanto carino con le stelle di mare alle pareti* non ti ho raccontato nulla. Non ti ho raccontato nulla perché non amo farti partecipe della mia confusione, o perché non hai mai voluto farne parte?)

Me ne sto andando, quando l'oratore, che ha finito di parlare in un diluvio di applausi degli sparuti presenti, mi si avvicina. Mi tende una mano sudata.

"Giustiniani Enzo. Lei è della stampa?"

"*Corriere della Sera.*"

"Stia attento a cosa scrive."

Non riesco a trattenere un sorriso.

"Ah sì? E perché?"

"Voi della stampa fate sempre casino. Racconti le cose come stanno."

"E come stanno?", ma me ne vado prima di ascoltare la risposta.

Un'ora dopo pattino sul pavimento in lucidi quadrati grigi della sede romana del *Corriere*.

Qui dove ogni giorno va in scena la stanca imitazione della leggenda eterna del cronista.

È sempre più scolorito, quel mito che si celebra ancora negli angoli delle redazioni.

Sono i più giovani, i non ancora stanchi, che se ti fermi a origliare citano con la fierezza di un alunno diligente Bob Woodward e Carl Bernstein, Rodolfo Walsh e Norman Mailer. Ogni frase inizia con "Quando noi...", il "noi" sottintende "giornalisti", e il "quando" si riferisce a un passato eroico nel quale chi parla era nella migliore delle ipotesi nella culla. Ma poco importa. Loro hanno bisogno di includersi in un tempo eterno.

Il giornalismo prima della rete, i magnifici anni del dittafono e della Olivetti Lettera 32.

Chissà quando è successo, che la terra promessa si è spostata dietro le spalle.

I neo-non-assunti, i giornalisti a cottimo iper-scolarizzati che scrivono articoli per gonfiare un curriculum che non servirà mai a nulla.

Per sei ore ogni pomeriggio recitiamo il Pulitzer, incolonnando dalla redazione romana del *Corriere della Sera* le miserie della politica nazionale e della cronaca locale, cercando con i (pochi) ferri del mestiere di dare una dignità al nostro racconto.

In questo periodo tutta la redazione è in fibrillazione.

Due settimane fa ci hanno detto che questa sede ha i mesi contati.

Niente più piazza Venezia, niente più finestrone che affaccia sull'Altare della Patria e su quella mostruosa viabilità da autoscontro.

Il giornale traslocherà a via Campania, tra il Muro Torto

e via Veneto, in una sede più piccola.

I redattori storici vestono il lutto, qualcuno tra i giovani pontifica sui sintomi della agonia della carta stampata.

Io penso che piazza Venezia sia un posto insopportabile, lontano da casa, rumoroso e sciatto. L'Altare della Patria, quella macchia color neve sporca, mi ispira solo pietà per i due piantoni che lo custodiscono giorno e notte.

"Quindi viva via Campania! Viva il trasloco!", dico rubando i giornali al mio vicino di scrivania Antonio.

"Tu non capisci la poesia di questo luogo", mi risponde senza staccare gli occhi dal pc.

"Una poesia con sottofondo di clacson."

"Il giornalismo è un'arte antica, da proteggere, e loro ci chiudono in uno scantinato di periferia."

"Via Campania non è periferia, cispadano..."

Antonio porta la sua origine nordica come un quarto di nobiltà, e considera un eccentrico chiunque sia nato sotto la Linea Gotica. La cosa lo rende un perfetto bersaglio per le prese per il culo di tutti noi.

La redazione intera sembra in preda all'agitazione. Giornalisti a coppie (uno seduto e uno in piedi) che scrutano gli schermi, corrono avanti e indietro, si scontrano, si sfiorano. Tra loro, Marta.

Marta che con fiero cipiglio non mi saluta, parla al telefono con l'auricolare, in piedi davanti alla Fotocopiatrice Stile Impero (la chiamiamo tutti così, antica e grassa, sferragliante. Un totem dal toner sempre scarico).

"Che succede?"

"I tuoi colleghi della cronaca romana fibrillano. Il sindaco ha indetto una conferenza stampa per le sette di sera, di quelle comode comode per farti fare notte..."

"Non è affar mio. Oggi mi occupo di monnezza."

Comincio a frugare la rete in cerca di informazioni su Giustiniani Enzo, capopopolo.

Marta mi si avvicina soltanto per chiedermi una sigaretta e se ne va, ride troppo forte quando parla con gli altri.

Giustiniani Enzo, di professione avvocato civilista, già candidato alle elezioni regionali con una lista legata ad Alleanza Nazionale (ha raccolto trentanove voti), ha fondato comitati contro l'Anas, Trenitalia, i rumori notturni, la prostituzione, l'abbandono dei minori, l'abbandono dei cani, i dehors dei ristoranti. Nessuno è rimasto operativo per più di un anno, tutti hanno però coinciso con l'avvento di giunte di centro-sinistra. Giustiniani Enzo si è avvicinato negli ultimi mesi al Movimento dei Forconi e poi al Movimento 5 Stelle (ho recuperato due diverse interviste, entrambe rilasciate alla testata on-line "romapulita.eu"), alla ricerca, sembrerebbe, più di un posto in lista che di una collocazione ideale.

Marta mordicchia una barretta ipocalorica mentre risponde al telefono, Marta guarda ogni punto della stanza tranne quello dove mi trovo.

Io resto in ascolto ossessivo del mio battito cardiaco, innervosito dal movimento vorticoso della redazione attorno a me.

Tornare dal dottor Pinto? Lasciare che mi racconti quello che ha visto? Erano amici? Se no perché li ricorderebbe ancora?

Scrivo il pezzo sul comitato anti-Ama in fretta e senza energia, mettendo insieme qualche notizia trovata su Internet con la fiacca cronaca della mia mattinata. Il ritratto che faccio di Giustiniani è malevolo, poco giornalistico, inquinato dal malumore.

Ma nel disordine che affligge la redazione, il mio articolo schizza verso l'impaginazione senza controllo, permettendomi di scappare dal giornale.

Marta mi viene dietro, mi raggiunge mentre imbocco a piedi via del Corso. Cammina con la falcata quasi militare forgiata da anni di yoga ("Quello che ti fai un mazzo così, non quello troppo buddista"), si ferma di fronte a me mentre ricominciano a piovere spilli gelati dal cielo.

"Mi dici che c'hai?"

La domanda, prevedibile, mi coglie impreparato. E non perché non sappia rispondere, ma perché la risposta è troppo complicata.

Dovrei dirle che credo di avere sostituito le emozioni con i loro sintomi.

Chiamo dolore una forma paralizzante di panico.

Chiamo allegria una nevrosi vociante e alcolica che mi lascia spossato e colpevole.

Chiamo amore queste piccole guerre di trincea senza vincitori.

"Assolutamente nulla", sorrido aggressivo.

"Bugiardo."

"Ci vediamo stasera?"

"No, vado a yoga."

"Allora ne parliamo quando ci vediamo."

"Ci stiamo vedendo."

"No, Marta. Siamo due scemi piantati sotto la pioggia nel mezzo di un martedì pomeriggio."

Così lei, senza insistere, se ne torna sui suoi passi, e io posso finalmente perdermi in giro per la città, a caccia, non so perché, di un paio di pantaloni che non mi servono. Poi di un caffè che non mi va.

Mi avvio verso i Parioli senza accorgermene. La macchina procede sul lungotevere direzione nord. Casa mia è dalla parte opposta. Penso ad altro mentre guido, mi distraggo seguendo il ritmo dei tergicristalli.

***

Nel gennaio 1995 la scuola è stata rioccupata dagli studenti dopo le vacanze di Natale. Diana e Luca mi hanno permesso di dormire all'occupazione senza fare troppe resistenze, anzi: Diana è andata via prima da studio per comprarmi un sacco a pelo nuovo e un maglione spesso per sopravvivere alla notte polare passata sui banchi.

Il grande ingresso del pianoterra sembra un formicaio. Capannelli di persone che si formano e si disfano, saliscendi per le scale, nuvole di fumo, qualcuno lancia un pennarello, due ragazze portano in giro un cane, la voce di Bob Marley esce da uno stereo portatile e si diffonde per tutto l'atrio.

Mi trascino dietro il sacco a pelo, faccio fatica a muovermi con due maglioni sotto l'eskimo. Mi guardo attorno nella speranza di trovare qualcuno che conosco, ripasso mentalmente segnali di saluto che risultino abbastanza spigliati (mano contro mano, pugno contro pugno, "Ehi...", "Bella..."), ma quando finalmente mi si avvicina un compagno di classe e mi tende la mano a me cade il sacco a pelo.

Questa è la verità. Io non ho nessuna voglia di essere lì. Mi sento inadeguato, goffo, e già mi immagino a passare la notte da solo, vagando di aula in aula, respinto da comitive che ridono e si passano canne d'erba.

Un ragazzo e una ragazza si baciano sdraiati per terra, il cane si è liberato e corre dietro a una palla, in un capannello si litiga di religione Rasta. Una tipa avvolta in una kefiah grida: "Sta per iniziare il gruppo di studio sulla musica punk! Imboccate!". Afferro mentre cammino le parole "autodeterminazione", "parallelismo", "salame", "latino", "fica", "intifada". Cerco un filo, provo ad avvicinarmi a qualche conversazione. Uno entra con il motorino nel portone sgasando nell'atrio. Una ragazza disegna un ragno sul muro.

Potrei chiudermi nel gruppo di studio sulla musica punk, far passare il tempo.

Ma sono qui perché, da qualche parte, in questa scuola immensa, in fondo a un corridoio o in palestra, in un angolo del cortile o in un'aula, c'è Caterina.

E soprattutto non c'è Riccardo. A lui la politica fa schifo. Le uniche cose che lo muovono a un moderato entusiasmo sono le gare di moto e i fumetti giapponesi. Caterina mi ha chiamato in lacrime: lui si è arrabbiato perché lei voleva dormire all'occupazione.

"Mi ha dato della troia."

"Mi sembra un motivo sufficiente per mollarlo, ma su questo mi pare che non siamo mai stati d'accordo...", le ho risposto sperando di essere spiritoso.

Ha detto "sì" con un filo di voce, tanto per farmi contento. Poi:

"Vieni a dormire con me? Cioè: a scuola?".

"Certo."

"Stai addì 'na cazzata! I Rasta se chiamano Rasta per un re dell'Etiopia."

"C'hai un accendino?"
"Chi gioca a tressette?"
"C'hai una cartina?"

Passo accanto alle voci che mi seguono come scie, salgo e scendo le scale, mi fermo con la schiena contro un muro cercando di avere un aspetto distratto. Trovo Caterina dopo venti minuti di esplorazione, seduta su un tavolo della vice-presidenza, le gambe incrociate, un largo maglione viola, una matita che ferma i capelli, un cartellone bianco davanti.

Scrive in bella grafia quello che le detta un ragazzo più grande, Dario.

"*...la piattaforma di lotta non cambia, e noi non tratteremo con nessun governo e nessun partito politico...* che dici? Va bene? Firmato Collettivo Politico... Che c'aggiungiamo? Un Hasta la Victoria? Un assalto al cielo?"

Caterina con il pennarello nero traccia le lettere in stampatello.

L - A - P - I - A - T - T - A - F - O - R - M - A...

Io lascio cadere il sacco a pelo. Dario mi vede.

"Ehi, è arrivato il giovane Musso! Vieni qui a dare una mano, va..."

Caterina si alza per abbracciarmi.

"Senti, sai che potresti fare di utile? Perché non vieni a parlare nel gruppo di studio sul terrorismo che faccio? Ci racconti la storia dei tuoi..."

Caterina lo gela con lo sguardo.

"Lascialo perdere", gli dice.

E lui: "Vabbè, solo se ti va, è chiaro. Ma loro che erano? Br?".

"A Tommaso non piace tanto parlarne." Caterina si volta

a guardarmi, e credo non percepisca quanto mi ferisce quando cerca di proteggermi come se fossi un cucciolo di animale.

"Come non detto allora", conclude Dario mentre sparge il fumo sul palmo della mano e comincia a scioglierlo con l'accendino.

"Ce l'hai una cartina lunga, almeno?"

"Io... volentieri... quand'è? Domani?"

Non sono nemmeno sicuro di aver risposto. Dario annuisce senza alzare gli occhi dalla sua mano destra.

"Grande, compa'... Testimonianza diretta! È così che si studia la storia. A noi i libri di testo ci fanno cacare! Solo storia orale..."

Caterina mi prende un braccio e mi porta in corridoio. Io penso di sfuggita a Dario che cerca il nipote di Antonio e Cleopatra per avere una "testimonianza diretta".

Un ragazzo più grande sfiora una spalla di Caterina, lei si volta e gli manda un bacio. Si muove nell'occupazione con la stessa grazia che ha quando pattina o mentre studia. Una principessa annoiata.

"Ma sei scemo? Che gli racconti?"

Io alzo le spalle.

"Mi inventerò qualcosa. Che ti frega?"

"A me non mi vuoi mai raccontare niente."

"Vieni al gruppo di studio."

Lei allunga la mano, mi prende le dita.

"Tu sei prima mio che di tutti gli altri", dice fissando il pavimento.

E anche se è soltanto un gioco, in quella frase si nasconde la vera natura di Caterina: un vampiro che si nutre delle attenzioni di chiunque le stia attorno, annientandolo lentamente in un meccanismo invisibile di interdipendenze. È probabile che non ci sia nessun calcolo nel modo che ha di tenermi attaccato a lei senza rinunciare a Riccardo, e per quanto ne posso sapere anche a Dario, o a quel tipo alto e stanco che bacia con la mano lungo i corridoi.

Quello che per gli altri sarebbe un capriccio per lei è la naturale constatazione di una necessità, e il disordine sentimentale è la ovvia articolazione dei suoi quindici anni, è un connotato della voracità (il cinema, le moto, la politica, io, Riccardo, Dario) o della confusione, ma non importa perché tutto quello che fa ai miei occhi sembra una danza.

"Io e te siamo speciali, vero?", e sembra improvvisamente triste. Rimaniamo così, sfiorandoci le dita, lei appoggiata a una cattedra e io in piedi di fronte a lei, che ascolto il sottofondo lontano di una musica techno.

Passo la notte a guardarla dormire, intirizzito di freddo, attento a ogni rumore (strilli, tonfi, un vetro che va in frantumi, risate, bestemmie, ancora strilli), mentre mi monta l'ansia pensando a quello che dovrò fare la mattina. Aveva ragione Caterina. Non ho nulla da raccontare. Diana mi ha protetto dicendomi il meno possibile, e io sono cresciuto allontanandomi da quel passato che mi rendeva fragile, conservando quell'unica immagine (la stazione, quella città straniera e piovosa che sarebbe diventata la mia, la donna alta come una quercia che mi avrebbe fatto da madre). A nessuno è dato il privilegio di ricordare l'inizio della propria vita. Io invece sono nato a quattro anni, durante un temporale estivo. Questa è l'unica cosa che potrei raccontare al gruppo di studio sul terrorismo.

Ho visto Dario disegnare stelle a cinque punte sul diario come Caterina fa con fiorellini e gattini stilizzati sul suo.

L'ho visto disegnare stelle a cinque punte su una Smemoranda blu, stelle a cinque punte e frasi di Guccini e Che Guevara, segni dell'anarchia e canzoni dei Doors, con la petulante confusione di chi è venuto dopo, e allinea citazioni come transenne attorno a sé.

Ancora risate nel corridoio, il rumore di una finestra che sbatte, il banco freddo sotto la schiena, e un odore di bruciato. Caterina è una macchia che esce dal sacco a pelo, ha il respiro regolare del sonno profondo.

Nel cuore della notte scappo, e nelle settimane successive tormento Diana e Luca con domande continue sulla vita e le opere dei miei genitori.

Le mie peggiori sensazioni si avverano. Basta nominare mia madre, e l'atmosfera in casa diventa elettrica. Diana comincia a muoversi a scatti, strattona gli oggetti mentre apparecchia, brucia la cena, rassetta con troppa violenza il divano.

Mi offre risposte vaghe.

La sera mi chiudo in camera con il cordless per raccontare a Caterina quello che ho scoperto. È ancora arrabbiata perché sono scappato dall'occupazione facendole fare brutta figura.

"Mio padre era un intellettuale, uno che scriveva su una marea di giornaletti politici, economici, filosofici, boh. Non so, cioè nessuno sa esattamente come sia finito a sparare..."

"Le hai chiesto di conoscere i tuoi nonni paterni?", mi domanda per l'ennesima volta.

"Non ancora."

"Dai! Chiediglielo! Dove è che vivono?"

"In Piemonte. Ma per quel che ne so potrebbero pure essere morti."

"Per te sono sempre tutti morti."
"Per te è sempre tutto facile."
"Infatti siamo perfetti insieme. Tu mi fai leggere scrittori morti così divento un po' meno zappa, e io ti tengo allegro..."
"E Riccardo a che serve?"
"Scemo."
"Scemo un cazzo."
"Dice che dovrei vendere l'SH, per tutta una questione di ruote che non ho capito, e comprare un Booster da un amico suo che glielo dà a poco..."
"Interessante. Vi immaginate tra cinquant'anni? Lui avrà una carrozzeria per razzi interstellari, e tu starai a casa a non fare nulla, e io sarò morto quindi sarà troppo tardi per avermi come amante..."
"Pensi davvero che tra cinquant'anni ci saranno i razzi interstellari?"
"Non lo so, Cate, era tanto per dire..."
"Mh. Io ti credo sempre."
"Peggio per te."
"Comunque domani sera esco con Dario. È carino, no?"
"Buonanotte."
"Sei arrabbiato?"
"No."
"Buonanotte."

All'inizio di febbraio Diana me la dà vinta. Sostituisce la settimana bianca a Sappada con un viaggio a Parigi, in pellegrinaggio sulla tomba dei miei genitori. Mi promette pure che sulla via del ritorno (si va in macchina, la decrepita Volvo-verde-pistacchio di Luca, perché io ho contratto anche un temporaneo terrore verso gli aeroplani) faremo una sosta a Ivrea, dove, salvo sorprese, dovrebbero ancora vivere i miei nonni paterni.

Con i genitori di Diana e Alice, che vivono sul lago di Como, ho provato tante volte a portare il discorso su mia madre. Ma mio nonno ha una forma precoce di Alzheimer, e mia nonna scoppia in lacrime ogni volta che qualcuno nomina "la sua bambina che le hanno ammazzato", come dice lei, troncando in una sola frase qualunque velleità di racconto.

La sera prima della partenza, più terrorizzato che contento, esco con Caterina.

Siamo da soli a casa sua: la madre è partita per il week-end con il suo nuovo "ragazzo". Lo chiama davvero così, scatenando in Caterina delle crisi di pianto assolutamente non arginabili.

Caterina sta alla cucina come Jackson Pollock sta alla pittura classica. Superamento delle regole formali, libertà d'espressione, gioco con il caso, flusso di coscienza.

Con la pittura però doveva funzionare meglio. Ai fornelli questa predisposizione creativa si traduce in un sugo a base di salsiccia mezza cruda, stracchino e fiori di zucca.

"Mi piacevano i colori", mi spiega mentre salta avanti e indietro per la cucina abbandonando sigarette accese sul bordo dei mobili.

Io stappo una bottiglia di vino bianco (Pinot Grigio veneto rubato da casa) e, con un gesto copiato da Luca, riempio due bicchieri, ne poggio uno accanto ai fornelli per lei e sollevo il mio in segno di brindisi.

Lei canta dietro a Eddie Vedder, raccoglie un pezzo di carne caduto a terra, lo ributta nella padella, ride, mi fa segno di non dirlo a nessuno.

Io le bacio il collo mentre cucina.

Non mangiamo quasi nulla, sdraiati sul tappeto beviamo altre due bottiglie di vino, lei mi racconta una teoria complicata sulla vita dopo la morte, e la reincarnazione in animali di piccola taglia.

Io gioco con il fermaglio per capelli che le ho rubato e le dico che forse è troppo stupida anche per Riccardo.

Quella sera facciamo l'amore per la prima e l'ultima volta.

Mentre la mattina torno verso casa, la Volvo-verde-pistacchio già carica che mi aspetta, mi passo le mani sulla faccia e sulle braccia, come se volessi controllare di essere ancora io, e qualche volta un brivido mi solleva le spalle. Non ascolto le grida di Diana ("Ma che fine hai fatto? Ti pare l'ora? Stiamo facendo tutto questo per te e tu sparisci"), resto a lungo sotto la doccia con gli occhi chiusi.

Non so ancora che cambieranno parecchie cose.

Quella notte d'amore segnerà la fine di un incantesimo.

Lentamente, settimana dopo settimana, la presa di Caterina su di me diminuirà, come una canzone ascoltata troppe volte che una mattina qualunque, all'improvviso, sembra un motivetto insipido.

Lei non ne farà una malattia. Superata la fase-Dario e la fase-Riccardo, si innamorerà di un diciottenne del liceo artistico Ripetta, batterista jazz e vegano, discreto esperto di astrologia e infaticabile camminatore domenicale per i boschi del viterbese. Nemmeno tanto male.

La Volvo-verde-pistacchio entra a Parigi durante un lungo tramonto invernale. È un richiamo della foresta. Diana mi indica questo e quello, cita un sindaco o un presidente della Repubblica, un architetto o uno scultore, ma io sono intontito: non stacco gli occhi dal cielo.

Conosco quella luce. Era da qualche parte dentro di me, come un maglione che si è sicuri di non aver buttato ma chissà dov'è finito.

Quella luce (perennemente transitoria: a Parigi ogni giornata di sole è una tempesta mancata, e ogni tempesta sembra sul punto di essere spazzata via dal vento), è la luce di una quantità di sogni agitati prima del risveglio, è la luce di ricordi che credevo fantasie. È il lascito dei miei primi anni di vita.

I miei giorni parigini sono uno strazio.

A ogni angolo di strada mi pare di riconoscere qualcosa che non riconosco: qui potrei avere abitato? Era già così questo supermercato quando mia madre faceva la spesa? Ma i terroristi fanno la spesa?

Penso a Caterina quasi tutto il tempo. Invento complesse scuse per rimanere da solo, e le telefono da una cabina con tutte le monete che ho messo da parte. Ma le monete cadono troppo in fretta, e lei risponde a ogni domanda dopo un attimo di esitazione, come se fosse distratta, e anche io mi sento consumato da un imbarazzo sconosciuto.

Quando cade la linea (un colpo di frusta prima del silenzio) rimango prigioniero di un senso di panico. La notte che abbiamo passato insieme mi ha esposto alle due declinazioni più pure dell'amore, il dubbio e la speranza, e ora che la mia corazza è andata in frantumi mi pare di non poter passare neanche un minuto senza di lei, e se passassi con lei ogni minuto, chissà perché, non sarei soddisfatto comunque.

È probabile, guardando a quei giorni dal futuro, che durante quelle chiamate il distacco fosse già cominciato, e che quel panico fosse un fuoco fatuo, o l'inizio di una mancanza che, per certi versi, non si sarebbe mai rimarginata.

Il cimitero è disadorno e sporco. È poco fuori Parigi, ad Aulnay-sous-Bois. Pochi vialetti in cemento contornati da cipressi.

I miei genitori sono due nomi sconosciuti, due lapidi squadrate color grigio-nebbia bordate di nero, in mezzo ad altri nomi sconosciuti.

Michele Musso, 1950-1983

Alice Rosato, 1953-1983

Diana e Luca rimangono qualche passo alle mie spalle, sembrano guardie del corpo.

Tiro fuori dallo zaino il lettore cd portatile che mi è stato regalato per Natale, metto le cuffie, e passeggio per il cimitero ascoltando *Pablo Honey* dei Radiohead. Non so se mi pare più desueto oggi quello strano oggetto che ha vissuto una sola stagione tra il walkman e l'MP3, o il bisogno adolescenziale di decorare ogni emozione con la musica, e non ricordo più se fosse una predisposizione all'eccesso o la paura del silenzio. Comunque cammino. Diana e Luca mi seguono a distanza, modelli di riserbo e sensibilità. Cristina si annoia in maniera teatrale, raccogliendo legnetti e tirandoli lungo il viale, ai piedi della esigua pattuglia di orfani e vedove che frequenta quel piccolo cimitero di periferia.

Sfioro le lapidi con le dita, cerco di capire quale emozione dovrebbe darmi un pezzo di terra, una scritta intagliata nel marmo.

Vorrei che Caterina fosse con me, vorrei raccontarle tutto, e poi cercare un bar dove sederci e mangiare. Con lei potrei ridere di quei pezzi di pietra, o piangere, o stare semplicemente zitto. Ma Caterina non c'è, nei giorni a venire non ci sentiamo nemmeno una volta, anche se io faccio un tentativo che abortisco quando risponde al telefono la madre.

Quella notte faccio un incubo che assume al risveglio il valore di un monito a non continuare quella ricerca.

Mia madre (nel sogno somiglia a Marianne Faithfull da giovane. A Parigi ho comprato un cd con la sua incisione di *As Tears Go By*) è completamente ricoperta di cera ancora calda, come se qualcuno stesse prendendo un calco per esporla al Madame Tussauds. La cera forma una patina trasparente sul suo viso e lei, che sta soffocando, cerca di gridare, ma la pasta incandescente che la copre le paralizza la bocca in una smorfia orribile. Non esce nessun suono dalla sua gola, ma io lo sento rimbombare nella mia testa. Tento di salvarla togliendole la cera dalla faccia con le mani (un crescendo di disperazione, di impotenza), ma ogni strato che riesco a graffiare via viene sostituito da un altro, più pesante e freddo.

Quando mi sveglio mia madre è una mummia plastificata, le labbra spalancate in cerca di aria. Non mi riaddormento più quella notte, e neanche la successiva, l'ultima prima di partire.

Mio nonno mi fissa dal fondo di un tavolo rettangolare di legno liscio e scuro. La casa è cupa, i soffitti sono troppo alti e le tende pesanti escludono i rumori del mondo. Aleggia su di noi un odore di chiuso e di caffè, di amido e potpourri. Ha sessantacinque anni, e non dev'essere un grande oratore. Rimescola con metodo il caffè con il cucchiaino, lasciandolo ticchettare su ogni lato della tazzina, e nel vuoto che abbiamo attorno quel rumore minimo e squillante sembra una campana.

Io fronteggio il suo silenzio con competenza e bonomia, di silenzi sono un esperto, mentre cerco nel suo viso tracce del mio: lo spigolo di uno zigomo, la carnosità di un labbro, l'angolazione della fronte, qualunque cosa in grado di creare un ponte tra me e il vecchio ostile che ho davanti.

Mia nonna, che doveva essere quella con il dono della parola in famiglia, è morta da due anni. Un ictus semi-paralizzante, poi un ictus più forte che l'ha spedita nella tomba di famiglia nel cimitero d'Ivrea. Dove mio padre non è seppellito.

Pesanti cornici d'oro, quadri che raffigurano vasi di fiori e barche sul mare, due divani coperti dalla plastica, il pavimento in mattonelle ocra (o era qualcosa di più giallo dell'ocra?), centrotavola ricamati. Sembra una casa disabitata, inadatta alle forme di vita. Sarebbe fuori posto anche un gatto. Figuriamoci io. Sopra l'armadio sono inchiodati al muro sei cappelli con visiera e mostrine, credo che il nonno fosse un militare. Quando glielo chiedo lui annuisce.

"E così ho un nipote", dice. Non sembra scontento: la sua è una constatazione, espressa con un pesante accento del nord. Il nonno ha una barbetta a punta e le guance piene, solcate da venuzze rosse, spesse occhiaie viola sotto gli occhiali squadrati. Un viso dimesso, o dismesso, difficile da immaginare mentre declina ordini davanti a una fila di soldati. Quando mi accorgo che la malinconia sta tracimando è troppo tardi: voglio solamente scappare, raggiungere Diana, Luca e Cristina che mi aspettano in un bar, bere una cioccolata calda e tornare a Roma. Perché si sono rifiutati di venire? Davvero, come ha detto Diana, è un'esperienza che devo vivere da solo?

Sto cominciando a maledirmi per questa idea assurda, questa idea di Parigi e delle tombe e poi il viaggio fino a Ivrea. Diana e Luca sono di malumore da quando siamo partiti. Si scambiano occhiate sopra la mia testa, parlano a bassa voce.

A Parigi Diana ha fatto una scenata perché c'era troppa gente nella metropolitana, poi un'altra perché le hanno portato l'insalata con una salsa biancastra al posto dell'olio e dell'aceto. Mi dico che non devo cedere al senso di colpa, ma una voce mi ripete che io sono il distruttore, il barbaro invasore che ha portato l'angoscia e la malattia in una famiglia felice. Mi pare che perfino mia sorella Cristina, dal basso dei suoi tredici anni, mi giudichi. Invece di ringraziare per la fortuna che ho avuto trovando una zia pronta ad accogliermi.

Mi immagino, coperto di tatuaggi fatti al riformatorio, mentre racconto a un uditorio di canaglie che quando i tuoi genitori muoiono e ti lasciano così, senza una vita, a quattro anni, devi imparare a cavartela. Pere, una cicatrice sull'addome rimediata in una rissa, e una morte gloriosa a venticinque anni, in fuga dopo aver rapinato l'incasso di una pizzeria.

Sarebbe poi stato tanto peggio? Magari era quello il mio destino, magari, se qualcosa contano i cromosomi e le cellule, è quello il mio talento, figlio di due assassini?

Il rumore delle chiavi nella toppa interrompe le mie fantasie. Dalla soglia mi guarda una donna sui quarant'anni, capelli a caschetto, le mani occupate dai sacchetti della spesa.

Si volta verso il nonno.

"È il figlio di tuo fratello."

"Miodìo", dice lei.

Poi: "Da dove è spuntato?".

Ci mette del tempo per ricomporre un sorriso, presentarsi come Silvia e posare le buste sul pavimento.

Mi porta in cucina. Intuisco dalla schiettezza nei modi che ha dei figli della mia età: è abituata a trattare con un quindicenne, non mi adultizza ma nemmeno mi tratta come una porcellana o un deficiente.

"Aiutami a mettere via la spesa e raccontami qualcosa di te. Non sapevo nemmeno che esistessi."

Il tavolo con la tovaglia a quadrettoni, la donna che mette la spesa nel frigo, un indefinibile odore di colazione: quella cucina mi spinge nel ruolo del bambino, mi fa venire voglia di parlare come uno stupido, fare i capricci, piangere senza motivo (e dire che di motivi ne avrei).

"Sono stato adottato da mia zia, la sorella di mia madre. Non so nulla... cioè. Vorrei sapere qualcosa. Mi chiamo Tommaso, ecco. So molto poco di mio padre."

Ho la faccia di uno che non sa cosa dire, le mani di uno che non sa cosa dire, gli occhi di uno che non sa cosa dire. Mi piomba addosso l'inutilità di quello che sto facendo: la donna che ho di fronte è una sconosciuta, resterà una sconosciuta. Eppure spero in cuor mio che lei si volti, tolga la testa dal frigo e posi i petti di pollo, e si sieda di fronte a me, mi racconti qualcosa, e mi permetta di restare quanto voglio.

Qualcosa insomma che mi faccia tornare a Roma con un bottino di guerra qualsiasi.

"È morto quando avevo quattro anni, e... boh. Non so perché sono qui."

L'ultima frase le strappa un sorriso. Chiude il frigo, si appoggia contro la porta. Il ronzio sembra il rombo di un aereo.

"Mi dispiace non poterti aiutare, Tommaso. Quando ho visto Michele per l'ultima volta avevo dodici anni, lui diciassette. È andato via di casa appena finito il liceo."

"Aveva finito il liceo a diciassette anni?"

"All'epoca si poteva fare, se eri molto bravo ti facevano saltare la quinta elementare, credo. Tu che classe fai?"

"Quinto ginnasio, classico."

"Io insegno matematica. Se n'è andato, poi abbiamo saputo che era un..."

Il silenzio, questo oramai l'ho imparato, fa da guaina alla parola "terrorista". Uno prima. Uno dopo. Forse fanno lo stesso effetto anche "tumore", "evirazione". Parole da impugnare con le presine, come il manico della caffettiera. A me "terrorista" non fa tutta questa paura, visto che mi appartiene da prima di nascere, così la dico io.

"Terrorista."

Silvia afferra un pacco di biscotti e me lo porge, ma io rifiuto. È una bella donna, ma si nota nel portamento quella stanchezza precoce, quel pudore che hanno le professoresse. Un vestito a fiori dell'Upim e la voce misurata di chi vuole passare inosservato.

"Lo abbiamo saputo quando è morto. Non si è mai fatto vedere, mai una telefonata, nulla. Mia madre ne ha fatto una malattia, almeno all'inizio. Voleva cercarlo, andava in chiesa ogni mattina per accendere un cero, una roba... Tutta la mia adolescenza l'ho passata così, e alla fine l'ho odiato, tuo padre. Poi, un bel giorno, mia madre ha smesso di parlarne. Me lo ricorderò per sempre. Era una mattina freddissima, nevicava. Le ho chiesto se era andata in chiesa, e lei mi ha guardato come una matta: 'In chiesa? E per fare che?', mi ha chiesto. Tutto finito. Michele non era mai esistito. Ha ricominciato a chiedere di lui dopo il primo ictus, ma non capiva più molto. Una pena. Lo scambiava per suo marito, mischiava ricordi di Michele bambino con quelli della sua infanzia... Ecco. Questo è tutto quello che so. È passato tanto tempo. Era un bravo bambino."

Mi porto via da quella casa, sotto un nevischio che lascio cadere sulla testa scoperta, un senso di fallimento. Forse avevo sperato davvero di trovare qualcuno con cui parlare, una qualche verità, o forse avevo sperato di sedurli, di farmi accettare come qualcosa di diverso da uno sconosciuto. Silvia mi ha detto che potevo tornare in ogni momento, ma si vedeva che mentiva. Potevo insistere, domandare, lagnarmi, scherzare. Invece ho accettato un biscotto e una tazza di caffè tiepido, ho guardato le vecchie divise militari del mio presunto nonno, e sono andato via.

In macchina mi appoggio al finestrino. Mia sorella canta *Vattene amore* e poi Gianna Nannini. Diana mi spia nello specchietto retrovisore, io guardo quella campagna ordinata e piatta, e mi pare che in fondo essere fuggiti da quel posto a diciassette anni non fosse un'idea così malvagia.

Immagino mio padre e mia madre come due eroi che scappano dalla mediocrità delle pianure nebbiose e dei vestiti dell'Upim, due combattenti per la libertà confusi e tragici.

***

Negli anni che seguiranno quel viaggio mi troverò davanti a uno striscione lungo via Merulana, mentre un corteo di studenti svolta stancamente verso San Giovanni, a coprirmi il volto e fare il segno della P38. Una piccola liturgia calorosa accolta dai miei compagni con un timido applauso e un bel coro.

Mi cresceranno i capelli e la barba, mi stringerò sempre più spesso in un eskimo strappato sotto la tasca sinistra, imparerò a parlare di politica, a indignarmi, ad alzare la voce. Mi scoprirò a pensare che se devo essere figlio di tali genitori, tanto vale giocare nel loro stesso mondo, ché almeno il mio sangue nelle vene possa somigliare a un quarto di nobiltà guerriera.

Poi passerà anche quella fase, e il ricordo si farà stantio, non necessario, obsoleto. Il sorriso dell'orfano prenderà il posto delle domande e delle risposte, qualche bugia (alla quale ho finito per credere), qualche verità di comodo e parecchia dimenticanza riempiranno la distanza tra il mio passato e me.

Fino a questa sera. Ponte Cavour, piazza Augusto Imperatore, poi piazzale delle Belle Arti. I tergicristallo che scorrono avanti e indietro con un lamento leggero, e dietro la città: un omogeneizzato di automobili, fuliggine e foglie morte che coprono i tombini. Platani, pallide insegne di bar, auto del corpo diplomatico, macchine del Vaticano, autobus e pullman turistici.

Parcheggio fuori dalla clinica. Rimango seduto in macchina. Alle sette in punto il dottor Pinto esce dal portone di vetro smerigliato con in mano il telecomando della sua Audi, parcheggiata proprio accanto a me.

Gli vado incontro.

"Dottore. Mi racconti questa storia", gli dico senza nessun preambolo.

Lui sorride, mi fa un gesto indicando il portone. Non sembra sorpreso.

"Davvero la vuole sentire?"

"Lei è la prima persona che incontro che li ha conosciuti. A parte Diana e Luca, i miei zii. Io non credevo di..."

Mi spinge dentro facendo pressione con la mano sulla mia spalla destra, poi lungo il corridoio fino al suo ufficio.

Il dottor Pinto tira fuori una sigaretta e ne offre una anche a me.

"I dottori non dovrebbero fumare."

"Fumano di nascosto", mi risponde, poi mi tende la mano: "Giacomo. Glielo chiedo per l'ultima volta: è sicuro?".

Gli dico di sì.

"Li ho conosciuti a Grenoble. Era il 1984, l'inizio del 1984. Avevo venticinque anni e facevo l'internato in ospedale. Sa che a Grenoble c'è uno dei migliori ospedali d'Europa? Io ero di famiglia ricca. I miei genitori volevano il meglio per me. E così mi finanziarono per andare a finire gli studi lì. Ci andai, anche se non ne avevo voglia.

Per un ragazzo di Napoli a Grenoble le persone camminano troppo veloci. Mi mancava il mare. Faceva freddo.

Certi giorni mi dimenticavo che esisteva una città fuori dall'ospedale, l'odore di disinfettante mi rimaneva addosso, non se ne andava mai."

***

L'unico legame che Giacomo stringe in quei mesi è con una donna che ha quindici anni più di lui, e che certe notti lo accoglie a casa sua a fine turno, quando manca poco all'alba.

Julie lavora in un ristorante dove si tira tardi danzando vecchie canzoni francesi che a Giacomo danno il voltastomaco. Si incontrano in centro, salgono in silenzio la rampa di scale che porta al suo appartamento. Si fanno la doccia, prima lui, poi lei, fanno l'amore. Poi Julie disfa dei piccoli pacchetti di carta, apre le vaschette di alluminio e allinea sul tavolo gli avanzi del ristorante. Giacomo mangia quello che trova, mischiando vitello e carne cruda, formaggio fuso scaldato in un pentolino e pasta scotta.

Una notte ha provato a raccontarle, nel suo francese ancora poco fluente, quell'odore che gli resta addosso.

L'odore di tutti gli ospedali del mondo: minestra e sapone liquido, disinfettante e deiezioni.

Julie ha alzato le spalle, gli ha detto che l'odore dei ristoranti non è molto migliore quando ci lavori tutte le sere.

Mangiano seduti di fronte, lei ha addosso solo la biancheria. Giacomo le guarda la pancia che forma piccole onde di carne, lei se ne accorge e si imbarazza. Tiene i capelli ricci legati con un elastico rosso, e ha una piccola cicatrice che parte dal labbro superiore e sale in verticale per mezzo centimetro.

Per il suo compleanno Giacomo la porta a cena in un ristorante italiano. Ci è già stato una volta, e qualche piatto gli è sembrato commestibile. Mentre camminano sulla strada gelata, lei dice: "È la prima volta che mangiamo qualcosa che non esce da un involucro di alluminio".

Non capisce il motivo di quella relazione con una donna che non ama, ma qualcosa di lei lo fa sentire protetto. Anche certe tristezze. In quel gelido inverno francese ha la sensazione di lavorare alla costruzione di una patina che lo divide dal mondo, una patina che lo metterà al riparo dai rischi del mestiere e lo renderà un bravo medico. Non sa perché, ma sa che anche Julie fa parte di quel periodo della sua vita.

Il ristorante Il Golfo è gestito da un napoletano che si chiama Alberto.

Nel 1984 ha una quarantina d'anni, è basso, ma con un fisico asciutto, la faccia divisa in due da un paio di baffi troppo folti. A fine cena viene a sedersi al tavolo, lui e Giacomo fanno amicizia. Alberto fa ridere Julie raccontando storie della sua giovinezza napoletana, così Giacomo può rimanere in silenzio, osservando con una punta di nostalgia il folclore alle pareti in forma di maschere di Pulcinella, peperoncini, teste d'aglio, scorci di Capri e ceramiche giallo-limone.

Nelle settimane successive Giacomo frequenta il ristorante con regolarità. Alberto beve parecchio, ride e parla troppo, ma a Giacomo ricorda suo zio durante certe cene rumorose dell'infanzia. E poi è meglio che star solo in quella città sbiadita.

Alberto ha un tatuaggio sul braccio sinistro che rappresenta una catena spezzata. Parla spesso di politica, ma senza mai centrare il punto, come se quello che vuole dire davvero andasse letto tra le righe. Certe volte Giacomo si sente ingenuo perché non afferra completamente il significato di certe frasi, lui cresciuto nella Napoli dei ricchi e confusamente calato in un ribellismo senza scopo né applicazione. Non ha ossatura, l'idea di mondo di Giacomo, ma solo quella speciale caratura della confusione giovanile che ti fa scambiare per eversione la nostalgia di una vita diversa che, a ventisei anni, sai già che non sceglierai.

È una sera di gennaio, è tardi, Giacomo è di turno al pronto soccorso.

Sta bendando il gomito di un bambino, quando vede Alberto in piedi al centro della sala d'aspetto, in attesa che si apra un varco nella porta a doppia anta in vetro smerigliato e alluminio che affaccia sugli ambulatori.

"È per un amico. È messo male, ma mi devi giurare che quello che ti dico rimane tra noi. Noi siamo compaesani, no?", gli spiega quando si appartano nel corridoio.

Una lampada al neon fa contatto, la luce va e viene accompagnata da un sinistro ronzio elettrico.

Quando sente le parole "colpo d'arma da fuoco" Giacomo ha un fremito e rimane in silenzio.

"Sta morendo."

Alberto lo dice guardando verso una guardia giurata che viene verso di loro.

"Stacco alle tre del mattino. Sai come si arriva al parcheggio sul retro?"

A fine turno Giacomo sfrutta un momento di solitudine per rubare dall'ambulatorio strumenti, bende, anestetici, mascherine e guanti. Poi saluta tutti con la voce bassa.

È talmente spaventato che un'infermiera gli chiede se si sente bene.

Un quarto d'ora dopo i fari di una Citroën illuminano il nevischio, la macchina si ferma di fronte alla rampa che conduce al piano interrato dell'ospedale.

Giacomo tiene le mani in tasca, le chiude a pugno e le riapre: ha paura che il freddo gli faccia perdere sensibilità alle dita. Non ha mai operato un moribondo, non ha mai suturato una ferita da arma da fuoco.

Alberto scende dalla macchina, con lui c'è una ragazza bionda che fa venire in mente a Giacomo una bambola di porcellana. La carnagione chiara appare quasi spettrale nella luce piatta che esce dalla porta, gli occhi celesti sono senza espressione, immobili e muti. I polsi e le dita sono troppo affusolati. Sembrano un'opera transitoria di Dio: un bozzetto perfetto ma non destinato all'uso quotidiano. Una prova tratteggiata su carta delle dita e dei polsi che si costruiranno più solidi in carne e ossa.

Anche le labbra sono sottili, screpolate, rosse, e piegate in un sorriso che non ha nulla di allegro.

L'uomo che sollevano dal sedile posteriore dell'auto ha una profonda ferita al fianco destro. È stata tamponata male: le garze si sono impregnate di sangue, la pelle attorno al taglio tende al blu, e poi al verde marcio.

Giacomo spalanca i due sportelli posteriori, passa un braccio attorno alle spalle dell'uomo, ordina ad Alberto di stargli vicino.

Stanno per sollevarlo dal sedile, quando lui li ferma con un gesto.

Respira a fondo e fa un cenno con la mano verso Giacomo: "Michele. Mi chiamo Michele. Ti ringrazio".

Senza aggiungere altro, trattenendo il respiro, Michele si sposta da solo sul sedile verso la portiera. Soffoca un grido di dolore, poi gli crolla tra le braccia.

Alberto e Giacomo lo trasportano lungo il corridoio fino a una stanza gelida e buia.

Steso su un tavolo di metallo giace il cadavere di un uomo anziano. La ragazza ha un giramento di testa, si poggia al muro. Alberto e Giacomo sdraiano Michele sul tavolo libero.

"Qui fanno le autopsie", spiega Giacomo senza che ce ne fosse bisogno.

Poi accende una luce troppo bianca e indossa la mascherina.

***

"Mi ricordo tutto, come fosse ieri. Quando ho trovato il proiettile dentro la ferita, ci ho sbattuto con il bisturi e ho sentito un rumore metallico. Mi tremavano le mani. Sentivo la carne morbida sotto gli strumenti, c'era sangue dappertutto... l'odore del disinfettante. Era tutto amplificato."

"Cosa ha pensato?", gli chiedo

"Ho capito subito che erano terroristi. Non sembravano criminali comuni. Lei aveva quello sguardo determinato... non staccava gli occhi da me, e dalla ferita. Sembrava un generale in battaglia...

Si vedeva che erano rossi. Dai modi, dai vestiti. A quel punto anche tutti i discorsi di Alberto, quei discorsi di politica sempre così sfuggenti, improvvisamente li capivo..."

La porta dello studio del dottor Pinto si apre. È la donna delle pulizie, che il dottore manda via con un semplice gesto della mano.

"Mi erano antipatici. Questo anche mi ricordo. Terroristi rossi... nel 1984 erano come degli animali che non volevano estinguersi..."

***

Michele dorme sotto l'effetto della morfina. L'intervento è appena terminato, il piccolo proiettile in dotazione alla polizia francese è in una vaschetta di metallo, insanguinato.

Giacomo accende una sigaretta, le mani tremanti, sulla rampa del parcheggio.

Chiede alla ragazza come si chiama.

"Io sono Alice", gli risponde in modo sgarbato.

"Siete terroristi, vero?"

"Che differenza fa?"

"La fa, invece."

"Vuoi denunciarci?"

"No."

"Allora non fa differenza."

La notte successiva Giacomo va a casa di Alberto.

Gli viene incontro in vestaglia, beve da una bottiglia di Calvados, mentre Michele e Alice sono in camera.

Lui è steso sul letto e suda, lei seduta in silenzio al fondo della stanza, ma appena vede entrare il medico si alza e li lascia soli.

Quando l'ago scende nel braccio il volto di Michele si distende.

La morfina fa effetto rapidamente.

Michele cerca con la mano il braccio di Giacomo, gli chiede di rimanere seduto accanto a lui.

Ha i capelli lunghi, è magrissimo. Qualcosa nel suo fisico rimanda all'iconografia su Gesù. Un Gesù con le sopracciglia contratte in una perenne posa di diffidenza, le mani che spostano nervosamente le coperte, e la barba di qualche giorno.

La morfina cadenza il suo tono di voce allargando le vocali, una lunga e continua esitazione. Sembra, il fluire del discorso, una rete da pesca a strascico che sonda lentamente un fondale per portare a galla qualche parola da una profondità insondabile.

Non parla esattamente a Giacomo, Michele Musso, o almeno così sembra al medico. Parla a un confessore, o a sé stesso.

"Quando entra la pallottola... è una sensazione così strana, sa? Ho visto tutto che rallentava intorno. I poliziotti, la strada, un gatto, una macchina. Era tutto distinto e lento. Poi arriva il dolore. Non lo so descrivere. Una mano che ti prende gli organi interni e li stringe. Qualcosa così. Dopo arriva il freddo, un freddo tremendo. Per tutto il corpo. Freddo. E poi una pulsazione fortissima."

Michele sembra addormentato. Ricomincia a parlare dopo un paio di minuti, che Giacomo ha passato guardando la neve fuori dalla finestra, illuminata dai lampioni.

Chiede se sopravvivrà.

Giacomo non gli risponde, gli chiede se abbia mai ucciso qualcuno.

"Ho fatto un percorso. Lungo. Non ho paura, puoi anche dirmi che il viaggio è finito, non ho mai pensato che sarebbe durato molto."

"Tra una settimana starai bene", gli risponde il dottore, alzandosi dalla sedia.

Se ne va nella notte verso la casa calda di Julie, pensando che quell'uomo, Michele Musso il terrorista, gli mette addosso un senso di angoscia. Sarà quello sguardo che ti fruga.

Non saprebbe dire perché si siano diventati simpatici nelle serate che sono seguite a quella. Eppure.

La notte successiva, Michele parla senza aprire gli occhi.

"Ma cosa pensi di fare tu? Un mazzo qua in Francia e poi, visto che sei nato bene, la tua carrierina chissà dove. Diventerai ricco e sposerai una donna che ti annoierà quasi subito. Le donne che sposano i medici sono sempre noiose..."

Ha una risata cavernosa e profonda. Una risata che ricorda a Giacomo delle pietre che rotolano.

"...Sarà colpa di voi medici, se sposate donne noiose?"

"E tu, invece? Nel migliore dei casi passerai la tua vita in galera."

"Tu non sai niente di me", sibila Michele.

"E tu, di me?"

"Tutto, dottor Giacomo. Tu la vita ce l'hai scritta in faccia."

"Non mi dispiacerà quando vi acchiapperanno."

Michele ride ancora. Ancora quella risata crescente, a suo modo coinvolgente, pensa Giacomo: ride di me, ed è come se riuscisse a far ridere anche me.

"Che persona cattiva che sei, dottor Giacomo. La galera non si augura a nessuno. Comunque sarebbe una buona soluzione. La galera. Meno peggio che sposare una donna noiosa. Chissà. Può essere. Prima o poi ci prendono sempre. La lotta armata è come il casinò. Alla fine vince il banco, no? A meno che..."

"A meno che?"

Michele solleva una mano e con l'indice alzato mima un diniego.

"Troppe domande."

"Ti fa paura? Passare la vita chiuso in una stanza?"

"...*E io ti darò notizie di una rosa che ho piantato e di una lucertola che voglio educare*", dice Michele.

Giacomo non risponde.

"Gramsci. È una lettera che scrive dal carcere al suo bambino", spiega Musso. Poi si addormenta, cullato dalla morfina.

Una settimana dopo, Giacomo arriva a casa di Alberto che è mezzanotte. Porta i soliti medicinali per Michele, e la solita bottiglia per il padrone di casa. Non li trova più, e si scopre dispiaciuto.

Quando ci ha ripensato nel corso degli anni, si è chiesto spesso che fine avessero fatto quei due alieni pallidi e filiformi.

Oggi di quelle notti gli è rimasto il lento ciondolare di Michele lungo il corridoio, appoggiato al suo braccio, quando la morfina perdeva presa e lo riconsegnava al battito del dolore. E quella risata che partiva bassa e poi conquistava terreno, si apriva all'improvviso in una strana allegria.

È rimasto il silenzio compatto di Alice, nascosta dalla distanza di quegli occhi da animale ferito. Alice che scivolava quasi invisibile da una stanza all'altra spostando bende e acqua fredda e lavando a mano con sorprendente violenza i loro pochi vestiti macchiati di sangue.

Michele ha affidato ad Alberto poche righe di commiato scritte per il dottore.

Giacomo afferra il foglio mentre Alberto sta già aprendo la bottiglia.

Esce fuori dalla casa, fa qualche passo nella neve fresca, dominando un magone che non sa motivare. Apre il foglio piegato in due, lascia che si bagni: i fiocchi dal cielo sbafano i segni della penna stilografica.

"*È stato tutto un teatro, dottor Giacomo. Ma per tanti anni ho creduto in tutto quello che facevo, e non sapevo che era una recita anche credere. Ora che è tutto finito spero che riusciremo a sopravvivere. Forse torneremo a riprendere nostro figlio, che vive a Roma dalla sorella di Alice. Ci restano un paio di cose da fare, perché non si può evadere così dalla vita che facciamo, e per quanto ti possa sembrare assurdo mi trovo a pregare che vada tutto bene, come quelli che si sono scelti un Dio più facile del mio. Come te. Come gli altri. Sei una brava persona, era tempo che non ne conoscevo più. Non è vero che la galera non mi fa paura. Ma non ci finirò. Andrà tutto bene. Buona fortuna.*"

Il dottor Giacomo Pinto ripiega il foglio e lo infila nella tasca della giacca. Non ha ancora compiuto ventisei anni quella sera. Capisce subito, con una di quelle intuizioni che sono permesse solo in giovane età, che qualcosa del suo futuro è cominciato in quei giorni. La strana affezione che prova per quei due esseri lunari, precipitati nella sua vita e poi spariti, è il primo ricordo che conserverà della sua vita da medico. Uno dei pochi ricordi duraturi degli anni di Grenoble, insieme a qualche bevuta tra amici, una rovinosa caduta dagli sci, e l'aborto che metterà fine alla sua relazione con Julie.

***

Mi ha chiesto se mio padre era poi tornato a prendermi, ma conosceva già la risposta.

Gli ho chiesto come faccia a essere tanto sicuro che fosse il gennaio 1984.

"Nel 1983 ero a Napoli, mi stavo laureando."

Non ho parlato per qualche minuto, lui è rimasto in rispettoso silenzio guardando il muro, come se potesse seguire i miei pensieri scorrere sulle pareti, simili a un gobbo per le dirette televisive.

Si è creata tra noi una transitoria intimità che mi imbarazza: siamo depositari dei due lembi di un segreto, i possessori dei pezzi di una mappa del tesoro che nessuno aveva mai unito. Io che so della loro morte, lui che sa della loro vita. Al centro, improvvisamente ingombranti, Alice e Michele. I due alieni filiformi, come li ha chiamati lui.

Il secondo pezzo della mappa del tesoro era qui, in una clinica a pochi chilometri in linea d'aria da dove sono cresciuto.

Guido fino a via San Valentino, provo a telefonare a Marta, ma dev'essere ancora a yoga. Suono il citofono e non so cosa farò. Marta avrebbe potuto fermarmi, farmi riflettere. Mi avrebbe fatto bene raccontare a lei le novità che ho appena scoperto, ma uno strano incantesimo sembra essersi impossessato della nostra relazione. È questa la forma che ha preso la crisi tra noi: una serie di coincidenze ci spinge a essere presenti nei momenti sbagliati, e sparire quando saremmo utili. Una gigantesca aritmia di coppia. Ingombranti e assenti allo stesso tempo, troppo e troppo poco, un corpo unico che tira in direzioni diverse, perde la coordinazione, si squarcia.

Diana mi apre la porta. Sento le voci dietro di lei, nel salone.

È alta quanto me, i capelli corti tinti biondo cenere, abbastanza simili a quello che era il suo colore naturale da giovane. Emana un'energia silenziosa, da donna sicura delle sue opinioni, da donna che ha fatto, col tempo, pace con i suoi pregiudizi, e ora li accetta con la grazia degli imperfetti consapevoli.

È una sessantenne sportiva, snella, con un passato di molto bella e un presente di bagni termali e acido ialuronico che tiene elastica la pelle.

"Ciao Tom. Come mai qui? Ci sono a cena Filippo e Jasmina, vieni, saranno contenti di vederti..."

Luca è già seduto sulla sedia a dondolo, la pipa spenta in bocca. Dirige con le dita l'orchestra d'archi che esce a basso volume dallo stereo. Dovrebbe essere Tchaikovsky, ma lo dico solo perché conosco a memoria la rotazione di cd della casa.

Filippo ha le labbra sempre imbronciate, sembra distratto anche quando ti ascolta, spesso interrompe chi sta parlando, e incomincia ogni frase con un *Ah, ma poi non sai che...* che costringe al silenzio. È stato consigliere comunale del Pci, poi sindacalista, poi membro della direzione dei Ds, quindi assessore alla cultura a Frosinone, senza mai smettere di sognare una carriera da autore teatrale che Luca ha cercato di sostenere senza convinzione. È ingrassato. Per colpa di un tic il suo occhio destro si apre all'improvviso ogni due o tre minuti.

Le litigate di un tempo, quando a sedici anni, giovane estremista, urlavo tutto il mio disprezzo per le modeste vedute del suo partito, sono un ricordo sbiadito. Oggi io non urlo più, e Filippo si scalda solo per le partite della Roma, sotto lo sguardo infastidito di Jasmina.

Jasmina fa la pittrice, è algerina d'origine. Indossa una tunica verde acqua e una giacca da sera nera, con appuntata sul petto una foglia d'oro finissima.

Jasmina è sempre vestita benissimo anche quando, come questa sera, sembra avere pescato le prime due cose dal fondo dell'armadio. Questa storia dei vestiti entusiasma a dismisura Diana, che considera le donne sciatte il fondo della piramide sociale, poco sotto i killer seriali e quelli che mangiano troppi grassi saturi.

Jasmina fa sfoggio di felicità per ogni avvenimento del pianeta, lancia brevi grida colme di entusiasmo per l'arrivo in tavola di un pollo arrosto, per l'arcobaleno, per la foto di un cucciolo di cane.

E per la mia improvvisa incursione.

I resti della cena sono ancora sul tavolo, anche se Diana, come sempre, ha già iniziato a sparecchiare ("Non sopporto questo casino, e Camelia domani arriva a mezzogiorno...").

Jasmina salta in piedi.

"Che sorpresa che sorpresa! Diana, ma quanto è diventato bello Tommaso?!"

Mi soffoca in un abbraccio che non riesco a evitare: questa sera ho la mobilità, e l'espressione, di un pugile ributtato al centro del ring dopo un KO.

Prendo due piatti dal tavolo e seguo Diana in cucina.

"Ah ecco, bravo, mettili lì... ma non ti sei nemmeno tolto la giacca, stai bene? Non mi ricordo... te l'avevo detto io che c'erano Pippo e Jasmina a cena?"

Pulisce con una spugnetta gialla il bordo dei fuochi. Raccoglie nel palmo della mano le molliche di pane. Lo fa per automatismo, rapida e precisa.

La voce di Jasmine squilla dalla sala da pranzo:

"Diana, domani sera inaugura la mostra di Gloria alla Galleria Giulia, vieni tu con me che Pippo ha la partita?"

Diana fa un segno scuotendo la mano in alto e in basso, come a dire: *Madonna che palle*.

"Secondo te questa passione per il calcio è il primo segno di demenza senile?", urla.

"No. Colpisce anche gli uomini giovani. È demenza globale...", le risponde Filippo.

“Certo che vengo domani sera...”, conclude Diana, sempre due ottave sopra il consentito, come se la sala da pranzo fosse in un altro quartiere. E sbuffa infilando i piatti nella lavastoviglie.

“Allora, ti togli la giacca e bevi qualcosa con noi?”

Mi appoggio al tavolo della cucina, le mani in tasca.

È difficile cominciare. C’è qualcosa che non mi hai detto, zia Diana?

Non faccio in tempo a parlare. Lei mi prende per un braccio e mi trascina verso il salotto (“Non sederti lì, è tutto sporco”), nell’altra mano tiene in equilibrio una torta di frutta (“Puoi aiutarmi? Su! Prendi i piattini...”).

“Ti giuro che non la capisco questa moda di Facebook. Non è vecchiaia. È proprio che è un canaio infernale. Ho provato a starci, ma...”

“Ah, ma poi non sai, Ettore si è trasferito a Berlino. Mi ha detto che è vero che le case costano così poco...”

“Voi ci siete su Facebook? Tommaso, tu che sei giovane... Non dirmi che è fico...”

“Qualcuno non mangia il dolce? Luca, ti prego, vai a prendere i cucchiaini?”

“...lui fa l’artista concettuale, vero Jasmina? è chiaro che per la sua arte quella è una scena più interessante...”

“Che cazzo è un artista concettuale? Diana, che dovevo prendere?”

“Dimmi cosa è rimasto di interessante qui... I cucchiaini, Luca, i cucchiaini... se l’Alzheimer non ti divora prima di arrivare in cucina...”

“Però trasferirsi a sessant’anni... Tu lo faresti? Ti sradichi...”

“Che c’entra? Ettore parla tedesco.”

"Ah, ma poi non sai, ieri ero in consiglio comunale e chi incontro? Walter Parmeggiani... Luca, te lo ricordi? Quello che suonava jazz..."

"Comunque Tommaso non mi ha ancora risposto su questa storia di Facebook."

"Sembra bella questa torta. Dove l'avete presa?"

"Cucchiaini per tutti! Parmeggiani, sì. E che fa?"

"L'abbiamo presa da Marinari."

"Oddio adoro Marinari! Ci andrei tutti i giorni se non fossi già una botte..."

"Parmeggiani fa il consigliere comunale della Destra."

"Diana ma sei un chiodo! Io che dovrei dire, allora?"

"La Destra? Oddiomio. Con i fascisti?"

"Jasmina ma che c'entra? Tu sei un'artista."

"Qualcuno fa ripartire il cd?"

"Bè? Gli artisti possono essere grassi?"

"Ma non sei grassa!"

"Ma lo diventerò, se continuo a venire a cena da te. In questa casa si mangia troppo bene..."

"Tommaso... Tommaso! Fai ripartire il cd, per favore?"

"Pensa che da giovane cucinavo malissimo. È stato un miracolo della maternità."

"Ah, ma poi non sai..."

"Filippo! Smettila di dare sulla voce a tutti. Sei insopportabile."

"Io? Ma se urlate tutti..."

"Tommaso, è vero che Diana cucinava male? Io non ci credo..."

"No. Non è vero. Ma Diana ha un talento naturale per la reinvenzione della realtà..."

"AhAhAh... il tuo pargolo ti sta dando della bugiarda..."
"Magari. Io non so mentire. Mi conosci, è il mio difetto peggiore..."
"Lo sai, Jasmina. Diana ammette solo i difetti che suonano come pregi."
Diana si volta a guardarmi. La frase è uscita aggressiva, poco mondana.
"Tommaso vuoi sederti civilmente a tavola con noi, o rimani lì a dire cazzate dal divano?"
"Madonna che buona questa torta. Buona davvero."
"No, tranquilla. Forse è meglio che io vada a casa."
"Mi vuoi dire che cos'hai?"
"No, io... ero passato a salutare. Devo vedere Marta."
"A quest'ora?"
"Sono le undici."
"Dai, Tommaso. Assaggia la torta e poi vai..."
"Grazie, Jasmina. Non preoccuparti..."
"Figurati, per Tommaso la serata è appena iniziata. Loro non hanno orari. Io non capisco: ma non vi annoiate a uscire tutte le sere?"
"Sicuro? È buona la torta..."
"Ma che buona davvero... Dove hai detto che l'avete presa?"
"Vabbè, Tommy, fai come ti pare, eh? Poi un giorno ci dici cos'hai..."
"Chiedi a Jas. Io che ne so dove compra le torte?"
"Marinari!"
"Ah è vero Marinari. Adoro Marinari..."
Faccio le scale a piedi, correndo. Apro la macchina. Mi sento in colpa, mi succede sempre quando divento aggressivo, e, per stupido che possa sembrare, mi rendo conto di

essere assolutamente solo. Resisto alla tentazione di tornare di sopra, e abbracciarli tutti. Sedermi tra loro e lasciarmi portare dal flusso di quelle chiacchiere inoffensive. Sì, Jas, ci sono su Facebook. Ora ti spiego perché non è così male. Cos'altro volete sapere da quaggiù, dalle lande desolate dell'universo giovanile?

Resto seduto senza accendere il motore. Mi pare di sentire il cuore che batte in modo irregolare. Forse dovevo parlare di questo con il dottor Pinto.

Una notte agitata, prendo sonno soltanto alle cinque del mattino. Alle undici mi sveglio controvoglia, la testa pesante e le palpebre appiccicate. Accendo l'iPhone senza aprire gli occhi, i cattivi presagi sono evidenti.

Sette suoni secchi annunciano altrettanti messaggi, ognuno corrispondente a una chiamata senza risposta.

Diana, Marta, Marta, Numero Sconosciuto, Giornale, Numero Sconosciuto, Marta.

Nemmeno il tempo di bere il caffè, poi il telefono suona di nuovo.

"Che cazzo hai scritto, Tommaso? Ma sei impazzito?"

È la voce, troppo squillante per un essere umano appena sveglio, del mio caporedattore, Aldo Rovati.

"Di che parli?"

"Di che parlo? Ma stavi dormendo?"

"No, no."

"Hai una voce di merda."

"È il mal di gola. Ripeto: qual è il problema?"

"Il tuo pezzo di ieri è il problema."

"Perché? Non lo hai letto prima di passarlo?"

"No."

"Ci sono andato un po' pesante, ma quello è uno stronzo."

"Quello stronzo sta tempestando di telefonate il giornale, vuole una rettifica."

"Si fottesse."

"Tommaso... quel pezzo è spazzatura."

"Era in tema, no?"

"Non fare lo spiritoso. Non ti abbiamo mandato a scrivere un corsivo da polemista. Che sei impazzito? Stai in cronaca di Roma a parlare di monnezza, e ti metti a fare Enzo Biagi..."

"Grazie per avermelo ricordato."

"La scrivi sta rettifica?"

"Jawohl Mein führer."

"Quando arrivi al giornale passa da me."

Caffè. Una fetta di pane con prosciutto crudo perché odio i cibi zuccherati appena sveglio. Resto di fronte allo specchio a torso nudo. L'immagine che mi rimanda è quella di un viso gonfio, segnato da una barba disordinata, che sporca più che arredare, i capelli sono troppo radi al centro e troppo lunghi ai lati. Tutto quello che mi ha sempre divertito di me (la casa disseminata di libri e giornali, la vecchia lavatrice che perde che non degno d'attenzione, i poster attaccati con le puntine come in una estensione dell'adolescenza) improvvisamente mi sembra ridicolo. Marta non ama questa casa, il suo aspetto da nido post-atomico. Se avesse ragione lei? È una casa inadatta al mondo. Sarà una reazione alla mia infanzia a via di San Valentino, mai un centrino fuori posto, mai un ripiano non spolverato?

Ancora il suono del telefono.
"Sono Giustiniani Enzo, parlo con Musso?"
Una lunga pausa in cerca di equilibrio.
"Sì. Tommaso Musso."
"È lei che ha scritto quella schifezza sul..."
"Se lo sa già perché me lo chiede?"
"Guardi Musso che lei viola la mia onorabilità."
"Vìola."
"Eh?"
"L'accento."
"Senta Musso, lei e i suoi amici scribacchini non sapete con chi avete a che fare. Ne ho già portati in tribunale parecchi di soggetti come lei."
Butto quattro camice nella lavatrice fallata, mi siedo sul bidet. In altri momenti mi sarei spaventato, ma stamattina sembro un monaco che guarda la montagna franare senza togliersi dal viso un sorriso di beatitudine. Immagino che sia l'inizio della fine.
"Mi porti dove vuole, Giustiniani."
"Lei sta rischiando grosso. Ho già parlato anche con il suo giornale..."
"Lo so."
"Corregga subito quello che ha scritto, o io adirò a vie legali."
Purtroppo mi viene da ridere. Purtroppo Giustiniani lo sente distintamente.
"Adisca pure, ora la devo salutare."
Il cellulare in mano, un grande bisogno di una doccia.
Come un sonnambulo, torno ancora ai Parioli.
Ho bisogno di sapere.
Per qualche minuto, l'aria è fredda, il sole una ipotesi

piantata in mezzo a un cielo color cartone, cammino sul bordo del marciapiede in discesa. Percorro tutto viale Parioli, ma potrei essere ovunque.

Le Smart bianche in doppia fila, i suv che sorpassano sulla corsia sbagliata, le vetrine che offrono telefoni cellulari in abbonamento, maglioni con la lampo, occhiali scuri, i sorrisi dai cartelloni 6x3 che invitano a godere di spettacoli comici, chi parla nell'auricolare, chi ride troppo forte, chi mi urta, chi si sposta nervoso, il lamento dei clacson che si rispondono tra loro come i cani dai terrazzi, il martello pneumatico che apre una voragine al centro del marciapiede, e gli scheletri dei platani e le foglie a terra compattate contro le sbarre dei tombini, le grida oscene dei bambini che escono da scuola.

Tutto quello che genera in me l'ostinata irritazione verso il quartiere dove sono cresciuto, oggi semplicemente non lo vedo.

Sono trasportato dalla forza di gravità fino al fondo del viale, fino alla curva a sinistra che affaccia sul mercato coperto, e lì mi fermo, casualmente piantato di fronte a un chiosco rialzato che vende formaggi sovrapprezzo. La signora con la faccia cattiva dietro il banco mi guarda dall'alto in basso, sembra un giudice lassù sulla pedana.

Ricomincio a camminare.

Lo studio dove Diana riceve i pazienti è vicino a piazza del Popolo. Non ne avrebbe più bisogno da quando io e mia sorella, oramai quindici anni fa, ce ne siamo andati da casa. Ma lo tiene ugualmente. Dice che i pazienti si sentono più a loro agio in uno spazio neutro.

Una ragazza sui trent'anni è seduta in sala d'aspetto. Alza

appena gli occhi dal giornale quando poggio la mano sulla maniglia della porta.

Mi volto a guardarla.

È anonima, con qualcosa di trattenuto nello sguardo. La pelle è opaca, i capelli tinti di rosso, le unghie laccate di nero.

"È un paziente?", mi chiede.

"No. Sono il figlio della dottoressa Rosato."

Esitante, come se non fosse tanto sicura della lingua che parla, mi spiega che la dottoressa è già in ritardo di tre minuti.

"E ritarderà ancora. Per oggi la dottoressa deve annullare gli appuntamenti."

La ragazza rimane con la bocca semiaperta prima di scuotere la testa.

"No. Io vengo da Guidonia."

Lo dice come fosse la risposta a una domanda.

"Capisco, ma è un'emergenza. Ora se puoi andare via..."

Lei si alza per protestare, ma è impaurita. Sta per urlare, ma nonostante il lavoro di Diana la paziente non deve essere ancora entrata nello stadio del diritto alle proprie emozioni. E poi il mio titolo di figlio della dottoressa mi pone ai suoi occhi in un punto elevato della gerarchia sociale.

Ammettere che il figlio della infallibile freudiana che le spilla cento euro a settimana sia uno stronzo intaccherebbe la sua opinione della dottoressa medesima, e quindi renderebbe inutile l'analisi, e sprecati i cento euro.

Ecco perché la paziente opaca emette solo una protesta gutturale. Quando mi chiede se può parlare con lei, e io glielo nego, ha già la borsa in mano.

Diana ha gli occhiali legati con una piccola corda dorata,

sta infilando un fascio di fogli in un cassetto.

"Ah, sei tu... ormai hai deciso di spuntare sempre all'improvviso? Sta per arrivare una paziente."

"L'ho mandata via."

La sua prima reazione è aggressiva. Mi guarda come mi guardava quando rompevo qualcosa in casa. Poi aggrotta le sopracciglia.

"Tommaso, ma stai bene? È successo qualcosa?"

Diana spalanca la porta, cerca la paziente opaca nella sala d'aspetto.

"L'ho mandata via, te l'ho detto."

Non riesco a trovare una frase che non sembri uscita dal libretto di un melodramma. Mi siedo sulla poltrona di pelle, la poltrona di pelle comprata a Pitigliano quando avevo dodici anni, rimasta per tanto tempo in un angolo dimenticato della sala da pranzo prima di essere dirottata qui.

"Non posso spiegarti adesso."

"Non puoi neanche interrompere il mio lavoro così."

Raccontami tutto, e se me lo hai raccontato raccontamelo di nuovo.

Mi passano per la testa le poche volte che ho trovato il coraggio di parlare con te dei miei genitori.

Dopo quel pomeriggio dei miei sette anni, quando bevendo Martini hai deciso di dirmi della loro morte.

Il tono serio, lo sguardo fisso negli occhi.

Lo hai sempre sostenuto: i bambini non vanno trattati come delle bambole, sennò poi da grandi...

Da grande nessuno ti farà sconti.

Bisogna essere sinceri da subito. Bisogna insegnare il coraggio e la libertà di pensiero. Che orrore quelle madri che fanno le vocette ai loro figli. Ci credo che poi crescono disadattati.

Invece.

Parliamo chiaro.

Ma abbiamo mai parlato chiaro?

Durante quella assurda fuga a Parigi, e poi a Ivrea, perché non abbiamo parlato? Tu e Luca cambiavate discorso, eravate nervosi.

Poi, neanche un mese dopo, torno a casa all'alba.

Ho litigato con Caterina, e non era uno dei nostri soliti litigi. Era un litigio cattivo, annoiato, di quelli nei quali vuoi avere ragione a tutti i costi, e ti accorgi che avere ragione è lo scacco peggiore.

Ti trovo sveglia, da sola al tavolo dello studio di Luca.

Mi dici: "Ti ho aspettato tutta la notte, non ci si comporta così. Tua madre te lo avrebbe permesso?".

È un cedimento dell'insonnia, vero?

Lo capisco subito che ti penti, che non lo dovevi dire. Sai che è scorretto.

Ma quella notte, tu insonne io ubriaco di vino cattivo, proviamo a parlare.

Mi dici che allevare il figlio di qualcun altro è una forma di strabismo. Non riesci a smettere di pensare a quello che avrebbe fatto lei al tuo posto.

Poi ricordo un'altra sera. Qualche anno dopo.

Abbiamo appena sotterrato mia nonna, tua madre, in un piccolo cimitero del Nord Italia. Più tardi, è quasi sera, rimaniamo soli nella casa dei lontani parenti che ci ospitano.

Parliamo in una cucina in legno chiaro, da mobilificio svizzero, davanti a una tisana alla verbena.

Sei stranamente emozionata. Non ti succede mai. E brusca, anche.

Mi dici: ho fatto il possibile. Non è stato facile crescerti. Spero che un giorno mi ringrazierai.

Rimango in silenzio, come al solito.

Dici: "Oggi mi è mancata, sai? Mia sorella".

Non la chiamavi mai "mia sorella" con me. Era mia madre, o Alice. Ma i gradi di sorella sembrava averli smarriti morendo, come se quello fosse, a differenza degli altri, un titolo che decade in assenza.

Sono passati quasi vent'anni, io in questa lunghissima ellissi sono passato dallo stato di "troppo piccolo per parlare di queste cose" a quello, forse ancora più complicato, di "troppo grande".

"C'è qualcosa che non mi hai detto riguardo ai miei genitori? C'è qualcosa che non so?"

Segue un intervallo del discorso, uno spazio bianco che si appoggia tra i miei punti interrogativi e gli occhi di Diana rivolti verso il muro alle mie spalle.

"Cosa succede?", mi chiede, poi sbuffa e si sfila gli occhiali.

Forse direi la verità se non squillasse il cellulare in quel momento. È Aldo Rovati dal giornale.

"Hai presente Corcolle?"

"Più o meno... da quello che ricordo non è un posto dove andare a fare le vacanze..."

"Gli immigrati prendono a sassate gli autobus perché gli autisti non vogliono farli salire. La gente dà la caccia agli immigrati che vengono chiusi nel CIE."

"Ho capito. Roba per me."

"Ti devi far perdonare la cazzata di Giustiniani. Hai scritto la rettifica?"

"No. E se vado a Corcolle non avrò tempo per farlo."

"Sei proprio stronzo per essere un precario. La faccio io."

Rido e prendo dalla tasca le chiavi della macchina.

Diana guarda l'orologio.

"L'ho letto l'articolo di stamattina. Non era tanto nel tuo stile. Era livoroso..."

"Sì, non sei stata l'unica a notarlo."

"Vai a lavorare?"

"Già."

Diana si passa una mano sul viso.

Devo avere qualcosa nell'aspetto che racconta un'emergenza, visto che l'abituale autorevolezza di Diana si scioglie in un sorriso difensivo, una trincea morbida, gommosa. È un sorriso che è un diniego fermo ma accogliente, un invito a passare oltre senza creare inutili frizioni.

"Tommaso, ne abbiamo parlato tante volte, no? Cos'è che vuoi sapere? Sono morti tanti anni fa. Se ti va possiamo farlo, vieni a prendere un tè nel week-end..."

È la via di Diana all'armonia del cosmo: ci si ferma sempre a un metro dalla guerra, bevendo tè alla menta e mordicchiando pasticcini.

No, non abbiamo tempo per la guerra. Ogni ferita che avremmo potuto infliggerci è stata sempre negata prima ancora di diventare una possibilità, come se non avesse mai potuto rimarginarsi, come se la sola ipotesi di infliggere dolore fosse di per sé il tradimento di un patto. Quel patto che ho siglato una mattina d'inverno di tanti anni fa, a Parigi, smettendo di fare domande.

Il patto, cara Diana, ha retto fino all'assenza di tatto del dottor Pinto.

"No. Torno qui prima che tu vada via. Aspettami."

Sono le otto meno dieci di sera.

Corcolle mi ha sfinito. Ho pochi appunti scritti di fretta sul quaderno. Un'intervista a un galantuomo che organizza le ronde anti-immigrato ("Non sono io che sono razzista, solo loro che sono bestie..."), due chiacchiere con Mohamed che ha assaltato l'autista di un autobus a sassate, un incontro con l'autista sotto shock. Ordinario schifo. Roba che metterebbe di malumore anche gente meno predisposta di me.

Intanto ho promesso a Marta che andrò a dormire da lei, anche se è evidente che non va a nessuno dei due.

Quando entro Diana è alla scrivania, eretta, sembra di fronte a una commissione.

Il tè l'ha preparato, con il bollitore Bodum che tiene nel bagno, in un armadio. Ha messo sul tavolo anche i pasticcini. Certe volte, sarà la stanchezza, ma mi commuovo per quanto la conosco. Diana investe i pasticcini del potere di mediazione che nel mondo spetta alle Nazioni Unite.

Resto impalato vicino alla porta.

"Ci sono cose che non ti ho detto perché le consideravo ininfluenti, ma forse non lo sono. Forse hanno condizionato il mio modo di comportarmi, il mio punto di vista. Non aveva senso raccontartele quando eri piccolo, non sono cose che un bambino capisce. Bevi il tè."

Sorrido. Bevo il tè.

"Che genere di cose?"

"Apri la finestra. Non sopporto questo odore di chiuso."

"Che genere di cose?"

"Io e tuo padre. Tutto quello che è successo prima...", dice a mezza voce, usando aria di riserva nei polmoni.

"Io e Michele", ripete guardando me. Fisso negli occhi, come ha sempre fatto.

Mi siedo, dalla tazza bollente qualche goccia mi cade sui pantaloni.

"Tu e mio padre... che?", chiedo.

"Comincio dalla fine. La fine più o meno è nel 1977, a maggio."

"Abitavi ancora a Milano?"

Annuisce.

Quella che segue è una sintesi di quello che mi ha raccontato. Il racconto è durato cinque tazze di tè. Io non ho mai parlato.

***

Diana pettina i lunghi capelli biondi davanti a un piccolo specchio rotondo. Ne vorrebbe uno più grande, ma la Casa offre soltanto quello.

È grande, la Casa, quando è vuota fa paura perché il vecchio parquet scricchiola e il rumore rimbomba lungo quei corridoi bui da interno borghese.

Diana si alza e scorre le dita sulla carta da parati slabbrata. È impreparata a tutto, quella mattina. Arriva in cucina. La grande pentola di alluminio, la chiamano "il pentolone dei cannibali", è incrostata di sugo lungo i bordi.

Diana la lava con gesti brevi e rabbiosi. Ogni giornata comincia così: raccogliendo i detriti della sera precedente, cancellando le tracce della notte. Stana la polvere che si annida attorno agli stipiti della porta a vetri, sfrega gli aloni di umidità sul divano, sposta il tappeto per coprire le macchie che si sono fatte incancellabili, svuota i posacenere, raschia dalla pentola e mette nel frigo un avanzo di carne al sugo.

La sera precedente hanno fatto tardi, come sempre. Parlano per ore. In due, in sei, in otto, ognuno per sé. Parlano, non ascoltano. Sono arrivati alla spicciolata Marco e Valerio, Anna, Mara, Maddalena. Maddalena sempre più silenziosa, Mara che girava canne mentre raccontava del processo di Torino.

Le Brigate rosse hanno ammazzato Fulvio Croce, l'avvocato d'ufficio di Renato Curcio.

Poi gli imputati hanno consegnato un certificato medico che ha portato a un altro rinvio.

Mara rolla e passa spinelli. "Se l'è cercata."

"Era un povero cristo."

"Era un avvocaticchio fascista."

Qualche anno prima Diana lo incontrava spesso, Renato Curcio. Aveva uno sguardo gentile, e una ordinarietà nell'aspetto che la tranquillizzava.

Ha rinunciato a capire chi tra i frequentatori della Casa sia in clandestinità, chi si presenti con un nome falso, chi è armato, chi pericoloso, chi una spia, chi un fiancheggiatore, un sobillatore, chi è soltanto alla ricerca di un piatto caldo, chi è lì per rimediare una scopata.

La Casa è un porto franco, si entra senza identificarsi, si esce quando fuori rischiara.

Diana è l'angelo di questo verboso focolare. Michele una specie di capo ideologico.

A lei i brigatisti non piacciono. Anche se è d'accordo con loro. Ricorda il brivido quando scappò di casa a diciannove anni, e appena arrivata a Milano, era il 1969, si trovò al cospetto di Giangiacomo Feltrinelli durante una riunione. Il grande editore. Il rivoluzionario. La intimidiva. Aveva uno sguardo profondo, sempre calmo. Certe volte Diana gli fissava i baffi, perché se lo guardava negli occhi si sentiva subito indifesa.

Feltrinelli la prese in simpatia, la chiamava "Lolita", e le fece leggere il romanzo di Nabokov.

Parlava spesso tenendo una mano pinzata sul bordo della giacca, e con l'altra impugnava una sigaretta che dimenticava lì tra le dita. Qualche volta, mentre raccontava di un libro appena letto, o della rivoluzione come la immaginava lui, si interrompeva per guardare sorpreso le lente volute di fumo che partivano dalla sua mano.

Se Diana rimase a Milano fu grazie a Feltrinelli. Lui le trovò un lavoro in casa editrice, e dopo pochi mesi, convinto che la polizia lo stesse per arrestare con Pinelli durante il depistaggio della strage di piazza Fontana, entrò in clandestinità.

Diana piange mentre le concrezioni di sugo rappreso cadono nel lavandino, e sembrano piccoli organismi viventi.

Piange perché è stufa, piange perché ha paura che non le interessi più. La lotta, i compagni, quella casa sporca e senza riscaldamenti. Ha anche mollato l'università. Le mancano tre esami per laurearsi in filosofia. Ha resistito finché ha potuto, rispondendo a chi la accusava di essere una borghese.

Butta la spugnetta sul pavimento.

Certo che sono una borghese. Mio padre è un imprenditore, è ricco sfondato, ha pure una barca attraccata sul lago di Como. E io ce l'ho marchiata a fuoco sulla pelle, quella roba. Io so usare le posate da pesce. Pensa. Io qui dentro sono l'unica che le sa usare. E sono sette anni che mi nascondo, che tengo le mani in tasca perché non voglio togliermi l'anello con il diamante che mi ha regalato mia madre, e io odio mia madre, ma odio di più il disprezzo negli occhi di chi mangia a casa mia e mi giudica.

"Con quell'anello potremmo comprarci un nuovo ciclostile."

La verità.

Rimango qui per Michele. Rimango per amore. Pensa. Rimango qui con tutti i suoi amici che dormono nel corridoio, qualcuno perfino in bagno. Rimango qui per pulire la cucina, parlare della rivoluzione, spegnere sigarette nei bicchieri.

Da qualche mese è arrivata sua sorella, Alice. Almeno da quando c'è lei Diana si sente meno sola. Non è facile avere a che fare con Alice. È ancora più chiusa di quando era ragazzina. Bella, bellissima. Gli occhi di un blu trasparente, e la pelle chiarissima, le dita affusolate.

E quei silenzi alteri, snervanti, come una dichiarazione di superiorità.

Sì, secondo Diana sua sorella viene da un altro pianeta. I primi mesi nella Casa la seguiva dappertutto, anche al lavoro in casa editrice.

Poi Diana ha cominciato a vederla sempre meno.

"Che fai tutto il giorno, Alicetta?"

(Alzata di spalle)

"Forse dovresti cercarti un lavoro. Io non ce la faccio a pagare per tutte e due."

"Ce l'ho. Un lavoro. Me l'ha trovato il tuo ragazzo."

"Michele?"

(Cenno di assenso con il capo)

"E che cosa fai?"

"In libreria. Una libreria dei compagni. A Quarto Oggiaro."

"Quando hai cominciato?"

"Oggi."

"Ti piace?"

(Si volta e prepara del tè.)

Alice sparisce come i gatti da cortile, e come i gatti da cortile torna per mangiare. Mangia dalla pentola camminando per le stanze, le lunghe gambe nude sotto la maglietta con disegnato un sole.

Michele arriva alla Casa poco dopo mezzogiorno. È uscito presto la mattina. A fare cosa di preciso Diana non lo sa. Ha smesso di piangere da poco. A Michele non piacciono i suoi momenti di debolezza. Allora lei li nasconde. Quando sente i passi sulle scale va in bagno per soffiarsi il naso.

Segue con lo sguardo una formica che risale a scatti la linea bianca tra due piastrelle celesti. La sua vita le sembra tutta sbagliata. Punta un pollice sulla formica e lascia lì il cadavere. Una macchia tra altre macchie.

Torna in salotto per accogliere il suo ragazzo ascoltando la pulsazione di una stanchezza nelle tempie.

Michele butta sul divano una cartellina e la bacia al centro della fronte come fa sempre.

È distante.

"Hai visto a Roma?"

"Michele..."

"Non hai visto?"

"Michele..."

"Ieri sera la polizia ha sparato a una manifestazione dei radicali, hanno ammazzato una compagna."

Diana sente il pianto risalire verso gli occhi. Non è per Giorgiana Masi, la ragazza morta poche ore prima a ponte Garibaldi, non è per lei che piange. Ma Michele la abbraccia.

"Lo so, è terribile." Dice con un filo di voce.

Poi, risoluto: "Scendo a Roma...".

Diana fa un passo indietro.

Lui ha la faccia delle grandi occasioni, le sopracciglia folte leggermente arcuate. La faccia che l'uomo impegnato in pressanti problemi planetari dedica alla femmina della specie.

Non riesce a smettere di piangere.

Che sia un presentimento, che piuttosto certe verità si spargano nell'aria come onde sonore prima ancora di prender forma solida?

Michele va via nel pomeriggio, con la 127 rossa, verso Roma.

La saluta con un lungo bacio e le solite raccomandazioni: non preoccuparti per me, non succederà niente.

Cosa va a fare?

Un corteo. Un'assemblea. Un presidio. Un funerale. Deve averglielo detto, ma lei non lo stava più ascoltando.

Diana rimane sola, e comincia a scrivergli una lettera che inizia così:

Amore mio.

Ti chiamo così perché non saprei come altro chiamarti, (e mentre lo faccio già mi vergogno, e mi accorgo del paradosso e del tormento), e non so (o non voglio) chiamarti in un altro modo.

Sei partito un'altra volta, di corsa, per inseguire quell'orizzonte che si sposta e che tu chiami rivoluzione, o quando sei più stanco conflitto, e quando sei dentro al fumo di una Gitanes 'passaggio di coscienza del proletariato'.

Comunque sei partito. Non so esattamente cosa fai. Servizio d'ordine, o qualche riunione segreta, o incontri gli studenti o. O o o. Negli ultimi mesi sei troppo stanco per parlare. Forse sei troppo stanco di parlare.

E così io non ho mai trovato il modo di dirti che sono stanca anch'io. Di tutto. Anche se suona enfatico e stupido: della nostra vita. Di questa casa dove non dormiamo mai soli, non mangiamo mai soli, dove scricchiola tutto. Il legno del pavimento le molle del letto gli infissi delle finestre.

Diana accartoccia la lettera.

Si rannicchia sul divano, e legge *Herzog* di Saul Bellow.

È un altro dei suoi strappi alla regola: Bellow non è un autore gradito tra loro giovani rivoluzionari. È sionista, sessista, intellettuale.

Alle nove di sera suona il telefono: è sua sorella Alice, che le dice che è partita per Roma con Michele e altri compagni. Diana sente i gettoni cadere. Il rumore di una macchina in lontananza.

Alice pronuncia la parola *compagni* nascondendoci dentro un atto d'accusa latente: sottolinea l'inadeguatezza rivoluzionaria della sorella. Non è molto diversa da nostra madre. Pensa Diana. Lei dice *compagni* con lo stesso tono con cui mamma diceva *persone ammodo*.

Si addormenta sul divano, viene svegliata da qualcuno

che bussa alla porta. Sono Ezio e Peppe, due compagni di Catania che arrivano spesso da loro in cerca di cibo.

Diana prova a sorridere, li indirizza verso il frigo, poi si chiude in camera sua e passa la notte sveglia. Ascolta i ronzii della Casa, ripensa a Saul Bellow: "*Ma qual è la filosofia di questa generazione? Non è che Dio è morto, questo punto è già stato sorpassato molto tempo fa. Forse bisognerebbe formularlo così: la Morte è Dio. Questa generazione pensa – ed è il non plus ultra dei suoi pensieri – che nulla che sia fedele, vulnerabile, delicato può durare o avere un vero potere*".

***

Sto seduto sul pavimento, la schiena contro la parete di libri. Non ho interrotto Diana per tutto il tempo del racconto.

Lei ha giocato con la corda degli occhiali, si è alzata un paio di volte per chiudere e poi aprire la finestra.

"Sono tornati a Milano dopo una settimana. Tua madre non mi guardava negli occhi. Tuo padre mi ha comunicato che avevano una relazione da vari mesi, e che ora dovevano fuggire. Laconico. Sembrava un annunciatore delle previsioni del tempo."

"Non capisco."

Non volevo dire una cosa così stupida, ma non riesco a fare di più.

Diana sposta una mano verso il basso nell'aria, una benedizione nervosa.

"Che c'è da capire? È l'ultima volta che li ho visti. Non ho mai raccontato a nessuno questa parte della storia. Lo sa Luca, lo sanno quelle poche amiche che mi conoscevano già a quell'epoca."

"Tu eri la donna di mio padre. Lo amavi?"

Lei si alza.

"L'ho amato, e poi l'ho odiato come nessun altro. Ti ho tenuto al riparo dal mio risentimento. Ho rimosso un pezzo della mia vita prima che tu nascessi. Non eri tu il problema, ma lui. Michele Musso è stata una persona terribile."

Ha gli occhi lucidi. Smette di parlare. Poi esce dalla porta correndo.

Corre lungo il corridoio in cotto, un cotto del colore del sangue secco, e si chiude in bagno.

Un piccolo locale ricavato da una cantina lungo via Casilina. Un locale illegale, intriso di fumo di sigarette e hashish, con un piccolo palco per concerti ricavato al fondo della sala. Non c'è luce e non c'è aria, ma verso le due del mattino andiamo tutti lì. Ci fa sentire in un'altra epoca, ci fa sentire adolescenti: parlare a voce troppo alta sopra la musica, e poi tornare a casa con i maglioni che sanno di fumo, e il sapore del rum da discount in bocca.

Arrivo al locale poco dopo mezzanotte.

Il proprietario parla al telefono sulla porta. Potrebbe avere qualunque età tra i trenta e i cinquanta, ma ormai siamo tutti così: il nostro infinito presente ci tiene stretti troppo a lungo per avere una età soltanto.

Antonio mi aspetta poggiato al bancone del bar: fissa lo specchio che ha davanti come se dovesse svelargli qualcosa di sé stesso che ancora non conosce.

Antonio ha una bella faccia scura da meridionale esportato, figlio di calabresi cresciuto a Milano. Una bella faccia che ricorda quella di Enzo Jannacci, con gli occhi tristi, le guance un po' scavate. È entrato al *Corriere della Sera* un anno prima di me, e io l'ho eletto da subito a sherpa tra i misteri del giornalismo.

Antonio, che si occupa di politica interna, sa tutto. Sa come si parla a un assistente parlamentare, a quale porta bussare per ottenere un'intervista, quale sottosegretario seguire per trovare una notizia, chi racconterà la verità e chi mente sempre. Antonio capisce in anticipo quali parlamentari cambieranno schieramento tradendo il vincolo di mandato, quali si venderanno, quali sono affidabili e quali ottusi, chi tampinare se si vuole un titolo forzato da prima pagina, e chi cercare per ascoltare un'analisi non completamente stupida. Analisi che nessuno leggerà, tranne i diretti interessati che trovano ogni mattina la mazzetta dei giornali in Transatlantico. Quindi io al giornale seguo Antonio. E ora sono anche in debito, perché è toccato a lui scrivere la rettifica per Giustiniani.

Quando arrivo al locale ho già bevuto due birre (da solo a casa), tre bicchieri di Nero d'Avola (da solo al ristorante), un amaro (da solo al bar).

Parlo (da solo per strada) a bassa voce mentre cammino, le labbra appena coperte dalla sciarpa. Monologo. Parlo con mio padre. Una voce immaginaria, una faccia immaginaria, un pasticcio della mente che modella un essere che non esiste, all'incrocio tra vecchie foto e visi di attori.

Mio padre e Diana.

Mio padre che sta con Diana e poi scappa con sua sorella, mia madre.

Entro nel locale e colpisco Antonio sulla spalla sinistra. Lo trascino fuori.

"Domanda del giorno: se stai intervistando qualcuno e capisci che ha mentito su qualcosa, cosa deduci?"

Antonio sorride: "Trattandosi di politici, nulla che non sapessi già...".

"Deduci che chi mente su un punto può mentire su tutti gli altri."

"Che è? Mi fai le lezioni di giornalismo nel cuore della notte?"

"Dobbiamo attenerci ai fatti, no? I fatti sono fatti quando hai riscontri oggettivi. Non racconti."

"Che ti hanno dato in clinica? Ti hanno drogato?"

"Peggio. Mi hanno parlato di mio padre."

Antonio fa un fischio.

"Poi sono andato da Diana. Le chiedo di raccontare, e scopro che mi ha detto un sacco di balle sulla loro vita milanese, prima che i miei entrassero in clandestinità..."

"...e quindi adesso non credi più a un cazzo...", Antonio finisce per me.

Mi trascina dentro e mi offre un rum che sa di sciroppo per la tosse. Cammino fino alle alte casse nere poggiate ai lati del palco, proprio mentre un giovane regista/chitarrista/videomaker/autore televisivo attacca un blues elettrificato a un volume che cancella i pensieri.

Fermo a pochi metri dal piccolo palcoscenico, mi lascio sbattere addosso la gente che balla, ma più che ballare ciondola fuori ritmo, e chiudo gli occhi.

Mi arriva una gomitata sul collo, poi un calcio su un polpaccio. È una piccola folla che si muove senza guardarsi.

Ognuno sembra precipitato in una dislessia privata degli arti. Una ragazza bionda salta fissando un punto imprecisato sopra la porta del bagno, e disegna dei cerchi con la testa. Accanto a lei Antonio agita le braccia piegate ad angolo ai gomiti: sembra uno che va all'indietro.

Ballavate così? Nel 1968? E nel 1977? Eravate davvero più allegri, come vuole la leggenda? Era davvero un mondo migliore, tu che avevi 18 anni nel 1968, era davvero la libertà e l'immaginazione, e la liberazione sessuale, e la musica e la poesia e Roland Barthes e il Free Cinema e le avanguardie e le occupazioni? Era davvero dolce, la vita prima della rivoluzione? Tutta questa fottuta mitologia. Quella rivoluzione che poi non si è fatta. È per quello, perché quella rivoluzione annunciata si era rivelata un baraccone, che ti sei messo a sparare? Quando vi siete svegliati in mezzo alle macerie? Quando è successo che *le magnifiche sorti e progressive* si sono trasformate in un dopo sbronza? È lì che quelli come te hanno preso le armi? Cos'era? Un ultimo gesto di arroganza, un sussulto estremo di onnipotenza? Chi ha deciso di mettersi fuori dalla legge aveva intuito meglio degli altri il disastro alle porte? Aveva capito che la liberazione si sarebbe trasformata nella mercificazione del sesso, che la libertà di scelta l'avrebbe realizzata Mediaset aggiungendo tre canali sul telecomando, e che la sinistra italiana era destinata a diventare una forza reazionaria e corrotta?

Avevate capito meglio, oppure, al contrario, siete stati voi i colpevoli di tutto questo? Eravate più seri degli altri o solo più coglioni, papà, se è lecito chiamare così uno sconosciuto?

La trovo in vestaglia, con un bicchiere di vino in mano.

Luca dorme, il ronzio del frigorifero è l'unico rumore della città.

Saltiamo i preamboli: in fondo mi ha chiesto di vederci alle due del mattino solo per continuare un discorso interrotto. Diana, che per tutta la vita ha ascoltato a rate settimanali i racconti delle persone, lo sa benissimo. Forse è la prima volta che accetta di stare dall'altra parte. Lascia che sia io a domandare, aggrotta un po' le sopracciglia quando cerca qualcosa nel passato. Non è un'espressione molto diversa da quella che ha quando non trova gli occhiali.

"Perché non mi hai mai detto che stavi con mio padre?"

"Avresti preferito saperlo?"

"E mia madre? L'hai odiata?"

Diana finisce il vino in un sorso.

"Tua madre era una specie di capolavoro imperfetto. Io ero la sorella grande, solida, pronta a reggere gli urti. Lei già da bambina... me la ricordo quando mi seguiva per tutta la casa trascinandosi dietro la sua bambola. Non parlava mai, voleva solo starmi vicino. Mentre studiavo, mentre pulivo la casa, perché tua nonna mi metteva a pulire la casa già da piccola. A lei mai. Alice era sacra. Ad Alice non si chiedeva nulla. Perché quando le chiedevi qualcosa metteva il broncio, piangeva. I tuoi nonni la chiamavano la principessina. La principessina non doveva *creare problemi*. E basta. Di fronte a lei, di fronte a quegli occhi trasparenti... c'era come una supplica nascosta. Era un ricatto, era come se dicesse *non fatemi del male, vi prego*. E allora di fronte a quegli occhi, a quella fragilità, tutti rimanevano ammaliati, o impauriti. Come se una sola parola fuori posto potesse ucciderla. Nessuno capiva mai bene cosa le passasse per la testa. Non diceva. Piangeva, e succedeva all'improvviso, come se avesse lasciato aperto un rubinetto, e così come aveva cominciato smetteva e ricominciava a fare quello che stava facendo. Da adolescente aveva chiesto di avere una chitarra. Non chiedeva mai nulla, e allora il nonno gliel'aveva comprata. Era tutto contento, perché almeno quello sembrava un gesto umano, banale. Doveva essere il 1968-69. Aveva più o meno quindici anni.

Cantava sempre *Suzanne*, quella di Leonard Cohen, che era uscita un paio di anni prima e io avevo in 45 giri. Mi ricordo. La cantava con quel filo di voce, sognante, con i capelli sciolti. Diceva che si sentiva un po' lei, Suzanne. Per un periodo voleva anche che la chiamassimo così..."

"Me la facevi sentire sempre quando ero piccolo", dico, incongruo.

"Sì, mi faceva pensare a tua madre. Era un modo per mantenere un legame tra voi."

"Poi al liceo scopre la politica, sempre seguendo me che avevo tre anni di più. Ero al primo anno di università, non ero ancora a Milano. Solo che la scopre a modo suo. Riversa là dentro, nella lotta, nei cortei, tutto quel grumo di dolore che c'era sempre stato. Si butta in mezzo agli scontri come se ogni giorno si potesse morire. Io ero terrorizzata. Mi ricordo che quando andavamo alle manifestazioni avevo più paura per lei che per me. Anche perché io ero fifona, me ne stavo dietro, ben attenta. Lei andava ai collettivi con gli studenti, poi era diventata la vestale degli operai. Arrivava nelle fabbriche occupate che sembrava un angelo, portava qualcosa da mangiare, e i volantini. Con la nonna volavano certe urla...

E poi mi ricordo quella volta che il nonno le diede un ceffone perché era andata non so dove, aveva diciassette anni, credo. E lei reagì. Senza preavviso, diede una spinta a suo padre che lo mandò lungo per terra. Penso che le cose siano cambiate lì, in quel momento. Lei aveva capito che la ribellione era l'unica forma che riusciva a dare a quella fragilità, a quell'ansia che la divorava."

"E poi in quel maggio del '77 è sparita..."

Diana incurva le spalle. Si versa ancora da bere.

"Non mi sono alzata dal letto per cinque giorni. Era qualcosa che andava al di là dell'umana comprensione. Almeno per me."

"Mi chiedo se ci fosse un tentativo di minimizzare la portata di una cosa così, di buttarla là con la liberazione sessuale, la comune, la fine dei rapporti borghesi."

"C'era, sì. Anche se nel '77 stava finendo tutto male. Dopo il casino che era successo al parco Lambro l'anno prima..."

"Cioè?"

"Io c'ero. Doveva essere una festa, dopo tre ore tutti si menavano con tutti. Era iniziato il casino per i prezzi dei panini. Tutte quelle menate sull'amore, le droghe libere... Io pensavo già allora che fosse una stronzata, ma non osavo dirlo. Penso che tutte le scelte che ho fatto dopo siano dipese in qualche modo da quel giorno. Ho scoperto sulla mia pelle quanto fossero assurdi quei discorsi."

***

Diana è sotto le coperte, suda, la pelle nuda si appiccica alle lenzuola. È come una febbre. Ha lasciato la porta di casa aperta, qualche amico di Michele entra ed esce senza fare caso a lei. Ascolta i rumori nel salotto e nella cucina, aspetta di sentire la sua voce. Ma lui non torna. E lei sa benissimo che non tornerà, perché glielo ha letto negli occhi.

Durante la giornata viene attraversata da onde di energia, e sbatte le gambe contro il letto. L'elastico del lenzuolo ha ceduto, scoprendo un materasso liso e macchiato.

Alza la cornetta del telefono e ascolta la voce di sua madre che ripete *pronto* a vuoto, poi aggancia vergognandosi. Cosa potrebbe dirle?

Non smette, nemmeno in quel momento, di proteggere sua sorella.

Seduta al centro del letto trasformato in un'orografia di lenzuola arrotolate, immagina il ritorno di Michele e il suo perdono, silenzioso e regale.

Due compagni entrano nella stanza, hanno in mano un volantino ciclostilato.

"Glielo lasci a Michele quando torna? È per un presidio a Bologna, una cosa in memoria di Lorusso. È importante eh?"

Diana ha la camicia da notte scesa su una spalla, è mezza nuda, nemmeno li ascolta.

"Ehi, Diana, ma stai bene? Hai la febbre?"

Lei urla di uscire, il volantino vola verso terra e scivola sotto l'armadio.

Si alza soltanto per percorrere il corridoio fino alla porta d'ingresso. Guarda nello spioncino. Senza motivo.

Qualche volta affonda la faccia nel cuscino e si lamenta. Cammina avanti e indietro sul parquet sconnesso, e quando una spina le si pianta in un piede nudo rimane per ore a guardarla, seduta sul pavimento.

Il terzo giorno di digiuno la sveglia all'alba la fame.

Il dolore per diventare sopportabile si allontana dal particolare, diventa astratto.

Michele, la fuga di Michele, si trasforma nel veicolo di un fallimento. Diana non piange più la sua assenza, ma piange per sé dentro quella casa grande e sporca. Piange il sogno che l'ha trascinata via dalla bella villa sul lago di Como per seguire l'ipotesi di una vita diversa. Diversa dai silenzi di sua madre, dalle porte sbattute e dalle vacanze in montagna. Diversa dal tinello e dal garage e dal vestibolo, da tutte le ossessive enumerazioni di spazi domestici che i suoi genitori sbandieravano in continuazione come vessilli del benessere economico. Nel 1969 arrivava a Milano promettendosi che nella casa che avrebbe avuto ci sarebbe stata solo una stanza, e un divano scassato e una cucina per chiacchierare e per bere. Nessuna stanza avrebbe avuto un nome comune, semmai un nome proprio, come gli animali e le persone.

Quando lei e Michele entrarono nella Casa, era il 1975 e lui l'aveva appena ereditata da una nonna, Diana spalancò tutte le finestre e battezzò la loro camera "Giardina".

Michele rise: "Che nome è?".

"Stanza Giardina. Stanza Giardina", ripeteva Diana cercando di cancellare dalla mente una sensazione sgradevole.

Lo avrebbe voluto diverso quel giorno: il posto nuovo, lei e Michele come una coppia di innamorati. Lo avrebbe voluto diverso, e sapeva che per questo si doveva vergognare. Michele aveva ragione: sarebbe stata una casa aperta, per tutti i compagni e le compagne che ne avevano bisogno. Sarebbe stata una tana, una sala per riunioni, la sede di un giornale stampato in ciclostile, un rifugio, un pentolone zozzo pronto a sfamare eserciti di aspiranti eroinomani.

E lei non riusciva a non mettere in scena l'entusiasmo. Almeno un po', almeno per gioco.

E lui le sorrideva come quando non voleva deluderla, ma neanche stare del tutto con lei.

Fecero l'amore nella stanza Giardina, poi lui scese a comprare una bottiglia di Dolcetto d'Alba e mangiarono nella grande cucina che Diana aveva chiamato "Marzia".

La stanza Giardina è macerie, odore di chiuso e fumo di sigaretta. Diana si lascia andare alla tentazione di riscrivere la sua storia come la degenerazione di una ossessione amorosa. Dal primo giorno in cui ha visto Michele Musso entrare negli uffici della Feltrinelli con le braccia cariche di volantini. Aveva quel sorriso distratto, che elargiva come una concessione. Si diceva che fosse uno dei compagni in contatto con Feltrinelli clandestino. Si diceva avesse partecipato ai campi di addestramento per portare la guerriglia in Europa. Lei sta sottolineando un libro di Marcuse. Lui lo guarda di sfuggita: "Tra qualche anno scopriremo che era un sopravvalutato", poi le strizza l'occhio, e si piega per poggiare i volantini su una sedia.

Diana si impappina, abbozza qualcosa di confuso sull'università, sull'eredità di Hegel, sulla necessità di spostare Freud in un contesto diverso...

Michele si rialza, ha il volantino bloccato tra indice e pollice sospeso vicino alla testa:

"Attacchinaggio fuori da Siemens, Pirelli e Innse. Se mi accompagni poi ti offro una pizza, compagna Rosato".

"Perché sai come mi chiamo?"

"Perché Giangiacomo mi ha detto che in casa editrice c'è una compagna bellissima che avrei dovuto conoscere, che si chiama Diana Rosato. Che non capisce un cazzo di Marcuse. Ma questo l'ho scoperto da solo."

Lei apre la bocca per protestare, poi cambia idea, poi protesta, poi lo accompagna.

***

Come lo devo immaginare, Michele? Questa storia del carisma, questa storia del modo che aveva di guardare le persone. Gli applico sul viso una faccia da cazzo. È come una maschera di carnevale. Dico a Diana: raccontami. Perché eri innamorata di Michele?

Lei ci mette molto tempo per decidere come cominciare.

“Aveva quel modo di essere assente, sai...”

Scuoto la testa.

“Io mi sono sempre innamorata di chi sapeva gestire i vuoti. I silenzi, le lontananze. Ti innamori di chi sa illuminare gli spazi tra lui e te. Questo era Michele. Ti offriva un amore fatto di poche cose ben costruite. Mi ero innamorata delle sue fughe improvvise. Mi teneva incatenata a quei pochi momenti in cui mi faceva sentire degna di attenzione.

Anche quel giorno era stato così: pensavo di interessargli, mi piaceva.

Insomma, quella storia del volantinaggio mi sembrava una serata galante. Invece lui mi lasciò lì per tre ore sotto la pioggia davanti a una fabbrica...”

Diana sorride.

“E la pizza?”

“Una orrenda pizza fredda in una bettola di periferia. Lui parlava soltanto di sé, delle sue opinioni, delle sue idee. Arrivava sempre un momento in cui pensavi che fosse un ragazzino noioso ed egocentrico. Probabilmente se ne accorgeva, e all’improvviso ti fissava come se tu fossi la cosa più importante del mondo. Ti prendeva le mani. Ci cascavo sempre...”

***

La degenerazione di una ossessione amorosa. Diana si rannicchia in posizione fetale nella vasca da bagno, grida quando l'acqua fredda le schizza sul collo e sulla pancia. Il grido diventa una specie di risata strozzata, il vaneggiamento di una pazza.

Diana si rannicchia in posizione fetale nel ruolo di donna dipendente, nella parte della fedele compagna che soffre in silenzio al fianco dell'uomo che ama. Non le si addice, ma in quel momento la fa sentire meglio accettare la sua vita come un fallimento: spostare il tradimento sul piano dell'errore sistemico.

I nemici diventano irreali: il comunismo, la libertà, le comuni, Milano. Tutta quella vita che ha scelto e poi attraversato con passo malfermo. Sognando che quello fosse il prodromo ad altro. Può pronunciare, almeno nella sua testa, la parola matrimonio?

No, non ci riesce. Le si strozza in gola. La sua mente si blocca sulla parola "normalità", che brilla in rosso lì al centro, come un errore segnato dalla maestra su un compito. Normalità. Le sembra di poterla toccare. La parola. Perché non poteva essere tutto normale?

L'acqua, che da fredda è diventata bollente, le lava via di dosso gli ultimi tre giorni.

Davanti allo specchio si passa le mani sulle costole, ben visibili dopo il digiuno. Il piccolo specchio rotondo troppo piccolo.

La pelle rossa di calore. Il corpo che fuma per lo shock termico.

Il quinto giorno è quello della disperazione pura.

L'ultimo tentacolo del mostro che ti afferra e ti tira giù.

Diana esce di casa. Milano è un percorso nella memoria,

la loro memoria comune. Le fa venire in mente un cimitero pieno di croci.

La sera prima ha morso una mela, poi ha bevuto del latte. Le gira la testa, vede delle macchie viola che si formano davanti agli occhi.

La meticolosità la ripara dal dolore. In una libreria compra una mappa della città. Con un pennarello nero cerchia tutte le strade dove abitano i compagni che conosce.

Si sposta da un quartiere all'altro camminando come un militare, eretta, cadenzata. Non si ferma neppure quando un temporale improvviso la fradicia.

È a corso Vercelli, cerca casa di Gianmaria e Roberta. Suona il campanello.

"Avete visto Michele?"

No. Non lo hanno visto. Vuoi entrare? Fuori piove, che succede?

No. No. No. Roberta, giurami che non lo sai.

Diana che succede? Che vuoi che ne sappia io di Michele? Non lo vedo da mesi.

Poi ci sono Franco, Lisa, Alberto e Simona, Nino, Leo, Marcella.

Qualcuno non è in casa.

"Hai visto Michele?"

No. No. No.

Sandro lo ha lasciato per ultimo.

Sandro le dice: a Roma è successo qualcosa.

Dimmi qualcosa di più.

Non so niente di più.

Sandro è imbarazzato. Sandro tossisce.

Alle sette di sera Diana ha finito il suo giro. Ha le caviglie doloranti, i vestiti ancora bagnati. Lungo corso Como si accascia contro una macchina parcheggiata. Non si dà pace. Rivive ogni incontro della giornata, e cerca di capire chi può averle mentito.

Franco aveva lo sguardo troppo imbarazzato?

Lisa è stata troppo sbrigativa?

E Sandro?

Perché Sandro non sembrava Sandro?

Ricomincia a camminare.

Cammina per sentire la fatica nelle ossa. Cammina urtando i passanti, lasciandosi urtare.

I milanesi vanno troppo in fretta per le sue forze.

Quando ritorna in sé, si accorge di essere a metà del lungo viale che conduce alla stazione centrale. Accelera il passo. È attratta dalla sagoma imponente che vede contro l'orizzonte. Sembra un grande animale preistorico pronto a inghiottirla.

Nella grande sala di marmo, Diana poggia la schiena a una colonna, accanto alla biglietteria. Fuma una sigaretta, poi la spegne con la punta della scarpa. Sente la gola che raschia. Non ha mai fumato tanto.

Sale sul treno che porta a Roma. Forse va a cercare Michele nell'ultimo posto dove è stato visto da qualcuno. Forse scappa soltanto.

Si addormenta appena salita sul treno.

Sogna Michele che mette le valigie sul ripiano sopra il sedile, lei sa che sono vuote ma non ha il coraggio di dirglielo perché ha paura che si arrabbi.

Diana si sveglia quando il treno è già oltre Bologna.

Arriva a Roma alle 23.44 del 28 maggio 1977.

Vuole rimanere per qualche giorno.

Rimetterà piede a Milano quattordici anni dopo.

***

"Cosa hai fatto?"

"L'unica cosa che potevo fare. Scappare. Mi sono guadagnata due soldi lavorando in un bar di Trastevere, e intanto ho avviato le pratiche per il riconoscimento degli esami dell'università alla Sapienza, mi sono laureata in filosofia. E poi da lì... sentivo questa repulsione per tutto quello che erano stati i miei ultimi anni. Questo clima. Nulla era più tuo, tuo e basta, era una specie di avvilimento dei sentimenti. Le debolezze erano controrivoluzionarie, star male era borghese, riflettere, dubitare... era tutto considerato sospetto.

La rivoluzione aveva cancellato l'interiorità. Voi oggi siete diversi. Per la tua generazione è tutto il contrario: siete ossessionati dal privato, da tutto ciò che è emotivo. Siete politicamente corretti, quelli intelligenti tra voi. Magari un tantino insipidi, però rispettosi.

In quegli anni io mi sentivo defraudata di qualcosa. È per quello che ho cominciato l'analisi, non per via di Michele e di mia sorella. Era più profondo di così. Così ho cominciato, e quello è diventato il mio mestiere. Era una risposta. Tutta privata, tutta centrata su un ritorno a sé stessi. È quello che in fondo hanno fatto in tanti, dal '78 in poi, dopo il sequestro Moro, dico. Chi ha aperto osterie, chi è diventato buddista, chi si è messo a scrivere poesie o a catalogare fiori. Io volevo dire a tutti che se non erano felici non dipendeva dalla rivoluzione che non si era ancora fatta. Era una vendetta verso tua madre? Sì, può essere.

Lei aveva scelto la rivoluzione. Lo aveva fatto portandosi via l'uomo che amavo. Io dovevo trovarmi un altro ruolo."

Diana smette di parlare. Io esco sul terrazzo.

Quando torno dentro, lei è mezza addormentata sul divano.

Le faccio ancora qualche domanda, lei si alza, e va a prendere una fotografia.

È il suo modo di farmi smettere.

Quando cede al sonno, mi sdraio sul pavimento vicino ai suoi piedi. Resto così, rannicchiato, con la foto tra le dita.

La fisso, mentre fuori cominciano a cantare gli uccelli.

Vorrei chiedere a Diana perché mi sta mentendo.

Ma non ho ancora il coraggio di farlo.

Vorrei chiederle ancora una volta: dimmi quando sono morti i miei genitori. Ma la risposta la so già, è quella che mi ha sempre dato. Solo che è sbagliata.

"Sono Giustiniani Enzo. Io non so se lei si rende conto..."

"Che ore sono?"

"La rettifica non cambia nulla. Io le devo annunciare che proseguirò nel mio intento..."

"Non so di cosa parla."

"Dormiva? Lo sa che ore sono?"

"No, infatti gliel'ho chiesto."

Mi metto a sedere sul letto. Non sono ancora del tutto convinto che Giustiniani non faccia parte di un incubo.

"Farò causa a lei e al suo giornale!"

È appena finita la riunione di redazione delle 17 quando annuncio la buona novella al mio capo.

Aldo si presenta di persona, e non succede quasi mai, per riferirmi cosa è stato detto via Skype con Milano.

Di solito si limita a una comunicazione sul sistema telematico del giornale. Tema del pezzo, numero di battute. Da lassù (*lassù* sarebbe la direzione, la stanza dei bottoni di via Solferino, Milano) vogliono questo o quello.

Oggi invece Aldo viene a sedersi accanto a me.

È un omino minuto, riflessivo. Non alza mai la voce, e ha i palmi delle mani sempre arrossati, una ragnatela di venuzze gli solca il collo. Ha il potere di tranquillizzarmi, di farmi sentire dentro la pancia di una grande azienda ben compartimentata e gerarchica, dove ogni caporeparto pensa per i suoi sottoposti, li corregge e li impagina secondo un principio di giusto assoluto. Un uomo buono, così mi è sempre sembrato Aldo Rovati.

Si accomoda sul bordo della mia scrivania, credo lo faccia per darsi un'aria disinvolta.

Mi chiede cosa mi stia succedendo.

Lo dice con il tono di una maestra elementare.

"Sembri un fantasma. Ti consideravo uno affidabile, ma stai piantando un casino dopo l'altro. Dimmi, Musso. È successo qualcosa che non so? Cioè: quel ricovero... a me puoi dire tutto..."

Ho la tentazione di diagnosticarmi una malattia mortale. Ma Aldo ha una faccia preoccupata per davvero. Preoccupata del rinnovo del mio contratto: in questo momento una prospettiva molto improbabile.

"No. No. Sto bene. Che facciamo con Giustiniani?"

"Cerca di calmarlo. Ora però mi dici che c'hai."

Ma cosa posso dire?

Dopo quattro notti di sonno agitato, risvegli improvvisi, accessi di tosse, incubi misteriosi, sono ridotto uno straccio. Mi viene il singhiozzo ogni volta che provo ad accendermi una sigaretta, bevo caffè a ripetizione.

Mi sento torturato da un pezzo mancante, da qualcosa che non riesco a mettere a fuoco. Mentre Diana procedeva con il suo racconto, sentivo la realtà sfuggirmi, trasformarsi in una sequenza di ipotesi da confermare.

Stamattina, quando mi sono svegliato, sono rimasto sorpreso trovando il comodino ancora lì, e il libro che sto leggendo accanto al letto dove lo avevo lasciato. E ho osservato con soddisfazione l'acqua ordinatamente accucciata dentro la bottiglia, così come deve essere secondo le leggi della fisica, e non impazzita e scappata sul muro.

I vestiti sono nell'armadio, la cenere è nel posacenere, e quando accendo il televisore premendo il tasto rosso del telecomando si forma un'immagine composta di pixel facilmente riconducibile a un servizio di Sky TG24.

Nulla è fuori posto, nessun elemento del complesso sistema di masse, colori e onde elettromagnetiche che compone la mia vita si è ribellato.

Ma io non riesco a crederci.

Tasto la macchina del caffè, ausculto il rotolo dello scottex come un medico fa con il petto di un malato. Rimango sorpreso dal sapore del dentifricio in bocca, e interdetto dal rumore dello sciacquone.

Non so più rispondere neanche alle domande più banali.

Esito di fronte al barista che mi chiede se il caffè lo voglio macchiato.

Io odio il caffè macchiato.

Ma io odio il caffè macchiato?

Mio padre odiava il caffè macchiato?

Ho chiesto a Diana, poco prima che si addormentasse:

"Mia madre era pazza? Intendo dire: aveva dei problemi psichici? Da come la racconti non è chiaro".

Lei ha sospirato, ha riflettuto a lungo prima di rispondere.

"È una domanda che mi sono fatta."

Fine. Si è alzata, e da un cassetto della scrivania ha preso una scatola di legno. Sul coperchio, un quadrato intagliato nel legno raffigura una barca a vela.

Diana ha preso una foto in bianco e nero.

Un viale di Milano, il cordone di apertura di un corteo: giacche leggere e caschi agganciati alle cinture, le braccia strette l'una all'altra.

Davanti al cordone, ragazzi e ragazze che procedono alla spicciolata.

Sullo striscione c'è scritto con la vernice: "Studenti e operai uniti nella lotta".

Mia madre ha i capelli sciolti, il pugno chiuso. Sta urlando qualcosa. Ha un maglione peruviano e una piccola borsa di pelle a tracolla. È vero, mi somiglia. Gli occhi fissano un punto lontano, oltre la macchina fotografica.

Mio padre è a due metri da lei, guarda verso la macchina fotografica e sorride. Ha i capelli mossi che arrivano quasi alle spalle, la barba. Una bella barba folta. Il sorriso è appena accennato, a labbra chiuse, tirato. Non esprime divertimento o soddisfazione, quanto un'approvazione muta che viene accordata al beneficiario del suo sguardo. In questo caso è Diana, che sta scattando la fotografia.

Ci sono tracce di quel distacco che mi ha raccontato il dottor Pinto, c'è una latente dichiarazione di superiorità. O forse sono io che la immagino.

Mia madre sembra evitare l'obiettivo, cerca di sfuggire all'agguato mortale dell'otturatore che si chiude.

Liquido Aldo con una pacca sulla spalla e una rassicurazione di routine.

Devo andare in via dell'Acqua Bullicante, mettere insieme cinquanta righe su un immigrato preso a calci e pugni in pieno giorno.

Uscendo dal giornale incontro Antonio che slega il motorino.

"Ti stavo cercando. Ho una domanda da farti", gli dico.

È un riflessivo, Antonio, e per questo mi piace. Lascia sempre passare qualche secondo prima di rispondere.

In questo caso, la risposta è: a Milano. Dovresti trovare i microfilm.

La domanda era: dove li trovo i numeri del giornale del 1977?

"Se devi fare ricerche approfondite. Sennò c'è l'archivio on-line."

"Lo so."

"Allora perché me lo chiedi?"

Antonio è così: detesta le richieste non necessarie.

"Avevo bisogno di un testimone."

Lui alza le spalle, si siede sul sellino.

"Buon viaggio", mi dice.

Il percorso è inverso a quello fatto da mia zia Diana nel maggio 1977. Lei su un rapido con gli scompartimenti da sei, i larghi sedili marroni con la finta pelle bruciacchiata dalle sigarette. Io nell'asettico open space di un Frecciarossa, con un pacco di giornali sottobraccio e l'iPhone sul tavolino.

Lei verso Roma, io verso Milano.

Per partire mi sono vestito bene.

Una giacca di lana grigia di Cenci, camicia bianca, cachemire scollato a V e pantaloni stirati dalla tintoria.

Alla stazione Termini ho comprato un piccolo quaderno che sta comodamente nella tasca della giacca. La copertina blu elettrico.

Ho copiato sul quaderno il racconto del dottor Giacomo Pinto, e poi quello di Diana. Lentamente, facendo uno sforzo di memoria, cerchiando in rosso le date e i nomi, i luoghi.

In fondo appunto:

22 febbraio

Non so cosa cercare. Forse non cerco nulla. Ma occuparmi di questa storia mi fa stare meglio. È come essere sdraiato vicino a qualcuno che ami. Sentire il calore di un corpo. Per non impazzire ho bisogno di sdraiarmi vicino a questa storia. O forse sono già impazzito, o malato, come mi dicono tutti?

All'altezza di Firenze chiamo Diana per farle qualche domanda.

Mi dice che la devo smettere, mi chiede di tornare immediatamente a Roma. Sembra affaticata. Aggiunge: per favore. Ti prego. Hai voluto sapere. Ti ho raccontato quello che volevi. Adesso lascia perdere.

Fa una pausa. Poi: non dare troppo peso a questa cosa. Tu sei mio figlio. È stato sempre così, Tommaso.

Dice proprio così. E le si incrina la voce. A Diana non succede mai. Mi ha sempre fatto credere di non avere paura di nulla.

Adesso percepisco che è arrabbiata, seduta nella poltrona bianca del salotto.

"Questa storia non riguarda soltanto te."

Ho la tentazione di scendere a Firenze, andare da lei, chiedere scusa.

Farfuglio qualcosa.

Mi poggio contro la porta del bagno, nell'intercapedine tra due scompartimenti.

"Non posso fermarmi", le dico alla fine.

Dopo una lunga pausa, risponde alle mie domande.

Appunto sul quaderno:

Naviglio grande 26. Primo piano.

E sotto: Sandro G.

Sandro Ganci oggi è un piccolo editore da battaglia. Non ha rinunciato alla sua appartenenza politica, non è pentito. Pubblica pamphlet contro il capitalismo, testi di filosofia, autori alternativi, traduce qualche scrittore francese che non attira le case editrici maggiori.

Da due anni è in pensione dall'università, dove ha insegnato tutta la vita.

Mi accoglie sulla soglia di una bella casa a poche centinaia di metri dalle colonne di San Lorenzo, che apre a giovani artisti e romanzieri eternamente sul punto di diventare famosi.

Mentre mi stringe la mano, mi spiega sorridendo che è una citazione.

"Non è più quell'epoca, lo so. Però io ci provo lo stesso. Mi piace avere la casa piena di ragazzi, anche se, che ti devo dire... non sono come eravamo noi."

"Come eravate voi?"

"Sempre incazzati. E tremendamente seri. Discutevamo per ore di tutto. Stavamo riscrivendo la storia."

"E i giovani scrittori che ospiti oggi? Di che parlano?"

"Quasi sempre di calcio. Ridono molto, spesso sono giochi tra di loro, in codice, che io non capisco. Mi trattano con imbarazzo, come se fossi un utile idiota. Ma non se ne vanno. Hanno bisogno di pareri continui, mi fanno leggere tutto, vogliono essere rassicurati. Mi chiedono: Sandro, questa roba per te funziona? Funziona? Non funziona? Per loro la letteratura è come un interruttore..."

Rido. Mi sono presentato per telefono come un giornalista del *Corriere* che sta lavorando a un'inchiesta sulla piccola editoria.

Ora prendo posto su una poltrona.

"Allora? Da dove comincio? Da quando ho fondato la casa editrice? Era il..."

Lo interrompo con un gesto della mano.

"Non c'è nessuna inchiesta, signor Ganci. Sono il figlio di Michele Musso e Alice Rosato."

Sandro Ganci fa un respiro profondo. "Cazzo." Dice.

E poi: "Un figlio? Mio Dio... ma... come stanno? Sono...".

"Morti."

"Morti", ripete macchinalmente.

"Quando li ha visti l'ultima volta?"

È un bel settantenne, Sandro Ganci. Magro, baffi grigi e maglione a collo alto. Sembra, anche nell'aspetto, caduto fuori dal tempo.

Scuote la testa e sorride scoprendo due file di denti fieramente colorati di nicotina.

"Mio Dio. Sono morti. Quando?"

"Tanto tempo fa."

"Alice e Michele", ripete. Una constatazione. "Li ho visti l'ultima volta... era maggio del '77. Faceva caldo. Era il giorno del mio trentaquattresimo compleanno."

"Era prima dell'arrivo di Diana? So che anche Diana è venuta da lei. Le ha detto che a Roma era successo qualcosa. Cos'era successo a Roma?"

Ora Sandro mi squadra. Un'ombra gli attraversa lo sguardo.

"Cosa stai cercando esattamente?"

"Non lo so ancora."

Sandro Ganci ha una esitazione. Minima, ma ben visibile.

"Vorrei sapere tutto."

Sandro si alza, beve un bicchiere d'acqua dal lavandino della cucina. Un gatto nero sale sullo schienale del divano. Ci guardiamo negli occhi, Sandro torna verso di me con la giacca in mano.

"Allora sarà una cosa lunga. Vieni, ti porto in un posto."

Andiamo a pranzo in un'osteria di via Lomellina, una traversa del Naviglio grande, non lontano dalla Casa dove vivevano Alice, Diana e Michele.

"Questa osteria c'era già ai nostri tempi. Si mangiava con meno di mille lire", mi spiega.

Poi il suo sguardo cerca un punto in fondo alla sala, la mano sul tavolo afferra con troppa foga il mozzicone di sigaro abbandonato sopra il tovagliolo: "È qui che abbiamo portato per la prima volta Alice, a Milano".

"Quando va a vivere da Diana, nella Casa?", chiedo d'un fiato, come uno studente ansioso di fare buona impressione.

Lui annuisce.

"Questa storia comincia molto prima, se la vuoi davvero sentire tutta. Ti dice qualcosa il convegno di Chiavari?"

Mi dice qualcosa, ma qualcosa che non riesco a mettere a fuoco. Lui continua, come se io non fossi lì, guardando alternativamente la finestra e la porta del bagno.

"Era all'hotel Stella Maris", sussurra.

***

Fuori stagione, l'hotel Stella Maris è sinistro. Le vetrate, i tavoli di ferro, l'erba del giardino, le tovaglie del ristorante: ogni cosa è coperta da quella patina di desueto che si posa sui luoghi di mare tra ottobre e marzo.

La mattina del primo novembre 1969 tira un vento freddo. Sul lungomare, una fila di otto alti pennoni arrugginiti sostiene altrettante bandiere nazionali corrose dal sale, che sbattono mosse dalla tramontana. La bandiera italiana è al centro, sfilacciata. Sandro ha dormito per tutto il viaggio da Milano, sul sedile posteriore di una macchina guidata da un compagno più grande che studia a Trento. Quando si sveglia vede prima di tutto le bandiere, le vede rovesciate, da sdraiato. Si chiede dove si trovi, prima di ricordare. Ha deciso di andare a Chiavari seguendo l'impulso del momento, a metà di una lunga notte di bevute e discussioni, e adesso eccolo qua. Sporco, rintronato dai postumi di una sbronza, arrotolato sul sedile posteriore di una macchina sconosciuta.

Gli hanno detto che deve fare finta di essere un turista, che non deve dare nell'occhio. La cosa lo ha eccitato: anche se nessuno osa dirlo apertamente, quel convegno è segreto, pericoloso. Sandro ha ventiquattro anni, è scappato da un'infanzia tutta parrocchia e scuola dalle suore diventando un cattolico del dissenso. Pensa che i preti debbano combattere per un mondo più giusto, ritrovare l'ispirazione originaria, lottare per i poveri e gli emarginati.

Negli ultimi mesi però, dopo aver partecipato ai collettivi all'università, Sandro si è anche convinto che si può combattere per un mondo più giusto con le armi.

Per questo è qui.

Nella anonima sala conferenze di quell'albergo si parla di lotta armata.

Ci sono parecchi compagni, qualcuno Sandro lo ha già conosciuto a Milano, tipo Renato Curcio, che ha due anni più di lui, e Margherita Cagol, sua moglie.

Ci sono Duccio Berio e Vanni Mulinaris, Mario Moretti, Giorgio Semeria. In tutto, un centinaio di compagni.

Sandro ascolta in silenzio tutte le relazioni.

Renato Curcio interviene a nome del CPM, il collettivo politico metropolitano. Sostiene che la lotta armata sia uno sbocco naturale dei bisogni del proletariato.

È affascinato da quei discorsi, Sandro, anche se sono fumosi, e vagamente sinistri.

Il secondo giorno, in cerca di una sigaretta, si siede vicino a un ragazzo più giovane di lui. Lo ha notato perché è l'unico che prende appunti durante ogni intervento. Scrive fitto fitto, non parla mai con nessuno.

"Hai una sigaretta?"

Quello scuote il capo senza degnarlo di uno sguardo.

La sera lo incontra di nuovo. Cammina da solo sul lungomare.

Ha quasi vent'anni, si presenta come Michele Musso.

È più alto di Sandro, ha un accenno di barba e i capelli appena troppo lunghi.

Dice di non mangiare da due giorni, e di non avere una lira in tasca. Sandro lo invita al ristorante e gli presta dei soldi.

Cenano in una tavola calda a poche centinaia di metri dal mare, e Michele divora due piatti di spaghetti conditi con un pesto unto e acquoso.

“Il problema siamo noi, Sandro. Siamo noi che abbiamo paura di perdere quel poco che abbiamo. Io voglio essere nudo, voglio non avere nulla addosso, mai. Non i soldi, non la casa e la macchina, e nemmeno un bel progetto per il futuro che mi faccia perdere la voglia di rischiare quello che devo rischiare...”

“Cosa resta? Voglio dire... a cosa non rinunceresti?”

Michele si gratta l’accenno di barba su una guancia.

“Le donne. Il vino. Il mare.”

“È un bel programma.”

“E tu?”

“Il cielo stellato, la legge morale...”, sorride Sandro.

“Cazzate. Che vuol dire la legge morale?”

“L’hai letto Kant?”

Michele mastica con la bocca aperta.

“Mh. Sì, l’ho sentito. Letto no. Parlami di Kant.”

“È un po’ lunga...”

“Abbiamo tutta la notte, compagno Ganci.”

Nei giorni successivi si siedono ancora vicini.

Michele non perde una sillaba degli interventi, e scrive con una grafia infantile sul quaderno resistendo ai tentativi di Sandro, sempre più annoiato, di trascinarlo a fare un giro.

Durante il convegno lavorano a un opuscolo.

Alla fine saranno ventotto pagine dal titolo *Lotta sociale e organizzazione nella metropoli*. Il documento traccia le linee di una possibile unità tra le tante anime del dissenso che stanno fiorendo nelle città. Tante anime che non sono più controllate da partiti e sindacati, che vogliono muovere in autonomia l'attacco al capitalismo.

> "*L'autonomia è il movimento di liberazione del proletariato dall'egemonia complessiva della borghesia e coincide con il processo rivoluzionario. Autonomia da: istituzioni politiche borghesi (stato, partiti, sindacati, istituti giuridici), istituzioni economiche (l'intero apparato produttivo-distributivo capitalistico), istituzioni culturali (l'ideologia dominante in tutte le sue articolazioni), istituzioni normative (il costume, la morale borghese).*"

La sera del 3 novembre, l'ultima prima di partire, Michele e Sandro rimangono a bere con i compagni in un'osteria sul corso.

È l'una passata. Sandro ha spiato Michele. Lo ha visto starsene in disparte, timido, e poi accendersi all'improvviso quando qualcuno gli ha chiesto chi era. Glielo ha chiesto una compagna di Padova che si chiama Maria. È bella, Maria. Tutti le hanno messo gli occhi addosso.

Ora Michele l'ha presa da parte, sono seduti su una panca di legno scuro, le ha poggiato una mano su una spalla.

Sandro gli sente dire che *..sta studiando Kant...*

Ha voglia di prenderlo a schiaffi. Non lo farà, ancora per parecchi anni.

Maria salta in piedi: ha visto una chitarra poggiata sotto il bancone, e vuole cantare.

Michele sbuffa, poi si tira su:

"*Che roba contessa, all'industria di Aldo...*".

Il coro lo segue. Michele sorride e solleva il bicchiere mentre intona il ritornello.

"*Compagni dai campi e dalle officine...*"

Michele sale sulla panca, tende una mano a Maria che fa lo stesso per cantare l'ultima strofa.

Finita la canzone, Maria ride come una pazza e affonda la faccia nel maglione di Michele.

Michele chiede il silenzio battendo la forchetta sul tavolo. Anche il compagno che gestisce l'osteria si ferma ad ascoltarlo sulla porta della cucina, un altro fiasco di vino in mano.

Ora ha un cipiglio da condottiero, anche se non perde mai quel sorriso accennato, quel sorriso che sembra invitare chi ascolta a non prendere mai troppo sul serio le cose che dice.

Racconta la sua fuga da casa. Racconta che suo padre è un pezzo grosso del ministero della Marina, un fascista. Michele è fuggito dalla casa di Ivrea mentre il padre era a Roma.

"Nessuno sa dove sono. Da tre mesi dormo dove capita, ma adesso ho trovato voi. E sono contento..."

Dice, agganciando lo sguardo di Maria, che la rivoluzione deve essere la loro unica casa. La libertà il loro unico dio.

Il giorno successivo, l'ultimo dei lavori, Michele è già nella hall fresco come una rosa alle 9 del mattino. Maria è accanto a lui. Prende appunti tutto il tempo come se non sentisse la minima stanchezza, mentre Sandro ha ancora in bocca il sapore del vino. E un'altra sensazione amara, che non riesce a definire.

La sera si salutano calorosamente, e si danno appuntamento a Milano.

Mentre sonnecchia lungo le strade che tagliano il Piemonte, Sandro ripensa a quello strano ragazzo che ha incontrato.

Ci sono tante cose che ancora non sa.

La più importante è che quei quattro giorni, che saranno ricordati come *il convegno di Chiavari*, rappresentano l'atto fondativo delle Brigate rosse.

Ma non è l'ipotesi della lotta armata a dare a Sandro quel sottile senso di smarrimento. È piuttosto Michele Musso.

Ha intuito ciò che quell'uomo cela dietro la recita del rivoluzionario: una rabbia feroce, un appetito smisurato, una forza gelida e travolgente.

Dopo Chiavari, Michele comincia a frequentare con regolarità la casa di Ganci. È un piccolo appartamento pieno di libri vicino Porta Romana. Michele legge avidamente tutto quello che l'amico Sandro gli consiglia. Nutre verso la cultura un rispetto particolare, anche se tanti autori li bolla come borghesi, e finisce per leggerli di nascosto.

Certe notti Sandro lo lascia in salotto con un libro sulle ginocchia, e lo ritrova ancora lì la mattina dopo. Divora *Il conte di Montecristo* e i diari di Kierkegaard, Tolstòj e François Villon, Svevo e Sartre, Pavese e Pessoa con la stessa silenziosa abnegazione. Sandro nota che, più che dall'amore per la letteratura, il suo amico sembra spinto da una ossessione. Vuole conoscere tutto, e per lui conoscere significa possedere. Michele ritrova sé stesso in ogni personaggio, in ogni trama, in ogni pensiero. Giudica gli autori usando sempre la sua vita come metro di paragone: se una affermazione non la capisce, se una esperienza narrata non riesce a ricondurla a qualcosa che ha vissuto, allora la dichiara inutile, non reale, poco interessante.

Ogni cosa che tocca diventa sua. Sembra fatto di creta. Si modella facilmente, si adatta a ogni contesto.

Fa spesso domande a Sandro, e ascolta in silenzio come un bravo studente, mentre su ogni altro argomento dissente continuamente. Sandro ama ascoltare la propria voce mentre racconta, cataloga, espone la storia del pensiero, eppure percepisce una nota di disagio: si sente fagocitato, come se Michele lo inghiottisse insieme a quelle informazioni.

Dei libri letti in quel periodo, quello che lo colpisce di più è *Lettere dal carcere* di Antonio Gramsci. Lo legge tre volte di fila, si imprime nella mente ogni parola, e cambia addirittura modo di parlare, come volesse trasformarsi.

Quando non legge, Michele rimane fedele al suo personaggio di *maverick* in cerca di fortuna. Nelle riunioni politiche, a cena, durante i volantinaggi fuori dalle fabbriche, inventa vite diverse per ogni pubblico: padri e madri immaginari, lutti, agnizioni, derive, naufragi, avventure tagliate su misura per l'uditorio. Sandro lo guarda sorridendo. Diventa un gioco tra loro. Sandro recita il ruolo del fratello maggiore. Responsabile, colto, serioso, comunista vecchia scuola, tutto Marx e sezione.

Nel 1971 inizia la sua carriera di docente universitario: diventa assistente di letteratura francese alla Statale.

Ma il 1971 è anche l'anno in cui Michele Musso cambia all'improvviso.

Sparisce per qualche mese, e quando torna sembra un'altra persona. Non racconta più strane storie sulla sua infanzia, non legge più tutta la notte. Parla molto di politica, ha assunto un tono grave e consapevole.

È stato nel sud della Francia, in un campo di addestramento dei GAP, i Gruppi di Azione Partigiana fondati da Giangiacomo Feltrinelli, e proprio dell'editore, entrato in clandestinità da ormai due anni con il nome di battaglia Osvaldo, è diventato il delfino.

Gli ultimi mesi del 1971 sono quelli dei grandi litigi tra Sandro e Michele.

Il primo sempre più distratto dalle lezioni all'università, e dalle traduzioni dal francese per case editrici e riviste.

Il secondo infatuato della lotta armata, tentato dalla clandestinità, preso dal suo ruolo di raccordo tra Feltrinelli e le entità che l'editore foraggia a piene mani.

Michele accusa Sandro di essere un borghese, uno che gioca con la politica per nascondere un'anima decadente.

Dopo il viaggio al campo di addestramento Michele è diventato torvo, aggressivo. Ha perso la grazia un po' fatua dei suoi primi anni milanesi.

Da un giorno all'altro, Sandro si trova davanti non più lo sbruffone compagno di bevute, quello che nel peggiore dei casi ti sfiniva raccontando le sue gesta erotiche con le compagne del collettivo.

Il suo sguardo non racconta più nulla, le sopracciglia si sono inarcate, come se fosse sempre a metà di un pensiero importante. Il sorriso si è fatto stretto, ha preso quella connotazione enigmatica che sarà la sua caratteristica più evidente. Anche il suo corpo sta cambiando. È diventato di una magrezza quasi ascetica, da penitente, e la barba maschera i lineamenti incerti della giovinezza.

Lavora in fabbrica, si alza alle sei del mattino, fa politica.

E beve.

Una sera, alla fine di una cena tra amici, quando sono rimasti in quattro, interrompe Sandro mentre parla di un libro minore di Flaubert.

"Parole, parole... tu e quelli come te siete sommersi dalle vostre chiacchiere da cattedratici. Guarda che fine faremo tutti, noi che ci dobbiamo sporcare le mani per vivere, mentre tu parli di Flaubert."

Sandro prova a minimizzare, lancia un'occhiata agli altri commensali, ma Michele prosegue alzando il tono della voce:

"Quelli come te sono i più colpevoli. Voi ci mandate avanti a rischiare la pelle, e ve ne state nelle vostre case a scrivere libretti di teoria. Dite che siete con noi, ci appoggiate, ma non rinuncereste alla vostra sicurezza, alla vostra casa calda, allo stipendio. Siete delle sanguisughe. Ora ci potete anche essere utili, ma spazzeremo via anche voi...".

Sandro lo guarda bere una lunga sorsata di gin dalla bottiglia. Prende in considerazione la possibilità che stia scherzando.

"Non vedo dove sia il problema. Possiamo far coesistere Flaubert e le masse operaie...", dice con una nota di sarcasmo nella voce, "...o dobbiamo bruciare i libri come i nazisti?"

Michele ha quello sguardo. Un bambino che provoca i genitori. Un bambino che si diverte, che vuole dare spettacolo. Sorride con mezza bocca.

"I nazisti. Quando non sapete più che dire ci date del nazista."

Sandro alza la voce.

"Noi chi? Voi chi? Michele! Di chi parli? Eravamo compagni, ora siamo *noi* e *voi*..."

"Compagni. Eccola la parola che vi ha rincoglioniti

tutti. Ci vai in fabbrica tu? Li hai mai visti i compagni veri? Quelli che si spaccano la schiena invece di parlare di libri? La gente che i libri non li legge perché non ha nemmeno il tempo di pisciare."

"Michele, a te della classe operaia non è mai fregato un cazzo. Sei troppo narcisista. Fai finta. Come hai fatto finta di leggere Flaubert, quel tanto che ti serviva per rimorchiare..."

Michele poggia un braccio sul tavolo, lentamente, fissando Sandro negli occhi, porta il braccio verso l'esterno. Il piatto cade a terra. Schegge bianche che volano per la stanza.

Michele non si muove. Quel sorriso. Sandro si alza in piedi, Marina, che è a cena lì con loro, urla.

Il suo fidanzato Carlo grida che è troppo, che sembrano due imbecilli. Sandro si avventa su Michele, gli molla un pugno in piena faccia.

Michele non reagisce.

Non si rivolgono la parola per qualche mese.

Sandro lo vede all'università, poco dopo Natale, è l'inizio del 1972, mentre ronza attorno a una sua studentessa, Diana Rosato. Si sono conosciuti poco tempo prima, mentre Michele portava dei volantini in casa editrice.

Diana è una studentessa brillante, Sandro la stima molto, e si scopre a sperare che non cada nella rete di Musso. Lo spera per lei. Ma si sente in colpa per averlo pensato.

Il 14 marzo 1972 muore Feltrinelli: rimane folgorato mentre mette una bomba lungo un traliccio, a Segrate. Michele e Sandro ancora non si parlano.

Sandro decide che il silenzio è durato abbastanza. Vuole sapere come sta Michele, che a Feltrinelli ha dedicato gli ultimi anni della sua vita, e forse è anche curioso di sapere la sua versione dei fatti: per Rossanda, Scalfari e tanti altri, l'editore è stato assassinato.

Lo trova a casa.

Ora vive in un pianoterra a Cassano Magnago.

Il piccolo salotto è pieno di volantini impilati, una trincea di camicie stese ad asciugare su un filo che attraversa la stanza in diagonale. L'unica finestra guarda su un cortile interno pavimentato con piastrelle rotte, muschio e cicche di sigaretta. La casa è fredda, un alone di umido occupa la parte alta della parete d'ingresso.

Michele sembra stanchissimo, tiene le mani incrociate davanti alle ginocchia ossute, seduto su una sedia di vimini stranamente elegante per quel contesto.

Parla lentamente, scegliendo con cura le parole. Non crede alla teoria dell'omicidio. Sostiene che Feltrinelli sia un soldato morto da eroe, combattendo il nemico.

"Quelli che citi tu. I tuoi amichetti. Quelli come Scalfari, la Rossanda e Pintor, sono dei parolai. Dicono quello che gli fa comodo."

Per lui con Feltrinelli se ne va l'unica speranza vera. Era un punto di riferimento, l'unico che teneva tutti insieme, quello che aveva un ascendente sugli altri. L'unico che poteva guidare un processo rivoluzionario in Italia e in Europa.

Sandro intuisce confusamente che quando parla di "altri", Michele si riferisce alla galassia degli extra-parlamentari. Non sa esattamente quanto vicino sia a quelli che ascoltava con tanta attenzione tre anni prima a Chiavari: Curcio, Moretti, Troiano, Franceschini. E poi il gruppo delle "Zie rosse":

Berio, Simioni, Mulinaris, Gallinari, Maletti.

Tra la fine del 1970 e il 1972, le Brigate rosse hanno dato vita a una serie di azioni dimostrative per alzare il livello dello scontro. Rapine, minacce, azioni con esplosivo, effrazioni.

***

Qui il racconto di Sandro si interrompe. Ci tiene che capisca bene il filo del suo discorso, "il contesto", dice lui.

"Il contesto è molto importante per capire Michele."

Per qualche minuto i ricordi lasciano spazio al professore universitario.

"L'idea di Curcio e Moretti rimane legata alla centralità della fabbrica e della condizione operaia: l'azione militare deve correre sotto traccia, egemonizzata dall'azione politica.

Le Zie rosse, o 'La Ditta', o 'Superclan' di Corrado Simioni invece è una struttura para-militare divisa in cellule indipendenti, che punta a un ingresso più rapido in clandestinità per operare in un quadro di guerriglia internazionale", mi spiega.

Prendo appunti.

"Si dice sia stato Corrado Simioni a ordinare l'attentato al consolato americano di Atene il 2 settembre 1970, in cui morirono i due esecutori a causa un timer difettoso. Me lo raccontò Michele. Ma era difficile capire: cosa inventava, cosa sentiva dire in giro, cosa sapeva per davvero. Qualche volta pensavo che fosse implicato con la lotta armata, altre volte che stesse soltanto nei movimenti."

"E tu? Tu eri implicato?", chiedo. Sandro mi dedica un sorriso malinconico.

"Io ormai passavo il tempo in aula recitando Baudelaire e Mallarmé. Andavo ad ascoltare jazz a Brera, e la domenica cercavo un po' di sole fuori città. Insomma: un borghese, anche se non lo volevo ammettere..."

Poi torna a fissarmi, la voce riprende il piglio fermo del professore:

"Quell'attentato, quello di Atene, costò a Simioni i rapporti con Renato Curcio: Simioni voleva che l'attentatrice fosse Mara Cagol, e non aveva detto nulla a Renato. Lei rifiutò, ma quando lo raccontò a Curcio, lui andò su tutte le furie. Da lì la strada delle nascenti Br e del Superclan si divise".

***

Sandro di quella giornata passata a Cassano Magnago ricorda: l'amico che sembra un sacco vuoto, come se le spinte diverse, sempre impetuose e spesso contrastanti degli ultimi anni lo avessero all'improvviso abbandonato.

Ricorda pure il telefono che squilla, Michele che va a rispondere nella stanza accanto, la piccola camera da letto che affaccia sul cortile interno grigio come il cielo.

Michele che dice: "Ti avevo detto di non chiamarmi qui per nessun motivo".

Il tono aggressivo ma trattenuto. Michele che quando torna in salotto si sforza di sorridere, scuote la testa e dice: "No. Non lo hanno ammazzato".

Offre un caffè a Sandro, ma Sandro ha fretta di andare all'università. In quella casa così triste si sente a disagio, e il suo disagio invera le accuse di borghesia che gli ha lanciato l'amico. In quel momento Sandro è soggiogato dall'ascetismo e dalla forza morale di Michele. Vorrebbe riuscire a nasconderlo, ma è impacciato e stanco.

Nel corso del 1973 Sandro e Michele tornano a frequentarsi come ai vecchi tempi.

Il merito è tutto di quella studentessa con i capelli biondi, Diana Rosato.

La storia tra lei e Michele ha preso forma sulle ceneri di Feltrinelli. Lavorava in casa editrice, Diana, e voleva bene a Giangiacomo, che aveva conosciuto appena arrivata a Milano.

Ogni giorno Diana va a lavorare, poi prende il tram e poi l'autobus fino a Cassano Magnago. Trascina Michele fuori di casa la sera, attraversa i suoi silenzi con disinvoltura, lo prende in giro quando diventa troppo serio e lo riaccompagna quando beve fino a perdere l'equilibrio.

Dopo due mesi Michele si licenzia dalla fabbrica e comincia a scrivere con continuità su varie riviste politiche.

Sandro li invita spesso a cena: si è fidanzato con una amica di Diana, e sono diventati inseparabili.

Mentre chiacchierano al margine di un convegno su post-marxismo e sindacalismo operaio, vicino all'università, Michele cita la serata in cui Sandro gli diede un pugno, e riesce perfino a riderci su:

"Che dovrei dire di me, che adesso arringo le masse dalle pagine dei giornali?".

"Tu ci sei nato, per arringare le masse..."

"Sì, effettivamente in fabbrica ero un disastro... ho la manualità di un bambino di due anni."

Michele in alcuni momenti sembra tornato il ragazzo sfrontato e ironico del 1969, anche se parla più lentamente, e con una diversa proprietà di linguaggio. La sua conoscenza dei meccanismi della politica è profonda, frutto di un istinto di comprensione innato, e dello studio. Parla di ogni movimento con cognizione di causa, è molto lucido nell'individuare le trame meno evidenti, le motivazioni profonde e gli sbocchi possibili della situazione internazionale come della politica parlamentare. Ha opinioni precise sulla crisi petrolifera e sul compromesso storico. Sono posizioni che non si allontanano molto da quelle che fanno da filo conduttore alla prima risoluzione strategica delle Brigate rosse, datata aprile 1975, incentrata sul ruolo del SIM, Stato Imperialista delle Multinazionali, e sul suo modello di sviluppo destinato a entrare in crisi con la caduta del saggio di profitto legato alla crisi petrolifera nel biennio 1974/75.

Nel marzo 1975 Michele è in prima fila quando migliaia di operai invadono il centro di Milano per difendere la sede dell'Ampi-San Babila da un attacco dei fascisti.

Pochi giorni dopo è tra i promotori della grande assemblea alla Montedison di Rho. Poi arriva il 16 aprile.

Sandro è all'università, sta facendo leggere dei brani di Sartre. La porta dell'aula si spalanca, e sulla soglia ci sono Diana e Michele.

Michele attraversa la stanza ad ampie falcate. Sembra un militare. Batte una mano sulla cattedra e prende la parola.

"Questa mattina è stato ucciso a colpi di pistola uno studente. Si chiamava Claudio Varalli. Aveva diciassette anni. Claudio è stato assassinato da un militante del Fuan. Chiediamo di interrompere le lezioni e confluire tutti al presidio..."

Sandro chiude il libro, fa segno agli studenti di andare.

Il rumore di sedie e il brusio viene coperto da Michele che comincia a cantare *Bandiera Rossa*. Prima uno, poi cinque, poi dieci. I ragazzi si incolonnano dietro Michele e cantano con lui. Escono da altre aule, dove altri compagni sono andati a dare la notizia. In dieci minuti l'università si svuota.

È un corteo che canta seguendo Michele. Sandro grida al suo fianco. Commosso e turbato, come sempre gli capita quando sente così forte il potere della suggestione.

Quella sera a piazza Cavour, stretti attorno alla macchia di sangue ancora ben visibile sul selciato, c'è tanta gente. Sandro ha portato la telecamera, perché da qualche mese è entrato nel collettivo del cinema militante.

Michele e Diana sono lì in prima fila, gli occhi socchiusi mentre urlano con il pugno chiuso:

Compagno Varalli sarai vendicato
dalla violenza del proletariato
nel cuore e nel canto di chi lotterà
il compagno Varalli vivrà.

Il giorno dopo. Il corteo per Claudio sfila al grido di "Almirante Assassino" verso la sede del Msi di via Mancini.

Poche strade prima dell'obiettivo, Michele con altri sei compagni si stacca dal cordone di testa. Si infila in una via laterale, e torna indietro con un casco integrale sulla testa, e una quindicina di mazze di legno.

Dopo pochi secondi scoppia l'inferno. Dal corteo vengono incendiate quattro macchine, e dalla nuvola di fumo che ha inghiottito i manifestanti partono sassi e bottiglie.

I poliziotti a difesa della sede del Msi rispondono sparando lacrimogeni. Prima in alto, poi più in basso.

La testa del corteo si disperde in tutte le direzioni.

Il rumore delle esplosioni dei serbatoi copre le urla, il fumo sale, sono tante nuvole nere che si fondono in una grande unica, il cielo non si vede più.

Michele è a pochi metri da un poliziotto. Grida prima di centrarlo in pieno con un grosso sasso all'altezza del petto. Si volta per scappare, si chiude in un portone. Sandro lo vede sanguinare mentre si nasconde.

***

"Sei una cosa sola con il tuo cuore che pulsa. All'epoca mi sembrava la sensazione più bella del mondo. Non mi interessava il pericolo. Era adrenalina, ti sentivi pieno, ti sentivi bene. Oggi mi rendo conto che era la stessa sensazione che provavano i soldati in guerra, quella esaltazione era quello che odiavamo, eppure se lo facevamo noi era giusto. Oggi mi vergogno..."

Sandro sorride.

"...ecco. Questo è il discorso di un vecchio. Scusa. In ogni caso già all'epoca non ero un cuor di leone. Me ne stavo in disparte con la telecamera. Invece Michele era al centro dell'azione, in mezzo al fumo, in mezzo alle cariche sempre più pesanti. Mi ricordo che uscì dal portone mentre io andavo in quella direzione per vedere se stava bene. Esce, quasi mi travolge, e si ributta nella mischia."

***

Michele corre verso quel formicaio impazzito. A gesti chiama a sé tre persone, insieme spostano una macchina di traverso sulla carreggiata. Nascosti là dietro ricominciano a tirare i sassi e le bottiglie infuocate.

Sirene, vetri rotti, esplosioni, tonfi distanti, urla di terrore e canti di battaglia. Ancora uno scoppio.

La polizia arretra.

Sotto una pioggia di fuoco, la polizia arretra.

Sandro, che guarda la scena attraverso l'occhio della macchina da presa 16 millimetri, capisce che quella battaglia la stanno vincendo.

La polizia non è preparata a una simile ondata di rabbia.

Inquadra un poliziotto portato via a spalla da due colleghi, vede il sangue, le urla rimbombano nel cervello.

Poi sente arrivare un rumore forte alle sue spalle. Un rombo. È più forte, è diverso da tutti gli altri.

Sono camion e jeep militari. Vanno veloci. Vanno troppo veloci. Aprono in due la coda del corteo.

"Sono pazzi", mormora Sandro.

Passano lanciati a cento chilometri l'ora. I manifestanti si buttano di lato, gridano, rotolano per terra. Sandro ha paura. Corre contro una saracinesca abbassata. Sente degli spari.

Uno, poi un altro. Il fumo brucia negli occhi.

La polizia spara. Ancora grida. Corso XXII marzo è uno scenario di guerra. La jeep va talmente forte che crea uno spostamento d'aria. Te lo senti addosso.

Corrono troppo.

Corrono per uccidere.

Sparano.

Quando il fumo si posa, sul selciato è rimasto Giannino Zibecchi. Ucciso.

Quella notte, nel salotto di una casa sconosciuta dove sono andati a nascondersi, Sandro sente per la prima volta Michele parlare apertamente di lotta armata.

"È inutile", dice, "i cortei non servono più a niente. Dobbiamo essere come loro, dobbiamo sparare e sparire."

Fare la guerra, essere invisibili.

Diana e Michele comprano una 127 rossa, e per inaugurala invitano Sandro e Anna, la sua fidanzata, in gita sul lago di Como.

Sono i luoghi dell'infanzia di Diana.

Siamo nell'ottobre del 1975, un sole primaverile si fa strada nella nebbia del mattino, sfaldando la garza lattiginosa e illuminando il lago di riflessi e ombre mobili. Michele ha appena ereditato una grande casa lungo i Navigli da una nonna di cui nessuno conosceva l'esistenza.

Lui e Diana sembrano felici, mentre la storia tra Anna e Sandro si sta avviando alla fine in un calvario di recriminazioni notturne e porte sbattute.

Alle 10.30 la 127 è sotto casa di Sandro, Michele fuma una sigaretta appoggiato al cofano mentre Diana accarezza il tettuccio della macchina come se si trattasse di un cane.

Durante il viaggio sono allegri, Anna mette nell'autoradio una cassetta di Fabrizio De André, cantano in coro *La città vecchia*.

Su un prato che costeggia il bordo del lago, Anna e Diana disfano i pacchetti per il picnic, mentre i due uomini studiano una mappa stradale per capire come siano riusciti a perdersi per due ore prima di trovare la strada.

Sandro si sente talmente leggero che per un attimo

pensa che potrebbe rimanere con Anna. Ma quello è l'ultimo momento di quiete.

Una bicicletta sbuca da una curva e punta verso di loro.

"Siamo qui! Siamo qui! Alice!!!"

È vestita di bianco, ha un cappello di paglia che tiene bloccati i lunghi capelli biondi. Un cardigan leggero allacciato con un solo bottone, una camicetta. Toglie i piedi dai pedali e lascia che la bici plani in discesa verso il prato, poi la lancia per terra e corre verso la sorella.

Restano abbracciate per almeno un minuto sotto lo sguardo benigno di Michele. Diana batte la mano sulla schiena della sorella, tra le scapole. Alice le sussurra qualcosa in un orecchio e Diana ride.

Mangiano seduti sull'erba, con le gambe incrociate, combattendo contro una colonia di formiche.

Alice gioca con un filo d'erba, la testa poggiata sulla spalla della sorella.

Non parla, sorride se qualcuno fa una battuta, annuisce quando le viene chiesto qualcosa.

Sandro, figlio unico, le guarda con ammirazione. Quel legame muto, leggero. Danno l'impressione di muoversi all'unisono, di respirare la stessa aria, di occupare nello spazio un'estensione inferiore a quella della somma dei loro corpi.

Così in quel primo sguardo, disperato come tutti i primi sguardi d'amore, Sandro dissimula l'attrazione per Alice.

Michele si alza per sgranchirsi le gambe, tira uno, due sassi nel lago. Cerca di farli rimbalzare sul pelo dell'acqua, ma non ci riesce.

Alice sembra una marionetta che si anima. Raccoglie quattro sassi piatti, li fa volare chiudendo il movimento con quei polsi troppo piccoli, e poi si gode la lunga serie di cerchi concentrici che l'impatto apre sulla superficie scura dell'acqua.

Michele fa un fischio di ammirazione. Poi, mentre chiede alla ragazza di insegnargli (in un quarto d'ora deve possedere la tecnica del lancio del sasso nello stagno, come Hegel, Stan Getz, la ricetta del risotto con l'ossobuco, la pittura di Max Ernst, la vita di San Francesco), le domanda cosa faccia nella vita.

"Sono in transito a casa dei nostri genitori. Facevo l'università a Venezia, ma mi hanno cacciata perché ho organizzato una manifestazione di protesta per i corridoi. Eravamo tutti nudi e ci tenevamo per mano. Era molto bello, ma non hanno capito..."

Sorride, un sorriso lontano, che fa pensare a qualcuno che si perde in un ricordo d'infanzia. Sandro resta turbato. Non riesce a toglierle gli occhi di dosso. Sandro segue la curva di quelle spalle troppo piccole appena velate dal vestito bianco.

Alice si volta verso di loro trionfante, Sandro guarda un neo sopra il seno sinistro, e quegli occhi di un colore indefinibile, tra l'azzurro e la stanchezza.

Anna spia lui che spia Alice, Sandro lo sa.

Si alza e si toglie la camicia.

"Vuoi mostrare al mondo le tue trippe, amore?" Anna cerca di scherzare, ma quella battuta è un attestato di possesso, Sandro si sente mancare il fiato. La manderebbe al diavolo lì davanti a tutti, se fosse il tipo di uomo capace di fare una scenata in pubblico.

"E che farai? Resti qui sul lago?", chiede Michele ad Alice.

Lei scuote la testa.

“Odio questo posto. È pieno di gente orribile.”

Diana le prende la mano: “Puoi venire a Milano... adesso abbiamo una casa grandissima”, e mentre lo dice si volta verso Michele cercando la sua approvazione.

Nessuno sembra essersi accorto di Sandro. Così lui si toglie i pantaloni di tela spessa color ruggine.

Michele annuisce. “Certo! La casa è enorme, abbiamo una stanza per te. Il peggio che ti può capitare è dover sopportare qualcuno del collettivo che si aggira in cerca di cibo...”

Alice si illumina. “Allora è fatta...”

Sandro, da solo, mezzo nudo davanti al lago, sta congelando.

“Festeggiamo con un tuffo?”, butta lì, ed è l’ultima àncora a cui aggrapparsi prima del ridicolo.

Alice batte le mani e si sfila il vestito bianco. Il vento freddo la fa rabbrividire, la pelle si irrigidisce. Michele e Diana rifiutano. Anna nemmeno risponde. Sandro si sente un prescelto. Alice gli si avvicina e gli passa un braccio lungo i fianchi.

Corrono abbracciati, lei si butta per prima, urlando e riempiendo di schizzi tutta la compagnia. L’acqua è gelida, e in quel punto diventa subito profonda.

Sandro le nuota vicino per dieci minuti. Il cuore gli batte sempre più forte, il freddo lo costringe ad accelerare. Con gli occhi aperti sott’acqua, spia il corpo nudo di Alice che si distingue dentro una macchia appannata color verde bottiglia.

Alice nuota lentamente, accompagnando le bracciate con una perfetta economia di gesti.

Quando si fermano alla boa per riprendere fiato, e lei lo schizza agitando i lunghi capelli, lui sa di essersi innamorato.

E non perché riconosca qualcosa che ha già provato in

precedenza, ma perché sente qualcosa di completamente nuovo.

Passano alcuni mesi prima che Alice si trasferisca a Milano.

Per la sua prima sera in città, Diana, Michele e Sandro la portano all'osteria di via Lomellina.

Sandro è agitato fin dal pomeriggio. Termina in anticipo una lezione sulle interpretazioni novecentesche del *Gargantua et Pantagruel* per andare a bere whisky allungato con i vecchi fuori dal bar lungo il Naviglio Grande.

Beve e parla del Milan. Poi, quando gli pare che si sia fatto tardissimo, e già teme che per qualche motivo la cena sia saltata, finalmente li vede sul ponte.

Alice è stretta in un cappotto marrone scuro, i capelli legati le tirano sulla fronte, come se per farsi la treccia avesse cercato di strapparseli. Sandro si sente un adolescente. Si inceppa a metà delle frasi, cerca inutilmente un punto dove poggiare lo sguardo, è attraversato da scariche di energia e poi di tedio e poi di paura.

La tensione si stempera nel corso della cena: al secondo fiasco di vino, si scoprono tutti e tre allegri come non accadeva da tempo, e Alice, che certe volte sembra così cupa, è invece nel pieno di uno di quei suoi attacchi di loquacità: voce squillante e mani che si muovono, carezze sulle guance e abbracci, perché in lei l'allegria si manifesta sempre in forma di contatto.

Sandro va in bagno tre volte durante la cena per essere sicuro di apparire bene. Si passa una mano sul viso e sulla giacca. Alice potrebbe inorridire per un residuo di polvere.

Ride di sé.

Non può fare a meno di ammirare Michele, che per

mettere a suo agio la sorellina di Diana si è travestito da divinità benigna: cede la scena agli altri, segue con attenzione ogni conversazione, qualche volta alza un dito per ordinare un altro gigantesco piatto di bollito o un altro fiasco di vino rosso della Valtellina.

Passeggiano lungo i Navigli verso casa.

Sandro racconta storie sulla vecchia Milano, qua e là inventa perché non se le ricorda.

Diana e Michele camminano più avanti, e Sandro è sicuro di avere sentito Diana dire a bassa voce di lasciarli soli.

Arrivati al portone della Casa, Alice saluta Sandro con un bacio sulla guancia che lui valuterà con attenzione mentre torna verso Porta Romana. Gli pare un buon auspicio, quel bacio. Sembrava più di un semplice saluto. Una tentazione, un messaggio cifrato.

Passano i mesi, Sandro entra nell'enigma Alice.

È un enigma mentre passeggiano per mano lungo i viali di Milano imbiancati di neve, e lei non parla mai se non per dirgli che è contenta di averlo accanto.

È un enigma quando sparisce per giorni e torna all'improvviso, magari a metà di una riunione della rivista nel salotto della Casa, e racconta di avere partecipato a una rapina per finanziare la rivoluzione. Nessuno le crede, perché quelle sono cose che se le fai non lo dici. Lei allora si fa un panino e si chiude in camera sua.

È un enigma quando adotta un cucciolo di gatto trovato per strada, e per un mese si occupa solo di lui, dimenticando il mondo, la lotta politica, e qualche volta anche di mangiare.

È un enigma negli accessi di rabbia improvvisa, contro un vigile urbano che l'apostrofa perché cammina in mezzo alla strada, ad esempio, e lei quasi si fa arrestare.

È un enigma soprattutto nei giorni in cui veste quel sorriso fisso e cortese, risponde a ogni domanda con un leggero inchino del capo, e sembra assente e buonissima: una Madonna in miniatura, servizievole e devota a tutto ciò che la circonda.

Per Sandro l'importante è che ci sia. Si accontenta di qualche briciola di attenzione, sopravvaluta i momenti passati insieme, cancella come in una moviola le sue lunghe assenze, come fossero parti non necessarie del fluire del tempo.

"Di Milano mi fanno paura i tram. Certe volte sbucano sferragliando da dietro il gomito di una strada, e per me che cammino sempre fuori dal marciapiede è un pericolo peggiore dei fascisti", dice lei girandosi una ciocca di capelli attorno a un dito.

"Morirai così, una Karenina distratta vittima dell'ATM."

Sono nel parco attorno al castello Sforzesco, un tramonto di fine estate allunga ai piedi degli alberi delle ombre a forma di pendolo. Le nuvole bordate di rosso e grigio sembrano il sipario di un teatro, cariche di enfasi e di pioggia.

Lui si volta di scatto e la bacia. Lei risponde avventandosi sulle sue labbra, spingendosi contro di lui. Gli infila le mani nel colletto della camicia e gli accarezza le spalle, la schiena. Poi si mette a cavalcioni sopra di lui, Sandro immagina gli sguardi della gente che passa, e non gliene frega nulla. Dopo qualche secondo Alice si stacca, si siede lì vicino, poggia la testa sulla sua spalla e quando lui prova a baciarla lo blocca.

Gli accarezza una guancia.
"Sandro." Lo dice come se stesse poggiando un'etichetta sopra una teca di vetro con un coleottero.
"Io sono così stupida. Però tu no. Tu sai quasi tutto."
Lui sorride.
"Sono bravo a fartelo credere."
"Allora se sei bugiardo anche tu non abbiamo speranze."
"Chi altro, è bugiardo?"
"Quelli con le giacche stirate, i carabinieri, le ragazze con i tacchi, i venditori di souvenir, le suore, i preti, il Pci, De Gregori, qualcuno di quei poeti che mi fai leggere che non chiamano le cose con i loro nomi. Sono tutti bugiardi."
Alice si alza, e come se non fosse successo nulla si avvia verso casa. Ma per i mesi successivi quasi non si fa più vedere.
È una sera qualunque del 1977, Sandro si è addormentato sulla poltrona con un libro in mano, quando suona il telefono è convinto che sia pomeriggio. Invece è notte fonda.
Michele è ubriaco marcio.
"Oh! Che succede, perché mi chiami a quest'ora?"
"Vieni a Brera. Vieni qui, adesso."
"Vuoi dirmi qualcosa in più?"
"Vieni qui, raggiungimi..."
Mezz'ora dopo, Sandro segna con la punta di una scarpa dei piccoli percorsi circolari nella neve.
Michele arriva dal fondo della strada. È senza cappotto, il fiato forma delle nuvole davanti alla bocca.
Abbraccia Sandro in modo troppo cerimonioso.
"Sei ubriaco."
"Sai che novità. Accompagnami."

"Dove?"
"Non lo so."
Camminano veloce, in silenzio. Trovano un locale ancora aperto. Il barista sta buttando la segatura sul pavimento, ma li lascia sedere a un tavolino color rosso mattone sotto una foto autografata di Gianni Rivera.
Michele si fa preparare un caffè corretto con la grappa, Sandro si accende una Camel e aspetta che l'amico racconti.
"Non reggo più, io non posso più tornare a casa. È una roba da impazzire Sandro, io ho bisogno di parlare con qualcuno, e tu sei l'unico..."
"Parlare di cosa?"
Michele sembra sorpreso: "Di Alice".
Sandro si sforza di non alzare gli occhi: "Alice?".
"Non lo hai capito? Pensavo fosse evidente... quindi secondo te forse non lo ha capito nemmeno Diana?"
La voce di Sandro esce da una qualche cavità sotterranea, secca e priva di elasticità: "Alice cosa?", ma è una domanda che ha già una risposta.
"Io e Alice. È un mese. Credevo sapessi. Credevo sapessero tutti."
Michele si pizzica gli occhi con la punta delle dita.
Sandro annuisce lentamente.
La radio passa *Dolce amore del Bahia*. De Gregori.
Sandro ripensa a quando lei gli ha detto che è un bugiardo.

"Io non ricordo che occhi avevi
l'ultima volta che ti ho insultato..."

"Ti giuro, Sandro... lo so cosa stai pensando, lo so. Non

è una questione di essere borghesi. Io amo Diana. È un pezzo della mia vita, è un pezzo di me."

"Certo", dice Sandro con un filo di voce, poi ordina una grappa liscia.

"E invece io lo vedo che mi stai giudicando. Me la sono messa in casa, Alice, e dal primo giorno ho sentito un turbamento, era come un'elettricità quando entrava nel salone, quando si alzava al mattino e camminava in maglietta... Lo sai quante volte ho pensato che era una stupidaggine? Ho provato a resistere. Ma questa cosa invece di diminuire aumentava. Stavo nascosto dietro la porta di camera sua per sentirla respirare..."

Sandro beve la grappa in un sorso.

"Non mi interessa, Michele."

"Che vuol dire che non ti interessa?"

Sandro prende in esame la verità, ma è troppo tardi. Allora non dice nulla. Preferisce nascondere dietro al silenzio quello che ha provato, perché in quel momento si sente soltanto stupido, e tutti quegli anni di amicizia con Michele gli appaiono solo un lento e continuo esproprio, una manipolazione.

"Sei l'unica persona di cui mi posso fidare, Sandro. Siamo fratelli, io e te. Ci credi se ti dico che quando ho fatto l'amore la prima volta con Alice io... io ho sentito una cosa completamente nuova. Era come nascere."

Michele si lascia andare al diluvio di parole lise degli innamorati, Sandro si alza e prende la bottiglia di grappa dal bancone, fa un segno al barista e si riempie il bicchiere.

Parla perché annusa nell'aria di gennaio una nota finale. Parla perché nulla sarà più come prima: il mondo come lo hanno conosciuto si è incrinato, ed è un privilegio così raro a quell'età vedere gli effetti del terremoto mentre la terra trema, che non resta altra scelta che prendere parte alle scosse. È come sedere in prima fila quando cade la testa di un re, e non poter evitare di partecipare ai tumulti.

Poggia il bicchiere vuoto sul tavolo. Il barista lo sta guardando, forse perfino lui ha capito.

"Fratelli, dici. Nemmeno ti sei accorto che eravamo innamorati della stessa donna. Ma poi se te ne fossi accorto, ti saresti comportato diversamente? No, certamente no, e allora sarebbe stato anche peggio. Tu non sei fatto per avere fratelli, Michele Musso. Sei fatto per avere adepti e amanti, per avere ammiratori, ruffiani, un esercito di soldati semplici e crocerossine. Per questo sei un infelice."

Qualche goccia di grappa gli è rimasta sulla barba, gli occhi sono improvvisamente arrossati. Sandro si pulisce con una manica, poi alza le spalle e ride cavernoso.

"Che c'è? Ti ho spiazzato? Forse questo migliorerà l'opinione che hai di me."

Butta sul tavolo tutte le monete che trova nella tasca e se ne va.

Arrivato sulla porta, accanto al barista che li fissa con la scopa in mano, si volta:

"Parla con Diana. Non se la merita, 'sta puttanata. Io non lo farò".

La mattina successiva Sandro scende dal letto nel mondo dopo la rivoluzione.

Non va all'università, gira per i bar, passa nelle due o tre librerie dove solitamente compra libri usati. Il mondo dopo la rivoluzione è silenzioso, felpato. Michele e Diana sono stati in quegli anni la sua famiglia.

La Casa era il luogo che sostituiva il focolare domestico, era la cuccia verbosa che gli aveva permesso di essere uno scapolo solitario, di studiare fino a tardi la sera perché sapeva che poi, se avesse deciso di uscire, avrebbe trovato sempre un luogo pronto ad accoglierlo.

Le macerie della Casa inghiottiranno tutto, seppelliranno ogni cosa sotto i detriti.

Ad Alice per i primi giorni cerca di non pensare. Ma si scopre inadeguato. Che grande atto mancato è stata la sua vita se nemmeno è riuscito a confessare all'oggetto del suo amore quello che provava.

Aspettava, Sandro. Cosa aspettava?

Che qualcosa accadesse, e intanto il tempo passava, e le cose accadevano a qualcun altro.

Sarebbe cambiato qualcosa se si fosse confessato, se Alice lo avesse rifiutato, se avesse detto che amava il suo migliore amico, come in un film scritto male?

Nulla, non sarebbe cambiato nulla, ma Sandro si sarebbe sentito meglio.

Dopo quindici giorni incontra Michele durante una riunione politica all'università. Sono tutti e due sul palco.

Nel pubblico: Diana siede in prima fila con l'aria annoiata.

Alice è in fondo all'aula, scrive su un muro con un pennarello rosso.

Michele termina il solito intervento fiume sulla nuova consapevolezza del proletariato urbano unito. Sandro interviene.

Si schiarisce la voce. Non ha appunti. Non gli frega un cazzo di quell'assemblea.

"Io e il compagno Musso ci conosciamo da tanti anni.

Qualcuno di voi senza dubbio lo saprà. Ho ascoltato con attenzione il suo intervento anche se non è il primo che sento, e, lasciatemelo dire, nonostante la sua abilità anche Musso prima o poi finisce per seguire le piste già battute di un repertorio limitato...”

Sandro si gode il nervosismo di Michele accanto a lui. Sorride con troppa fissità. Dal pubblico si leva una risatina di approvazione.

“...cosa devo dirvi? Non è attributo della riflessione politica l'originalità. Perché l'unica cosa che conta è la verità. E Michele Musso come al solito ha detto la verità. Semplice, brutale, travolgente, come dev'essere la verità. Appena abbellita dalla sua passione e dal suo carisma. Ma la verità. Non ci fermeremo fino alla vittoria, e quindi condivido a pieno la proposta del compagno Musso di entrare in stato di agitazione già da oggi...”

Mentre se ne va lungo i corridoi, Michele lo raggiunge. Lo prende per una spalla e lo trascina in un'aula vuota, gli allunga una sigaretta.

“Ti volevo chiedere scusa, che è una cosa che non so fare bene perché hai ragione tu. Sono uno che si prende tutto quello che vuole, non sopporto chi mi mette dei limiti e chi mi dice no. Ma tu sei la persona che mi ha insegnato più cose... e... ti volevo ringraziare. Ecco. E mi dispiace davvero. Non avevo idea di te e Alice.”

Sandro non risponde. Cerca in tasca dei fiammiferi.

“Gliel'ho chiesto, di voi due. Mi ha detto che vi siete dati un bacio. Insomma, mi dispiace.”

Sandro fuma la sigaretta in tre lunghe boccate, la spegne sul pavimento con la punta della scarpa.

"Lo hai detto a Diana?"
Michele scuote la testa.
"Non lo sopporterebbe."
"È una posizione vigliacca, oltre che vagamente gretta e piccolo-borghese."
"Lo so."
"Sappi che se ti dico che ne potresti uscire solo rinunciando ad Alice, non lo faccio per tirare acqua al mio mulino. È un mulino definitivamente arido, quindi..."
Ma Michele non ci pensa nemmeno.
Sta attraversando quella fase dell'innamoramento che non permette intromissione, ma solo una incondizionata approvazione per il trionfo dei sensi, e per la incontrovertibile evidenza della superiorità dell'oggetto amato.
E su questo Sandro sarebbe anche d'accordo, se ancora provasse qualcosa.
Ma da quella notte a Brera è entrato in un silenzio dell'anima, in uno stato di inerzia stagnante e senza increspature che fa pensare allo specchio di un lago.
Passa un mese. Sandro evita con maniacale precisione di frequentare la Casa, e smette anche di pubblicare articoli sulla rivista di cultura e politica filo-marxista che Michele dirige.
Ad aprile scopre che l'amico ha trovato ad Alice un posto in una libreria.
A ripensarci dopo tanti anni, Sandro riconosce il disegno della fine. Come nella Roma invasa dai barbari, il mondo è già in rovina ma ancora non lo sa. La velocità del crollo è esponenziale, gli ultimi metri sono la corsa di una biglia su un piano inclinato.
Quando Sandro smette di galleggiare e decide di trovare Alice, la va a cercare alla libreria.

Guida fino a Quarto Oggiaro, parcheggia vicino a un piccolo parco, cammina tra i brutti palazzi nuovi respirando l'odore che esce dalle cucine, l'odore della sera imminente e della ripetizione.

In quel panorama, la libreria Sogno corsaro sembra fuori posto.

La vetrina che espone un manuale di guerriglia sudamericano, la biografia di Karl Liebknecht, un volumetto di poesie di Joyce Lussu, i manifesti che ritraggono gli studenti in corteo, le foto di Simone de Beauvoir, Bob Dylan, Malcolm X sopra la cassa. È fuori posto in quel contesto urbano. È fuori posto in quell'odore e in quel colore, in quella Milano bottegaia.

Dentro c'è un ragazzo sui trent'anni, un ciuffo sugli occhi, sovrappeso, torvo. Sposta una pila di libri da una parte all'altra senza motivo apparente.

Sandro lo spia dal lato opposto della strada, nascosto da un albero, e sta per andare via quando dalla libreria esce una giovane donna con i capelli castani e gli occhiali da sole, anche se di sole ne è rimasto poco. Una ragazza qualunque, con una pettinatura un po' antiquata, da casalinga, vestita in modo anonimo con un cardigan rosa sopra una camicetta e un cappotto scuro.

Sandro la riconosce dai polsi, e dal modo nervoso che ha di passarsi una mano tra i capelli, anche se non sono i suoi, ma una parrucca.

Ha uno zaino su una spalla, cammina in fretta nella direzione opposta a quella dove si trova Sandro. Lui arretra come di fronte a un mostro, gira l'angolo e prende la macchina.

Pedina Alice come farebbe un investigatore privato, a

qualche centinaio di metri di distanza. Lei sale su un autobus, lui aspetta pazientemente a ogni fermata, preceduto da tre o quattro macchine che lascia a fargli da scudo.

L'autobus va verso la Ghisolfa, Alice scende in via Mac Mahon con i suoi capelli finti e il suo nervosismo. Ha sostituito gli occhiali da sole con quelli da vista, perché ormai è sera.

Sandro la segue mentre infila tre strade per tornare allo stesso posto di prima. Si chiede se l'abbia visto. Si chiede cosa stia facendo.

Alice entra in un portone. Quando esce non ha più lo zaino. Sandro accosta al marciapiede e spalanca la portiera. Lei reprime un urlo per lo spavento.

Sale in macchina.

"Tu sei pazzo. Potevo ammazzarti."

Bum. Esagerata.

Alice gli mostra il manico di una piccola pistola nera che spunta dalla tasca dell'impermeabile.

"Portami via da qui."

Mentre Sandro guida verso il centro lei si toglie parrucca e occhiali, i capelli biondi le ricadono sulle spalle. Sandro non conosce quello sguardo fisso che scruta il panorama fuori dal finestrino.

"Portami a mangiare, ho fame."

Cenano nell'osteria di via Lomellina.

"Posso fidarmi di te, vero? Questo non è un gioco, Sandro."

"Ti preferivo quando camminavi in mezzo alla strada e guardavi per aria tutto il tempo."

"Io sono questa. Lo ero anche prima."

"Balle. Scimmiotti Michele che scimmiotta i partigiani che ha studiato sui libri. Libri miei, tra l'altro."

Alice emette una risata gutturale, assertiva, crudele.

"Allora? Cosa hai fatto? Stavi consegnando i piani per l'invasione del Quirinale?"

Sandro prova a scherzare, ma ha lo stomaco serrato, e lo spezzatino con le patate di fronte a lui è ancora intonso. L'osteria è vuota. La televisione sul bancone manda il TG1 senza volume.

"Soldi e documenti falsi a due compagni in clandestinità. Dimentica quello che hai visto. Dimentica di avermi visto."

"Di questo passo dovrò dimenticarmi di averti conosciuta, Alice Rosato."

Alice guarda un punto imprecisato alle spalle di Sandro.

"Fa' come ti pare."

"Dì... è la lotta armata che fa diventare stronzi, o chi è stronzo prima o poi si ritrova a fare la lotta armata?"

Segue una lunga pausa di silenzio. Sandro la impiega cercando di assaggiare lo spezzatino, ma la carne sembra di pietra.

"Ho cominciato da un anno. Non sparo, non ho mai sparato, non so sparare. La pistola me l'hanno data solo se si mette male. Do una mano. Siamo in guerra, Sandro, solo quelli come te che vivono sulla loro nuvoletta con i poeti francesi non se ne sono accorti..."

"Improvvisamente parli per frasi fatte, perfino il tuo italiano tradisce la menzogna." Sandro si sta pericolosamente avvicinando, spinto da un piacere sadomasochista, alla voglia di ferirla.

Lei si volta verso di lui, ha un fremito.

"Che cazzo ne sai tu? Mi ha sempre fatto schifo quel tuo modo di etichettare tutti. Il professor Ganci. Stai diventando come loro. Ogni giorno che passa somigli un po' di più a quelli che una volta ti facevano schifo."

Sandro non risponde. Alice guarda per terra.

"Io ti odio", dice fissando la graniglia bianconera del pavimento.

"Dovevo immaginarlo che dietro a quei modi da santa stralunata si nascondeva la bambina che stacca le ali alle mosche. Perché quello sei. Lo sei stata con me, lo sei con tua sorella. Lo sei quando ti viene quello sguardo da automa. A un certo punto pensavo fossi un genio, un capolavoro, una specie di pietra rara. Invece eri una custodia, eri una scatola da riempire. Mi confondevi le idee, mi sembrava poetico. Credevo fosse... quel tuo modo di essere, così vicina a ogni cosa. Sembravi capace di riflettere su un filo d'erba o su una foglia come se dal loro destino dipendesse il destino del mondo. Non avevo capito nulla. Era solo vuoto."

"Hai finito?"

"Sì."

"Posso andare allora?"

"Immagino ci sia dentro anche Michele. Dimmelo tu, quello che il mio migliore amico non ha mai detto. È un terrorista?"

Alice si alza e va via.

La Casa è a poche centinaia di metri da lì, ma a Sandro, mentre finisce a lunghi sorsi il vino, sembra lontanissima nello spazio e nel tempo. Travolta dalle macerie del mondo distrutto.

Il silenzio dell'osteria di via Lomellina quella notte di aprile del 1977 se lo porterà dentro tutta la vita.

Meno di un mese dopo, il 12 maggio, a Roma la polizia spara durante un corteo e uccide Giorgiana Masi. Sandro partecipa a qualche riunione sempre più svogliato. Nota che non ci sono né Alice né Michele.

Passa qualche giorno. È sera tardi. Suona il campanello di casa.

Sandro è ancora sveglio: sta correggendo una prova scritta di lingua.

Michele entra trascinando Alice per mano, e si chiude dietro la porta con un gesto secco.

Se ne stanno lì nell'ingresso, gli occhi cerchiati, le dita ossute di Michele che tremano leggermente.

"Abbiamo fatto una cazzata, ce ne dobbiamo andare", dice senza aggiungere altro.

"Sparite e ricomparite così, all'improvviso..."

"Eravamo a Roma."

"E perché siete venuti da me?"

Alice rimane un passo dietro di lui, è come se non fosse lì. Michele:

"Perché sei l'unica persona di cui mi fido per davvero, Sandro. Anche se non ci crederai, è così".

Alle 5.48 del mattino, Sandro Ganci si assicura che Michele e Alice superino la frontiera a Chiasso. Ha dato loro l'indirizzo di un professore della Sorbonne che conosce bene, si chiama Christian Dupont.

"È un compagno. Vi darà una mano..."

Michele gli dice che forse verrà da lui un'altra persona coinvolta: si chiama Armando Siriani.

Non verrà mai, ma Sandro memorizza quel nome.

Mentre passano la frontiera, l'alba già colora i monti in lontananza, Alice piange per tutto il viaggio.

Quando si salutano, sembra abbia voglia di aggiungere qualcosa.

Poi scuote soltanto la testa.

Michele lo abbraccia stretto, poi gli afferra una spalla.

"Spero di rivederti", gli dice.

Sandro li guarda allontanarsi a piedi lungo una strada bianca, sempre più piccoli, in un silenzio irreale.

Non li vedrà mai più.

Diana verrà a cercarlo dopo cinque giorni, sconvolta e dimagrita.

Non troverà il coraggio di dirle nulla, se non che a Roma è accaduto qualcosa. Qualcosa che nessuno sa.

***

L'osteria è rimasta aperta solo per noi, come si deve a un vecchio cliente.

Ci ha serviti il figlio dell'oste di allora, che è morto da qualche anno.

Sandro ha gli occhi umidi, ha vuotato anche il secondo fiasco di vino.

"Accompagnami a un taxi, Tommaso. Non bevevo così da secoli..."

"Davvero non li hai più rivisti?"

Scuote la testa.

"Per me è finita un'epoca, quella mattina a Chiasso. Pochi mesi dopo mi sono sposato con Annamaria, una collega dell'università..."

Sorride.

"...È ancora lì che dorme dall'altra parte del letto, e stasera mi farà un culo così perché ho passato la notte in giro..."

Il racconto di Sandro mi restituisce con precisione i miei genitori.

"Mio padre somiglia a quello che io ho sempre evitato di essere. È assurdo, sai?"

Non trovo le parole per dirlo, ma quello che sento è: quei modi, quell'uomo, è qualcosa che ho dentro, che ho dentro e che ho rifiutato. Per istinto? O è stata Diana? Come ha reagito lei, mentre crescevo, a una qualunque manifestazione di affinità con l'istinto distruttivo di mio padre?

Si nascondeva dietro quello che chiamava "percorso educativo" una alternanza di dogmi e concessioni, di allegrie spontanee e precetti morali, di divieti e sproni, di disapprovazioni silenti e premi elargiti a cena sotto forma di incoraggiamenti. Si nascondeva insomma nella banale educazione progressista di un cucciolo della buona borghesia intellettuale una sorta di riprogrammazione?

Dovevo essere ai suoi occhi un campo minato, una miniatura del peccato originale, con quegli occhi così uguali a sua sorella fuggita e morta. E quando al liceo, spinto da una confusa intuizione, ho cominciato a fare politica, inneggiando al rovesciamento dello stato padrone e alla rivoluzione di un comunismo che nel frattempo era finito, cosa deve aver pensato?

Quando arrivavo a cena con la sigaretta di traverso tra le labbra, i capelli lunghi sulle spalle, e pontificavo sulla loro assenza di coraggio e sulla mia giovinezza.

Cosa vedeva Diana in quei momenti, quando tradiva il nervosismo che io attribuivo alla sua natura di ricca milanese?

Un normale sedicenne afflitto da un transitorio ribellismo adolescenziale, o il fantasma di mio padre?

Soltanto una sera, lo ricordo perfettamente, si alzò da

tavola e secca, ma con una fretta innaturale, mi disse:

Ricordati di chi sei figlio, prima di dire queste cazzate.

Si chiuse in camera sua, Luca la seguì, e io rimasi solo a tavola.

"Ho capito soltanto dopo che la donna di cui avrei dovuto innamorarmi era Diana, non Alice. Eravamo molto più simili. E Michele era molto più simile ad Alice che a Diana. Come sono morti?", mi chiede Sandro.

"In un incidente, ma non so molto. Diana mi ha tenuto nascoste parecchie cose. A dire il vero quello che ho saputo da te questa sera è molto di più di quanto abbia mai..."

Non finisco la frase. Ci abbracciamo. Lungo i Navigli Sandro mi racconta una storia che parla di Milano com'era tanto tempo fa. Probabilmente la sta inventando, come faceva con mia madre. Glielo faccio notare. Lui sorride:

"Il vantaggio della vecchiaia è che le storie che hai inventato sono così antiche che nel frattempo sono diventate vere".

Ho sognato di dormire, ho sognato, ma forse non è la parola esatta perché mai nel corso della notte ho abbandonato quello stato liminare della veglia, mia madre che mi fissava ai piedi del letto mordendosi le unghie.

Mi ha svegliato una telefonata di Diana, ma non ho risposto. Questa ansia che mi prende se penso a Diana, questa ansia, questo bisogno di dimenticare la sua voce che tremava, ieri quando ci siamo parlati.

La sto tradendo? Anch'io, dopo più di trent'anni. La sto tradendo?

È un tradimento pensare improvvisamente ad Alice come "mia madre" e non semplicemente come "Alice"?

È ora di tornare alla vita reale. Mi faccio questa promessa.

Mentre mi avvio verso l'archivio del *Corriere* giuro a me stesso che questa è l'ultima cosa che faccio. Tornerò a Roma, abbraccerò Marta, le spiegherò le mie sparizioni e questo strano umore. Ringrazierò Diana per avermi raccontato qualcosa di loro, e chiuderò un'altra volta la porta sulla storia dei miei genitori. Richiamerò Giustiniani Enzo, pregherò il giornale di non cacciarmi via. Tornerò a correre una mattina ogni due. Lo giuro.

Mentre mi fermo a guardare il palazzo bianco, le inferriate nere, quei fregi che non capisco, mentre appoggio il palmo della mano contro il muro di via Solferino 26, riesco perfino a credere di essere sincero.

I giornali sono rilegati in volumi con il dorsetto rosso disposti lungo un corridoio di 180 metri.

Mentre aspetto il bibliotecario tiro fuori dalla tasca della giacca il quaderno blu. Rileggo i nomi che ho annotato mentre Sandro raccontava. Armando Siriani. E poi: Christian Dupont – professore.

Mi faccio portare tutti i numeri del *Corriere della Sera* del periodo maggio/giugno 1977.

13 maggio. Apriamo con la morte di Giorgiana Masi a Ponte Garibaldi, a Roma. Una morte casuale, per il mio giornale, che sposa la linea delle colpe dei Radicali. I Radicali hanno voluto andare in piazza nonostante il divieto di manifestare, in vigore a Roma per tutto il maggio '77. In piazza c'erano i provocatori, in piazza c'erano le P38. Peccato che non sia vero. Non è vero nulla delle cose scritte

quel giorno dal *Corriere della Sera*, che non fa parola degli agenti in borghese armati, delle scelte del Ministro degli Interni Cossiga, alla disperata ricerca di una lezione da dare agli Autonomi.

A distanza di anni la verità è nota, e tra le righe degli articoli che leggo si distingue perfettamente la malevolenza e la mistificazione. Cattivo giornalismo, balle. Questo è il giornale che Diana considera il Pantheon del pensiero. Lo stesso che all'epoca, come mi confessò una volta, chiamavano *Il Corriere della Serva.*

Il giorno dopo in un editoriale Leo Valiani invoca le leggi speciali.

15 maggio. La tensione sale: un agente di polizia è gravissimo a Milano, un vigile viene ferito a Roma.

16 maggio. Muore il poliziotto colpito a Milano, Antonino Custra. Appelli nelle fabbriche contro il terrorismo. Il clima è pesantissimo.

Si scopre che il vigile di Roma è stato ferito da uno dei NAP, Nuclei Armati Proletari.

Viene liberato Guido De Martino. Non è chiaro se sia un sequestro di camorra o se c'entri il terrorismo.

Appelli di Chiaromonte e Pecchioli. Interventi di Craxi e Andreotti.

Intanto a Roma, in forma privata, hanno luogo i funerali di Giorgiana Masi.

17 maggio. È previsto per il 19 a Roma il corteo per Giorgiana. Il sindaco Argan fa un appello contro la violenza.

Altri appelli. I sindacati, la Fiom.

Tutti chiedono fermezza contro il terrorismo.

Roma è in fiamme. I fascisti fanno un attentato alla sede del Pci di Trastevere, ma i pompieri intervengono in tempo.

Poi danno fuoco alla casa di una insegnante. Gravemente ustionata.

La stessa notte viene data alle fiamme una sezione del Msi.

18 maggio. I funerali del poliziotto Antonino Cutra.

Ali di folla, operai in prima fila per dare un segnale forte contro la violenza dei terroristi rossi.

Nell'incendio alla sezione dell'Msi è morto qualcuno.

Non si è scoperto subito, ma il giorno dopo.

Perché quel qualcuno non doveva essere lì.

È il portiere dello stabile, a quell'ora avrebbe dovuto essere a dormire in casa sua. Invece era là dentro, ed è soffocato tra le fiamme innescate dal lancio di una bomba molotov.

Segno tutto sul quaderno e vado avanti. È la cronaca di una guerra. Seguo varie piste cercando qualcosa che possa avere coinvolto i miei genitori. Quel "casino" successo a Roma di cui mi hanno parlato Diana prima e Sandro poi.

Sfogliando la copia del *Corriere* del 26 maggio tutto diventa chiaro.

La verità è lì, nero su bianco, nel giornale per cui scrivo.

In un trafiletto si parla dell'arresto del responsabile dell'attentato alla sezione del Msi.

Armando Siriani. L'uomo che doveva arrivare da Sandro in cerca di aiuto.

Sembra che il Siriani abbia vuotato il sacco, facendo i

nomi dei suoi complici. Altre quattro persone sono ricercate per il rogo della sede Appia dell'Msi.

Si tratta di tre uomini GA, SR e MM, e una donna, AR.

Il giornale commenta laconico: appartenenti alla galassia della sinistra antagonista.

Mi butto contro la spalliera della sedia, mi passo le mani sul viso.

MM e AR.

Sono nella penombra dell'archivio da cinque ore.

Due sigle, incomprensibili per il resto del mondo, due nomi tra tanti.

Due soldati qualunque di quella guerra.

Per nessun altro hanno senso, quelle quattro lettere.

Io invece sono appena diventato il figlio di due assassini.

L'archivista arriva alle mie spalle.

"Hai trovato quello che cercavi?"

È una domanda alla quale non so rispondere.

Appunto sul quaderno blu:

Armando Siriani: cercare
Data attentato sede Msi:
15 maggio, sui giornali il 17
Fuga verso Parigi: 24 maggio 1977
Armando Siriani ha parlato
Escono sul giornale i loro nomi il 26
Sono scappati quando hanno capito che la polizia sapeva? Come?

All'ora dell'aperitivo citofono al numero 26 di Alzaia Naviglio Grande.

Mi apre un uomo sulla sessantina che si qualifica come architetto Magni.

Chiedo di fare un giro per la casa, spiego che lì hanno

vissuto i miei genitori, e io sono curioso di vederla.

Esita, l'architetto, ma poi mi lascia entrare.

Eccomi qua. Nella Casa.

Il lungo corridoio cieco si apre a destra sulla cucina, poi il ripostiglio e poi il salone. A sinistra la prima porta è la stanza Giardina, un bagno, la stanza di Alice e il secondo bagno.

L'architetto mi sorride:

"Non ho cambiato molto. Nonostante il mio mestiere, sa... uno si aspetta sempre che gli architetti si inventino chissà cosa. Ma la casa era bella così. È molto vecchia Milano, non trova?".

"Quando l'ha comprata?"

Riflette per qualche secondo. "Doveva essere l'80, o l'81..."

Mi faccio subito attento: "Allora l'ha comprata da mio padre?".

Lui aggrotta le sopracciglia.

"Non lo so. Non ho mai conosciuto di persona il precedente proprietario. C'era uno studio legale francese di mezzo, che faceva da mediatore."

"Posso dare un'occhiata in giro?", chiedo.

Lui mi segue come un'ombra. La stanza dove dormivano Diana e Michele affaccia sui Navigli. I lampioni già accesi proiettano sul muro una luce spettrale. Immagino il letto in una posizione differente, parallelo alla finestra.

Qui Diana è rimasta immobile quando lui le ha detto che andava via.

La camera dove dormiva Alice. Immagino i vestiti sul pavimento, l'odore di sigaretta.

So benissimo che cosa sto facendo. Sto aprendo la porta

ai fantasmi, li sto lasciando uscire da quel limbo in cui li ho confinati per tutti questi anni, e li sto riportando alla vita.

Non faccio fatica a vedere mia madre scalza, con una lunga maglietta nera, uscire dalla sua stanza al mattino, stropicciarsi gli occhi e andare in cucina per preparare il caffè.

No.

Forse il caffè era già pronto dentro la moka, e bastava accendere il fuoco. Diana lo fa sempre quando esce presto: beve una intera macchinetta, poi la sciacqua e la riempie una seconda volta per chi si alza più tardi.

Quando abitavo con lei, la mattina per me era un gesto naturale mettermi davanti ai fornelli e girare la manopola del gas senza nemmeno guardare.

Allora sì. Probabilmente Diana quell'abitudine ce l'ha già a Milano. E quando esce per andare in Feltrinelli lascia a mio padre e mia madre il caffè già pronto.

Aspettano che Diana esca per incontrarsi nello stesso letto?

Non faccio fatica a immaginare il salone disordinato. Vedo un plaid poggiato sulla spalliera della poltrona, vedo il tappeto macchiato e bucato dalla brace di sigaretta, vedo il giradischi e qualche vinile poggiato sul pavimento.

Vedo Diana che si taglia i capelli nel lavandino.

Vedo Michele sdraiato sul divano che legge un quotidiano con quel sorriso furbo che non conosco.

Vedo Sandro che pontifica sulla letteratura francese mentre Alice guarda annoiata fuori dalla finestra.

Sento le voci.

L'architetto Magni ha trasformato la stanza di Alice nel suo archivio. Apre sul tavolo un faldone grigio scuro, scorre dei raccoglitori, e alla fine tira fuori un foglio.

Mi viene vicino. "Ecco. Sapevo di averlo da qualche parte."

È una fotocopia sbiadita, datata ottobre 1979. Lo studio legale Bompart, sito in Boulevard Raspail a Parigi, cede l'immobile per 50 milioni di lire eccetera eccetera.

Segno sul quaderno blu il nome dello studio legale.

L'architetto chiede se sono davvero soltanto un figlio curioso, o piuttosto un giornalista o un poliziotto.

Piego la testa di lato, non rispondo e mi fermo in cucina.

"Questa è l'unica stanza che ho cambiato. Era vecchissima, e anche piuttosto lurida."

"Lo so", dico con un filo di voce.

Armando Siriani mi accoglie sulla porta di uno scantinato del quartiere Tuscolano che lui chiama "la cooperativa". Entrando vengo investito da un forte odore di vernice e solventi.

"Ho cominciato ar gabbio. Avevo abilità manuale, così in semi-libertà mi sono messo a lavorare in un programma di recupero de' carcerati. Loro recuperavano noi, e noi recuperavamo i mobili.

Quanno so uscito ho continuato. Mo' c'ho 'sta cooperativa mia e di altri due amici. Pigliamo le vecchie cassepanche, le sedie, i letti di legno e gli diamo una vita nuova. Un po' come noi..."

"Siete tutti ex carcerati?"

"Sì. Ma io so' l'unico per la politica."

Armando ha modi spicci da romano. Nella sua voce senti quel disincanto feroce di chi ha generazioni di avi cresciuti qui, nell'ombelico putrescente del mondo. Ha dei begli occhi da gatto selvatico, marrone-giallo. E le mani grandi come una pala macchiate di vernice, le unghie squadrate e piatte.

"Che te devo di', che eravamo cojoni? Certo che eravamo cojoni. Io c'ho messo la vita là dentro, dentro la politica. Niente donne, niente figli, niente amici. Un militare. La clandestinità è un cazzo per il culo. Se me passi il termine. Eppoi vent'anni di gabbio. C'ho la schiena che è 'n campo de battaglia. Ce fanno le guerre coll'atomica, sulla colonna vertebrale mia.

Ho fatto una bella vita secondo te?

Boh. Ho fatto 'na vita. In carcere mi sono sposato con una compagna che mi mandava delle lettere, e mo' so' pure nonno. Anche se ho fatto tutte 'ste cazzate, alla fine ho vissuto.

Eravamo cojoni?

Sì, certo. Però se mi chiedi se sono pentito quello no. C'avevamo ragione. Guarda che bel mondo di merda che vi abbiamo lasciato, a quelli dell'età tua. A mia figlia, e a mi' nipote. Vi fate il mazzo, ma sarete sempre dei falliti. Quelli dell'età tua, che c'hai te? Trentacinque, quaranta? Te non c'hai una possibilità di campà bene. Devi sopravvivere, e intanto ti strangolano. C'hai le rate che ti escono dal culo. Rate de tutto. Pure l'amore a rate, perché 'na donna pe' tutta la vita non te la puoi permettere, perché t'hanno messo in testa che non devi fa fatica, e 'na donna dopo un po' è faticosa. Allora vivi così, a cazzo di cane. Te svegli, te cerchi un lavoro, poi te ne cerchi un altro, ti danno le briciole e te gli dici pure grazie, perché sennò ti tocca tornare a casa da papà."

Armando si interrompe: un cane grande come un topo

di fiume è sbucato tra i vecchi mobili, e gli è andato tra i piedi. Armando lo solleva da terra, se lo mette davanti alla faccia tenendolo per l'equivalente canino delle ascelle, strofina il naso contro quello del cane, che lo guarda interdetto. Poi lo poggia su una cassettiera che è tra noi.

"Questo è Miralem. L'ho trovato per strada e l'ho tenuto. Poraccio. Sta fatto di solventi. È diventato isterico. Noi avevamo già previsto tutto. La fine degli stati nazionali a favore dei gruppi internazionali der potere economico. Noi stavamo a di': guardate che così finisce a schifo. Basta. Volevamo un mondo in cui i rapporti tra le persone fossero veri, non rapporti economici. Un mondo giusto, dove tutti c'avevano di che campare. Te pare 'na cazzata? A me no. Non me pareva 'na cazzata allora, e manco adesso. C'avevamo tutti contro. I democristiani, e ancora peggio quelle merde del Pci. In quegli anni c'erano Veltroni e D'Alema a capo della Fgci, erano già stronzi. Hanno vinto loro. Noi abbiamo perso, e tu ti sei beccato 'sto mondo de 'nfami."

L'odore di solvente comincia a darmi alla testa. Dentro quello scantinato umido si respira a fatica. Armando ha ragione: il cane Miralem deve avere i polmoni a pezzi. Ha anche qualche macchia di vernice sul pelo bianco.

Armando gli dà un buffetto sul muso.

"Ma che vuoi fa'? A me i trovatelli me piacciono. Questo è un cane di strada. È piccolo, ma non sai il casino che fa quando si incazza. Una volta so' entrati due carabinieri. Un altro po' se li mangiava. Ha capito subito chi non ci deve sta' qua dentro..."

"Hai ammazzato della gente, questo non fa differenza?"

"Certo che la fa. Sennò ero un santo", ride. Rido anch'io. "...però in quel momento ci stava. Magari erano cose che mi avevano messo in testa, non lo so, magari ero pure pischello. Però il contesto era da guerra. C'era stato il colpo di stato in Grecia, e qui piazza Fontana, e il golpe der principe nero, come cazzo se chiama..."

"Borghese."

"Eh, il principe Borghese. Noi pensavamo di essere sull'orlo della guerra civile, o diventavi clandestino e ti armavi, o facevi la fine del sorcio, non so se mi spiego. E poi c'era un'altra cosa. C'era il comunismo, dovunque. Non eravamo matti a credere che si poteva fare pure qua. Sapevamo benissimo che avevano truccato le elezioni, e che facevano le Stragi di stato per bloccare il comunismo. E il Pci che fa? Un cazzo. Per vent'anni piglia per il culo tutti. La rivoluzione? Boh, forse, un giorno, intanto andate a spaccarvi le mani in fabbrica. A un certo punto sai che c'è? Non ci potevamo fidare più di nessuno. Eravamo giovani, volevamo farci il nostro futuro, e anche il Pci ci aveva fregato. E allora... insomma. È andata così."

"Però tu hai tradito. Hai fatto i nomi", gli dico.

Armando si alza, stacca con le grandi dita una scheggia di legno da una cassettiera ancora da restaurare.

"È 'na cazzata." Mi dice.

Io gli metto sotto gli occhi la stampata dell'articolo del *Corriere della Sera* del maggio 1977. Quello con le iniziali.

"Sta scritto qua."

Si volta lentamente verso di me, prende il foglio. Fissa la pagina a lungo, come se avesse tra le mani un oggetto incongruo.

"Non è vero. 'Sta storia l'ho già pagata."

Apro la bocca per dire qualcosa, ma lui mi anticipa:

"M'hanno preso così, mentre dormivo. Sapevano 'ndo

stavo, sapevano il mio nome. Sapevano tutto, sapevano. Quando m'hanno interrogato, sapevano pure i nomi dell'altri. Li sapevano già. Io non confermo niente. Je dico: ok, so' stato io. So' stato io da solo. E loro mi rispondono: sei stato te, con Galliano, Sergio, Michele e la ragazza. E mi gonfiano la faccia come un pallone. Mi mettono la testa sott'acqua. Mo' ho letto che so' tutti scandalizzati perché lo fanno gli americani a Guantanamo, ma sai che novità. A me lo facevano già nel '77. Io non dico niente, infatti mi becco vent'anni. Di' un po', te che sei un ragazzo svejo: se parlavo mi beccavo 20 anni?

Questi sapevano già tutto, e il giorno dopo lo soffiano pure ai giornali, guarda caso con le iniziali soltanto, che è un modo di manda' messaggi".

"Che messaggi?"

"E che ne so? Se li capivo, facevo il poliziotto."

"Che fine hanno fatto Sergio e Galliano?"

"Morti. Sergio s'è beccato una pallottola durante una rapina. Una decina d'anni fa, all'Alessandrino. Era diventato un criminale comune. Si faceva i portavalori, le tabaccherie."

"E Galliano?"

"Cancro ai polmoni. Non l'hanno mai beccato, ma se n'è andato a quarantacinque anni, poraccio. Però l'ha fregati..."

Sorride, si passa una mano sulla tuta da lavoro.

"Che cosa sai di mio padre e di mia madre?"

"Tu' madre l'ho vista quel giorno lì e basta. Bella da diventà matti. Se mi ricordo non disse mai 'na parola quella sera, faceva er palo sull'Appia, che poi è a duecento metri da qua. C'ho voluto mette er nido qui dove me so fregato co' le mani mie. Così mi ricordo ogni mattina, quando ci passo davanti, che là è morto uno che non c'entrava un cazzo. Quello m'è dispiaciuto davvero. Un portinaio..."

Sbuffa, chiude gli occhi.

"Begli stronzi", dice.

"Quindici maggio millenovecentosettantasette, il giorno che me so' fregato la vita. Volevamo fare una azione dimostrativa, e poi c'era 'sto fatto che erano scesi i compagni da Milano. C'era stata un po' di maretta tra noi e loro, posizioni diverse. Michele era venuto giù per fare una cosa insieme."

***

Quartiere Tuscolano. Le due del mattino. La strada è deserta e senza luci. Poche macchine passano in lontananza su via Appia.

Il commando è composto da quattro persone. Si calano il passamontagna. Sono appoggiati a un muretto coperto di scritte nere. Michele Musso batte la mano sul petto di Armando e Galliano. Il respiro si fa pesante, le parole si diradano.

Alice è già in posizione, a cento metri da loro.

Ha i capelli raccolti, una camicetta bianca sotto una giacca di jeans. Sembra una liceale.

Ha paura. È la prima volta che partecipa a un'azione così importante. Un'altra starebbe tremando, ma Alice non sbaglierà. Se ne sta lì all'incrocio con via Appia, guarda le macchine passare, come un'adolescente che aspetta il fidanzato.

Michele le sorride, anche se lei non può vederlo.

I romani lo conoscono poco, Musso, ma dicono che è uno a posto. Anche se è appena arrivato e già dà ordini a tutti: tu fai questo, tu fai quello. Sergio non stacca gli occhi dalla ragazza, laggiù al fondo della strada. Armando no, Armando lo ha capito subito che quei due sono innamorati: è inutile distrarsi per la ragazza di un compagno.

Galliano prende la bottiglia molotov poggiata vicino al muretto. È piena di benzina per tre quarti, lo stoppino è intriso d'olio per prendere più in fretta.

Michele batte una mano sul petto di Armando, di Galliano, di Sergio.

L'adrenalina. L'allegria dell'azione. Le pupille che si muovono in fretta. Galliano e Sergio vengono dai collettivi, Armando è entrato in clandestinità da tre anni. È l'unico abituato a queste azioni, infatti è il più silenzioso. Gli altri due si dicono qualcosa, Galliano ride per trovare coraggio.

Michele prende il sampietrino appoggiato sul muretto che divide il giardino pavimentato dalla strada, comincia ad avanzare verso le finestre del civico 35.

Lascia rimbalzare la pietra sulla mano mentre attraversa, poi, arrivato al limite del marciapiede, lancia il sasso dando un bel movimento circolare al braccio.

Il vetro della finestra della sede del Movimento Sociale va in pezzi.

Il sampietrino colpisce il fragile infisso di legno che cede spalancando tutta la struttura.

Il rumore di vetri rotti sembra un boato nel silenzio di quella strada di muti condominii borghesi. Le finestre sono quasi tutte chiuse, anche se la primavera romana scalda l'aria.

Armando raggiunge il centro della carreggiata e tira la molotov verso il vuoto lasciato dalla vetrata rotta. La bottiglia vola tracciando un arco luminoso e cade dentro la stanza buia.

Michele rimane a guardare per qualche secondo il balugínio delle fiamme che si espandono sul legno della scrivania.

La sede del Movimento Sociale Italiano prende fuoco.

Galliano e Sergio stanno già scappando in direzioni diverse.

Michele risale l'incrocio con via Appia, prende per mano Alice. Armando li segue.

Non si dicono una parola.

Lei si mette al posto del guidatore. Lui butta il passamontagna in un cestino dei rifiuti, si ravvivа i capelli, sbottona la giacchetta estiva da sanbabilino che ha portato giù da Milano per l'occasione. Armando si siede dietro.

Poi la 127 parte. Alice guida tenendo il volante stretto fino a farle diventare bianche le nocche.

Dieci minuti dopo entrano in un bar del centro, ordinano un gin liscio che bevono d'un fiato.

La tensione si scioglie, Alice ride, un sorriso raro, e poggia la fronte sul petto di Michele.

Sembrano una giovane coppia di innamorati che passeggia per il centro storico in una sera di primavera.

Alice gli dice qualcosa in un orecchio, Michele le passa una mano sulla testa, sfiora quel viso così perfetto.

Qualcuno nel bar commenta: c'è stata un'altra brutta storia, un incendio al Tuscolano. Ancora i rossi e neri, ancora quella guerra sporca. Da quarantotto ore tutta la città è attraversata dall'ennesima ondata di paura e rabbia, di dolore e cortei per la morte di una ragazza di diciotto anni.

Questa volta sono stati i rossi, la prossima saranno i neri. Commentano.

Michele tira fuori le Gitanes dalla tasca della giacca. Ne accende una per sé e una per Alice.

Armando paga quello che ha bevuto, fa un segno di saluto a quei due e se ne va.

***

Il resto lo immagino.

Michele e Alice che camminano a piazza Navona, lei parla e ride.

Lui la tiene per mano, e poi la bacia sotto la luce gialla di un lampione. Una volante passa lì vicino con le sirene accese e i poliziotti nemmeno li notano.

Quella notte, nell'appartamento di un compagno, Michele e Alice fanno l'amore.

Poi lei piange mentre guarda fuori dalla finestra. Si morde il labbro inferiore e tira su col naso.

"Li hai più rivisti?"

Armando si fissa le dita. Sembra improvvisamente triste, e la tristezza su quella faccia e in quella voce arriva imprevista.

"Li ho rivisti. Qualche giorno dopo."

"Dove stavano, qui a Roma?"

Armando prende una lunga pausa prima di parlare.

"A casa di Cesare Belli."

"Cazzo."

Armando si alza. Sembra abbia una improvvisa fretta che io me ne vada.

"Chi era Michele?", gli chiedo.

"Michele? Michele era un capo..."

"Che vuol dire?"

Mi fermo al centro della stanza, Armando capisce che voglio restare. Ricomincia a parlare. Il senso di quello che mi racconta, sommato a quello che so già, comincia a delineare un ritratto di mio padre. La sera scrivo sul quaderno.

Prima di tutto era colto, anche se sulla sua formazione pesava il ritardo con cui aveva cominciato a leggere. Quando entra in clandestinità, sono passati sette anni dai tempi dell'apprendistato a casa di Sandro Ganci, e Michele li ha sfruttati per leggere tutto quello che ha trovato. Quello che non sapeva lo inventava, da quel che sembra con buon profitto. Era sospeso tra l'uomo di pensiero e il combattente, e grazie a questo era rispettato. Gli intellettuali lo apprezzavano perché si sporcava le mani, e aveva lavorato in fabbrica. Gli operai lo consideravano uno di loro, ma capace di esprimersi bene, e quindi utile alla causa.

La sua storia politica si può dividere in tre fasi.

1969-1971: la libreria di Sandro. Michele è onnivoro, Sandro è il suo insegnante privato. Legge il primo libro del Capitale, *ma si appassiona anche a Sartre, legge Lenin, ma anche Proudhon, Thoreau e Bakunin. E poi Dumas, Kierkegaard, Tolstòj, François Villon, Svevo, Pavese, Pessoa.*

Michele non ha mai terminato gli studi superiori. A tal proposito recita spesso, come giustificazione, La mia Università, *una poesia di Majakóvskij che inizia così:*

Conoscete il francese.
Sapete dividere.
Moltiplicare.
Declinare mirabilmente.

E va bene, declinate pure!
Ma dite,
e cantare d'accordo con una casa,
lo sapete?
La lingua dei tram la capite?
Gl'implumi dell'uomo,
appena con un po' di penne,
pongono mano ai libri,
ai quinterni dei quaderni.
Io imparavo l'alfabeto dalle insegne,
sfogliando pagine di ferro e di latta.

1971-72: Feltrinelli. Nessuno sa come avvenga l'incontro con Giangiacomo Feltrinelli, che in quel periodo era già clandestino. Ma a quanto pare è una folgorazione per entrambi. Per l'editore Michele è una specie di erede spirituale e, dopo la sua partecipazione a un campo di addestramento, ne fa la sua interfaccia con la galassia del dissenso.

È Michele a portare i soldi al Manifesto, *che Feltrinelli lautamente finanzia. È Michele a trasformare in volantini le idee di Feltrinelli, volantini che poi ciclostila e distribuisce.*

Durante il campo di addestramento Michele impara a sparare, studia tattiche di guerriglia, probabilmente stringe contatti con elementi della RAF, forse dell'OLP e con estremisti francesi e sudamericani.

In quel periodo si registra un netto inasprimento delle sue posizioni.

Lavora in fabbrica per fare propaganda, approva la clandestinità e considera la lotta armata una necessità. Sono molto probabili, se non certi, i contatti con Renato Curcio, Alberto Franceschini, e con il Superclan di Corrado Simioni. È lecito supporre che Michele rappresenti nei loro incontri le posizioni di Feltrinelli.

In questi anni deve anche compiersi il distacco dal Pci. Nel paese esplode la rabbia del nuovo proletariato urbano, i non-garantiti, i non-rappresentati.

Il Pci rimane dentro le fabbriche, come i sindacati. Michele, che pure in fabbrica va a lavorare, si schiera a fianco dei nuovi insorti. Sono una galassia varia e conflittuale anche al suo interno: l'Autonomia Operaia (due tronconi distinti, quello romano più duro, quello milanese, vicino a Toni Negri, più portato per il pensiero teorico), Lotta Continua, Potere Operaio, e i terroristi. Brigate rosse, Prima Linea, Superclan.

La morte dell'editore lo trova emotivamente molto coinvolto. Riguardo i dubbi sull'incidente di Segrate, Michele appoggia la versione ufficiale che parla di sfortuna e casualità.

Segue, dal febbraio 1972, un periodo di apatia e disillusione che dura qualche mese.

1973-1977: La maturità. Michele scrive articoli per una rivista di studi marxisti, filosofia e controcultura che finirà per dirigere.

Frequenta al di là di ogni ragionevole dubbio dei brigatisti. Offre la sua casa come riparo, dà soldi ai compagni della colonna romana, ma fino al 1977 non è accertata la sua partecipazione a nessuna azione violenta.

Va però registrata la sua apparente abilità e la sua evidente calma nell'azione del maggio '77, che poco sarebbe compatibile con una "prima volta".

Si deve quindi presumere avesse già preso parte in passato ad altre operazioni di guerriglia, a furti o a espropri. Non ci sono invece conferme di nessun tipo per quanto riguarda omicidi e rapimenti.

Il quadro che emerge è quello di un intellettuale connivente, che si è ritagliato il ruolo di fiancheggiatore, ideologo, sostenitore. È in una posizione che confina con il terrorismo, ne conosce logiche e interpreti, e probabilmente ne approva teoria e prassi.

Nel maggio del 1977 partecipa a un'azione che porta alla morte di Silvano Ornaghi, portinaio che si trova per motivi mai chiariti in una sezione del Msi di Roma.

Quando scopre che la polizia è a conoscenza del suo ruolo nell'attentato, Michele ripara per qualche giorno in una casa sicura di Roma, per poi scappare a Parigi via Milano/Chiasso.

Secondo la stampa dell'epoca, a rivelare il suo nome agli inquirenti è Armando Siriani, terrorista arrestato a seguito dell'azione.

Siriani nega risolutamente, e sostiene di aver maturato la convinzione che la polizia li tenesse d'occhio già da tempo, e fosse a conoscenza di tutte le loro mosse.

Il 24 maggio 1977, Michele Musso passa la frontiera in compagnia di Alice Rosato.

Di quanto accaduto in seguito, chi scrive ha soltanto uno sbiadito ricordo d'infanzia in una stazione dei treni.

Nel ricordo, i treni sono molto grandi, e sbuffano nuvole di fumo.

Nel ricordo, le persone sono molto alte e camminano veloci, ma chi scrive tiene stretta forte una mano che lo trascina in mezzo alla folla.

Vivo in una piccola strada del Pigneto, a poche centinaia di metri da piazza dei Condottieri. L'anima vociante del quartiere, eletta negli ultimi anni a terra promessa della vita *indie* romana, è distante circa un chilometro. Quando mi viene voglia di incontrare qualcuno mi basta camminare fino all'isola pedonale, un breve tratto di strada chiuso al traffico all'ombra del cavalcavia della tangenziale est.

Mi fermo a bere qualcosa ai tavoli esterni di Cargo, o d'inverno riparo al Kino, un piccolo cinema con bistrot frequentato da una compatta schiera di squattrinati precari dello spettacolo. Ne conosco una quindicina, ma li confondo uno con l'altro, spesso sbaglio i nomi, ma loro hanno sempre bevuto abbastanza da non farci caso.

La geografia del Pigneto è una mappa di bar.

Ognuno ha un colore e uno spessore diverso, come le montagne segnate sulle carte Michelin.

Si va da Fattori al mattino per non essere notati, con gli occhi da vampiro appena sveglio in mezzo a occhi da vampiri appena svegli.

Si va da Necci per farsi vedere. Nella terrazza alberata trovi sempre qualche scrittore che parla a voce troppo alta, o un paio di produttrici di una-nuova-produzione-tutta-al-femminile che brindano dopo l'ennesimo inconcludente incontro al ministero. Trovi sceneggiatori che revisionano film che non si faranno mai. Trovi designer omosessuali che muovono le mani nell'aria raccontando un progetto. Trovi organizzatori di eventi che probabilmente si domandano, mentre bevono un cappuccino, che lavoro fanno.

Da Rosti vai per sentirti in campagna, da Primo per sentirti ricco, al Quarantuno per sentirti decentemente benestante, da Mezzo per bere bene.

Il Pigneto è un ecosistema autosufficiente, ci sono persone che non escono dal quartiere per mesi, e quando sono costrette a muoversi per Roma si sentono come quegli emigranti che prendevano per la prima volta l'aeroplano per andare in America.

Qui al Pigneto a 50 anni ti chiamano "ragazzo". Non esistono categorie al di fuori di questa eterna età di mezzo, tra l'infanzia e la rottamazione.

Lungo la strada dove si trova il mio appartamento, un gruppo di bambini bangla gioca a pallone ogni sera all'ora del tramonto.

Rientrano a casa per cena, attratti dall'odore delle spezie.

Mi ronzano attorno quando cammino verso il portone. Qualche volta mi arriva addosso una pallonata.

Mi avvicino all'isola pedonale, scorro il catalogo di bar con le luci basse, cinema finto-berlinesi, gallerie d'arte che vendono gioielli fatti a mano, scuole di tango, negozi di fumetti, porchettari biologici, pizze al taglio di lusso, parrucchieri post-rock che tagliano i capelli a ritmo di musica, ristoranti indiani, rivenditori di vinili, spacciatori di crack, bancarelle di vestiti usati, occhiali con la montatura nera, felpe e sandali, aperitivi del Gargano, aperitivi del Cilento, aperitivi del Salento, aperitivi marchigiani.

Cammino rasente ai muri coperti da strati di manifesti colorati. Annunciano concerti e mercatini, fiere di libri minori, assemblee di quartiere, cineforum con le mamme, giocolerie e vendite benefiche.

Attraverso la nuvola di hashish e kebab che aleggia su tutto il quartiere: un aroma che lo distingue dal resto del mondo, come il fumo di Londra e il profumo del pino marittimo.

Pusher maghrebini, pusher nigeriani. Pusher che di notte si prendono a bottigliate e si accoltellano, le pupille come uno spillo giallo, le urla masticate in dialetti irriconoscibili. Pusher che noi lasciamo stare, che certe volte difendiamo per tenere immacolata la nostra coscienza. E per comprare due canne.

Il medley di rock anni Settanta, pizzica e taranta, cantautorato rauco, elettronica minimale che esce dai locali fa da sottofondo al mio tentativo di tornare alla normalità del venerdì sera.

Ho appuntamento con Andrea. Andrea ha un paio di occhiali tondi e pochi capelli tagliati male. Crescendo gli è venuta un'espressione che ricorda l'amico sfigato delle commedie inglesi anni Novanta, quelle commedie inglesi con gli attori che hanno per tutta la vita trent'anni e una situazione sentimentale da diciottenni.

"Lo capisci che se dici *anni 10* pensano tutti al 1910? Noi siamo talmente nella merda che non abbiamo neanche un'epoca. Gli anni '10 degli anni 2000. È un posto che non esiste", mi dice.

"Sembri un testo di Vasco Brondi."

"Cos'hai contro Vasco Brondi?"

"Nulla, mi piace."

Andrea ha appena aperto un ristorante con due amici. Cucina etnico-creativa, sedie e tavoli presi nei mercatini di tutto il mondo, un po' di jazz all'ora dell'aperitivo, cameriere che sono attrici disoccupate. Spiano Facebook sul cellulare mentre ti servono, ma sorridono.

Fino a un anno fa, Andrea e i suoi due soci facevano gli sceneggiatori.

La crisi sta forgiando una generazione di ristoratori e camerieri.

"E sai qual è la verità? Che non siamo capaci! Io non lo so fare 'sto lavoro. Silvia e Serena sono molto più brave come attrici che come cameriere, ma visto che il cinema non si fa più... servono ai tavoli. E chi faceva il cameriere? Ora cosa fa? Se tutti i posti da cameriere sono stati occupati dai cinematografari? Al ristorante ho un impianto elettrico da fare schifo. Che pensi? Ho chiamato un elettricista per farmi rifare le tracce? Manco per idea. Ho chiamato un direttore della fotografia che mi ha fatto una luce che pare un film di Bertolucci, tutto con le piantane e i riflessi. Tanto era a spasso pure lui. Noi tre abbiamo scritto diciassette film, in tutto. Io ho vinto tre Solinas, Marcello quattro... Non sai che cosa è stato scrivere la pagina introduttiva che abbiamo messo sul menù. La prima versione era lunga tredici cartelle. C'era pure un flashback. Abbiamo dovuto chiamare un amico che fa l'editor in Fandango per farcela ridurre a trenta righe, perché ci stavamo mettendo a litigare.

Ti giuro. Non c'è nulla di peggio che tutta 'sta gente di cinema che non ha film da fare, e invade il mondo reale.

L'altra sera un cliente ha chiesto a Marcello com'era il mirto al miele, il Bresca Dorada. Oh. Non lo avesse mai fatto. Marcello ha attaccato: *deve sapere che nel 1980, Enrico e Paolo, due amici di Bologna che amavano le api, partirono per la Sardegna...*

Il tipo ha ordinato un J&B e se n'è andato. Ed è dovuto scappare, perché la storia del J&B, comincia a metà dell'Ottocento, e se non tenevo buono Marcello si rischiava di star tutti lì fino alle tre perché lui la doveva dire. Noi siamo degli spiantati, alcolizzati, abituati a raccontare storie, a fare riunioni di ore che riportano sempre al punto di partenza. Nel mondo reale siamo una pestilenza. Dobbiamo scrivere un appello ai produttori di cinema: fateci lavorare, sennò è peggio. Non ci lasciate a piede libero. Siamo pericolosi."

"Magari entro in società con voi pure io..."
"Stai zitto che tu un lavoro ce l'hai."
"Per poco. Oggi mi ha chiamato il capo, e mi ha detto che non mi rinnovano il contratto."
Andrea sgrana gli occhi.
"Cazzo. E non sei preoccupato?"
"Sono dieci giorni che non vado al giornale. E no, non sono preoccupato."
"Nel senso che sei impazzito?"
"Credo di sì."

Questa mattina mi ha telefonato Aldo Rovati per mettermi in guardia. Non ci voleva un indovino per capire che, con un contratto di sei mesi, non potevo permettermi di sparire per fare il cacciatore di fantasmi.
"Io non so più come difenderti, Musso."
"Non farlo."
"Hai trovato qualcos'altro? Dimmi la verità?"
"No. Sono solo in un brutto periodo."
Ho trasformato in un'inchiesta la mia vita prima di me: anche questa, per inciso, è una ossessione tutta nuova: che io fossi inevitabilmente parte di una traiettoria predeterminata. Che abbia diritto a rivendicare qualcosa per avvenimenti che hanno avuto luogo due o tre anni prima che io venissi concepito. Che esistesse una mia vita prima di me. Ecco, questa è la mia nuova malattia.
Ho provato a usare i ferri del mestiere di giornalista per indagare su quel periodo, e volevo andare avanti per capire meglio i quattro anni che ho passato con i miei genitori a Parigi, e poi andare oltre, oltre la loro morte, in quel territorio del mio tradimento che è stato non ricordarli, e

quindi condannarli a una morte ancora peggiore di quella che si sono andati a cercare.

Volevo. Voglio. Ma ogni giorno che passa il prezzo che pago aumenta.

È cominciata come apatia. Poca voglia di alzarsi dal letto dopo il racconto del dottor Pinto, giornate che giravano troppo in fretta verso la sera, e la notte che non passava mai. Poi, dopo aver parlato con Diana, l'immobilismo è diventato caos, assenza di interesse per le pratiche del mondo, sonno e avventatezza.

Se il giornale mi caccia non mi interessa, e ho il sospetto che non mi farebbe differenza nemmeno se cadesse un'atomica su Roma Est.

"Più tardi vedi Marta?", mi chiede Andrea mentre smanetta sul cellulare.

"Esatto."

"Che fate?"

"Una resa dei conti."

"Ah, carino... pizza e resa dei conti. Un tipico venerdì sera di coppia..."

"Forse hai ragione tu. È meglio restare single a vita..."

"La mia è una scelta obbligata, fratello. Per sopportarmi ci vuole un angelo. Ma non ci sono più le donne di una volta. Forse dovrei trovarmi un'automa come nel film di Spike Jonze, ma non sono abbastanza hipster..."

Guardo fuori dalla vetrata di Cargo. Il venerdì sera si anima lentamente. Il via vai lungo la strada pedonale fa pensare al lento incedere dei banchi di pesci sui fondali marini. Mi tormento il palmo della mano destra con l'unghia del dito indice e ordino da bere.

"Ho scoperto che hanno ammazzato uno", dico.

"Chi?"

"I miei genitori."

Andrea tira su dal bicchiere un cubetto di ghiaccio con due dita, lo mastica.

"Lo dicevi già a quindici anni."

"Sì, ma all'epoca me lo inventavo. Mi pareva fico. Adesso è vero."

"E non li hanno beccati?"

"Più o meno. Stavano nascosti a casa di Cesare Belli."

"*Quel* Cesare Belli?"

"Lui. L'ho visto ieri. Per farmi raccontare qualcosa ho dovuto inseguirlo per una settimana."

Sono riuscito a fermare Cesare Belli alla fine di un pranzo di lavoro in un ristorante in zona Pantheon. Mi sono fatto accompagnare da Antonio, che dei politici sa tutto, anche dove mangiano.

Mi ha dato un appuntamento per il giorno successivo, un appuntamento che la sua segretaria ha rimandato tre volte.

Ex sindaco, ex ministro, ex dirigente di partito, ex radicale, ex comunista. Cesare Belli mi osserva da una poltrona di pelle nello studio della sua fondazione Italia Avanti.

L'abitudine al potere è nei particolari. Ascolta soltanto la prima metà di ogni frase.

Esibisce una gentilezza precaria, fatta di formule di cortesia e modulazioni della voce, ampollosità, risate automatiche e pacche sulle spalle.

Parla molto per dire poco, usa impalcature verbali a bassa intensità semantica: tortuosi percorsi nella latenza di senso.

Prima nega, poi tossisce.

Quando decide di parlare ripete più volte che "lui non è implicato in nulla".

"Non mi interessa, signor Belli. Io voglio soltanto sapere delle cose sui miei genitori."

"Ma mi ha detto che è giornalista."

"Ma mi occupo di cronaca."

"Non si sa mai."

Porta occhiali spessi, ha le orecchie troppo grandi e le mani coperte di macchie. Parlando, si tampona spesso il labbro superiore con un fazzoletto.

"Devi sapere che io ero già uscito da tutto. Avevo conosciuto tuo padre nel giro di Potere Operaio qualche anno prima, ma poi ero entrato nel Pci e lui no, e ci eravamo allontanati. Ma insomma sai, litigavamo, ma eravamo tutti amici. Così quando mi dice che viene a Roma per qualche giorno io gli dico di stare da me. Se ci ragiono oggi credo che lui sapesse cosa stava andando a fare, e pensava che casa mia fosse un posto sicuro, perché io ero già deputato all'epoca, e insomma..."

"Arrivano la sera del 15", gli suggerisco.

"Non lo so. In tutto saranno stati quattro o cinque giorni. Io la mattina ero fuori, la sera si andava in giro. Suonavo la chitarra. Lo sai che ho anche inciso un disco?"

"Sta scritto su Wikipedia."

"Ma voi giovani leggete mai qualcos'altro?"

"No."

Lui resta interdetto, il sorriso rimane incastrato per un po' prima di riprendere la solita forma luccicante.

"Arriva con questa ragazza, confida che sono fidanzati, ma se te la devo dire tutta io non ci ho mai creduto. Non si staccano mai, si tengono sempre la mano, e dopo qualche giorno diventa chiaro che non se ne vogliono andare perché... beh, insomma, mi hai capito..."

"Sì. Sì, aveva indovinato. Era una relazione segreta."

Ridacchia.

"Se posso permettermi... a tuo padre le donne piacevano parecchio. Era sfacciato. Beh... negli anni di Potere Operaio non era l'unico, ecco. Alla fine si faceva politica pure per quello, no?"

È affascinante. I ricordi sono una forma di narcisismo, forse la più pura e la più pericolosa.

"Sono a casa mia da qualche giorno, quando avviene il fattaccio. Il casino scoppia dopo, sarà stato il 20 maggio..."

20 maggio 1977, lo appunto sul quaderno blu.

***

Alice tiene in equilibrio sulla pancia la custodia bianca e nera del vinile. Nel giradischi suona *I falò di maggio*. La voce di Corrado Sannucci arriva fino alla strada dalle finestre aperte, Cesare canta mentre gioca un solitario con le carte.

"Posso mettere i Rolling Stones? Mi annoia questo disco."

"A me piace."

Alice si alza dal divano e cambia musica, Michele esce dal bagno con un asciugamano legato attorno alla vita.

"*Fatti non foste a viver come bruti...*", declama, e con un colpo secco fa volare in aria tutte le carte da gioco pazientemente allineate da Cesare sul mogano scuro del tavolo.

"Le carte sono l'oppio dei popoli, compagno."

"Testa di cazzo."

Scherza, Michele. Da due giorni scherza su tutto e ride

troppo, ma Cesare percepisce un nervosismo. Ha una piega all'attacco delle sopracciglia, proprio sopra il naso, da due giorni è sempre lì.

Alice balla da sola rivolta verso la finestra. Michele e Cesare parlano della serata: c'è una veglia alle case occupate a rischio sgombero. Si sta lì tutta la notte, c'è un concerto, una fiaccolata.

Michele si sta vestendo, Cesare mette su un caffè. È quasi mezzanotte.

"Fai due macchinette, lo mettiamo nel thèrmos e ce lo portiamo."

Tre colpi alla porta. Cadenzati, intervallati da un secondo abbondante.

Michele si tende subito. Prima ancora di sentire la voce, come se avesse avvertito l'odore.

"Polizia, aprite."

Non parla nessuno. Michele scuote la testa, Cesare sembra paralizzato.

"Aprite o entriamo."

Cesare lo sa che quella vecchia porta di legno marcio si butta giù con una spallata.

Fa segno a Michele di stare tranquillo. Poi, a bassa voce: "C'è qualcosa che non mi hai detto?".

Michele guarda fuori dalla finestra. Valuta se è possibile saltare giù. Non è possibile.

"Michele Musso, so che sei lì. Facciamo solo una chiacchierata."

Il tono è fermo e gentile. Cesare si avvicina all'ingresso.

Michele si mette in posa. Prende una sigaretta dal pacchetto sul tavolo, e si poggia con la schiena contro il muro. Respira, afferra la mano di Alice, e la stringe.

Cesare guarda nello spioncino. Un ragazzo in giacca di pelle, i capelli mossi e la barba di tre giorni. Dietro di lui, due poliziotti impettiti in divisa. Cesare spalanca la porta.

"C'è qualche problema? Sono un deputato della Repubblica Italiana. Questa è casa mia."

Il ragazzo fa un passo nella stanza.

"Non si disturbi. Sappiamo benissimo chi è lei. Voglio soltanto fare qualche domanda ai suoi amici..."

Cesare si mette di traverso sull'uscio.

"Questa è proprietà privata, entrate se lo decido io."

"Vero. Allora decida di farci entrare, onorevole. È meglio per tutti."

Poi guarda verso Michele: "Commissario Baliani, finalmente ci conosciamo, Musso".

Il commissario ha finito di bere il suo caffè. Cesare si mostra servile e impaurito. Michele invece non gli stacca gli occhi di dosso. Uno sguardo ironico.

"Allora, Musso. Saltiamo i preamboli, che mi sembri una persona intelligente. So che siete stati voi l'altra sera ad ammazzare quel poveraccio. Se voglio ti arresto anche adesso..."

"Però non vuoi, eh?"

"Voglio i nomi di tutti."

"Tu non sai un cazzo, commissario. E io non so di cosa parli."

"Vedo che vogliamo fare la manfrina..."

Michele si alza.

"Noi stavamo uscendo, quindi ti do cinque minuti per raccontarmi le tue fantasie. Poi, scusa, ma abbiamo altri programmi per la serata..."

Baliani si fa serio.

Si fa passare una valigetta dall'agente più vicino, e poggia dei fogli sul tavolo.

"Allora Musso. Visto che non ci capiamo. Questo è il fascicolo su di te. Foto, intercettazioni, tutte le cazzate che hai detto, scritto, fatto in questi anni. Guarda qua. È talmente grosso che pare la Bibbia. Allora? Vuoi che lo uso?"

"Tu sei matto, commissario. Ripeto: non so di cosa parli."

Baliani prende qualche foto. Le sparge sulla tovaglia. Michele che tira una bottiglia durante un corteo. Michele che urla in piedi su una macchina. Michele con il volto coperto.

"Avete una via d'uscita facile facile. Io lo so, Musso, che non sei un terrorista. Sei un cazzone, ti piace parlare, fare il lavaggio del cervello ai ragazzini, rimorchiare le ragazze. Ne ho conosciuti tanti come te. Non mi interessi. Solo che l'altra sera l'hai fatta grossa. E quelli che erano con te sono pericolosi, non radicali da salotto come voi due. Allora voi mi dite dove trovarli, e io tengo questo fascicolo in un cassetto. Che dite? È un buon accordo, no?"

Michele accende un'altra sigaretta.

"Tu prega che qualche radicale da salotto non ti spari alle gambe", sibila.

Con un gesto minimo delle pupille il commissario fa segno di intervenire ai due agenti.

Il primo prende Michele, gli gira un braccio dietro la schiena. Il secondo gli dà una gomitata nel costato. Michele tende appena i muscoli del viso.

Cesare protesta a gran voce. Minaccia di chiamare gli

avvocati del partito, ma Michele scuote la testa.
"Non preoccuparti. Falli sfogare."

Michele è stato liberato. Probabilmente ha una costola incrinata perché se prova a sedersi gli si blocca il fiato.

Baliani lo ha portato in camera da letto: voleva continuare quella conversazione in solitudine, ma Cesare, sottolineando il suo ruolo di parlamentare, ha ottenuto di assistere.

Fumano tutti e due, lasciano cadere la cenere per terra. Un copriletto indiano arancione e blu, una cassapanca e una lampada girata verso il muro sono tutto l'arredamento della stanza. Una canna spenta sta poggiata sul bordo di un posacenere che i due uomini sembrano ignorare.

"Ti sto facendo un favore, Michele. Ti do una via d'uscita, perché noi non siamo come pensate. Sappiamo distinguere, noi. Tu in fondo sei un bravo ragazzo, perché ti devi rovinare la vita? E rovinare la vita a quella bella ragazza di là? Voglio soltanto i nomi, ti fai qualche mese di galera con tutte le attenuanti, e poi ricominci una vita nuova."

Michele si massaggia il fianco, non smette di fissare il poliziotto. Tiene sotto controllo la rabbia: Baliani non la deve vedere, la rabbia. Baliani con la spocchia di chi crede di sapere, crede di essere nel giusto, crede di poter elargire la condanna e il perdono. Michele guarda negli occhi l'arroganza del potere, un'arroganza insopportabile. Gli sparerebbe ora, se avesse senso. Gli sparerebbe per togliergli quella luce di scherno negli occhi, così piatta, così ottusa. Il servo sciocco che si sente padrone perché ha scelto di giocare nella squadra che ha le pistole legali.

"Come hai detto che ti chiami? Baliani? Di dove sei? Di Napoli, o più giù, Baliani?"

"Sono di Salerno."

Michele gira per la stanza. Ogni passo un dolore e un respiro spezzato. Il braccio indolenzito. Cerchi concentrici attorno al commissario. Dalla camera accanto arriva la voce di Mick Jagger che canta *Let's Spend The Night Together*: è Alice che ha rimesso su il disco. Michele la ama per quel piccolo gesto stupido e irriguardoso. Reprime appena una risata, e canta anche lui a mezza bocca. Si sono sono capiti: un'onda di energia che ha attraversato le pareti, si sono rassicurati, fatti coraggio.

Baliani è seduto sul bordo del letto. Michele ora lo fronteggia.

"Commissario Baliani. Che stupido minacciarmi con nulla in mano. Io vi conosco. Quando fate così state sparando nel mucchio."

"Ancora non molli, eh?"

"Puoi scegliere cosa fare. Se pensi di potermi arrestare fallo. Tu mi arresti, io chiamo un avvocato, tu mi fai picchiare dai tuoi fantoccetti con la divisa, io esco un po' ammaccato prima che sia giorno. Dai, Baliani. Fallo!"

"Credevo fossi più intelligente. Te la spiego in un altro modo."

Questa volta il materiale del fascicolo finisce sul letto. Sono altre foto. Foto di morti ammazzati. Un paio Michele li riconosce. Un fascista ucciso qualche mese prima. Un poliziotto. Una casa bruciata in un rogo.

"Ho contato almeno sette omicidi che posso accollarti quando voglio, Michele Musso...", la voce ha perso qualunque connotato amichevole.

"...Non fare finta di non saperlo. Abbiamo già fatto lo stesso giochetto a Piperno, a Negri, e a qualcun altro dei tuoi compagnucci. Lo hai ammazzato tu Passamonti? No. Certo che no. Ma forse sì. Magari sì. Chi lo sa, Michele, di chi è la colpa di tutti questi morti?"

"Non dire cazzate." Ma la voce di Michele ora è incrinata.

"Dieci anni? Sì, dai, con il magistrato giusto, dieci anni riusciamo a darteli. Dieci anni che diventano 25 con il moltiplicatore che mettiamo sopra dandoti banda armata. Ci sono le leggi speciali apposta. Per evitarci la fatica di beccarvi sul fatto. Decidiamo noi chi è stato di voi. Ora hai capito meglio?"

Non mostrare la paura. Non permettere alla voce di abbassarsi, ai gesti di farsi più corti. Cesare spia Michele che cerca di rimanere impassibile. Sarebbe stato utile in politica uno così. La politica vera. E invece, da quello che può vedere, Musso si è messo a giocare alla rivoluzione.

"So tutto di te. E anche di lei. Alice Rosato è meno accorta. Ha fatto abbastanza stronzate che potrei sbatterla dentro tra un minuto. Magari sua sorella sarebbe contenta, che dici?"

Il commissario lo sta azzannando. Fiuta l'odore del sangue.

"Siete controllati, infiltrati, fotografati. State combattendo una guerra impari, che non potete vincere, Musso."

Michele continua a sorridere. Il commissario continua a parlare, regalandogli del tempo prezioso per rimettere insieme le idee.

All'improvviso si siede sul letto.

Si passa una mano sugli occhi, incurvato.

"Sei una carogna", sussurra.

"Non speravo che diventassimo amici. Voglio solo i nomi. I nomi di quelli che sto cercando."

"Ci penso. Va bene?"

"Domani mattina", dice il commissario, e butta la terza Marlboro rossa consecutiva sul pavimento, spegnendola con la punta degli stivaletti neri.

Si alza, con un gesto improvviso assesta una ginocchiata nel fianco di Michele, mirando alla costola già incrinata.

Michele soffoca un grido, si butta con la schiena contro il materasso e afferra un cuscino da schiacciarsi sulla faccia.

"Ti lascio i due colleghi di là come angeli custodi."

Sono passati venti minuti. La volante della polizia ha parcheggiato sotto il portone.

Michele ha messo la testa sotto l'acqua gelida del lavandino. Sente dolore.

"Da dove possiamo uscire?"

Cesare sta ancora tremando. Di paura, di rabbia contro quei due coglioni che si sono infilati in casa sua senza dire la verità.

"Dalla cantina c'è un'uscita sul vicolo. Non mi pare che Baliani vi abbia messo 'sto grande controllo."

"O non ci crede capaci di scappare, oppure è convinto di avermi messo paura."

"Che cosa facciamo?", chiede Alice, che sembra essersi ridestata dopo un lungo periodo di assenza.

"Andiamo via."

"E poi?"

"Non lo so ancora. Ma la corsa è finita, siamo al capolinea."

Cesare si affaccia alla finestra, controlla che la macchina

della polizia sia ancora lì, poi torna verso Michele.
"Pensi che dicesse sul serio?"
"Lo so, che diceva sul serio. Ha ragione: possono fare quello che vogliono."
Un'ora dopo, sono le tre e venti del mattino, Michele e Alice escono dal retro del palazzo su una strada che affaccia sul verde.

***

Me li immagino mentre si allontanano camminando vicino ai muri, e poi mentre tagliano per il parco, corrono bagnandosi i piedi, inciampano e cadono nel fango.
Più tardi, mentre una bella alba rosa sorge dietro alla stazione Termini, rimangono abbracciati a lungo nel fondo buio di un bar appena aperto. Michele cerca le labbra di Alice come se in quel momento quella fosse l'unica protezione che gli è concessa. Come se, baciandosi, potessero diventare invisibili, cancellare il mondo e la paura. Perché adesso ha paura, ed è grato a lei che gli soffia in un orecchio per fargli il solletico, e gli giura che non importa dove andranno.

Marta è vestita da uomo, con una camicetta bianca, un gilè nero e una piccola cravatta scura bordata d'argento. Ha un cappello retrò, e al polso un braccialetto che le ho regalato io, pantaloni neri e stivali.
Mi guarda sopra i resti di un pollo tandoori, trincerata dietro una barriera di vuoti di birra indiana.
Il ristorante è deserto. Pareti verdi e tovaglie di plastica. Odore di cumino e sudore. Voci squillanti del venerdì sera che arrivano attutite dalla vetrata.

Ho appena finito di raccontare.

Dal dottor Pinto al viaggio a Milano. Il ritorno a Roma su un treno notturno, le ore passate fissando i riflessi delle luci sul finestrino. Le ho spiegato le date che non collimano, e che strana impressione mi ha fatto ascoltare un vecchio editore parlare di loro.

"Non riesco a togliermeli dalla testa. Penso a chi sono io, a chi erano. Più o meno quello che succede ai figli dei desaparecidos, quelli che scoprono di essere figli di due sconosciuti."

Marta mi ha ascoltato senza interrompere. Ha raccolto dalla tovaglia avanzi di cibo con il polpastrello, ha girato i capelli attorno all'orecchio.

"Non capisco", dice alla fine.

L'affermazione, prevedibile, farraginosa, piatta mi infastidisce.

"Cosa non capisci?"

"Non capisco perché all'improvviso questa cosa è diventata così importante."

"Vorrei saperlo anch'io. È proprio di questo che sto parlando..."

"A me sembra una delle tue solite uscite dalla realtà."

Dice proprio "solite uscite dalla realtà". Mi prendo qualche secondo per riflettere sulla formula.

Serro i denti sulle arcate laterali, questo di norma porta a piegare le sopracciglia verso l'interno. Il risultato è un viso concentrato, dubbioso, simile a quello di chi cerca di ricordare qualcosa.

"È una vecchia storia. Hai scoperto che tuo padre aveva una tresca con tua zia, e va bene. Ti stai facendo cacciare dal lavoro, sei intrattabile, non fai un cazzo tutto il giorno. Ti sembra che ne valga la pena? No, dico. È la tua vita, quella. Visto che dire 'la nostra' mi pare troppo enfatico."

"Questa sarebbe quella che chiami realtà?"

"Sì. Cos'altro è? Sarò superficiale. Mi hai sempre accusata di essere superficiale."

"Mai fatto."

"Lo hai sempre fatto, invece. Tra le righe, con la voce, con le battute."

Andrebbe bloccato qui il fotogramma, se fossimo in una sala di montaggio. Lei ha le mani con i palmi rivolti verso di me leggermente aperti all'esterno: recita un'innocenza. Andrebbe fermato qui il fotogramma perché questo è l'ultimo momento per tornare indietro: quel bivio che vedi passare in ogni litigio di coppia.

Io che sento il peso di accuse ingiuste, lei che tira fuori cose tenute lì da chissà quanto tempo.

Accenno un sorriso soltanto con il lato sinistro della bocca: è una tensione che porta all'interno la guancia e il labbro superiore più avanti rispetto a quello inferiore. È una faccia che non mi appartiene.

"Cosa mi stai chiedendo esattamente, Marta? Di essere più presente? Di volerti più bene? Di non farmi cacciare dal *Corriere* perché a te sembra una cosa stupida? Dimmi, ti ascolto. Dimmi qual è la rimostranza, però."

Tono sbagliato, ansia che monta.

"Non sembri tu." Poi rovista nella borsa rovesciando metà del contenuto sul pavimento. Dal pavimento raccoglie la sigaretta elettronica.

"Non sembri tu."

La frase apre una serie di mondi possibili.

Porto il mento verso il basso, la testa piegata. Una statua di Rodin ghignante e malevola.

È vero, non sembro io.

Quella dell'imitazione verso la figura paterna è una fase che è sempre meglio evitare, ma che è proprio necessario evitare se tuo padre ti ha abbandonato trentadue anni fa, se è uno stronzo, se è un terrorista.

A metà di un venerdì sera, in questo ristorante che rimbomba tanto è vuoto, con le dita piene di spezie rossastre e curry, potrei mai spiegare alla mia fidanzata che sto imitando uno che non conosco?

Mi siedo dalla parte del torto perché la mia ragione è troppo difficile da capire. Alzo la voce, la accuso di non avere sensibilità.

"Forse questo sono io. Era una balla quello di prima."

"Che idiozia, Tommy."

"E se fosse così? Se stessi trovando delle cose..."

"A me piacevi, prima."

Rimango in silenzio, incapace di difendermi.

"Secondo me sei depresso", dice lei. Marta è una donna pratica, una di quelle che hanno una medicina per ogni malessere, che analizzano sintomi e cercano soluzioni. Non prende in considerazione il deragliamento, la caduta circolare, la confusione non creativa. Accetta il dolore se riesce ad assimilarlo a un mezzo di trasporto verso il successo: Jim Morrison, Céline, Van Gogh avevano, nella sua scala di valori, tutto il diritto di essere degli insopportabili misantropi autodistruttivi. È palpabile, anche nei suoi tentativi più pregevoli di essere di larghe vedute, una visione taylorista della vita.

Farà carriera, lavorerà sodo e diventerà direttrice di un femminile entro i quarantacinque. Lo farà senza rinunciare alla maternità (primo figlio a trentatré anni, che vuol dire tra quindici mesi. Il secondo un anno dopo perché "i figli unici crescono infelici, e io voglio risolvere il problema in fretta").

Sarà una madre attenta e intelligente, colmerà le sue assenze di attività extra-scolastiche e sceglierà un piccolo esercito di baby-sitter con cura.

Divorzierà a cinquant'anni perché i bambini non vengano turbati durante l'adolescenza. A pensarci, la nuora perfetta per Diana.

Seduto in questo ristorante indiano, non è nemmeno un litigio quello che va in scena. È la constatazione che non sono io quello giusto. Chino il capo perché lo so. Lei mi guarda con una nota di tristezza negli occhi perché lo sa.

Diana mi accoglie con un paio di ciabatte olandesi, uno spesso maglione di pecora, gli occhiali infilati sul naso e un annaffiatoio in mano.

Mi spiega che stava bagnando le piante.

È una bella mattina di sole di marzo.

I giornali della domenica sono sparpagliati per il salotto. La *Lettura* del *Corriere* è piegata sul bracciolo della poltrona, il domenicale del *Sole 24 Ore* è aperto davanti a Luca, che mi saluta con un cenno del capo.

Passeggio sfiorando le ortensie, le due piante di aloe, le rose non ancora sbocciate. Diana considera la sua abilità con le piante una specie di trionfo della volontà: non ci era portata, ma quell'enorme terrazzo l'ha costretta a imparare. Adesso stacca con sicurezza i rami in eccesso e li butta in un sacco di plastica.

Quelle domeniche di sole invernale che mi ricordo immutabili dall'inizio del tempo. Diana con il maglione da casa, la moka grande al centro del tavolo. Luca immerso in un giornale, la pipa spenta in bocca.

"Vado a rifare il caffè." Lo diceva ogni volta, alla stessa ora: prendeva la macchinetta vuota dal tavolo e la rimetteva sul fuoco. Da bambino mi chiedevo se le venisse sempre voglia di caffè a quell'ora, o se fosse un vezzo.

Mi piacevano quelle domeniche. Diana e Luca erano sempre allegri. Raccontavano a me e a mia sorella quello che leggevano.

Diana diceva: "Bisogna imparare a perdere tempo. È una grande conquista, la *flânerie*. Lavorare tutta la settimana è una educazione alla fretta, e la fretta rende distratti".

Ci portava a Villa Glori, io e Cristina correvamo dietro a un pallone, a una papera, a un cane.

Diana cucina dei petti di pollo lasciandoli attaccare alla pentola. Non ha mai comprato una padella antiaderente, sostenendo che è un trucco per persone poco dotate.

Tra noi è sceso un velo di imbarazzo. Le parole che sono sempre state leggere ora sono piene di spigoli. Le frasi rimangono troppo a lungo sospese, non sembrano tagliate nel modo giusto per poggiarci sopra una risposta.

Attraversiamo un pranzo fatto di spiccioli di conversazione. Luca chiede come va al giornale, e io non ho il coraggio di dire la verità. Lo trovo invecchiato, gobbo sulla sedia, distante. Mi fa domande ma non ascolta le risposte, ha voglia di andare a dormire dopo pranzo.

Quando lo fa, io e Diana usciamo sul terrazzo.

L'acqua è debordata dai vasi, e le piastrelle sono attraversate da un rigagnolo che porta petali appassiti verso il canale di scolo.

Il cielo si sta chiudendo sopra di noi. Uno sfondo color grafite avanza inghiottendo l'azzurro, mi fa venire in mente l'entrata in campo della prima astronave di *Guerre stellari*.

"Sei andata via da Milano così, senza lasciare ad Alice la possibilità di ritrovarti. Mi suona strano, non ci credo.

Poteva tornare, no? Potevi continuare a cercarla. Possibile che un legame come il vostro si fosse interrotto in quel modo? Non eri preoccupata?"

Lei annuisce.

"L'amico con cui dividevo la casa a Roma conosceva bene Sandro. Sapevo che se Alice fosse tornata sarebbe andata da lui, e io in qualche modo sarei stata informata."

"Ma non è mai tornata."

"Già. Non è mai tornata."

Diana si piega a raccogliere lo stelo secco di un geranio.

"Poi ero ferita. Molto confusa."

Impercettibilmente Diana abbassa la voce. È l'equivalente fonico di un rossore delle guance:

"Il dolore si mischia con una specie di cedimento del principio di realtà. In questi anni ne ho viste parecchie di situazioni simili tra i miei pazienti. Ti pare di non riuscire più a uscirne, ti si apre un baratro sotto i piedi, non riesci a respirare. Nonostante tutto immagino che sì, fossi anche preoccupata per Alice. Ma cosa importava? A ventisette anni mi sentivo una stupida, una fallita. Più passava il tempo, meno me ne importava di Michele e di Alice. Mi importava di me. Mi chiedevo come avessi fatto a non vedere quello che ora mi sembrava così evidente. Pensavo: sei tu la prima colpevole per le bugie a cui hai voluto credere."

Si accorge Diana che sta descrivendo la mia situazione di questi giorni?

“Ti porto i saluti di Sandro Ganci. Dice che avrebbe dovuto innamorarsi di te...”

“Sandro era un uomo buono.”

“Lo è ancora.”

“Cosa hai scoperto a Milano?”

Le riassumo per sommi capi quello che so.

Quando finisco, lei mi guarda da molto lontano. Sembra improvvisamente stanca.

“Hai scoperto più cose tu in una settimana che io in trent’anni”, mi dice.

“È il mio lavoro. Io trovo le informazioni, tu le interpreti”, provo a scherzare. Ma il tono esce artefatto, la voce ha un fondo di durezza inattesa.

“Non è vero. Mi stai costringendo a parlare. Mi sento finita sul mio stesso divano. È come essere psicanalizzata dalla propria immagine riflessa.”

“Magari ti fa bene. Aggiornamento professionale.”

Mi guarda, deglutisce.

“Sono stata una buona madre, almeno?”

Vorrei rassicurarla, ma non ci riesco. Ho perso ogni naturalezza. Rimango piantato al centro del terrazzo, mentre le prime gocce di pioggia cominciano a cadere pesanti, gelide, sulle piante, sulle mattonelle e sulle vetrate.

Diana si muove verso la portafinestra.

La seguo, lei si volta solo quando arriva nello studio. Sbuffa.

“È il 16 giugno 1983. Sono a Roma da sei anni. Tua sorella ne ha appena compiuti due, e piove. Piove a dirotto, il cielo è scuro. Come ora. Sono le otto di sera. All’epoca lavoravo in un consultorio per adolescenti, e prima di quell’ora non ero mai a casa. Così Luca faceva la mamma e la moglie. Ci scherzavamo.”

Diana maschera un sorriso sfogliando la pagina di un libro abbandonato sulla scrivania.

"Quella sera il temporale copriva i rumori, così quando entro in casa Luca non mi sente. C'era la grandine che batteva contro i vetri. Svolto il corridoio e lo vedo lì che fa avanti e indietro con il passeggino cantando a Cristina *Il cielo in una stanza* per farla addormentare. Te la ricordi, la canzone di Gino Paoli? La cantavamo sempre anche a te..."

***

Diana arriva alle spalle di Luca e scuote i capelli bagnati facendogli la doccia. Ride e prende in braccio Cristina, incurante delle proteste di Luca.

A lui fa piacere vederla così allegra. Non è sempre stata così, la loro vita.

Quando hanno iniziato a frequentarsi, Diana sembrava una cassaforte chiusa a chiave. Luca si è innamorato immediatamente della sua diffidenza.

Era la primavera del 1979.

Durante il loro primo appuntamento, una cena in un ristorante a gestione familiare dietro Campo de' Fiori molto apprezzato da teatranti squattrinati e giovani americani in vacanza-studio, Diana sembra un gatto pronto a saltare fuori dalla finestra. Attenta a ogni rumore, lo sguardo che fugge in ogni direzione, come se stesse controllando le vie di fuga.

Luca, di cinque anni più grande di lei, ha appena compiuto 34 anni. È alto poco meno di un metro e novanta, tutto spigoli e forme affusolate: ginocchia, naso, gomiti, dita. Ha le gambe troppe lunghe che danno l'impressione di un equilibrio precario, la postura tende a una leggera cifosi. Sembra, Luca Salvi, la vittima di un improvviso allungamento delle ossa che non è riuscito a gestire.

Dietro un paio di occhiali un po' antiquati guarda il mondo con una espressione ironica e garbata, più adatta, secondo gli stereotipi, a un inglese che a un italiano.

Quella sera al ristorante Da Checco quegli occhi non smettono un istante di cercare lo sguardo sfuggente di Diana.

Le ha regalato il romanzo di uno scrittore cecoslovacco non ancora universalmente celebre, *Il libro del riso e dell'oblio.*

Diana si lascia corteggiare, sebbene tutte le attività sentimentali le sembrino ancora, a due anni dalla fuga di Michele, alquanto impraticabili.

Eppure quel tipo alto che va in giro con un lungo impermeabile Burberry color crema e il cappello verde scuro, che parla di teatro di strada e di musica sinfonica convinto di annoiarla, è il primo uomo che la colpisce dopo molto tempo.

Così, rallentata dalla paura di Diana e dai pudori di Luca, la loro storia prende forma.

Al terzo appuntamento fanno l'amore.

In quei mesi la vita di Luca è sul punto di cambiare.

La sua piccola compagnia, abituata a mettere in scena Tennessee Williams negli scantinati, inizia l'emersione verso i grandi teatri. Cominciano le tournée, lui è spesso lontano da Roma.

L'allegria che riescono a costruire quando stanno insieme, si disfa durante le sue assenze.

Diana maschera la fragilità cedendo spesso a lamentazioni prive di fondamento, allestite al solo scopo di mettere alla prova l'amore di lui.

Va avanti così per un anno, tra alti e bassi, lacerazioni e ritorni di fiamma.

Nell'estate del 1980, Diana e Luca vanno in vacanza sull'isola di Salina. Da un paio di giorni lei è scontrosa, e Luca, come fa in questi casi, legge in silenzio aspettando che la situazione migliori.

Sono da soli su uno scoglio che scende verso l'acqua con dolcezza, come se la marea lo avesse levigato nei secoli fino a farne uno scivolo.

Luca posa il libro e si avvia verso il mare con quel passo malsicuro. Diana lo guarda in tralice senza voltarsi, sdraiata sull'asciugamano.

Lo vede che comincia a saltellare, parla con qualcosa all'altezza dei piedi, bestemmia, poi cammina all'indietro e si mette a ridere.

Lei alza la testa, e scopre che sta litigando con un piccolo granchio che ha cercato di pinzargli l'alluce.

È in quel momento che sente una pace interiore, un'ondata di amore per l'uomo che ha accanto.

Luca inciampa e scivola in acqua. Mentre cade, al rallentatore, come in una comica in bianco e nero, inveisce contro i crostacei.

Diana ride, e comincia l'oblio.

Quando Luca riemerge, lei, sdraiata sullo scoglio, con gli occhi chiusi, comincia a raccontare. E racconta di Michele, di Alice.

Luca ascolta.

Prendono una forma e un nome i suoi sospetti più angosciosi: l'esistenza di un grande amore infelice, e quindi ineguagliabile, nella vita passata di Diana.

Ma lei gli prende la mano, la gira, scorre con le dita sulle vene azzurrine del polso e del braccio. Sorride, con gli occhi umidi.

"È tutto passato adesso. Avevo soltanto bisogno di tempo."

Mentre scende il tramonto rimangono a fare l'amore lì sullo scoglio.

Non è la prima volta che non prendono precauzioni, ma quella sera, tornando verso la piccola casa bianca sopra la spiaggia, Diana sa perfettamente di essere incinta.

"La verità mi ha resa fertile", confida due mesi dopo al suo analista. Scherza, ma lui la prende sul serio, e così anche Diana finisce davvero per credere che Cristina, per nascere, abbia aspettato che lei cancellasse Michele Musso e Alice Rosato.

Quella sera Cristina dorme. Luca le sta cantando Gino Paoli quando Diana torna a casa.

Insieme la portano nel lettino con le sponde di legno.

Insieme fanno progetti per la serata: è giorno di baby-sitter, e il temporale, come ogni temporale estivo, durerà al massimo un'ora.

Luca dovrebbe andare a teatro per vedere lo spettacolo di un amico, ma Diana non ne ha voglia, quindi decidono per cinema e pizza.

Quando suona il citofono, Luca si sta infilando dei mocassini.

Usa il calzascarpe, un oggetto desueto che fa sorridere Diana.

Attraversano il corridoio per aprire alla baby-sitter, ma lui rimane dietro l'angolo, combattendo con la scarpa destra.

Diana apre la porta. Rimane immobile, muta.

Michele è in piedi davanti a lei, fradicio di pioggia, e tiene per mano un bambino con la testa coperta da un cappello da baseball.

Non ha più né baffi né barba, Michele, ed è ancora più magro di come lo ricordava.

È strano: Diana sente uno squarcio nel petto prima ancora di riconoscerlo.

Luca gira l'angolo del corridoio. Sta per domandare se va tutto bene, ma la frase gli muore in gola.

"Tornerò a prenderlo. Appena possibile", dice Michele.

Poi con un filo di voce, quasi muovendo solo le labbra: "Per l'amor del cielo, ti prego...". La frase gli appartiene così poco che Diana rimarrà per tutta la vita con il dubbio di averla sognata.

Senza aspettare una risposta, Michele si piega sulle ginocchia all'altezza del bambino. Gli parla guardandolo negli occhi:

"Voilà tante Diana, on était d'accord, ehm? Come un bambino grande, Tom... tu te rappelle?".

Sorride e socchiude gli occhi. Il bambino ha un'espressione accigliata, molto seria. Michele gli stringe le guance mentre lo fissa come farebbe un allenatore con il suo atleta prima di una partita importante.

Poi lo bacia sulla fronte.

"Allez..."

Il bambino allunga una mano verso Diana, e lei seguendo un impulso la afferra, lo trascina in casa.

"Che succede? Vuoi entrare?"

Michele scuote la testa: "Non posso. È tutto qui", dice, allungando a Diana uno zainetto nero.

Arretra, è quasi all'imbocco delle scale quando si volta: "Si chiama Tommaso. È nostro figlio".

Ma a Diana basta guardarlo per sapere chi è: Tommaso è una perfetta miniatura di Alice.

Mentre chiude la porta, la sagoma di Michele è sparita lungo le scale da almeno trenta secondi, Diana sta tremando.

Luca fa due passi verso il bambino, lo prende per mano:

"Allora Tommaso, lo parli un po' di italiano? Io sono lo zio...".

L'ondata di gratitudine che prova verso quell'uomo la scuote.

Tommaso annuisce.

Diana gli afferra la mano libera, e insieme a Luca lo portano in giro per la casa. Si guardano sopra la sua testa.

Luca solleva le sopracciglia e strabuzza gli occhi.

Tommaso si addormenta sul divano dopo un'ora.

Lo zaino contiene due cambi di vestiti, quattro confezioni di Mistral Gagnant, delle gelatine francesi in confezioni di cartoncino verde, il suo passaporto, e una piccola locomotiva di legno dipinta di rosso.

Quella notte, Luca e Diana parlano fino a tardi, abbracciati sul letto. Lui come sempre fa professione di realismo: tornerà a prenderlo, e magari ti dirà anche che fine ha fatto tua sorella.

Ma Diana non è convinta. Non ha mai visto Michele in quello stato, e pensa che sia successo qualcosa di molto grave.

Nei mesi che seguono, Tommaso si dimostra un bambino buono e allegro. Sembra reagire bene alla sua nuova vita, e chiede raramente dei suoi genitori.

Diana lo interroga con cautela, e quello che ottiene non è molto.

Sono arrivati con il treno, solo lui e suo padre. Prima stavano a Parigi, che è una città con tante macchine e una torre dei desideri.

La sua mamma è un'insegnante e ha un vestito rosso e lo chiama sempre Balù, che è un nome buffo che a lui lo fa ridere.

È iniziato da poco settembre. Diana ha chiesto in giro notizie di Michele e Alice, ha ripreso contatti con i vecchi compagni, ma non ha scoperto nulla.

Tornando da un week-end in Toscana, Luca trova nella buca delle lettere un pacco con timbro straniero.

***

Fuori è quasi buio. Diana tiene in mano una tazza di tè.

In mezzo a noi c'è Luca, nessuno dei due si è accorto della sua presenza.

Ma lui toglie la tazza dalle mani di Diana e la poggia sul tavolo.

"Adesso basta. Questa roba sta diventando una follia."

Io mi alzo lentamente, vado di fronte a lui.

"Forse avreste dovuto dirmele prima queste cose", gli rispondo.

Non mi degna di uno sguardo, fissa Diana invece, le prende la mano.

Le parla a bassa voce: "Te lo ricordi cosa ci eravamo promessi?".

Lei si lascia abbracciare, diventa come una marionetta tra le sue braccia, senza peso.

"Cosa c'era in quella busta?", chiedo.

Vorrei chiedere anche: quale promessa?

Ma sono uscito dal quadro.

Diana va verso la camera da letto, sembra una bambina spedita a dormire dai genitori. A testa bassa, senza protestare.

Chiude a chiave la porta della stanza.

"Io lo so cosa c'era in quella busta", dico. Ma sono da solo nel mezzo di quel salotto troppo grande. È buio, è una di quelle domeniche sera che da bambino mi gettavano in uno sconforto senza speranza. Le sette di sera di una domenica di mezzo inverno, quando non hai ancora fatto i compiti ed è finito *90° Minuto*, sono la prima esperienza di spleen che ricordo. Sarà la stessa casa, sarà lo stesso salotto, sarà la stessa luce. Ma mentre guardo Luca che nervosamente carica la pipa mi ritrovo sedicenne, in ritardo sulla traduzione di greco, e mi pare questo uno scacco mortale, come se ignorassi che la condizione presente è ben peggiore di quella passata.

"Luca...", esordisco

Quando Luca si sposta tra me e la lampada che sovrasta il tavolo, le sue spalle larghe e leggermente curve proiettano un'ombra da racconto gotico sul pavimento. Un'ombra che arriva a lambire i miei piedi. È all'ombra che parlo.

"Abbiamo aspettato anche troppo." Lui ha finito di caricare la pipa e mi interrompe.

Ha uno sguardo che non conosco.

Secco, violento.

"Tu non ti rendi conto di quello che stai facendo, Tommaso. Non puoi ridurre in questo stato Diana, non se lo merita."

"È da quando ho memoria che passi il tempo a difenderla."

"Devi smetterla..."

"Di fare che? Ti sembra così assurdo che voglia conoscere la verità sulla morte dei miei genitori? Ti sembra strano?" Sto quasi urlando.

"Non c'è nulla da sapere." La voce di Luca è piatta e alta come la parete di un castello.

"Stronzate."

Luca si stringe nelle spalle.

"Negli ultimi tre giorni Diana non è neanche andata a studio dai suoi pazienti. Ha detto a tutti che è malata. Sta impazzendo, lo sai com'è fatta."

Poi recupera il controllo, quel riserbo inglese.

"Non volevo", dico a mezza voce. Sono colpito. Imbarazzato.

"Non sai nemmeno cosa stai andando a toccare. Non sei un bambino, sei un uomo adulto, e credevo che ti avessimo educato nel rispetto delle emozioni degli altri. Qualunque cosa tu voglia, non è questo il modo."

Il fumo della pipa lo vedo riflesso nello specchio mentre mi allontano lungo il corridoio.

Mi avvicino alla porta della camera di Diana, ma Luca mi fa segno di lasciar perdere.

"Chiamala più tardi", mi dice.

La mezz'ora successiva, passata su un muretto del quartiere Parioli, un muretto che ha fatto da sfondo alla mia prima canna e al mio terzo o quarto bacio con la lingua, è impastata di panico, nausea, voglia di scomparire dalla faccia della terra.

Arrivo alla mia scrivania. Svuoto i due cassetti. Tiro fuori ritagli di giornale, il pass per un convegno, un pacchetto di Vivident senza zucchero, un opuscolo di una pizzeria al taglio, il flyer di una festa al Lanificio, un biglietto di

Marta ("Ti aspetto al bar alle 9 ♥") risalente ad almeno otto mesi fa, un secondo caricabatteria per il cellulare, dentifricio e spazzolino da viaggio, mail di conferma di un volo Vueling per Barcellona, la custodia degli occhiali da sole, gli occhiali da sole con stanghetta rotta.

Butto tutto in un sacchetto del supermercato e scappo cercando di evitare Aldo Rovati, ma me lo trovo davanti all'ascensore.

Mi dice che magari tra qualche mese riusciranno a riprendermi, e che lui, nonostante tutto, metterà una buona parola.

"Del resto Tommaso che ti aspetti? Hai idea di quanti cani ci sono sull'osso? Un contratto di sei mesi al *Corriere*... oggi c'è gente che ammazzerebbe per averlo, e tu manco ti presenti al giornale..."

"Hai ragione. Sono una merda. Non sei il primo che me lo dice..."

Penso ai film americani, alla scena vista e rivista del giovane manager che se ne va dalla grande azienda che ha appena fatto bancarotta portando tra le braccia una scatola di cartone con i suoi oggetti personali. Dalla scatola spunta sempre la foto incorniciata della moglie, della moglie con i bambini, della moglie con i bambini e il cane.

Io ho in mano solo un sacchetto della spesa che finirà nel primo bidone della spazzatura.

Incontro Alessandro. Solita camicia bianca fuori dai pantaloni e solita giacca che gli scende sulle spalle un po' troppo stirata.

"Ho saputo. È normale, Musso. Sai quanti cani ci sono sull'osso? Ci mancherai."

Gli stringo la mano.

"Poi una sera mi racconti per davvero che cazzo succede? È ancora quella storia di tuo padre e tua madre?"

Abbozzo un sorriso, butto la busta nel cassonetto, ascolto il rumore soffocato mentre rimbalza contro le bottiglie vuote e rotola verso il fondo.

E vado via.

Tre giorni di paralisi e divano, telefonate riconcilianti con Diana e ricostruzioni indiziarie, appunti e birra tiepida.

Riassumo per punti tutto quello che so, schematizzo le interviste a Sandro, a Diana, ad Armando, a Cesare Belli.

Traccio linee, faccio ipotesi.

Una sera di fine marzo Diana mi chiama per invitarmi al cinema, e io cortesemente rifiuto.

Alle 20 sono seduto sul muretto di via San Valentino, il mazzo di chiavi che mi pesa nella mano come un sasso.

In fondo alla strada in salita vedo le finestre del salotto. So che Diana e Luca andranno via nell'altra direzione, dove si trova il garage.

Alle 20.04 la luce si spegne. Stringo più forte il mazzo di chiavi nel palmo della mano. I pensieri non vanno né avanti né indietro. Fino a pochi minuti fa ero convinto che non lo avrei fatto. È iniziato tutto come una provocazione: entrare di nascosto nella casa dove sono cresciuto.

Alle 20.10 scendo dal muretto e risalgo via San Valentino. Ma dopo pochi metri mi fermo, accendo una sigaretta, mi schiaccio contro una macchina, guardo il fumo allargarsi sopra la mia testa come un fungo atomico, e poi scivolare spinto dal vento verso i cartelloni pubblicitari alle mie spalle.

Quando riprendo la marcia, entro nel territorio inesplorato dell'assurdo.

Apro il portone cercando di non fare rumore, ascolto il fruscio di un dialogo televisivo che arriva dalla casa del portiere filippino. Vedo la sua ombra passare dietro la tenda che divide il gabbiotto dal piccolo appartamento, e mi scopro a pregare che non mi veda. Passo rasente al muro per rimanere un'ombra agli occhi di Ding.

Ding che mi faceva ripartire il motorino ingolfato, Ding che nascondeva i santini di Wojtyla nella posta per convertirmi, Ding che mi faceva assaggiare uno schifoso vino di palma biancastro e dolce, Ding che puliva le scale in canottiera anche d'inverno.

Ding che era per tutti un mistero allegro perché sorrideva sempre, anche quando annunciava la morte di un condomino.

Ding adesso è diventato l'occhiuto gendarme dietro la tenda.

L'ascensore cigola come mai aveva cigolato prima, e i passi rimbombano sul marmo lucido di questo maledetto pianerottolo.

Non serve ripetermi che nessuna vicina griderà vedendo entrare il legittimo erede nell'appartamento dell'ultimo piano. Nessun custode della legalità chiamerà la polizia vedendo Tommaso Musso, ivi cresciuto, aprire con legittime chiavi la porta di legno marrone chiaro dell'attico.

Sto soltanto entrando in casa mia, un gesto che non dà adito a pubblica riprovazione, che non infiamma dibattiti, che non alimenta paure.

Indago su un crimine inesistente, forzo porte aperte, frugo spazzature private.

Chiudo con delicatezza la porta alle mie spalle, e accendo una luce soltanto. Una luce discreta, invisibile dall'esterno.

Una piantana nell'angolo dello studio di Diana. È lì che sono diretto: allo schedario di mogano. Un mobile verticale alto un metro e largo cinquanta centimetri, chiuso da una chiave che Diana tiene non so dove. Ma è un mobile antico, e la sua funzione di cassaforte se l'è portata via il tempo gonfiando il legno e deformando il metallo della serratura.

L'ho sempre saputo che quel mobile era la parodia di un caveau. Non era certo l'assenza della chiave a impedirmi di aprirlo, quanto una cortese richiesta di Diana, *qui non si mettono le mani*. Per farlo capire meglio al Tommaso bambino aveva tolto la chiave e l'aveva nascosta. Ma sapeva che il miglior deterrente era spiegarmi che non si fruga nelle cose degli adulti.

Mi appoggio alla parete. Sorrido al mobile di mogano: in fondo ci conosciamo da tanti anni.

È venuto il momento di frugare nelle cose degli adulti.

E con colpo secco dall'alto verso il basso faccio scendere la parete mobile fino a terra.

Si aprono davanti ai miei occhi otto piccoli scaffali scorrevoli che contengono fogli e cartelline.

Li sfilo tutti e li dispongo a semicerchio sul pavimento, poi mi siedo con un posacenere e una bottiglia di Vermentino presa dal frigo.

I primi sei non contengono nulla di interessante, a parte, nel secondo, la mia pagella di terza elementare.

La maestra Patrizia informa che:

"*L'alunno cerca continuamente l'attenzione dell'insegnante, e tende a creare il rapporto più con gli adulti che con i compagni. Talvolta si isola in un mondo tutto suo*".

Un mondo tutto mio. Tipo questa cosa che sto facendo, maestra?

L'alunno si introduce surrettiziamente nell'abitazione dove è cresciuto per cercare documenti riguardanti la sua perigliosa infanzia.

Scorro i fogli contenuti nel settimo cassetto.

Sotto l'atto di vendita di un gommone che abbiamo posseduto una sola estate, c'è una busta bianca formato A4. Il timbro delle poste francesi, il lato corto aperto. Sfilo i fogli, mi investe un leggero sentore di polvere, a me fa venire in mente l'erba gialla macerata dal sole.

Sono i certificati di morte di Michele Musso e Alice Rosato.

Deceduti in un incidente automobilistico in data 2 settembre 1983.

In allegato, un documento con le volontà in caso di morte, che esprime una preferenza per l'adozione da parte di Diana Rosato, sorella maggiore della vittima.

Nel fondo della busta bianca ci sono altri fogli.

Due lettere e un biglietto.

Il biglietto lo ha scritto mio padre in stampatello, ed è secco come un comunicato:

"*Le cose si stanno complicando. Ti prego di tenere Tommaso e di averne cura. Con i certificati di morte potrai regolarmente adottarlo, se a noi dovesse succedere qualcosa*".

La carta è ingiallita, un lembo del foglio è strappato.

Lo butto per terra. Come se scottasse.

I certificati di morte sono falsi. Senza quei documenti Diana non avrebbe potuto adottarmi legalmente.

Il 2 settembre 1983 i miei genitori sono stati dichiarati morti, sono diventati qualcun altro, ma erano vivi e vegeti nel gennaio 1984.

Pinto diceva la verità, come ho sempre sospettato.

Ho dato a Diana l'opportunità di dirmelo, di salvare

un'apparenza, e di spiegarmi come e perché erano morti comunque, due anni dopo, tre anni dopo, cinque anni dopo.

Ma un bravo cronista sa quando una storia va riscritta da capo.

Mi esce anche una risata stupida mentre penso che Aldo Rovati sarebbe fiero di me.

Non tirare conclusioni affrettate, non ti perdere in teoremi. Se pensi che qualcuno ti stia mentendo, lasciagli sempre il tempo di spiegare prima di metterlo all'angolo. Solo quando sarai sicuro che è un bugiardo, allora inchiodalo alla sua bugia.

Me lo ha insegnato lui, lui che ha iniziato scrivendo su *Panorama* negli anni Settanta: un'inchiesta è come una gara di ciclismo. Devi sapere quando attaccare. Se attacchi sempre non sei un cronista, sei un rompicazzo.

Ma che si fa adesso che è il momento di attaccare?

Immagino la risposta di Aldo: adesso vai dritto fino in fondo. Hai volteggiato attorno alla carogna come un avvoltoio per un tempo sufficiente.

Che succede se la carogna sono io, Aldo Rovati?

Le due lettere le ha scritte Alice.
E sono indirizzate a Diana e a me.

Parigi, 14 giugno 1983

Balù piccolo mio
Mia marachella
Mio giocattolino

Ti scrivo mentre dormi la nostra ultima notte insieme su un letto grande come un cuscino in questo posto dove piove sempre.

Ti scrivo e mi manchi già anche se sei ancora qui, ma io so che qui non potrai rimanere perché la vita della tua mamma e del tuo papà non è fatta per i piccoli mostri buoni come te. Lo dice anche papà quando fa la voce seria di chi sa tutto, e a me fa paura ma anche contentezza perché se lui sa tutto io posso non sapere niente, o almeno qualcosa meno di tutto.

Piccolo Balù, ieri sera ti ho portato a vedere il fiume da quell'isoletta a punta io e te da soli per prometterti che tornerò a prenderti quando questa cosa difficile che sto facendo sarà finita e passeremo il giorno intero nel parco a giocare a raccogliere gli aghi di pino e il mondo sarà molto più bello e la tua mamma avrà smesso di essere così stupida e testarda e potrà stare con te.

Balù non devi arrabbiarti se esistono cose più grandi di me e di te.

Balù tu sei il bambino più bello del mondo ma è il mondo che è brutto.

Balù ti guardo mentre dormi e tieni in mano la locomotiva rossa che ti ho comprato perché così domani quando vedrai il treno ti sembrerà più amico perché sembrerà la tua locomotiva rossa.

Balù è tutto così stupido e tu sei l'unica cosa giusta che ho fatto e quando sarai grande te lo spiegherò e capirai.

Parigi, 1 settembre

[...] ...senza di te non credo che sarei sopravvissuta all'infanzia, mi avrebbero trovata morta sotto la frana di banalità e rancore di nostra madre. Già allora soffrivo per tutte e due, per quello che faceva a me e per quello che faceva a te, e non capivo perché non reagivi. Forse era già tutto scritto. Tu la tua guerra l'hai sempre fatta occupandoti degli altri. Mi ricordo

che quando mamma faceva una delle sue sceneggiate, quelle tempeste nei bicchieri da sherry, tu passavi ore a pettinarmi i capelli. Un po' mi facevi incazzare, un po' mi hai sempre fatta incazzare, però so che mi hai salvato la vita. Se ti stai chiedendo perché non ti ho chiesto scusa, e perché non parlo di Michele... be', perché alla luce di quanto ho scritto penso che in cuor tuo tu mi abbia già perdonata.

E penso anche che sono contenta che fai la psicanalista, perché è il tuo modo di continuare a pettinare gli altri (e non chiederti come lo so, come so dove abiti e come so che hai una bellissima bambina).

Io forse un'altra scelta l'ho fatta fin dall'inizio. Ero sempre quell'altra, quella diversa. Eravamo la sorella grande e la sorella piccola, e forse è ancora così, anche se ho compiuto trent'anni un mese fa (e il primo pensiero è stato per te).

La mia vita non te la posso raccontare, ti basti sapere che credo in quello che faccio. Forse ho sempre avuto bisogno di un senso superiore, perché certe volte ho la sensazione di sentire il ronzio del mondo che gira e per non impazzire devo urlare più forte.

Non ho paura, non ho mai avuto paura. Per Tommaso però sì. Ho capito che la sua vita contava più della mia.

Ti affido la cosa più cara che ho al mondo. So che capirai, so che te ne farai carico come hai sempre fatto. Con me, con gli altri.

Un giorno tornerò, e scoprirò se mi hai perdonata per davvero.

Ti abbraccio forte.

Suzanne, la tua sorella minore.

La porta di casa si apre, chissà quanto tempo è passato.

Ho riletto le lettere una volta sola, poi le ho buttate in

aria. Sono scritte su una carta leggerissima, i fogli sono volati per la stanza, un breve viaggio nervoso, e poi sono planati verso il pavimento con lentezza.

Il rumore delle chiavi. I passi nel corridoio. Non è che non mi interessi. Non riesco a muovermi.

Ho trovato pure un mazzo di cartoline.

Le ho sfogliate una prima volta non pensando che riguardassero i miei genitori. Poi ho visto i timbri: sempre francesi, spesso parigini. La prima è dell'agosto 1983, l'ultima del gennaio 1984.

Sul fronte ci sono marine ordinate di ombrelloni, o montagne innevate. Ci sono scorci di campagna, cittadine tedesche e francesi.

Il retro è sempre vuoto, se si eccettua l'indirizzo di via San Valentino e la data.

Le dispongo sul pavimento.

La prima rappresenta la piazza centrale di Antibes. I colori sono sgargianti, troppo vivi, acidi. Oggi si direbbe photoshoppati. All'epoca era solo una stampa dozzinale.

L'ultima, quella del gennaio 1984, è una veduta di Grenoble. E questo collima con il racconto del dottor Pinto.

Dopo Grenoble, dopo il ferimento di mio padre, basta cartoline.

I passi accelerano: devono aver notato qualcosa di anormale. La luce accesa, forse.

Luca arriva per primo.

"Tommaso."

Lo dice senza intonazione, forse lo dice solo per fare capire a Diana che non è un ladro a essere entrato in casa.

Le cartoline sono ancora disposte a mezzaluna di fronte a me, le lettere sparpagliate sul pavimento, io sono seduto con la schiena appoggiata al muro. L'aria è fredda, la finestra è aperta.

Diana e Luca si trovano al di là della mia trincea, tutta questa cellulosa tra noi.

Diana dice: non è possibile.

Luca dice: che ti aspettavi. Senza punto di domanda.

Io lascio passare del tempo, poi: quindi non era vero niente. Senza punto di domanda.

Se il tempo ha una grammatica, un sistema di regole che lo fa scorrere secondo una traiettoria plausibile, se il tempo è fatto della prevedibile traccia del suo costante avanzare, se il tempo insomma mette in fila una serie di eventi, io non me ne accorgo.

Non da qui in poi.

Attorno a me tutto stagna, si allarga, prende una forma circolare e melmosa.

Non c'è cronologia in quella che probabilmente è la mezz'ora successiva, non c'è ordine.

Luca mi spiega che le cartoline erano il modo che aveva mia madre di farmi sapere che sarebbe tornata.

Si sono interrotte all'improvviso.

"Sei stato da subito un bravo bambino. Ti piaceva molto Cristina, la facevi giocare, le parlavi in una tua lingua pasticciata. L'unica crisi di rigetto ce l'hai avuta dopo un anno, e hai cominciato a parlare solo in francese con tutti. Probabilmente l'impatto con la materna ti scombussolava..."

Mi dice.

Le frasi non si fermano nella mia mente, scivolano via, registro solo frammenti.

"Sono vivi?"

Silenzio.

"I certificati di morte sono falsi. Deduco che nulla di ciò che mi avete raccontato è affidabile."

Silenzio.

"Questa era l'educazione trasparente e condivisa. I figli meritano la verità, non trattateli come dei neonati per tutta la vita. È questo che patacchi ai tuoi pazienti, vero Diana?"

Silenzio.

Seduto sul pavimento, poggio la schiena contro il muro.

"I miei genitori sono vivi?"

Diana e Luca si guardano. È la replica imperfetta di quello sguardo sopra la mia testa, quello della mia prima notte in questa casa, il 16 giugno 1983.

È uno sguardo solidale, interrogativo, fragile.

Ogni minuto che passa, ammesso che i minuti esistano ancora, rende più probabile una risposta affermativa.

Le persone che mi hanno generato hanno deliberatamente deciso di non vedermi crescere?

Ne avrei parecchie di domande così, da melodramma fiammeggiante, dopo una vita spesa nel contenimento delle emozioni. Bel contrappasso. Ne avrei parecchie, se ne avessi voglia.

Diana si siede accanto al tavolo da pranzo, voltata nella mia direzione.

"Alice è morta. Pochi mesi dopo l'ultima cartolina, nel 1984."

Non parlo. Lei continua.

"Non ti avrebbe mai lasciato qui, se è questo che stai pensando."

"Mio padre?"

Diana guarda Luca.

"Faglielo vedere", gli dice.

Luca sta per protestare, poi scuote la testa, come a dire: affari vostri.

Percorre il corridoio. Dai rumori posso immaginare che entri in camera da letto.

Qualcosa che cade. Passa del tempo, nulla si muove attorno a Diana e me.

Luca torna nella stanza con un libro in mano. Lo allunga di malavoglia nella mia direzione. Mi alzo.

Il dorsetto ha colori vivaci, blu e viola. È una edizione francese.

La copertina è disegnata, e rappresenta un uomo con una pistola in pugno. Ricorda Jean-Paul Belmondo. Accanto a lui, una ragazza bionda di profilo.

In alto, in rosso, il titolo e l'autore dell'opera.

Demain de bon matin, Bernard Vivant

E sotto: *Polar*, che sono i romanzi gialli in Francia.

Giro il volume senza capire.

Sul risvolto di copertina posteriore c'è una foto di un uomo magro che fissa l'obiettivo senza allegria.

La biografia recita:

"*Bernard Vivant è un viaggiatore e un avventuriero. Dopo tanto girovagare ha scelto di fermarsi, e di dedicarsi ai libri e al buon vino. Oggi vive a Pauillac, nel bordolese, e questo è il suo primo romanzo*".

A pochi metri da me Diana deglutisce. Il libro pesa nella mia mano destra.

"È del 1986. Il titolo è un verso di Boris Vian. L'avevo fatta sentire io a tuo padre, quella canzone...", dice Diana.

Luca sta ancora scuotendo la testa.

Fuori è notte. Dalle case tranquille dei Parioli non arriva nessun rumore.

Ho camminato per due ore, forse di più. Il libro e le cartoline nella tasca della giacca. Camminavo senza meta, l'aria umida. Viale Parioli, piazza Ungheria, e poi viale Liegi e viale Regina Margherita fino all'università, e verso piazza Bologna.

Difficilissimo formare un pensiero compiuto, qualche volta mi sono fermato semplicemente incantato da un'auto parcheggiata, da un albero mosso o dalla luce di un'insegna.

Mio padre era vivo, mio padre mi aveva abbandonato, mio padre scriveva libri e viveva in Francia.

Mia madre chissà, mia madre era pazza, mia madre era morta, mia madre chissà.

La sorpresa che si prova nel formulare pensieri tanto banali.

Un imbarazzo mentre ti ascolti cedere al vocabolario della tragedia.

Abbandono, morte, false identità.

Risucchiato dentro una citazione colta, attore protagonista di un dramma da liceo classico.

Mi guardo indietro e mi viene spontaneo sorridere al tipo ignaro, al giovane giornalista quasi quarantenne che fino a un mese fa non voleva sapere nulla di questa storia.

Non sono più io. Quello che abita nei 50 metri quadri che ora mi sembrano una terra straniera.

Non sono io.

Ho camminato, passo dopo passo penetrando una nuova realtà.

Una cronaca del dopo-bomba.

Ho voglia di urlare, e anche di correre.

Il crollo della facciata di omissioni porta in dono una straziata allegria.

Rido, nel grande piazzale di marmo bianco di fronte alla stazione Tiburtina.

Arrivo al binario tre, mi siedo e leggo.

Dieci, venti, trenta pagine.

Seduto su una panchina coperta di scritte a pennarello nero.

Ho finito il romanzo di mio padre alle cinque del mattino.

Diana ha cercato di chiamarmi varie volte. Non ho risposto.

Mi ha scritto un sms troppo lungo. L'uso eccedente che fa del mezzo chi ha imparato a usarlo da grande. Diana scrive sempre sms troppo lunghi, e troppo sinceri.

Non ha capito che la proliferazione dei canali di comunicazione ha coinciso con un aumento della neutralità. Sms, WhatsApp, Facebook. Sono spazi disadorni, poco adatti al calore umano, o al dolore umano.

Mi ha scritto:

Mi hai costretta a ricordare, e io non volevo.

È inutile che ti dica che ho mentito per il tuo bene, lo sai già.

Quando ti è rimasto poco futuro, il passato ti ammazza.

Le ho risposto dopo un paio d'ore:

Prima ti ammazza il futuro. C'è sempre qualcosa che ti ammazza.

Grazie. So che non è stato facile.

Non so perché, ma sembrava un commiato.

SECONDA PARTE
Parigi

L'aereo plana verso la pista di atterraggio dell'aeroporto di Orly.

Sul tavolino di fronte a me ci sono quattro libri sul terrorismo, il romanzo di mio padre, il quaderno blu, e qualche pagina stampata.

"Fa un freddo di merda, restiamo a letto", disse Lola rannicchiandosi contro il corpo di Jef. Jef aveva già bevuto il caffè, si era rimesso a letto a fumare.

È vero fa un freddo di merda.

Demain de bon matin comincia così. Jef e Lola fanno i rapinatori, sono a letto, sono le sei del mattino.

Il mercato centrale di Parigi è "*una fogna che puzza di sangue e di morte*".

Jef e Lola hanno preparato per mesi un furto a casa di un industriale, Jacques Berri.

Rubano una Citroën, percorrono boulevard de Sébastopol fino a rue Réaumur e parcheggiano in rue Bailly.

Cazzo Lola hai le dita che tremano. Stai calma bambina, lo abbiamo fatto tante volte e tra un'ora sarà tutto finito. Pensa Jef mentre Lola digita il codice del portone.

Jacques Berri dormiva con la mascherina sugli occhi. Il pezzo di merda. Al posto della moglie, che era in vacanza da qualche parte, nel letto c'era una fica di vent'anni, completamente nuda.

Jef ebbe l'impulso di sparare all'industriale.

Queste cose gli davano fastidio. "Con tuo figlio dentro casa le fai ste cose, pezzente?", disse a voce bassa.

E poi, più forte: "Sveglia Berri! È ora di sganciare un po' di quattrini".

Jef costringe l'industriale ad aprire la cassaforte, ma quello nella cassaforte tiene una pistola.

Jacques Berri prese una piccola automatica nera che teneva nascosta tra i mazzi di banconote, e fece fuoco.

Jef sentì il colpo sibilare alla sua destra. La puttana urlò, Jef premette il dito sul grilletto. La Beretta ruggì due volte. Bum Bum.

Sparò due colpi verso il basso, colpì Berri all'altezza del ginocchio destro.

La pistola volò lontano. Grida. Grida di un maiale sgozzato.

Jef prese un cuscino dal letto, glielo mise in faccia. Mentre svuotava il contenuto della cassaforte in un sacco nero, teneva il cuscino premuto con il piede.

Alle nove del mattino era tutto finito.

Contarono i soldi. Erano ricchi. Si spogliarono strappandosi di dosso quei vestiti sporchi, con le labbra schiacciate contro le labbra e i corpi schiacciati contro i corpi...

Questo è il primo capitolo. Ventiquattro pagine, una rapina.

Su Wikipedia una breve biografia ci informa che Bernard Vivant è uno pseudonimo, e che poco si sa della vera identità dello scrittore, probabilmente un italiano o uno spagnolo (anche se non si esclude che sia corso). Lo scrittore, che negli ultimi tempi non ha dato notizie di sé, sembra avere abitato sempre a Pauillac, non lontano da Bordeaux.

Ha pubblicato quattro romanzi, l'ultimo nel 2007, e una raccolta di poesie, tutti per piccoli editori.

A proposito del suo esordio letterario, una breve recensione tratta dal sito *foulire.com* fa notare il debito verso il cinema di Jean-Pierre Melville, e in particolare verso *Le Samouraï*, film dal quale il Vivant prende spunto anche per il nome del protagonista, Jef.

Bernard Vivant, noto per il carattere schivo, non è mai riuscito con i suoi romanzi a raggiungere un successo che andasse oltre il genere, ricevendo una buona dose di riconoscimenti sempre e solo tra i cultori del noir e del giallo.

In una delle poche interviste concesse in queste anni, dice:

"*La letteratura? Per me è un passatempo come un altro. Preferisco occuparmi delle mie vigne. Nessun libro mi darà la stessa gioia che mi dà l'odore della terra...*"

(*La Gazette Girondine*, Jean-Claude Emery, 2011).

Ma l'essenziale è invisibile a Wikipedia: *Demain de bon matin* è un romanzo a chiave. Parla di terrorismo.

Jef e Lola sono Michele e Alice travestiti da Bonnie e Clyde.

I lampioni attorno all'aeroporto sembrano spilli con la testa illuminata, le macchine passano lente sull'autostrada lasciando una scia rossastra sull'asfalto umido.

Parigi di notte è troppo silenziosa. Ascolto il rumore del trolley che mi trascino dietro mentre cammino.

Parigi è il luogo dove sono nato.

A Parigi sono sempre tornato, dopo quel primo viaggio da adolescente.

In hotel, Bed and Breakfast, case di amici, pensioni, sottotetti, ostelli, pensionati universitari, case sul fiume, camper.

In treno, in aereo, in macchina, durante un Interrail, dopo la maturità, d'estate e d'inverno.

Parigi mi ha nutrito di vino rosso, a Parigi ho imparato a parlare quella lingua di strascichi e saltelli. Ho imparato la morbidezza del francese recitato nei teatri, ho imparato gli strappi e le punte acuminate dell'argot parigino, il ritmo della lingua nera delle banlieue. Ho imitato le note ascendenti delle risate di fine serata attorno ai tavoli, ho ripetuto davanti allo specchio quell'intercalare da bambino offeso, i loro "emh" e "ahn" e "ohlala".

Agli "alors" e ai "donc" e ai "vachement", che sembravano buttati nelle frasi come dadi su un panno, ho trovato un senso e una regola. Li ho disciplinati e ammansiti.

Ho studiato i nomi dei pesci.

Ho studiato le verdure.

Ho chiesto a ogni cameriere di recitare il menu per intero, memorizzando i tagli della carne e le loro preparazioni.

Parigi l'ho camminata tutta, di giorno e di notte. Mi sono seduto sul bordo di un marciapiede sporco di sugo lungo Boulevard de la Chapelle, ho attraversato tutti i ponti sulla Senna, mi sono seduto composto sulle panche dure di ogni chiesa.

Ho scoperto una stamperia di vecchi poster a Montparnasse e un piccolo negozio di quaderni a rue Guimet.

Ho comprato libri usati a rue Bonaparte e dormito su una panchina di place Dauphine.

Ho visto film sperimentali sotto le volte severe dell'istituto di Belle Arti, bevuto tè alla menta mentre sbaraccavano il mercato di Porte de Clignancourt.

Ho ascoltato la loro musica fino a non sopportare più quegli accenti tutti uguali, fino ad avere la nausea delle filastrocche di Jacques Brel e dell'enfasi di Joe Dassin.

Svolto verso place de la République, vedo già lì in fondo il profilo delle giostre chiuse, attraverso in direzione di boulevard du Faubourg-du-Temple.

In tutti questi anni non sono mai tornato sulla tomba dei miei genitori. Adesso che so che almeno quella di mio padre è vuota, mi è tornata la voglia di andarla a vedere.

Mi siedo sul marciapiede al limite della piazza mentre un camion della nettezza urbana lava il pavé.

Prendo il cellulare, e mi scatto una fotografia. La foto senza flash, in penombra, di un uomo di trentasette anni con le mani arrossate di freddo e lo sguardo che fissa qualcosa fuori campo, come fa chi non ama le foto.

***

Capitolo VI

[...] *Jef teneva il volante stretto nelle mani, gli occhi fissi sulla strada. Una curva dopo l'altra, in discesa. Destra sinistra destra sinistra. Per non morire devi fissare la linea bianca al centro. La lancetta della velocità superò i 130 km l'ora, poi 140. La macchina ringhiava, sbandava.*

Una fottuta carretta, non adatta agli inseguimenti.

Jef affrontò una curva a destra, alzò gli occhi: davanti vide il panorama alpino, le vette innevate e gli abeti. Lasciò scorrere la macchina fino al centro della curva, poi con un gesto secco del volante buttò il muso giù lungo il nastro d'asfalto. Tutto il peso della gravità li spingeva verso il vuoto. Le ruote girate sgommarono, il retrotreno scivolò verso il baratro. Lola urlò. Un grido breve, lancinante. Zitta Lola fidati di me. Stai zitta, e porterò questa bagnarola a valle.

La macchina fece due metri in orizzontale, senza obbedire ai comandi. La ruota posteriore sinistra finì nel vuoto. Sotto c'era la vallata. Jef pensò al nero che li aspettava, e fece in tempo a pregare che la morte fosse breve.

Poi la forza di gravità smise di spingerli all'indietro. Il muso della macchina recuperò terreno sulla strada, e cominciò a seguire il nastro di asfalto.

Lola tenne gli occhi chiusi, e la testa rivolta verso il finestrino.

Alle loro spalle l'auto della polizia non cedeva di un centimetro. Bastardi con le loro macchine truccate. Corrono più di noi, recuperano terreno.

Davanti, in basso, già si vedeva Névache. Il confine italiano era oramai distante qualche chilometro alle loro spalle, ma quella Volkswagen che Jef aveva rubato al mattino era troppo vecchia. Non guadagnava mezzo metro.

Discesa. Strada dritta. Leva il piede dal freno e prega.

Prima di Névache la strada si strinse fino a diventare una lingua tra due scarpate. Jef guardò verso l'incrocio a valle, distante cento metri. A quel punto fermò la macchina. Mentre i freni stridevano, gridò a Lola di scendere.

Le macchine della polizia arrivarono in una ventina di secondi. Furono costrette a inchiodare dietro la Volkswagen.

Jef e Lola correvano senza guardare indietro, le pistole in pugno, la salvezza era lì dopo l'incrocio.

I poliziotti superarono a piedi la macchina che bloccava la strada. Due inseguirono i fuggitivi di corsa, altri due si misero in posizione, gambe larghe, braccia tese e gomiti bloccati, e spararono.

Jef e Lola arrivarono all'incrocio proprio mentre sopraggiungeva una piccola Mini Minor color nocciola. Jef alzò la pistola e si mise al centro della carreggiata.

Il guidatore si fermò.

Una pallottola colpì Jef al costato.

Il sangue schizzò sul cofano della Mini.

Jef sentì la carne cedere, un boato in tutto il corpo. Per un attimo pensò che quel boato lo avrebbe portato via con sé. Invece dopo lo sparo era ancora vivo, anche se sul giaccone verde si allargava una macchia rossa.

Lola prese per un braccio il guidatore e lo trascinò fuori.

Jef crollò sul sedile, lei partì facendo stridere le ruote proprio mentre arrivava la polizia.

Guidò maledicendo Dio.

Lui sudava e tremava, guardava il suo sangue e deglutiva cercando aria.

Lola guidò fino a Briançon. Sembrava non avessero nessuno dietro, ma potevano avere avvertito altre pattuglie. Un posto di blocco voleva dire la morte.

"Le armi...", disse Jef a bassa voce

"Non ti preoccupare delle armi."

"Arturo...", disse Jef con un filo di voce, e Lola lo pregò ancora di non morire.

Le armi erano rimaste nel portabagagli della Volkswagen.

Posti di blocco non ce n'erano, dopo due ore arrivarono a Grenoble. Lì conoscevano uno del giro, Albert, un giocatore d'azzardo che rapinava banche per fare fronte alla sfortuna al tavolo.

Albert viveva in una cascina pochi chilometri fuori dalla città.

Lola arrivò dopo il tramonto, e Albert portò Jef dentro casa.

Quella notte lo portarono in ospedale. Il medico di turno era un italiano con i capelli cortissimi, l'aria terrorizzata, e gli occhi cerchiati. Era giovane, studiava lì. Chissà come lo conosceva, Albert.

Così nel cuore della notte Albert e Lola parcheggiarono la macchina davanti all'ingresso sul retro.

L'italiano aspettava in cima a una rampa che portava ai piani interrati. Teneva le mani in tasca, e masticava una gomma americana. Non lo aveva mai visto, uno ridotto come Jef che teneva duro così. Lo prese sotto le ascelle, e lo trascinò nei sotterranei.

Il medico faceva segno di non fare rumore, il corridoio sembrò lunghissimo a Jef, che era appena cosciente. La pallottola gli sembrava un animale che si faceva strada dentro di lui mordendo.

Jef, Albert e Lola si ritrovarono nelle sale sotterranee, quelle dove si facevano le autopsie. L'italiano lo operò lì, mentre sudava e imprecava nella sua lingua.

All'alba Jef era nel letto di Albert.

Il giorno dopo, come faceva alla fine di ogni missione, Lola andò a comprare una cartolina. Lo faceva sempre, e non volle interrompere la routine, perché pensava che sennò Jef sarebbe morto.

Quel pomeriggio decisero che avevano chiuso con quella vita di merda, con Arturo e con le missioni.

***

La cartolina da Grenoble spedita da Alice Rosato a sua sorella (e a me) è poggiata sul mio ginocchio sinistro.

È datata gennaio 1984. È l'ultima a essere arrivata.

La rigiro tra le mani.

Sul fronte, la fotografia dai colori leggermente saturi rappresenta un bel paesone alpino, con i tetti color ardesia e una grande arteria centrale che taglia in due la città.

Sullo sfondo le montagne nere sembrano grandi animali preistorici che fanno la guardia.

Sul retro c'è solo la data e l'indirizzo di destinazione scritti con una grafia nervosa e infantile.

Il timbro postale è di un ufficio del Quinto arrondissement, a Parigi.

Guardo la cartolina per un'ultima volta prima di vedere Emma Gagliardi al fondo della strada.

Sono seduto in un café che affaccia sul traffico di place de Clichy, di fronte all'uscita del metrò.

Il patio è chiuso da vetri su cui sono stati scritti a pennarello nero i piatti del giorno.

Emma arriva in fretta, mi saluta con la mano aperta da lontano. Ha i capelli bianchi raccolti in una crocchia, gli occhiali da vista sul naso. Porta a spasso la sua stazza da zia di campagna con un'allegria da marmocchio in vacanza.

Posa sul tavolo un fascio di giornali italiani e francesi. Poggia per terra uno zaino da studente che porta su una spalla sola sopra il cappotto nero Agnès B., come fosse una combinazione ovvia, mi bacia su tutte e due le guance.

"Allora bambino mio, che bello vederti!"

Emma insegna Storia europea alla Sorbonne. L'ho intervistata qualche anno fa per una di quelle inchieste che i titolisti adorano e i giornalisti detestano.

Gli italiani che ce l'hanno fatta, *I cervelli fuggiti e felici*, *Le eccellenze made in Italy da esportazione*. Cose così. Pezzi da luglio inoltrato, quando i tuoi colleghi sono in ferie e il giornale è pieno di Sudoku. Era la mia prima supplenza, anni ruggenti di contratti stagionali che speravi un giorno si potessero trasformare in un tempo indeterminato. Come zucche in carrozze.

Siamo diventati amici. Ci vediamo ogni volta che passo per Parigi, ma questa volta è diverso.

Ora ho qualcosa da chiederle.

Eppure, finiti i convenevoli, mi accorgo che non ho voglia di parlare.

"Perché fissi il vuoto, mon petit coeur?", mi dice Emma.

"Perché mi sto raccontando una storia."

"È una bella storia?"

"Non lo so. Credo di no. In realtà ti ho chiamata per un motivo..."

Emma finisce una tazza di caffè color liquame.

"Christian Dupont. Lo conosci?"

"Il professore?"

"Nel maggio del 1977 sono arrivati da lui un ragazzo e una ragazza. Michele e Alice. Stavano scappando. L'indirizzo del professore glielo ha dato un loro amico, Sandro Ganci."

"Dubito che possa esserti d'aiuto. Christian Dupont è

morto cinque anni fa. Aveva più di ottant'anni. Gli abbiamo anche messo una targa all'università, gli abbiamo dedicato un'aula. Ma che storia è?"

"Non ancora."

"E allora non ti dico una cosa che potrebbe esserti utile."

"È una storia lunga e complicata."

Emma fa il broncio e unisce le mani in preghiera.

"Giuro che non la racconto a nessuno."

"Ti dico tutto se ti lasci invitare a cena. Parigi in questi giorni mi fa una paura fottuta. Non voglio vedere nessuno, ma non riesco a stare solo."

"Che ti hanno fatto? Ora che mi ci fai pensare hai una faccia da schifo."

Mi metto una mano davanti agli occhi come fosse uno specchio:

"Hai ragione. Faccio schifo".

"Vada per la cena, però a casa mia. I ristoranti in questa città fanno vomitare."

"Non lo dire ai francesi. Si suiciderebbero..."

"Prima o poi dovranno farsene una ragione. Non sanno condire un'insalata, e usano il burro per coprire tutti i sapori. Sono cose con cui non sanno proprio fare i conti... come l'Algeria, Vichy, Le Pen. Bisogna che i francesi sappiano la verità! Sono dei colonialisti bastardi, fascisti, e non sanno cucinare. Il burro. Guardami... peso 100 chili. Lo sai che quando vivevo in Italia entravo nella taglia 42?"

Ride. Una bella risata piena, che mi concede qualche attimo di sollievo.

"Però, con tutto il rispetto Emma, era un'altra era geologica... quando vivevi in Italia..."

"Non sono cose che si dicono a una signora, però sì...

quando ero magra non si erano ancora estinti i dinosauri..."

Passo il pomeriggio vagando per piccole librerie. Cerco gli altri libri di mio padre. Trovo la raccolta di poesie. La sfoglio, ma prima di tutto cerco la biografia.

Bernard Vivant abita sempre a Pauillac.

Scrive poesie mediocri, senza stile. Qualcuna vuole essere provocatoria, ma il tentativo si infrange contro un tasso di infantilismo ribellista che mi infastidisce.

Un po' guappo, un po' Serge Gainsbourg.

Gli altri romanzi gialli, pubblicati da un piccolo editore, sono tutti spariti dalla circolazione.

Cammino verso casa di Emma.

Il vento di tramontana taglia la faccia. Fa venire voglia di respirare a pieni polmoni, la tramontana. Viene voglia di piangere o di correre, due cose che non faccio più, rispettivamente da trenta anni e da trenta giorni. Due cose che forse dovrei ricominciare a fare.

Dal giorno della crisi ascolto il mio cuore battere come se potesse smettere da un momento all'altro. Spesso non riesco a deglutire, allora i denti stridono contro i denti, la gola si chiude e trattengo il respiro.

Mi è successo davanti allo specchio, e ho notato che in quei momenti porto leggermente in avanti il mento premendo labbro su labbro. Sembra una faccia dubbiosa. Probabilmente le persone che mi vedono la prendono per una faccia dubbiosa. In realtà sono repliche in minore di quanto successo mentre correvo.

Se penso che mi verrà un attacco, verrà.

Il respiro si fa pigro. Non riesce a prendere la rincorsa

per gonfiare i polmoni. A un mio amico è collassato un polmone. Qualche anno fa, senza preavviso. Il polmone è diventato un sacco vuoto.

Ci penso spesso. Non devo pensarci. Bisogna rispettare l'assurdo della nostra presenza sulla terra.

Se mi concentro, se applico una logica razionale alla questione, l'idea che ogni secondo di vita sia la somma di una serie di casi fortunati mi pare completamente credibile.

Faccio un altro passo, e sono ancora vivo perché una macchina non ha deviato la sua corsa, un virus si è dissolto poco prima di incrociare le mie labbra, quell'aereo è rimasto su nonostante qualunque legge fisica affermasse il contrario, quella bistecca non era avariata, quel cane non era aggressivo, quella fitta non era un cancro, quel tremore non era un segno, quella sigaretta non era l'ultima, quel matto ha cambiato strada.

Sono vivo perché non mi si è impigliato un piede nella fune dell'àncora mentre la lanciavo in mare.

Sono vivo perché quello spigolo mi ha soltanto sfiorato.

Sono vivo perché il Monte Bianco non è franato mentre lo guardavo.

Sono vivo perché l'esodo di Ferragosto è diventato un flipper di macchine mentre io ero già sulla spiaggia.

Sono vivo perché il serpente fuggito dallo zoo è stato appena catturato dalla Protezione Civile.

Sono vivo perché il gorgo e il mulinello erano appena un po' più in là.

Sono vivo perché ero troppo giovane per la battaglia della Marna.

Sono vivo perché l'Isis mi ha mancato.

Sono vivo perché ero troppo a ovest per Srebrenica, Chernobyl, per la guerra in Ossezia.

Sono vivo perché ero troppo a est per finire in una sparatoria a Ciudad Juárez, a Bogotà, o in un college texano.

Poi c'è chi muore perché se la cerca, e io non appartengo a quella categoria.

Gli esploratori, i lanciatori di coltelli, gli incantatori di serpenti, i militari di carriera, i piloti di motociclismo, i rapinatori. E i terroristi.

È una morte che vale meno, quando vai a trovarla di persona?

Non so. Miei cari genitori. Mia cara madre Alice o Suzanne o come cazzo ti piace farti chiamare, se non fossi morta te lo chiederei. Se ho diritto di giudicarti. Oppure no.

E a mio padre, allo scrittore di datati gialletti pulp Bernard Vivant forse lo chiederò, se mai avrò il coraggio di avvicinarmi a lui.

Parigi all'ora dell'aperitivo è immersa in una luce scura che concede a tutti un frettoloso anonimato. Chi verso casa e chi senza meta, chi a bere qualcosa con gli amici e chi da solo, ma tutti di buon passo. Qui sei un cappotto tra altri cappotti. Sei un cappello di lana che entra nel metrò, sei una sciarpa che esce dal Franprix con le mani occupate dalle buste.

In questo anonimato da happy hour l'aria entra nei polmoni senza sforzo, e l'ultimo mese mi pare non privo di un certo fascino avventuroso. Penso rinunciando a ogni originalità che un giorno lontano terrò mio nipote sulle ginocchia, e racconterò di quando cercavo qualcosa e non fa differenza se lo avrò trovato oppure no, perché tutto è letteratura quando lo guardi dalla giusta distanza.

Arrivo a casa di Emma: mezz'ora di anticipo, una bottiglia di Bordeaux sotto braccio, umore quasi allegro.

Emma prepara il sugo per gli spaghetti e beve vino bianco. L'angolo cottura aperto sul salotto è ultra-moderno, tutto bianco e grafite. Le faccio notare che non le si addice. Starebbe bene nell'attico di un broker, a Manhattan. Tutta lucida, asettica. Lei mi confessa di avere una perversione per le cucine da ricchi.

"Ci butterei tutto lo stipendio che mi dà l'università se Jo non mi fermasse..."

"Jo è la tua leggendaria figlia che non si vede mai?"

"Sì. Josephine. Arriva tra un quarto d'ora, se vuoi andare a farti bello..."

Ridacchia, solleva il calice verso di me, e finisce il vino.

Sul pianoforte nero che occupa un terzo del salotto guardo Jo a cinque anni sulle spalle del padre, vedo Jo alle nozze dei suoi genitori, vedo Jo al mare in Liguria. Le foto hanno cornici spesse e argentate da arredamento borghese, fanno a pugni con la cucina hi-tech. Jo indirizza verso l'obiettivo uno sguardo sfuggente. Mi viene in mente che non è stata una bambina felice.

Suo padre, il marito di Emma, è morto una decina di anni fa, faceva il pilota di aereo. Emma vive in mezzo a queste foto di lui in divisa, una mano appoggiata alla carlinga, sorridente sotto l'ala, seduto di fronte alla cloche.

Jo arriva in ritardo aprendo con le sue chiavi quando io e sua madre abbiamo dato fondo alla prima bottiglia.

È minuta, molto magra. I ricci castano chiaro escono disordinati da un baschetto nero che non si toglie dopo essere entrata in casa. Non ha nulla delle forme morbide di Emma: Jo è tutta spigoli, gomiti, ginocchia, zigomi. Mi saluta stringendomi la mano, poi sembra pentirsi di tanta formalità e mi bacia su una guancia. "Mia madre mi ha parlato di te", dice in un italiano corretto ed esitante.

Emma apparecchia, e noi ci troviamo a interpretare l'insidioso balletto del riconoscimento tra coetanei di sesso differente che hanno la sensazione di essere stati costretti a conoscersi.

Condividiamo evidentemente lo stesso sospetto: che Emma volesse a tutti i costi farci cenare insieme, e questo stende un velo di imbarazzo su un incontro che, in altre condizioni, sarebbe potuto anche essere piacevole.

Jo mi porta nella sua camera di adolescente, preme il tasto di accensione dello stereo: Liane Foly canta *La vie ne m'apprends rien*.

Sopra al letto ci sono ancora i poster della Jo quindicenne: Che Guevara, il bacio di Doisneau, una donna di Klimt. Qualche foto di vacanze in barca con due amiche.

Jo si butta sul letto a peso morto.

"Stai pensando che sono stata una ragazzina banale, vero?"

"Sto pensando che questa canzone è veramente brutta."

Ride.

"*Oue, c'est dégueulasse.*"

A tavola, come promesso, racconto la mia triste storia.

Emma segue come fosse nella piccionaia di un teatro popolare del tardo Ottocento, mettendosi le mani davanti agli occhi, sottolineando alcuni passaggi con versi e scuotimenti del capo, aprendo la bocca per la sorpresa.

Jo costruisce il perimetro di una casetta con le molliche di pane, durante alcuni passaggi mi appiccica addosso uno sguardo che mette a disagio.

Beviamo molto vino, quando finisco ho la voce troppo alta.

"È vivo, scrive romanzi. Se non me lo ripeto tutti i giorni non riesco a crederci."

"Hai voglia di incontrarlo?"

"No. Ho voglia di scoprire il resto della storia. Cosa è successo dopo Milano, e perché mi hanno impacchettato e mollato a Roma."

Emma mi accarezza una spalla.

"Vieni a trovarmi in facoltà domani, ti devo portare in un posto", dice.

Jo ha finito la sua casetta di pane. Chissà se ha sempre quella espressione delusa.

Andiamo via insieme, visto che il mio albergo è vicino a casa sua. Lei è silenziosa, si appende al mio braccio.

Prima dell'ingresso della metropolitana mi rivolge la parola senza guardarmi.

"Secondo me dovresti smetterla con questa ricerca. Io non avrei mai voluto sapere le cose che hai scoperto."

"..."

"Oppure vai da tuo padre, no? Che ci stai a fare qua?"

Scuoto la testa.

"Non lo so, infatti. Non so cosa ci faccio. Qua."

Ci infiliamo nel metrò alla fermata Anvers. L'aria fredda ci spinge giù dalle scale verso il corridoio sotterraneo. Un barbone dorme su un cartone, accanto a lui un altro sta seduto contro il muro. Ha gli occhi scavati, e la barba in alcuni punti si è arrotolata attorno agli avanzi di cibo. Lo sguardo è concentrato sul bordo di una piastrella, ma probabilmente non guarda nulla. Jo si stringe contro il mio fianco.

Siamo soli sul vagone, ci spio riflessi nel vetro mentre

Jo scrive qualcosa sul cellulare. Penso di starle antipatico.

"Quindi abiti a Belleville?", chiedo.

"In mezzo ai cinesi e ai vietnamiti."

"Scendiamo insieme, poi io da lì vado a piedi."

Ma quando il vagone si ferma a Stalingrad, Jo si alza.

"Vieni", mi dice.

"Dove si va?"

Non mi risponde, ma mi tende la mano per trascinarmi fuori prima che la porta si chiuda.

Stalingrad è una fermata all'aperto, la bella struttura in acciaio domina il Bassin de la Villette.

Lungo i moli del lago artificiale occhi misteriosi ti spiano dagli angoli. Scendendo lungo gli argini senti puzza di piscio e hashish, cammini sui vetri rotti di bottiglie di birra.

È una Parigi nera, carica di ansia, dove la gentrificazione non riesce a imporsi fino al termine della notte. Gli hipster occupano il venerdì e il sabato sera, ma dopo la chiusura del metrò ridiventa periferia.

Attraversiamo l'incrocio di place de la Bataille-de-Stalingrad, scendiamo verso il tratto di fiume sotto il quai de Valmy, Jo mi tiene per mano.

"Quando bevo mi viene voglia di bere. Ti va di tenermi compagnia?"

Ha le dita lunghe, scheletriche. Le sento tra le mie.

Nel cielo che minaccia neve le luci proiettano ombre rosse contro le nuvole.

Non mi sono mai sentito così privo di volontà.

Il Point Éphémère è frequentato da *bobo* sulla trentina e da qualche nero vestito bene. Nella grande sala con le pareti dipinte di nero che affaccia sul Canal Saint-Martin un dj sta suonando musica dub.

Le lampade tonde sopra il bancone aprono dei piccoli laghi di luce calda, proiettano guizzi sulle guance degli avventori che si accalcano davanti al barman.

Jo ordina due gin tonic senza chiedermi un parere, poi si siede di fronte a me. Al di là della vetrata, l'acqua del canale è immobile e nera.

Non ho voglia di essere seduto qui, con una sconosciuta che sorseggia un cocktail e non parla.

Jo si lega i capelli attorno a una matita: "Sono contenta che ti sia simpatica mia madre", mi dice.

"A te no?"

Jo alza le spalle: "Sono sempre più simpatiche le madri degli altri, no?".

Si alza all'improvviso, chiama un ragazzo che passa vicino a noi. Lo bacia su una guancia, gli dice qualcosa che non sento, mi indica. Torna a sedersi di fronte a me.

"Emma è così. Fa la ragazzina. Non mi dispiace, però ci vedi, no? Siamo diverse."

"Ah sì? Tipo?"

"Lei è troppa. Usa tante parole, tanti abbracci, ride tanto, legge tutto, mangia sempre. Io."

La frase finisce così. Io, come fosse una constatazione.

Le faccio segno di andare avanti.

"Io sembro mio padre. Mi piace smontare e montare le cose, stare zitta, disegnare usando il compasso e la squadra."

Perdo qualche secondo domandandomi se sia una metafora. Poi lei mi fa notare che non le ho ancora chiesto cosa fa nella vita: lavora in uno studio di architettura.

Bevo mezzo gin tonic in un sorso. Mentre cammino verso il bancone per ordinare il secondo un formicolio lungo il corpo mi informa che sono ubriaco.

Jo poggia i piedi sul bordo della poltroncina, le ginocchia alte davanti al viso. "Quindi vuoi venire a letto con me perché ti è simpatica mia madre?"

Apro la bocca per protestare, poi lascio perdere: "E tu vuoi venire a letto con me perché ti ho raccontato una bella storia?".

Lei scuote la testa con vigore: "No, è l'alcol...".

Guardo il fiume. Jo mi prende la mano e conta le dita.

"Mi piacciono le mani delle persone. Ho bisogno di toccare sempre le mani. Ti dà fastidio?"

"Cosa pensi della storia dei miei?"

"Per me stai facendo una cazzata. Nessuno vuole sapere la verità."

Continuiamo a parlare così, senza grammatica di corpi e di pensieri, saltando di qua e di là, toccandoci le dita.

"Beh... è una storia straordinaria... sapere che i tuoi genitori..."

"*Oufh... extra... c'est quoi...*", mi interrompe. Sembra offesa.

Si siede meglio contro lo schienale, mi stringe il polso.

"Quando ero piccola sentivo sempre i miei litigare. Mio padre era uno stronzo. Mi sa che si scopava un po' chi trovava in giro per gli alberghi durante gli scali intercontinentali. Hostess. Cameriere. Poi tornava, ed Emma diventava pazza. Si urlavano di tutto, poi scopavano che li sentivo da camera mia, e mi imbarazzavo tantissimo. Sono diventata anoressica a tredici anni, ero solo ossa, avevo sempre freddo. Proprio non mandavo giù niente di solido, non ci riuscivo. Mi dispiaceva anche, certe volte, perché la facevo pagare tutta a Emma, anche se sapevo che era colpa di mio padre, però con lui non riuscivo mai a prendermela. Da adolescente andava meglio, però il sesso mi faceva schifo.

A quindici anni mi ero fissata che volevo fare la suora. Giuro. Ho costretto i miei genitori a farmi fare il battesimo. Già mi vedevo chiusa in un convento da qualche parte... (ride) ...che palle di bambina che ero. Poi mi sono messa a mangiare come un lupo. Gelati. Gelati a tutte le ore, e dolci. Poi ho smesso e ho cominciato a scopare, un po' con tutti. Verso i venti ho finito le patologie. (Ride, stira le gambe e le braccia. Per la prima volta la trovo bella). Poi mio padre è morto. Un banalissimo tumore, nulla di avventuroso come i tuoi assassini. Per carità. Ma io non vado a frugare in tutta questa spazzatura che mi porto dietro, no? Non è che senta il bisogno di capire chissà cosa, perché è una storia normalissima, ma non è meno interessante della tua. *Tu comprends*? Tutte le storie sono interessanti perché sono tue. Ma dovresti guardare avanti e non raccontarle a nessuno."

Cerco di mascherare un fastidio. Non vengo preso sul serio.

(Possibile che sia così stupido?)

Non le rispondo.

"Ti ho spaventato abbastanza? Fai ancora in tempo a scappare, eh..", mi dice.

La bacio solo per dimostrare che per spaventarmi ci vuole ben altro.

Per baciarla mi sporgo dalla poltroncina, e finisco per caderle addosso.

Rimaniamo così, aggrovigliati. Jo lancia uno sguardo trionfante agli avventori che ci guardano, mentre mi sussurra qualcosa che non capisco in un orecchio.

A casa sua facciamo l'amore in un disordine di oggetti e di

corpi. Il letto è pieno di vestiti, un gatto ci fissa dalla cima dell'armadio. Ho paura che mi salti sulla schiena.

Facciamo l'amore senza trovare armonia, scambiandoci movimenti meccanici, ognuno perso nei suoi pensieri. Nella stanza fa troppo caldo, c'è odore di chiuso. Jo mi morde una spalla, sento il mio fiato che sa di gin.

È quasi l'alba quando ci addormentiamo senza dire una parola, tutti e due nudi, ognuno nella sua metà di letto disfatto.

La mattina dopo lei non c'è, e non c'è nemmeno un biglietto, un segno.

Frugo nell'armadietto dei medicinali a caccia di qualcosa per il mal di testa, poi mi avvio verso l'università tenendo a freno il disagio che mi provoca la prospettiva di incontrare Emma.

Lei attraversa corridoi, scende le scale, sale le scale, apre e chiude porte, saluta studenti, saluta professori, beve caffè, inghiotte croissant, cerca un libro, apre un giornale. Io la seguo con i riflessi rallentati da postumi di gin tonic.

Fuori dalle grandi finestre Parigi si sta imbiancando di neve. Emma attraversa i corridoi dell'università avvolta in un grande scialle svolazzante.

Non fa menzione della serata precedente, né di Josephine.

Cammina in fretta e mi parla di Christian Dupont, racconta quello che sapevo già e quello che non potevo sapere.

Il professor Dupont insegna filosofia del linguaggio alla Sorbonne dal 1965. Esponente di punta dello strutturalismo. Scrive due o tre saggi studiati ancora oggi, ma la celebrità arriva con il romanzo-scandalo *L'amour caché*, pubblicato da Gallimard nel 1970, il più bell'affresco della società parigina pre-Sessantotto, che Dupont racconta con sguardo irridente e antiborghese.

Dupont considera la scrittura uno strumento di indagine della realtà. Le sue posizioni si estremizzano dal 1975 in poi, quando comincia a tenere un diario quotidiano dove annota ogni evento e ogni pensiero della sua giornata. L'obiettivo dichiarato è "...ritrovare le ricorrenze strutturali del suo fare, isolare gli elementi autosufficienti del reale, mappare una ossatura del suo stesso agire". Dupont si lancia alla ricerca di una pietra filosofale semiotica: trovare la struttura perfetta della realtà. Un percorso che lo porta a negare la letteratura: "L'unica letteratura possibile è la prassi del reale", dirà nel suo celebre pamphlet polemico *Comme un mystique (en face à la puissance de la nature)*, del 1981, in cui indaga l'impossibilità della parola letteraria come atto creatore in relazione al silenzio del mistico di fronte all'onnipotenza delle espressioni del trascendente.

In questo solco può essere letto anche il suo ultimo lavoro come critico letterario, dedicato paradossalmente all'argentino Julio Cortázar, scrittore che apparentemente ha poco in comune con le posizioni Dupontiane.

Ma Dupont cita l'Horacio Oliveira de *Il gioco del mondo*, cui Cortázar fa dire: "Solo allora, dopo aver liquidato tutto ciò che lui voleva liquidare, c'è la speranza di reinventare la realtà".

Il critico sostiene che ciò che Horacio deve liquidare è la realtà stessa, dove il verbo "liquidare" va inteso come superamento conoscitivo, raggiungibile solo mediante "*l'osservazione sistematica che si fa risoluzione e svelamento, permettendo così di agire il tessuto strutturale senza essere fuorviati dall'artificio poetico*".

Dupont muore a ottantatré anni nella sua casa di place des Vosges. Negli ultimi anni, quella dei diari è diventata, per sua stessa ammissione, una psicosi. Ne ha cercati ovunque, ampliando la sua analisi alle vite degli altri, e ha messo insieme un discreto archivio, secondo soltanto a quello di Pieve Santo Stefano, in Italia.

"Alla sua morte, la giovane moglie Jeanne ha donato all'università tutti i diari di Christian", mi dice Emma mentre spalanca la porta della biblioteca.

I diari sono quaderni Clairefontaine, viola o verdi, con le righe da scuola elementare. Sono numerati e catalogati, uno accanto all'altro in un grande mobile a vetri.

***

28 maggio 1977
Sveglia: ore 7.01
Seduta di scrittura: ore 00.13

I giovani italiani che si sono annunciati al telefono arrivano all'ora di cena. Lui si chiama M., mi pare subito un ragazzo enigmatico, molto nervoso. Per prima cosa mi chiede una lametta per radersi, vuole radersi prima di sedersi a cena. La ragazza si chiama A., ha grandi occhi chiari molto tristi.

Ha la febbre alta, e infatti quando entra a casa è imbacuccata dentro una mantella nera, anche se il termometro che tengo in cucina segna 24 gradi. Le prendo i battiti del polso, e sono intorno ai 100 al minuto, che dovrebbero equivalere a 39° Celsius.

M. le porta la cena nella stanza degli ospiti. Non ho altro

che formaggio, cetriolini e un avanzo di zuppa nel frigo.

Quando il ragazzo mi raggiunge in cucina è preoccupato. Dice che A. è sua moglie, ma non hanno la fede (né il segno della fede) al dito.

Mi domando il perché di una bugia tanto ingenua, visto che, se è qui su indicazione di SG, sa bene che non nutro interesse alcuno riguardo le abitudini sessuali, relazionali o coniugali dei miei ospiti.

M. non mangia quasi niente, mentre io mangio due pezzi di Reblochon, una fetta di formaggio di capra, cetriolini e pane nero. Beviamo una bottiglia di bianco del Languedoc, vigneto Dom Brial dal sapore asprigno, che si sposa abbastanza male con i formaggi.

(*Nota: questo disordine alimentare, questo spogliarmi della mia attenzione per i godimenti del corpo, mi sembra sempre di più una punizione che mi autoinfliggo per aver lasciato uscire Paula dalla mia vita. Una rappresentazione sacra, la penitenza del gaudente, che realizzo sbagliando vino.*)

Il giovanotto italiano è magro: anche lui sembra una figura sacra. Un santo, o un monaco. O forse un mercante. Gli chiedo se è alla ricerca di qualcosa. Mi sorride appena, spiazzato dalla mia domanda.

Registro la mia impressione su di lui: è abituato a stare al centro dell'attenzione, dev'essere molto vezzeggiato dal suo gruppo di riferimento. Non si trova a suo agio con me perché sono uno scrittore famoso, ho parecchi anni più di lui, ma non abbastanza perché possa considerarmi un dinosauro.

Tutto lascia pensare che i miei due nuovi amici abbiano a che fare con la lotta armata. Qualcosa nelle loro movenze ricorda la fuga.

(*Nota metodologica: registrare le impressioni può essere utile ma anche fuorviante. Dovrei forse scriverle con una penna di diverso colore per facilitare la catalogazione?)*

Glielo chiedo, non senza fare un preambolo.

Cerco di riportare fedelmente la conversazione, seppur in forma ridotta:

"Sandro Ganci è un mio amico carissimo, qualunque sia il motivo che vi ha portati qui, resterà tra di noi. Quindi parla senza censure, e considera questa casa un porto sicuro per te e per tua moglie".

(M. parla piano, e si tormenta le mani.)

"Abbiamo fatto un'azione a Roma contro i fascisti. Sono andate storte delle cose, e così..."

"...avete deciso di cambiare aria per un po'..."

"Abbiamo deciso di entrare in clandestinità. Se le parlo con questa franchezza non è per la nostra amicizia comune con Sandro. Ma perché mi parlò di lei Feltrinelli. Quindi so che può capire, e so che posso fidarmi."

"Lo conoscevi bene?"

Il ragazzo annuisce.

"E lei?"

"Era un grand'uomo. Mi piaceva, era vitale. Io non sono un uomo d'azione, ma li apprezzo. Giangiacomo era un appassionato, ma non perdeva mai lucidità di giudizio, non so se la storia sarà pronta a riconoscerglielo..."

"La storia la scriveremo noi, professor Dupont."

"Invidio le tue certezze, è un privilegio della gioventù. Conservalo finché ci riesci."

"Lei non crede alla rivoluzione, professore?"

"Io credo a quello che vedo, M. Quello che vedo è un mondo che non mi piace. E mi ritengo un marxista, se è questo che vuoi sapere."

"Che idea ha della violenza?"
"È necessaria. Anche se non mi si addice."
(Il giovane fa una pausa. Si guarda attorno. Morde un pezzo di formaggio.)
"Lei conosce Corrado Simioni?"
"Certo."
"Potrebbe portarmi da lui?"
"Potrei, certo. È lui che stai cercando, quindi."
"L'ho conosciuto a Milano, una decina di anni fa. Mi hanno detto che ha fondato una scuola di lingue."
"Hyperion. Certo. È in Quai de la Tournelle. Sono molto famosi qui da noi, Corrado e i suoi amici. Organizzano convegni molto interessanti. Domani telefono e ti procuro un appuntamento..."
(Nota: Corrado Simioni è un espatriato italiano. Dicono sia legato al terrorismo. Quello che ricordo di lui: ha una montatura di occhiali troppo spessa. Squadrata. Non indosserei mai occhiali come quelli.)
Il giovane sorride e ringrazia, io lo fisso:
"M... soltanto una domanda".
"Mi dica."
"Non sembri un giovane rivoluzionario."
"Dov'è la domanda?"
"Allora limitati a darmi del tu. E cerca di curare quella ragazza che non è tua moglie come dici, ma alla quale credo tu tenga in ogni caso. Ha la febbre alta."

30 maggio 1977
Sveglia: ore 6.44
Seduta di scrittura: ore 23.21

[...]

M. e A. si sono ambientati. Lei si sente meglio, oggi ha anche mangiato qualcosa. Il loro abboccamento con quelli della scuola sembra sia andato bene. Questo episodio rafforza la mia idea che Hyperion sia una copertura per la lotta armata in Italia e forse qui in Francia.

La ragazza sembra fatta di una sostanza dissimile dalla carne. Sembra di ovatta, o di vetro soffiato. Parla poco, ma oggi all'improvviso ha cominciato a inveire contro M.

Lo ha fatto in italiano, quindi non ho colto che qualche parola. Ho però visto un atteggiamento che mi ha ricordato Paula. Quel modo di accendersi. In un attimo aveva le guance arrossate, e quella voce fragile si era fatta stridula e violenta. Una forma decisamente definibile come isteria. Come tutti gli accessi isterici, è finito nel nulla dopo qualche minuto.

(*Nota. Penso troppo a Paula? Rivedere lei in ogni persona, anche in atteggiamenti negativi, mi costringe a riflettere. Dovrei forse ammettere che il mio per una ventiquattrenne portoghese era vero amore? Che parole stupide uso! Che stia precipitando in quella pericolosa sindrome di demenza lessicale che è conseguenza della autocommiserazione?)*

(Nota al margine della pagina. Indagare Paula -> forma della mancanza.)

La mia idea su M. non cambia: è un vanesio, mosso dal desiderio di piacere.

A. è molto presa da lui. È probabile che, se intenzionati a continuare a giocare con le pistole, faranno una brutta fine.

A. non smette di intrigarmi e inquietarmi.

Quando M. ci lascia soli per andare non so dove, mi scopro a spiarla. Se ne sta seduta di fronte al muro e si gira i capelli attorno a un dito e poi li accarezza. Come se si pettinasse. Per mezz'ora non muove altro che le mani in questa operazione apparentemente insensata, poi si volta di scatto, come se avesse percepito la mia presenza. Riporto il dialogo.

"Perché mi guarda da mezz'ora? Sono così interessante?"

Decido di darle del lei, e di non correggere gli errori del suo lessico esitante.

"Sì, certo. Tutto è interessante. Adesso per esempio mi chiedevo se la sua personalità risiede nei capelli."

"Cosa vuol dire?"

"Ognuno ha una parte del corpo dove può cercare se stesso."

"Che strana idea. La sua parte qual è?"

"I piedi."

"I piedi?"

"Quando rifletto, vale a dire quando cerco di entrare in intimità con me stesso, mi tolgo le scarpe e mi accarezzo i piedi. Forse è dove si trova l'anima", rido.

Lei annuisce, seria.

"Non vorrei mai avere l'anima nelle scarpe."

"Lei crede all'anima, A.?"

"Se ne ho una, è un'anima cattiva."

Senza aggiungere altro, si alza e cambia stanza.

***

Continuo a leggere i diari di Christian fino all'ora di chiusura dell'università. Emma mi ha tenuto compagnia per un paio d'ore, leggendo in silenzio sopra la mia spalla. La grafia minuta del professore è abbastanza chiara.

Michele e Alice si fermano da lui per una settimana, fino a quando Alice non si ristabilisce completamente, ma con il passare del tempo l'interesse di Christian si affievolisce.

In quei giorni del 1977 il professore vuole parlare soprattutto di Paula, la ventiquattrenne portoghese che gli ha fatto perdere la testa.

È ossessionato da lei, dalle sue lunghe ciglia nere, da quel modo di fare selvaggio: "Mi ha portato a scoprire una centralità della carne che avevo sempre rifiutato, ma non è questa forse l'illazione di un vecchio troppo preso da una ragazzina?", scrive.

Leggo i diari a campione fino al 1987.

Christian incontra di nuovo Paula nel dicembre del 1983, mentre compra una libreria in un grande magazzino. È sposata con un cantante *con i capelli di un colore che sta tra l'uva selvatica e il cielo al tramonto*.

Il professore prova disperatamente a riaverla. Scopre dove abita, aspetta per ore sotto casa sua, e quando vede uscire il cantante suona il citofono.

Lei lo fa salire, e Christian le si getta addosso *preso da una furia sconosciuta e masochista*, ma lei lo rifiuta.

"Mi hai insegnato tante cose, ma io non volevo imparare nulla", gli dice quando più tardi, in una pioggia di scuse e rimpianti, si parlano.

In seguito a questo episodio, si registra l'unica significativa interruzione della scrittura. Esco dalla Sorbonne quando la neve si è trasformata in pioggia sporca.

Emma mi fa grandi segni con le mani: è seduta in un café sulla piazza.

Mi allunga un foglio stampato.

Ho appena riacceso il cellulare: sento una lunga serie di

suoni che annunciano messaggi e chiamate non risposte, ma non ho voglia di interessarmene.

Emma ordina due Kir (è un vizio di famiglia: ordinano sempre da bere anche per me) e mi relaziona sulla sua ricerca:

"Hyperion è una scuola di lingue con sede a Quai de la Tournelle 26, e fino a qui tutto bene. Però non è tutto.

La fondano Corrado Simioni, Vanni Mulinaris, Duccio Berio, Innocente Salvoni e sua moglie Françoise Tuscher, che è la nipote dell'Abbé Pierre.

Questa cosa segnala, che è importante.

Facevano parte tutti quanti del Superclan, una struttura alternativa alle Brigate Rosse. Perché alternativa? Perché nel 1970, dopo i convegni di Chiavari e Pecorile, Simioni e Curcio si mandano a quel paese.

C'è di mezzo l'attentato di Atene del 2 settembre, e comunque non si erano simpatici. Franceschini ancora oggi lascia intuire sospetti su Simioni. Che fosse un infiltrato, e così via.

Così nascono due strutture che mal si sopportano. E secondo qualcuno si fanno pure la guerra.

Ma andiamo avanti.

Nel '74 Dalla Chiesa, che è appena stato messo a dirigere il nucleo anti-terrorismo, fa arrivare una voce al Pci tramite il senatore Malagugini, uno che aveva dei figli, o dei nipoti, non mi ricordo, invischiati con chi sparava.

Il messaggio di Dalla Chiesa è: fate sapere ai terroristi che se mi raccontano tutto io li mando in vacanza a Parigi e ci metto una pietra sopra.

Le Br rispondono no. Simioni e gli altri rispondono che va bene.

Raccontano tante belle cose a Dalla Chiesa, se ne vanno in esilio a Parigi e fondano Hyperion.

Nel frattempo in Italia arrestano Curcio la prima volta, e ammazzano Mara Cagol.

A quel punto Mario Moretti diventa il capo delle Brigate Rosse.

Moretti è un seguace di Simioni, quindi i due gruppi, Superclan e Br, cominciano a collaborare.

Moretti a Roma, Simioni e gli altri qui a Parigi, sotto la copertura di Hyperion. Nel '77 Hyperion apre un ufficio a Roma, a via Nicotera, in un palazzo infestato di agenzie del Sismi, e un altro a piazza Campitelli, dietro via Caetani.

Poi, quando a via Caetani viene ritrovato il cadavere di Moro, chiudono baracca e burattini e se ne tornano in Francia.

Capisci? Hanno aperto gli uffici giusto il tempo di organizzare il sequestro, o almeno così parrebbe.

Nel sequestro Moro è coinvolto Innocente Salvoni, che è uno di Hyperion. La sua foto viene pubblicata dal ministero degli Interni. Ma Salvoni è il marito della Tuscher, e lei come ti dicevo, è la nipote dell'Abbé Pierre.

E allora che succede?

L'Abbé Pierre parte per Roma e va a parlare con Benito Zaccagnini, il segretario della DC. Fa perfino uno sciopero della fame, per difendere Hyperion...".

"Che fanno questi di Hyperion?"

"Rapine, raccolte fondi, e soprattutto smercio di armi. Sono in contatto con i palestinesi e i tedeschi, e con i gruppi eversivi francesi. In pratica sono l'internazionale del terrorismo..."

"Ad esempio potrebbero andare al confine italiano, in montagna, metti vicino a Grenoble, e consegnare armi ai brigatisti?"

"Questo lo hanno fatto di sicuro. Più o meno erano cose così..."

"Come nel romanzo di mio padre."

Mi passo le mani sulla faccia.

Esco dal ruolo del figlio tradito, e rimetto gli abiti del giornalista.

Emma mi sorride.

Io appunto tutto sul quaderno blu.

Perché tutto torna, ogni pezzo va al suo posto con sorprendente facilità.

Lei prende il foglio stampato:

"Questo è l'elenco dei docenti di Hyperion".

Lo guardo di sfuggita.

Al settimo posto c'è un nome che sottolineo: Suzanne Rosato.

Suzanne, come la canzone, come la firma sulla lettera a Diana.

Un vezzo, certamente. Un nome d'arte.

Emma parla troppo in fretta per la mia condizione di insonne.

"Quando i tuoi genitori arrivano qui, Parigi è piena di gente in fuga. Solo nel 1978 arrivano 800 persone legate alla sinistra extra-parlamentare. Del resto in Italia dopo il sequestro Moro avevano fatto le leggi speciali, ti sbattevano dentro come e quando volevano. Qui a Parigi c'era di tutto. Terroristi veri, terroristi finti, fiancheggiatori, e immagino una grande quantità di innocenti. Christian Dupont è tra gli intellettuali che si battono per l'accoglienza, con Guattari, Deleuze..."

Guardo nel vuoto.

"Tu cosa hai scoperto?", mi domanda.

Prima di rispondere tiro fuori il cellulare dalla tasca. Sta suonando. Sul display c'è scritto Jo. Devo averle dato il mio numero, e memorizzato il suo. Non rispondo, tolgo la suoneria.

Le immagini della notte si sono ricomposte nella mia mente durante le lunghe ore di lettura e traduzione. Si sono ricomposte in forma di frammento: ginocchia, le costole disegnate sotto la pelle, un piccolo tatuaggio alla base del collo a forma di carta da gioco. Le ho chiesto cosa rappresentasse, ma ora non ricordo la risposta.

Ho gli occhi iniettati di sangue, gonfi, segnati da piccole vene rosse.

Emma guarda altrove come se seguisse perfettamente i miei pensieri.

La notte insonne mi ha reso suggestionabile, le ore passate leggendo la vita di Christian Dupont mi sono rimaste addosso.

Mentre fisso il vuoto, Paula si sovrappone a Jo, la voce di Emma diventa quella di mia madre che parla di anima e scarpe. Mio padre, Christian, il padre di Jo che tradiva sua moglie in un albergo vicino all'aeroporto di Bangkok. Moquette rossa e frigobar. Aria condizionata e aeroplani che decollano sullo sfondo, fuori dalla finestra chiusa. Le immagini una sull'altra. Non ricordo più cosa ho visto per davvero. Un barbone che ieri notte fissava il bordo di una piastrella nella metropolitana di Anvers. Ho rovesciato un gin tonic per baciare Jo in un locale sul fiume. I vetri si confondevano con i cubetti di ghiaccio quasi consumati. È successo davvero?

Deleuze, Guattari, un gruppo di terroristi che si faceva chiamare Superclan come in un fumetto. Marta mi sembra lontanissima, era appena una settimana fa. Se sapesse che ho scopato con una che conoscevo da tre ore, una con troppe costole e un gatto con lo sguardo cattivo, se lo sapesse, forse, invece di incazzarsi, direbbe solo che sono diventato scemo. Non è da te, direbbe. O forse mi darebbe solo uno schiaffo, e sarebbe molto meglio.

Emma mi sta chiamando, chissà da quanto tempo.

Non riesco a prendere fiato, il battito cardiaco accelera e torna la paura.

Mi alzo di scatto, faccio un'immensa fatica per salutare Emma, la mia voce mi arriva amplificata, e potrei ragionevolmente pensare di essere stato sentito da tutto il bar.

Mi allontano, giro l'angolo, cammino.

Risalgo Boulevard Saint-Michel fino ai giardini, mi siedo contro la cancellata. Parigi è freddissima. Il cuore non rallenta. Ho bisogno di dormire, ma non ci riuscirei.

Mi lascio trascinare dal passato.

Non c'è più confine tra quello che so e quello che credo di sapere. O quello che deliberatamente invento, come in una allucinazione.

***

Alice ha deciso di non avere più esitazioni. Michele le dà forza, Michele la capisce. Anche i compagni di Quai de la Tournelle sono gente che le piace: non fanno domande, la accettano per com'è: con tutti i suoi silenzi e i suoi tormenti. Ma dubbi non ne ha più. Quel dolore, quella sensazione come una scottatura, quel giorno a Milano, quando ha detto a sua sorella che andavano via, ha cauterizzato le ferite. Per giorni non ha più dormito, riviveva l'esplosione di Roma, la polizia, e poi il viaggio fino ai Navigli, e Michele che parlava e lei che si sentiva così lontana da tutto. E poi la notte sulla macchina di Sandro fino al confine, e l'autostop fino alla casa di quello stronzo francese che la guardava come fosse un mostro. Se lo ricorda, Alice. Il professore. Si ricorda di avere pensato: mi guarda come se sapesse. Aveva la febbre alta in quei giorni. Fu proprio lo sguardo di lui a farla reagire. Dopo una settimana passata così, sentendosi un animale braccato, giurò a se stessa di non pensare più al passato.

Un soldato che si donava interamente alla sua missione.

Combattere, perché combattere era l'unica via che conosceva per continuare a cercare.

Michele fuma mentre guida, Alice guarda passare la periferia della città, poi la larga e ventosa autostrada del Sud.

Dopo nove ore di viaggio arrivano in un paesino sui Pirenei. Mancano pochi chilometri al confine con la Spagna. Ad accoglierli ci sono tre baschi che sembrano contadini piemontesi. Hanno mani grandi e spalle quadrate, facce scavate, sorrisi allegri gialli di tartaro. Uno di loro, che si chiama Txiki, quasi le stacca un braccio quando le stringe la mano. Parlano francese. La chiamano solo "compagna", in italiano. Michele è molto serio, silenzioso. Discute con il più vecchio dei tre, e intanto bevono vino a turno da una specie di brocca con un lungo becco. Alice lo guarda da lontano. La strategia è roba da uomini, Michele glielo ha fatto capire chiaramente.

Passano il pomeriggio sparando in un poligono di tiro improvvisato, al margine di un bosco. Sono in tutto una decina di persone. I baschi usano spaventapasseri come bersagli. Alice impiega due ore per imparare come si impugna la pistola. Michele invece è molto preciso, e rapido. Finisce i colpi, poi va da lei e la aiuta.

"È come un animale domestico", le spiega.

I baschi, così amichevoli attorno a un tavolo, al poligono diventano rudi. Quando Alice sbaglia mira per la terza volta consecutiva, Txiki la strattona per la spalla e le urla di stare più attenta. Alice si annida nel ruolo subalterno del soldato. Non ha altri doveri che concentrarsi sull'obiettivo. Calma i suoi demoni.

Ripetere mantra semplificati, dividere in categorie: i padroni, il proletariato, la giustizia, la libertà, la lotta, la vittoria.

Quando arriva la sera le fanno male le braccia.

Camminano per un'ora lungo pendii scoscesi fino a una cascina in pietra. Nell'aia ci sono galline e cani, le pecore punteggiano la montagna: tornano verso il loro rifugio.

Odore di merda ed erba bagnata.

Si mangia tutti insieme a un grande tavolo di legno, i baschi hanno cotto un maiale su una griglia, nel cortile.

Michele e Alice bevono quel vino rosso pastoso e acido. Con loro ci sono due ragazzi orientali, un francese, una coppia di tedeschi, un arabo. Hanno chiacchierato mentre sparavano agli spaventapasseri, tutti sparavano meglio di lei, ma nessuno ci ha fatto caso.

I baschi fanno gli onori di casa ridendo forte e versando da bere.

Sembra una gita. Alice sente la testa girare leggermente. Il ragazzo tedesco tira fuori l'erba, fumano in cerchio stretti nelle giacche a vento, nei poncho di lana, Alice stretta a Michele, ascoltando i suoni del bosco. Ride senza motivo: si sente finalmente lontana, lontana è dove voleva essere.

Da quando urlava a piazza Oberdan, a Milano, per l'autoriduzione del biglietto del cinema e poi si lanciava senza pensare a nulla contro i poliziotti che sparavano i lacrimogeni. Ora lo sa, che la lotta è un mezzo per perdere la strada di casa. Ha tagliato ogni legame, ha reciso nel modo più doloroso anche l'unico cordone che la teneva legata: sua sorella Diana. Si stringe più forte contro Michele perché Michele è tutto quello che ha. E non le serve di più. Insieme possono andare alla deriva o fare la rivoluzione. Possono sparare, uccidere o morire. Già da bambina Alice sentiva di non essere fatta per durare. Non voleva crescere e non voleva nemmeno rimanere piccola. Abitava un interstizio. È per questo che ha cominciato a scappare. Da casa, dal lago, da Venezia, da Milano. Un unico movimento di moto a luogo indefinito. Un luogo fisico, un luogo dell'anima, purché fosse remoto.

Ride, Alice. Ride fino a farsi lacrimare gli occhi, avvolta in una nuvola d'erba. Michele le passa una mano su e giù lungo la colonna vertebrale, sotto il maglione, e serio serio parla di conflitto israelo-palestinese col suo vicino.

Txiki canta una canzone basca con la chitarra. Una litania che viene dalla notte dei tempi, e rende quella lingua piena di spigoli stranamente dolce.

Quando il vento diventa troppo teso per resistere all'aperto, Alice e Michele vanno nella capanna dove li hanno sistemati. Doveva essere una stalla. Un materasso e due coperte di lana grezza stanno buttate sul pavimento. Alice si getta addosso a Michele e lo spoglia. Le gira la testa. Fanno l'amore come se fosse l'esplorazione di un territorio sconosciuto, una ricerca a tentoni nel buio, in cui ogni suono e ogni movimento arriva ingigantito da una attenzione assoluta. Alice si sente per un attimo dentro il tempo tutto suo, lento, incespicante, leggero fino a scomparire.

E sente che Michele è entrato con lei nel suo tempo lento come fosse un pezzo di sé.

Sono passati due mesi da quella notte del 1978 al confine con la Spagna. È il 9 maggio. Alle dieci del mattino Michele è già uscito. Vivono in un sottoscala vicino al Bois de Boulogne. Una finestrella in alto, sopra il letto, mostra un quadrato di cielo bianco come un foglio di carta.

Alice cerca Michele tastando il materasso, ma lui non c'è.

Si siede sul letto, porta istintivamente la mano sulla pancia.

Oggi è il giorno, e lui non c'è.

Si alza con cautela, poi telefona agli uffici di Hyperion.

Michele è stato lì, ma è andato via.

Michele è in una cabina vicino alla Gare de Lyon. Telefona con i gettoni, poi fa un giro, cambia cabina, altri gettoni, altra telefonata.

Torna a sedersi in macchina, alla guida c'è Valerio, un compagno siciliano che vive a Parigi da parecchi anni. Valerio è uno degli operativi della struttura parallela che lavora sotto la copertura di Hyperion.

Valerio spegne la sigaretta nel posacenere dell'auto.

"Allora?"

"Lo hanno fatto davvero."

Valerio batte un pugno contro il volante.

"Io non capisco."

"Nessuno capisce."

Valerio accende il motore e parte veloce verso il centro della città.

Si fermano di fronte a un bel palazzo grigio del Marais.

Al piano stradale, le vetrine illuminate di un ristorante russo.

Ufficialmente il Samovar è gestito da transfughi del comunismo.

Filo-americani incanagliti dall'odio, sostenitori del ritorno dello Zar, tagliagole della vecchia mafia moscovita, seguaci del capitalismo scappati dal grigiore sovietico. Ma questa è una ricostruzione parziale, perché tra loro, infilato in una camicia inamidata con gemelli d'oro, si nasconde l'uomo chiave del KGB a Parigi. Si chiama Maksim Maksimovič, ha i capelli corti, e occhi di un blu profondo che non ti guardano mai: sta sempre osservando la porta d'entrata del ristorante, o la finestra.

"Ogni giorno qualcuno può entrare e spararmi addosso, compagno", spiega Maksim.

Si è sfogato con Valerio e Michele altre volte: servire a tavola i francesi ingioiellati che si ingozzano di caviale e vodka gli dà il voltastomaco.

Il ristorante è ancora chiuso.

Michele e Valerio girano attorno al palazzo e trovano Maksim che fuma nel cortile sul retro. Si guarda attorno, poi butta la sigaretta e li raggiunge.

"Quanto tempo hai?", gli chiedono

"Andiamo al mercato."

Maksim tasta le barbabietole, le soppesa.

"Devi prendere quelle sode, e non troppo grandi", spiega.

Ne sceglie tre e le mette in un sacchetto.

Lo seguono fino all'uscita del mercato coperto, passano vicino ai banchi del pesce, Maksim osserva un salmone come se dovesse parlargli.

Con loro invece non parla. È un uomo imponente, alto quasi due metri, fisico da peso massimo.

Usciti dal mercato, lungo rue Charlot, Maksim li spinge in un vicolo.

"Da quando venite a trovarmi al ristorante?"

"Hanno ammazzato Aldo Moro."

Maksim non cambia espressione, ma la pausa di silenzio fa capire che è colpito.

"Dovranno fuggire, forse. Abbiamo dato la disponibilità per usare Parigi come stazione di transito."

"Devo parlarne. Non credo che i miei capi saranno molto contenti."

Michele alza un dito per intervenire, ma Maksim non vuol essere interrotto: "Io voglio sperare che sia stato un incidente. Mosca non voleva che Moro morisse. O i vostri compagni stanno giocando per qualcun altro?".

"È stata una loro scelta. Ma nessuno gioca per qualcun altro, compagno."

"Lo spero."

Maksim esce dal vicolo, poi si volta:

"Quando si saprà?".

"Tra un paio d'ore."

Si allontana. Il sacchetto di verdura nelle sue mani enormi sembra un giocattolo.

Alice cammina per la città. Ha già vomitato due volte. Cammina lentamente, per passare il tempo guarda le facce delle persone e cerca di indovinare cosa pensano. Ma la paura le mette addosso solo pensieri meschini, e immagina tutti infelici.

Michele non c'è, Michele è sparito.

Alice cammina fino a sfinirsi. A mezza voce canticchia

canzoni italiane per il bambino nella pancia. Pensa: ti comprerò i dischi, così imparerai l'italiano. Accelera il passo verso Quai de la Tournelle.

Alle tre del pomeriggio ha lezione. Insegna ai parigini.

Vuole parlare con Michele prima delle tre.

Ha pensato tanto intensamente a lui, che quando lo vede camminare sul Lungosènna verso Saint-Michel trova quell'incontro del tutto normale.

La città li ha fatti trovare.

Si avvicina sorridendo. Ha deciso: lo porterà in quel café dietro place Monge, quello con le pareti coperte di vecchi numeri di giornali di satira. Lo porterà lì, ordinerà dello champagne come fosse un giorno di festa e gli dirà tutto.

Ma Michele ha le sopracciglia aggrottate, e quando lei lo abbraccia lui la allontana.

"Hai visto?"

"..."

"Hanno ammazzato Moro."

Alice respira. Guarda il fiume. Non le interessa. Parigi quel giorno è bianca e nera.

"Uno di meno." Risponde.

"Uno di meno un cazzo, Alice."

"È un fascista."

"È una cazzata comunque."

"Ci vieni in un posto con me?" Lei piega la testa di lato, gli prende le mani. Le batte il cuore.

Michele la guarda, distante, adulto.

"Ho da fare delle cose, ci vediamo stasera."

Il sorriso di Alice collassa verso la smorfia che anticipa una crisi di pianto.

"Non mi frega niente di Moro, di tutti gli altri, qui...", dice a bassa voce, e indica con un vago gesto la strada.

Michele la prende per un polso.

"...non me ne frega niente. Neanche di te", la voce strozzata da una disperazione improvvisa.

Michele prova ad avvicinarsi, alza una mano per darle una carezza ma non riesce a nascondere la fretta. Alice gli dà uno schiaffo sulla mano, come fosse una mosca, allora lui alza le spalle e si allontana verso Saint-Michel.

Alice si infila in un negozio di dischi. Compra un 45 giri di Françoise Hardy che contiene la versione francese di *Suzanne*.

Passa il resto della giornata così, sdraiata sul pavimento di casa carezzandosi la pancia.

Suzanne t'emmène
Écouter les sirènes
Elle te prend par la main
Pour passer une nuit sans fin

***

Corro per la strada certe volte, o parlo da solo. Mi incanto davanti agli specchi d'acqua (fontane, canali, perfino quei rigagnoli che a Parigi scorrono spesso a fianco dei marciapiedi). Ho lasciato parecchie cose dietro di me nell'ultimo periodo, da quando è cominciata questa storia (quale storia, Tommaso Musso? Quel finto infarto? O tutti questi fantasmi che stai inseguendo?). Una specie di naufragio. Il lavoro, Marta, la mia famiglia, almeno quella parte della mia famiglia che ho avuto il piacere di frequentare negli ultimi trent'anni.

Alla fine del naufragio mi pare di essere tornato al punto di partenza. L'ultima volta che avevo speso così tanto tempo pensando ai miei genitori avevo quindici anni, amavo Caterina, certe volte correvo per la strada, parlavo da solo.

Aulnay-sous-Bois è pettinato e spoglio come tutti i paesini della cintura del *périphérique*. Sono paesi senza il coraggio dello squallore, che cercano una loro identità civica all'ombra di Parigi, e falliscono, diventando gabbie per immigrati carichi di rabbia.

La rivolta delle banlieue del 2005 è cominciata qui, e nella vicina Clichy.

Scendo dal treno in una piccola stazione: due binari, neve sporca che copre il pietrisco scuro attorno alle rotaie.

Palazzoni grigi, finestre chiuse, cortili lastricati di cemento. Gruppi di ragazzi appoggiati ai muri, il cappuccio della felpa tirato sulla testa. Mi squadrano.

Occhi bassi, tiro dritto.

Sono di nuovo allo stesso punto, al cimitero di Aulnay-sous-Bois, in mezzo a tante lapidi che sembrano denti.

Il cimitero è uno spazio vuoto tra i palazzi lungo la Route de Mitry.

I suoi confini sono segnati da filari di salici, qualche abete è cresciuto tra le tombe in maniera casuale. I cipressi lungo i viali sono sempre lì, gli stessi che c'erano vent'anni fa, o chissà.

Cammino tra le piccole foto smaltate, leggo le date di nascita e morte.

Su alcune tombe c'è solo un nome.

E i fiori. Freschi, secchi, vecchi, finti.

Accanto ai miei genitori sono sepolti Mamadou Cissé e Agnès Galant.

Mamadou Cissé è morto a sedici anni, sulla sua lapide sono appese due sciarpe del Paris Saint-Germain.

Agnès Galant è morta a novantuno anni, una foto la ritrae su una spiaggia, già anziana, forse negli anni Settanta, con i nipotini che scavano nella sabbia.

Quando mi decido a tornare verso Parigi è già sera.

Jo mi risponde al quinto squillo, e dalla voce capisco che è ubriaca.

Sento una musica martellante alle sue spalle.

Mi pento di averla chiamata, ma ero stufo di stare zitto.

"Dove sei?"

"Con amici."

"Sei arrabbiata?"

"Perché dovrei?"

"Perché l'altro giorno non ti ho risposto al telefono."

"Chi ti credi di essere?"

"Allora ok."

Quarantacinque minuti dopo siamo seduti *Aux Folies*, all'inizio di rue de Belleville, in mezzo ad altri centocinquanta umani che ridono e parlano troppo rapidi, come se le parole fossero tappeti che si srotolano.

Jo ha il basco nero, una giacca di pelle con due bottoni aperta su un maglione a collo alto, i jeans strappati sopra il ginocchio e delle vecchie Converse rosse ai piedi.

"Sembri un'esistenzialista che si è persa a Seattle nel 1993."

"Tu sembri uno che ha avuto una giornata di merda."

"Sono stato al cimitero."

"Oh. Le lapidi sono ancora lì? O sono scappate?"

"È ancora lì il cimitero. Se n'è andato solo il cadavere di mio padre."

"Emma mi ha detto che hai passato la giornata all'archivio Dupont."

"Ho scoperto che i miei genitori erano due stronzi vanitosi. E a Christian Dupont piacevano le ragazzine. Perché mi hai telefonato? L'altro giorno, dico."

Lei ordina da bere, anche questa volta per tutti e due. Mi mette davanti un moscow mule fatto malissimo.

Con un gesto incongruo e teatrale mi prende la mano al centro del tavolo. Poi si mette a ridere, lascia la mano, fischietta guardandosi attorno.

Sto imparando che Jo certe volte sembra un mimo. Sottolinea e anticipa le parole, riempie i tempi morti del discorso, ne inventa altri che non esistono.

"Ti volevo chiedere scusa. L'altra sera ero insopportabile. Odio incontrare persone che conoscono mia madre."

"Allora perché mi hai invitato a casa tua?"

Alza le spalle.

Beviamo in silenzio.

"Cosa pensi?", mi chiede.

"Un mese fa ogni cosa era al suo posto."

"Ti senti molto fuori posto seduto qui con me?"

"Sì. È per questo che mi piace."

Lei poggia i gomiti sul tavolo, poi li sposta. Pesca la fetta di cetriolo dal moscow mule, la butta sul marciapiede.

"Ammettilo che usi questa storia dei tuoi per rimorchiare."

"Lo facevo già a quindici anni."

"Beviamo ancora?"

Mi torna in mente Caterina. Dev'essere la visita di oggi al cimitero.

L'ho incontrata, Caterina, qualche anno fa. Si era tagliata i capelli, faceva la commessa da Zara. Era vestita con un paio di jeans aderenti, aveva un piercing al labbro e un accento romano che non ricordavo.

Jo torna con altri moscow mule al sapore di detersivo.

Buonumore. Paradossale: buonumore da confusione, buonumore da stanchezza.

Quante forme di buonumore esistono?

È buonumore quel frammento di allegria in una giornata di merda?

C'è il buonumore da *non vedo problemi pressanti all'orizzonte*, ma quella forse è quiete. Per un periodo l'ho cercata. Forse li ho confusi, forse era una attitudine bugiarda.

C'è il buonumore da disordine, e uno da progetto per il futuro.

Le forme: una risata a mezza bocca (il buonumore che mi mette non far sapere al mondo che sono di buonumore). La risata sguaiata tra amici (ci si conforta a vicenda. Anzi: si prova a vicenda la propria esistenza).

L'allegria che mette certe volte, d'autunno, un albero giallo (l'unico albero giallo tra gli alberi verdi, o spogli) contro il cielo bianco.

L'autunno mi mette sempre di buonumore: quella resilienza all'incombere dei rigori dell'inverno, cercare l'energia per non cedere alle giornate corte e alla pioggia obliqua trascinata dal vento, e vino caldo e i primi maglioni.

Una forma di buonumore da abbandono e da confusione e da stanchezza (poco conosciuta, ma in via di definizione) mi porta a prendere la mano di Jo, ridere di tutta quella sua iperattività (ora gli occhi che vagano verso il bancone e poi sulla strada e poi su di me, un'attitudine da animale selvatico), raccontarle di quella mia prima visita al cimitero e dell'assurda idea di andare a Ivrea, e quello che ne era conseguito.

Poi andiamo a casa sua.

Scopiamo, beviamo una birra appoggiati al cornicione della finestra. Dall'altro lato di boulevard de Belleville è rimasto aperto solo un salone per massaggi.

Dalla piccola porta sormontata da ideogrammi in neon giallo esce un uomo che cammina con la testa bassa.

"Lui lo vedo sempre. Deve avere una vera passione per le puttane cinesi..."

"Passi la notte alla finestra?"

"È bello abitare davanti a un bordello. Vedi il mondo passare. Prima abitavo davanti a una banca. Tu cosa vedi da casa?"

"Il Bangladesh. Otto vocianti famiglie bangla stipate in tre camere."

Jo accende due sigarette, me ne passa una.

Scopiamo ancora.

Poi restiamo sdraiati sul letto, il gatto viene a dormire vicino ai miei piedi.

Guardo il profilo della schiena di Jo nella penombra della stanza. Raggomitolata così, l'evidenza del rilievo della colonna vertebrale fa pensare a una foto d'arte che allude ai campi di sterminio.

"Tu te li riesci a immaginare oggi due che cambiano paese, fanno rapine, ammazzano gente perché credono nella rivoluzione? Dico sul serio, non ridere. A parole lo riesco a immaginare anch'io. Ma poi no. Un ragazzo e una ragazza della nostra età che buttano via tutto per... boh... non riesco nemmeno a dirlo. Mai attraversati da un dubbio. Cristo. Per ammazzare qualcuno devi essere molto convinto di avere ragione. Nei suoi diari, Christian gli fa un gran culo. Li considera dei cazzoni velleitari, confusi. In fondo mi dispiace. Non c'entra se li odio o no. Preferisci essere stato buttato nel cesso da degli eroi, no? Quando ero piccolo mi immaginavo mio padre come un bandito, una specie di Robin Hood, cercavo di dirmi che se mi avevano lasciato da Diana era per... per qualcosa. Poi certo ti chiedi che cazzo ci fai con la rivoluzione se non sai nemmeno tenerti tuo figlio. Dormi, Jo? Dormi?"

Mi sveglio alle tre del pomeriggio. Il cielo è talmente grigio che nemmeno mi accorgo che gli scuri sono aperti. Jo non c'è.

Torna a casa un'ora dopo.

Sono in accappatoio, sto mangiando un avanzo di formaggio di capra seduto sul tavolo della cucina.

Jo poggia per terra i sacchetti del Franprix e mi bacia su tutte e due le guance.

"Benalzato. Ho comprato qualche genere di prima necessità, se vuoi delle alternative a quel formaggio, che ha tre settimane..."

"Sei andata a lavorare?"

"Capita, a noi che non passiamo il tempo a cercare i nostri genitori..."

Sto per fare una smorfia di disappunto, ma lei mi blocca con un gesto della mano: "Scherzavo. Ho grandi progetti per te".

"Ah sì?"

Jo tira sul tavolo una chiave con la testa nera.

"È della mia fedele Peugeot 206. Trattala bene."

"Guarda che posso andare via pure in metrò."

Sorride.

"Tu adesso la prendi e vai a Pauillac, e parli con tuo padre."

Scuoto la testa.

Jo tira fuori dalla busta dodici yogurt, una bottiglia di Tropicana ai frutti rossi, due confezioni di assorbenti, *pain de campagne*, pomodori, melanzane, una zuppa istantanea cinese al sapore di pollo. Allinea tutto sul tavolo.

"Quanto yogurt mangi?"

"Il minimo per sopravvivere decentemente. Non puoi rimanere qui a consumarti. Ti ho ascoltato stanotte. Sei flippato. Stai qui e ti fai duemila domande, e quello stronzo sta nei vigneti e scrive i suoi libri..."

"E dopo che c'ho parlato?"

"Torni qui e diventi il mio amante preferito..."

Apro uno yogurt.

"Non l'unico?"

"Quante pretese. Accontentati..."

Mi dà un buffetto, e mi passa un cucchiaio.

"Ti do un'alternativa. Il mio ex è un poliziotto. Se vuoi continuare a indagare ti porto da lui, magari ti fa mettere le mani in qualche archivio. È una persona tranquilla, e rispetta il segreto professionale come i medici..."

"Un poliziotto?"

"Era un bravo ragazzo, romantico. E poi gli uomini in divisa mi piacciono. Te l'avevo già detto che sono una ragazza banale?"

Le sfilo il maglione, la spoglio interamente, le lascio addosso solo un paio di calzini a strisce colorate. Comincio a baciarla lungo il corpo, e quando lei vede un vicino affacciato alla finestra si sposta per farlo guardare meglio.

Ride, butta la testa all'indietro. E io decido che il pomeriggio passerà così.

La sera, quando accendo il cellulare, trovo parecchie telefonate di Diana.

E una, sorprendente, di Luca.

Non lo richiamo, e mi chiudo da solo in un cinema.

***

Capitolo XII

[...] *Arturo li accolse in una chiatta ancorata sulla Senna poco fuori Parigi. Se ne stava sul ponte a bere birra, senza maglietta, la pancia gonfia, una cicatrice all'altezza del polmone destro. Qualcuno c'ha almeno provato, a ficcarti una lama nel cuore, pensò Jef.*

Gli occhiali scuri quadrati non se li toglieva mai, nemmeno quando salutava. Strinse la mano a lui, fece il baciamano a lei.

Voleva essere elegante, ma Lola pensò che la trattava come una puttana in un bordello del vecchio West.

Jef prese una birra dal catino pieno d'acqua al centro del ponte.

Lola pensava alla paura nelle vene.

Arturo vendeva e comprava tutto ciò che era illegale: armi, droga, minorenni, organi, auto, gioielli rubati, rame, documenti, medicinali scaduti.

Aveva su quella faccia grigia da sudamericano un ghigno storto, scimmiesco, e di tanto in tanto rideva con la bocca aperta, di gola, per le battute che faceva lui. Quando non rideva quelle labbra serrate sembravano una ferita.

Quel giorno Arturo non rideva.

Il carico di armi andato perso valeva una fortuna.

Jef pensò che era inutile sembrare affranto. Quelli come Arturo rispettano solo quelli con le palle. Lo guardò accigliato.

Avanti, attacca bastardo. Si sentiva al centro del ring.

La ferita gli faceva ancora male.

Stappò la birra con l'accendino.

Arturo non rideva, no. Gli girava attorno.

Un pugile, più grosso e cattivo di Jef.

"Voi siete bravi ragazzi, e siete fedeli, no? Ragazzi fedeli, che vogliono bene al loro capo, e vogliono fare bene il loro lavoro. Fate un bel lavoro. Orari flessibili, niente sveglia al mattino, tanti bei soldi che si guadagnano in mezza giornata. Però questa volta... questa volta cosa è successo?"

Jef sfiorò la pistola che aveva in tasca, e intanto si appoggiò alla balaustra della barca.

"Lo chiedo io a te cosa è successo, Arturo. Ci aspettavano. I poliziotti, ci aspettavano. Era una cazzo di trappola."

Arturo alzò le mani, fece segno a Jef di fermarsi, di abbassare i toni:

"Ehi, carajo... Qualcuno ha provato a fottere me, e tu mi accusi?".

"Io non ti accuso, io me ne vado."

Arturo cominciò a ridere. Quella sua risata che veniva dalle budella.

"Da quando decidi tu, Jef? Sai quanto vale quel carico di armi che avete abbandonato dentro un portabagagli?"

"Me ne sbatto. Io non mi faccio ammazzare per le tue armi."

Arturo si avvicinò a Jef, lo prese per un polso.

"Ah no? E perché lavori per me? Dimmi... per cosa ti faccio lavorare? Mi lavi i tappeti, pendejo? Mi rifai il letto, mi fai *la lavatrice? Ti pare che quella stronza laggiù in fondo l'ho presa per farmi i pompini? Fate i corrieri, cazzo. Fate un cazzo di lavoro che fa guadagnare un sacco di soldi e comporta dei rischi. E se ti perdi un carico me lo ripaghi, piccola merda."*

Jef non abbassò gli occhi, ma parlò in un soffio: "Noi siamo fuori, Arturo".

Arturo fece due passi indietro e tirò fuori una pistola che sembrava un cannone.

Batté il piede sul legno del ponte, e dalla pancia della barca sbucarono in un attimo due avanzi di galera tatuati dalla testa ai piedi. Due pezzi di sudamericani con il coltello in mano e un sorriso triste sul viso.

Lola raccolse la borsa da terra.

Jef tirò fuori la pistola.

"Vedi Jef. Io ho una parte buona e una cattiva. Quella buona è quella che vorrebbe tanto darti una pacca sulla spalla e augurarti buona fortuna. Però poi c'è la parte cattiva. E la parte cattiva, quando ha saputo di quel carico sparito, ha subito pensato che voi quel carico ve lo foste fregato. Ma la parte buona ha detto 'no, parte cattiva di Arturo, niente paranoia. Ora Jef e Lola verranno da te e ti diranno che ripagheranno tutto. E allora capirai che sono bravi ragazzi, e magari in una spinta di umanità gli dirai anche di lasciar perdere'. E la parte cattiva si è messa tranquilla. Ha detto: 'stiamo a vedere'. Capito? Perché è cattiva, ma mica scema. Anche alla mia parte cattiva non piace ammazzare la gente per gioco. Però non le piace essere presa per il culo. E adesso che tu sei venuto qui a prendermi per il culo, allora che succede? Io che gli racconto alla parte cattiva?"

Mentre Arturo parlava, il primo tagliagole sudamericano fece due, poi tre passi verso Lola. Il coltello in mano. Lo sguardo fisso su di lei. Lola si rese conto del movimento quando oramai ce l'aveva addosso.

Si spaventò. Senza pensare tirò fuori la pistola dalla borsa e sparò.

Forse per errore, mentre toglieva la sicura.

Forse per errore, perché sparando gridò come se avessero sparato a lei.

Ma cosa importa?

Jef capì subito che era il destino, mentre guardava il primo dei due tagliagole che cadeva giù dalla paratia verso il fiume.

La pistola fumante pendeva dalla mano di Lola.

Lei fissava lo spazio dove prima c'era l'uomo che aveva ucciso.

Jef fissava Lola, la bocca semiaperta, pensando che erano già morti.

Lo sparo immobilizzò tutti.

Poi il cannone di Arturo fece un botto tremendo.

La piccola nuvola di pirite attorno alla bocca della pistola.

Bum.

Lola cadde, anzi volò all'indietro, colpita al centro del petto da una pallottola grande come un tappo da champagne.

Lola volò via come una foglia, le braccia scomposte.

Jef gridò con tutto il fiato che aveva.

Poi vide il secondo uomo che si avventava su di lui con un coltello in mano: fu una contrazione del dito sul grilletto ad ammazzarlo. Il coltello volò sul legno e scivolò sul sangue.

Il sangue di Lola che schizzava fuori dal suo corpo e allagava tutto.

Il corpo di Lola.

Jef guardò negli occhi sbarrati, vitrei, dell'unica donna che aveva mai amato.

I lunghi capelli biondi intrisi di sangue.

Jef si ricordò di quella promessa: arrivare fino alla fine insieme.

Jef si ricordò Lola che una notte gli disse: se uno di noi due dovesse morire, l'altro morirà con lui.

Era già morto, ma in quell'attimo preciso, Jef sentì che aveva voglia di vivere.

Sparò verso Arturo, e lo colpì a un braccio. Poi si lanciò verso la scaletta che portava al pontile.

Mentre correva sentì fischiare due pallottole.

Le lacrime gli svicolavano fuori dagli occhi mentre correva e correva fino alla strada.

Attorno c'era solo la campagna con i suoi ronzii, si sentivano perfino le rane gracidare, ma Jef quei rumori li aveva tutti nella testa.

Salì in macchina e guidò tremando e muovendo la testa avanti e indietro. Lola era morta. Lola era morta. Non avrebbe mai saputo vivere senza di lei, ma non aveva avuto il coraggio di morire.

E Arturo, il serpente più velenoso di tutta la Francia, lo avrebbe inseguito o forse no, forse no se si fosse messo tranquillo e fuori dal giro, se fosse andato lontano, scappato, nascosto. Forse Arturo avrebbe avuto pietà, avrebbe capito che lui era già morto, che era morto con lei, che era morto guardando quegli occhi sbarrati in mezzo al sangue nero.

Il corpo di Lola Remy fu ritrovato dopo quattro giorni dal pilota di una chiatta che trasportava carbone. La corrente lo aveva trasportato fino a un'ansa del fiume, dove si era impigliato in un ramo.

La famiglia fece seppellire Lola Remy nel cimitero di Aulnay-sous-Bois, vicino Parigi.

Jef rimase lontano, tra le tombe, con gli occhiali scuri sugli occhi. Aveva addosso la camicia preferita di Lola, quella a righe blu. Diceva che lo faceva sembrare il capitano di una nave in pensione. E rideva. Rideva senza motivo, e rideva anche Jef.

La cerimonia durò poco. C'era qualche familiare, e nessun amico.

Il funerale di una ragazza ribelle, una che si era lasciata tutto alle spalle.

Lui pensò che al suo funerale non ci sarebbe stato nessuno, probabilmente non ci sarebbe stato nemmeno un funerale.

Jef tornò alla macchina, buttò la sacca con i vestiti sul sedile.

Domani di buon mattino, pensò, chiuderò la porta su questi anni maledetti.

Domani di buon mattino me ne andrò lontano.

Jef fermò la macchina poco fuori dal paese, abbassò il finestrino e lanciò la pistola in un canale di scolo.

Sulla campagna francese cominciava appena a piovere, e sul cimitero, sulla terra fresca che copriva il corpo senza vita di Lola.

Fine

***

Guido con lentezza. A malapena metto la quinta. Un'andatura da turista, la testa vuota, senza pensieri.

È sera quando mi fermo in un albergo della catena B&B vicino a Poitiers, in località Châtellerault, appena fuori dallo svincolo autostradale.

È un palazzo moderno color grigio scuro, bucherellato da un centinaio di finestre tutte uguali che guardano verso il traffico della A10.

Nel parcheggio conto una quindicina di macchine e quattro tir. La hall è tutta maniglie in plastica, aria secca da condizionatore e moquette di colori tenui. Ogni finitura sembra nuova, mai utilizzata, pulita e anonima come dev'essere in un albergo con vista sul nulla.

La filodiffusione manda musica elettronica per bambini: la voce infantile e martellante di Lio, una biondina belga balzata in testa alle classifiche nel 1980, canta *Amoureux Solitaires*.

Eh toi dis-moi que tu m'aimes
Même si c'est un mensonge et qu'on n'a pas une chance.

Il ritornello si propaga nella hall deserta come una allucinazione sonora, tanto che quando arriva una *concierge* in divisa e sorriso d'ordinanza faccio fatica a inquadrarla come essere vivente.

Prendo una stanza, e anche qui come nel resto dell'albergo sembra di abitare il padiglione di una fiera: nessuna traccia di umanità prima del mio arrivo.

Mi rilassa questa distanza dal sangue e dalla polvere. Mi pare di essere entrato nel ventre lucido di un'astronave.

Nella enorme sala da pranzo c'è qualche cliente solitario, camionisti e viaggiatori di commercio (una vibrazione di solitudine diversa dalle altre: ripetizione e aria condizionata, film porno e completo grigio da grande magazzino), l'unica coppia con bambino sembra imbarazzata mentre produce il normale rumore di tre umani a cena.

I pensieri che ritornano, sempre uguali.

Tra il 1979, quando sono nato, e il 1982, la vita di Michele e Alice deve avere ricalcato quella descritta nel romanzo di Bernard Vivant. Una vita pericolosa, il sogno della rivoluzione che si affievolisce, la forza d'animo che viene meno, un figlio che cresce, allegro, fragile e ingombrante.

Poi cosa succede? Perché si liberano di me? Lei lo fa contro la sua volontà? Si amano ancora? Lui odia il bambino? O sono rimasti prigionieri della militanza? Magari volevano uscirne.

Chiamo Jo perché ho bisogno di sentire la mia voce. Litighiamo, quasi come una coppia.

Tommaso: (...) C'è qualcosa che non torna, capisci?

In quel momento lì, quando mi portano a Roma. Tu cosa ne pensi?

Jo: Penso che pensi troppo. Tuo padre è a Pauillac, e ha sempre saputo che prima o poi saresti arrivato. Mi fai incazzare quando fai il bambino abbandonato. Vai là e chiedigli che cazzo c'aveva nel cervello. Sai cosa penso? Che non ti sei ancora convinto che hai ragione, che credi di odiarli e che sia ingiusto. Tu non hai il coraggio di incazzarti.

Tommaso: Lo sai che giudichi parecchio per avermi frequentato venti ore in tutto? Magari le cose non stanno come pensi, magari sono libero di gestire questa cosa come voglio.

Jo: Io penso quello che mi pare. Mi hai chiesto una mano, te la sto dando.

Tommaso: Tu non mi stai dando una mano, mi stai dando una macchina.

Jo: (*ride*) Sei un cretino.

Tommaso: Lo so. Che fai? Esci?

Jo: Vedo degli amici.

Tommaso: ...

Jo: Che è questo silenzio? Sei già geloso?

Tommaso: Come ti viene in mente? Fai quello che ti pare, no? Che mi importa...

Jo: Be', grazie. Terrò presente.

Tommaso: Falla finita.

Jo: Falla finita tu.

Tommaso: Questa conversazione sta scadendo. La devo trascrivere sul quaderno blu, ma sta diventando indegna...

Jo: Ti è venuta la stessa malattia del professor Dupont?

Tommaso: Un po'.

Jo: Non si smette mai di peggiorare, eh?

Tommaso: 'Fanculo, Josephine. Perché ti chiami Josephine? Per Josephine Baker?

Jo: Che cazzo di *intellò* che sei... No. Si chiamava Chez Josephine il bistrot dove i miei si sono presi la prima sbronza insieme.

Tommaso: Molto romantico.

Jo: Certo. Fossi come te sarei già andata a parlare con il vecchio barista, e con la donna delle pulizie per sapere se si ricordava che cosa si erano detti...

Tommaso: Quindi se facciamo un figlio lo dobbiamo chiamare Point Ephémère come il bar dell'altra sera?

Jo: (*ride*) Piuttosto che fare un figlio con te mi ammazzo. Magari da grande gli viene in mente di perseguitarmi per sapere dove sono... pure da morta...

Tommaso: ...

Jo: Scusa. Questa era cattiva e gratuita. Mi perdoni?

Tommaso: Lo sai cosa ho sognato ieri notte?

Jo: Dovrei?

Tommaso: Credo di essermi ricordato una cosa della mia infanzia.

Jo: Ti trovi uno psicanalista, per favore?

Tommaso: A dire il vero credo di essere in fuga proprio da una psicanalista, ma questa è una storia che forse ti annoia...

Jo: Un problema che non mi pare ti abbia mai fermato.

Tommaso: Ma lo sai che sei proprio stronza?

Jo: Certo.

Tommaso: Vabbè ti racconto?

Jo: Se devi.

Tommaso: Doveva essere il mio quarto compleanno... c'era la torta, le candeline. Il mio quarto compleanno, il 2 gennaio 1983. Una casa con tante finestre...

***

In inverno entra una luce color latte. La torta è una macchia di colore, le quattro candeline illuminano il viso di Tommaso. Fuori dai vetri è una domenica lenta, fredda. Per strada camminano poche persone che si trascinano davanti ai negozi chiusi del centro, ancora addormentate dopo le feste per l'ultimo dell'anno.

Tommaso soffia sulle candeline, poi batte le mani insieme ai suoi genitori e ai loro amici. Ce ne sono almeno quattro nella stanza, sul tavolo ci sono i resti di un pranzo. Alice solleva il bambino e lo mette a sedere ai piedi di un piccolo abete che è ancora lì da Natale. Ci sono tre pacchetti.

Alle spalle di Tommaso, Michele commenta con un suo amico:

"Mia moglie ha deciso di darvi una piccola dimostrazione di vita borghese. Guardala... sembra una casalinga americana degli anni Cinquanta".

Il tono vuol essere giocoso, ma Tommaso percepisce una tensione crescente.

Apre i pacchetti. Scarta un camion rosso fuoco, scarta un libro da colorare, scarta un pigiama azzurro con una foca disegnata al posto del taschino.

Alice gli saltella attorno, ma con un fondo di angoscia negli occhi. Tommaso la sente. E senza un motivo apparente si mette a piangere. Prima a singhiozzi leggeri, poi disperato. Tra gli adulti scende un velo di imbarazzo. Michele afferra il piccolo camion rosso e lo mette sotto il naso del bambino, ma non riesce a mascherare il fastidio, e Tommaso piange più forte. Alice tira via Michele, prende in braccio Tommaso e lo porta nell'altra stanza.

Lo sdraia sul lettone, lo tiene per mano. Poggia la schiena contro il muro, e mentre Tommaso si calma, lei ascolta Michele parlare del consumismo, e della maternità, e di altre cose che fa soltanto finta di conoscere.

***

Guido con lentezza verso un posto in cui non voglio arrivare. Per non arrivare, a Poitiers esco dall'autostrada e prendo la N10 verso Angoulême: una strada di campagna che si snoda tra campi di grano e girasoli non ancora fioriti.

Al mattino mi è arrivata una mail di Luca.

All'ora di pranzo decido di accostare e leggere.

Lo faccio più per perdere tempo.

La mail comincia così:

Caro Tommaso,

ieri sera Diana e io abbiamo litigato come non ci succedeva da tempo. Un litigio torvo e cattivo, di quelli che non ti lasciano dormire bene neanche dopo che è stata siglata la pace.

Abbiamo litigato perché io penso che tu debba conoscere anche l'ultimo capitolo di questa storia.

Diana non vuole, e io non capisco più perché, una volta che (sei) siamo arrivati a questo punto.

Di questa storia ho vissuto solo una parte, ma quella che non ho vissuto è stata oggetto di un tale numero di conversazioni con tua zia che sono ora perfettamente in grado di raccontarla...

Quello che è successo durante una settimana di febbraio del 1989, a Pauillac, è stato per molti anni il centro di una discussione ininterrotta tra me e lei. Ci sono matrimoni che nascono sotto una buona stella, benedetti dall'amore reciproco, dalla fiducia e dall'entusiasmo. Quello tra me e Diana non è stato così. Lo abbiamo costruito mattone dopo mattone, tra mille difficoltà, e tra quelle difficoltà il fantasma di tuo padre era sicuramente quella più ingombrante.

Forse proprio perché abbiamo avuto questa testardaggine, questa coerenza mi verrebbe da dire, il nostro matrimonio è durato così tanto, e si è rivelato alla fine felice. Quello che è successo nell'ultimo mese ha riaperto delle vecchie ferite, e Diana sembra all'improvviso tornata preda di demoni che credevo non esistessero più.

Non te ne faccio una colpa, anche se qualche giorno fa sono stato tentato di farlo.

Sei grande ormai, e questo ci rende due adulti, ognuno con il proprio percorso da fare, e con i propri errori, anche.

Quello che intendo è che i figli (e sei mio figlio, Tommaso, al pari di tua sorella Cristina) smettono a un certo punto di essere una nostra proiezione. Sono solo altri uomini e altre donne, e possono ferirti o intralciarti, o renderti più difficile il cammino come farebbe chiunque altro.

Quindi buona fortuna, nonostante tutto.

Questo racconto che vado a scriverti comincia nel febbraio 1989.

Hai appena compiuto dieci anni, io e Diana conveniamo che la tua apparente normalità è un miracolo, o una menzogna, ma ovviamente vogliamo credere alla prima versione.

Io ho quasi abbandonato il teatro per la televisione, e sto per girare una fiction ambientata nella campagna romana. Sono spesso assente in quel periodo, tra piani di lavorazione, sopralluoghi e casting.

Quando Diana mi dice che partirà per partecipare a un convegno di psicanalisi a Bordeaux, io allerto i miei genitori: dovranno venire loro a prendere a scuola te e Cristina, e penso che magari vi lascerò pure qualche sera a dormire dai nonni...

***

Diana sfoglia il giornale nascosta da un paio di occhiali scuri. L'Imam Khomeini ha lanciato una fatwā contro Salman Rushdie. *L'Unità* apre con il titolo *Morte allo scrittore*. Diana pensa debolmente che sia una brutta storia, anche se lei il libro in questione, *I versi satanici*, non lo ha letto e non ha nessuna voglia di leggerlo.

La sera precedente ha discusso con Luca: una discussione nata per futili motivi, qualcosa che all'inizio aveva a che vedere con gli asciugamani del bagno ed era poi degenerata. Luca la accusava di essere ossessiva, di dare troppo peso a cose stupide, e nel farlo alludeva alla sua crescente superficialità. Almeno così a Diana pareva di intuire, ma forse proiettava su di lui un senso di colpa. Non voleva che quel discorso prendesse una piega così complessa: era semplicemente infastidita dall'incapacità di Luca di ricordare quale era l'asciugamano per le mani, quale quello per il bidet, quale quello per la doccia. E quali erano i suoi. Era un reato avere bisogno di ordine e igiene?

Era proprio necessario che lui la prendesse così male, rispondendole che aveva cose più importanti cui pensare?

Diana lo aveva aggredito: quando sei in difficoltà metti sempre avanti i massimi sistemi, o il tuo lavoro. Lavoro anch'io, ma questo non mi impedisce di avvitare il tubetto del dentifricio, o di distinguere un asciugamano dall'altro. Che poi quello che hai lasciato per terra è un asciugamano di Frette che mi ha dato mia madre. Hai presente Frette? Costano un occhio della testa.

Ovviamente si era pentita di averlo detto. Il sorriso ironico di Luca che la inchiodava al ruolo della donnetta l'aveva fatta infuriare.

Stamattina si sono salutati con freddezza. Ma quando è entrata in bagno ha trovato gli asciugamani usati riposti in buon ordine sui loro ganci. L'ha considerata una proposta di pace.

L'aereo attraversa una tempesta mentre scende su Bordeaux.

Dal taxi la città le appare scura sotto le nuvole basse, scura e opprimente. L'architettura maestosa, l'ardesia dei tetti bagnata di pioggia, i ponti bassi sull'ampio fiume limaccioso le mettono addosso un'angoscia improvvisa.

La sera in albergo telefona a Luca perché ha bisogno di essere consolata, e come al solito lui non si nega. Gli asciugamani sembrano lontani. Si danno appuntamento per la sera del 17, all'aeroporto di Fiumicino, poi Diana si fa passare Tommaso e Cristina.

A Roma, Luca guarda un cartone animato alla televisione con i bambini. È la storia di un ragazzo e di un grande cane bianco. Luca lo trova terribilmente malinconico per dei bambini, ma Cristina e Tommaso sembrano molto presi, così arriva alla conclusione che la malinconia è un sentimento da pubblico adulto.

Il convegno scorre noioso come tutti i convegni. Diana è l'unica relatrice italiana, ed è seduta all'estrema destra dietro il lungo tavolo coperto da una tovaglia verde che occupa il palco in orizzontale.

Quando si parla in pubblico è utile scegliere di volta in volta qualcuno da fissare. In caso contrario, si rischia di guardare il vuoto, risultando all'uditorio freddi e distratti.

Così, a metà del suo intervento, che verte sui primi mesi di vita del bambino in rapporto alla madre, Diana cerca degli occhi qualunque. È in quel momento che si impappina, l'intervento, che ha scritto in francese, rimane sospeso a metà. Poggia i fogli che tiene in mano sul tavolo, prende fiato. Ricomincia a parlare, mentre con lo sguardo cerca febbrilmente tra il pubblico conferma di quella sensazione di panico.

L'uomo seduto in quarta fila, terza sedia da sinistra, è Michele.

Non lo vede da sei anni, da quando depositò Tommaso a casa sua.

L'ultimo segno di vita che ha avuto risale al 1986. Un plico marrone chiaro che conteneva la copia di un romanzo, *Demain de bon matin*, di Bernard Vivant.

Su un cartoncino verde infilato nel libro, Michele aveva scritto quattro righe con la penna rossa:

Non ho il coraggio di dirtelo in altro modo.

Alice è morta.
È tutto, più o meno, scritto qui.
Addio
M

Diana chiude il suo intervento tagliando l'ultima parte. Fissa Michele che batte le mani. Un sorriso gli tira la pelle. Sembra più vecchio dei suoi trentanove anni. È cambiato, ma, come un tempo, quando sorride con le labbra gli occhi rimangono muti.

L'ora successiva è una tortura. Diana vorrebbe scappare, ma deve rimanere lì seduta.

Quando viene chiamata la pausa esce dal centro congressi.

Il parcheggio è una grande spianata di asfalto esposta al maestrale.

C'è un solo taxi fermo all'imbocco della strada, accanto al cancello. Diana alza una mano per chiamare l'attenzione del guidatore. Vuole correre via fino a Roma.

Fa un passo in avanti, poi sente la mano di Michele sulla spalla.

Non si volta, non si muove.

Non è una mano poggiata: è una stretta, una tenaglia. Michele non dice nulla, lei neppure. Il tassista li guarda da lontano, aspetta, poi se ne torna a fumare appoggiato al cofano.

Diana cammina lungo il fiume, guarda le chiatte attraccate sulla sponda opposta, le dita rosse di freddo che tengono una sigaretta.

Lungo l'argine si estende un giardinetto mal curato, erba

spelacchiata, alberi imponenti e qualche cespuglio basso. Le panchine sono quasi tutte divelte.

Michele cammina due passi più indietro, i pugni affondati nelle tasche di una giacca di pelle da motociclista.

"È morta. È morta in battaglia. Questo è tutto quello che c'è da sapere."

Diana si volta di scatto, sembra azionata da una molla, si lancia verso Michele.

"Non voglio sapere niente", gli dice, mentre lo colpisce con la testa sul petto e con le mani aperte sulle spalle e sul collo. Non sono pugni, non sono schiaffi. È rabbia, isteria liberata. Urla parole sconnesse. Braccia, gomiti, testate.

Michele inciampa e cade senza opporre resistenza. Diana lo prende a calci, poi scivola vicino a lui, gli graffia la faccia. Michele non si muove. Ha gli occhi chiusi, sembra addormentato mentre aspetta che passi la crisi.

Diana si siede, raccoglie le gambe e appoggia la fronte sulle ginocchia.

Rimangono così. Una scultura sull'erba bagnata. Qualche passante li sfiora con lo sguardo. Potrebbero essere due amanti, o due tossici.

"Scusa. Non avrei dovuto."

Michele sorride senza aprire gli occhi.

"Hai fatto bene invece. Era tanto che non parlavo di Alice, tu sei l'unica con cui posso farlo."

Passa del tempo. Michele muove una mano, gira il polso dolorante, poi cerca Diana tastando il terreno. La sfiora all'altezza del fianco.

"Non toccarmi."

"Volevo sapere se c'eri ancora."

"Come sapevi che ero a Bordeaux?"

"Uno degli psicanalisti che hanno parlato prima di te è un mio amico. Ho visto per caso il programma del congresso sulla sua scrivania."

"È un tuo amico o il tuo analista?"

Michele sorride: "Quelli che hanno avuto una vita come la mia non possono permettersi il lusso dell'analisi. Ho troppe balle da raccontare, sarebbe tempo sprecato".

"L'analisi serve esattamente a smontare queste stupidaggini."

"A modo mio sono stupido."

"Sei molto peggio che stupido."

Michele si tira su a sedere, ora sono fianco a fianco. La terra umida ha bagnato tutti i vestiti, Diana starnutisce. Una, due, tre volte. Lascia che il muco le coli dal naso. Le luci dei lampioni allargano un alone gelido che ogni cinquanta metri interrompe il buio. Sembra la superficie di una tazza piena di latte. Le fronde degli alberi proiettano ombre guizzanti nel cono di luce.

Un clima adatto per una seduta spiritica.

"Perché mi hai cercata?"

"Per parlare di Alice. Per parlare di Tommaso. Io volevo parlare, e forse tu volevi sentire. Ci ho pensato una settimana, poi ho deciso che era la cosa giusta."

"Lo pensi ancora?"

"Sì."

Diana continua a stare rannicchiata, con le braccia che stringono le ginocchia. Si pianta le unghie nella tela dei pantaloni, poco sopra i polpacci.

"Allora fallo. Parla."

Si pente di averlo detto. La corazza si sta aprendo, e lei di fronte a Michele si sente subito nuda. Non ricorda nemmeno più se sia stato il suo grande amore giovanile, il suo più grande dolore, l'assassino di sua sorella, o uno sconosciuto con il viso segnato, che ora si fruga una tasca cercando una sigaretta.

"Non qui."

Diana annuisce lentamente. Si pulisce il naso con una manica.

Il piccolo vigneto produce duecento bottiglie all'anno di un vino scuro e aspro. Michele stacca ogni acino d'uva, li pesta con l'aiuto di qualche ragazzo che vuole guadagnare un po' di franchi durante le vacanze estive. Poi segue il trattamento nelle botti di quercia, lo imbottiglia, e disegna a mano le etichette. Lo regala agli amici, o lo beve da solo, seduto sotto l'incannucciata intarsiata di vite durante la bella stagione, o nella piccola casa che ha dipinto del colore del grano, davanti al camino, d'inverno.

Sono lì, lui e Diana.

Lei è avvolta in un plaid, beve un altro bicchiere. Sta cedendo all'inerzia, al caldo sulla faccia e al vino. È intontita, lontana da tutto quello che è fuori da quella stanza. Aveva promesso a Luca che lo avrebbe chiamato alla fine del convegno, e l'ora stabilita dev'essere ormai passata.

Si promette che lo farà, ma non riesce ad alzarsi.

Michele ravviva il fuoco con un pezzo di ferro: una pioggia di scintille si alza e ricade ai lati della brace.

Diana beve ancora. In certi momenti ha paura.

Michele si tormenta le mani, accende un'altra sigaretta, la butta nel fuoco.

"Era una sensazione di grandezza, eravamo dentro alla storia che si faceva. Alice era incredibile, aveva questa capacità di vivere ogni cosa in modo folle, leggero. Entrava dentro le cose, le viveva sulla pelle. Credeva a tutto, ecco, e questo le dava una vitalità, una specie di gioia. All'inizio almeno era così. Quello che ti abbiamo fatto... sì. È stato il primo di una serie di tradimenti, oggi lo so. Dopo ne sono seguiti di peggiori. Ma c'era questo bisogno di vivere tutto... sfidare il limite. Eravamo immortali. Tu eri diversa. Tu volevi rimanere nella vita com'era, cercavi di nasconderlo ma io lo sapevo, certe volte mi dicevo che prima o poi mi avresti odiato. Io intanto avevo imparato a sparare, avevo imparato a falsificare i documenti. Una sera sono tornato a casa e tu giocavi con quel gatto dei vicini, ti ricordi? Quello bianco, con le orecchie a punta..."

Diana è imbambolata, ascolta soltanto la sua tachicardia. Ma risponde seguendo un ricordo...

"Rudi. Si chiamava Rudi."

"Esatto, Rudi. Io avevo appena fatto un'azione. Un fascista che aveva quasi ammazzato un compagno... eravamo andati in quattro sotto casa sua con i caschi e le mazze, e lo avevamo lasciato là per terra. Mi ricordo lo schiocco... come il rumore di un legno che si crepa, quando gli ho rotto la testa. Torno a casa e ho paura. Forse era morto, forse sarei finito in galera. Ma sentivo anche un'energia, e quell'energia mi faceva ancora più paura. Ti guardo giocare con il gatto e penso che tu non te lo meriti, che non c'entri nulla, che non ci saresti entrata, non avresti capito. Credo di avere cominciato a tradirti, cioè a tradire noi, quella sera lì."

A Roma Luca aspetta vicino al telefono. Non ha pensato a Michele, ha il terrore che sia successo qualcosa. Diana non è il tipo da dimenticare una telefonata. All'una del mattino fruga la sua scrivania in cerca di una traccia che lo porti a scoprire in che albergo è andata, ma non trova nulla.

Diana poggia la testa contro la spalliera. Stringe gli occhi chiusi, e le torna alla mente una immagine remota di Alice vestita da cow-boy per carnevale. Confusamente pensa al gatto Rudi.

"È incredibile. Tu non hai ancora capito nulla. Mi piombi addosso dopo tutto questo tempo per parlarmi di mia sorella che tu hai mandato a morte, e come se niente fosse mi racconti la tua storiella. I gatti, i fascisti. Io non credevo che fossi così stupido. Se lo avessi saputo avrei sofferto di meno."

Il silenzio si richiude su di loro. Michele ascolta i ciocchi di legno crepitare sul fuoco.

Diana ha i brividi, si sente bollente.

"Devo chiamare Luca."

"State ancora insieme? Mi è piaciuto quella notte che l'ho visto dal pianerottolo. Aveva un'aria da uomo perbene..."

Diana avverte distintamente una nota di sarcasmo.

"Ti prego stai zitto", gli dice.

La stanza è rettangolare, il camino è di fronte alla porta. Sul lato sinistro un arco divide la zona del salotto, arredata con due divani messi a elle, un comodino, un tappeto, e le librerie, dalla cucina, dove un vecchio frigo bianco occupa la parete di fondo. Un grande tavolo di legno di quercia sta al centro dello spazio.

Michele arriva al tavolo, apre un'altra bottiglia di vino, poi si volta verso Diana.

"Pensavo di combattere per la rivoluzione, ma ho sempre

combattuto soltanto per me. Ero figlio di due piccolo-borghesi, e volevo essere più di loro. Più intelligente, più colto, più istruito, più matto, e anche più ricco. La lotta di classe è una cazzata, Diana. Vogliamo venire fuori. La politica era un autobus, e ci siamo saliti tutti. A me non bastava mai. Quando sono diventato uno dei capi del movimento, ho sentito che mi stava stretto anche quel ruolo. Si poteva andare oltre. Queste cose le dico adesso, perché da tanti anni ormai non passa notte che non ci pensi, che non cerchi di capire. Va bene, combattevo per me, ma chi non lo fa? I monaci, i santi. O quelli destinati a non diventare un cazzo."

Diana si alza, fa due passi verso di lui.

"Perché, tu cosa saresti diventato? Che fai adesso? Ti è bastato aver seppellito Alice, o non hai ancora finito? Scrivi romanzi gialli, e, lasciatelo dire, non ci sei portato. Parli di diventare qualcosa. Tu. Cazzo. Guardati..."

Michele ride. Nervoso, protetto dallo sportello del frigorifero che ha appena aperto per prendere salsicce secche e olive.

"Finalmente un po' di sincerità, Diana. Era ora."

È un litigio sfatto, biascicato, disarticolato. Le frasi sono intervallate da lunghi silenzi. Affiorano all'improvviso, ricordano un arcipelago di isole legate ma distanti, scollegate eppure parte di un organismo.

Non si rispondono, Michele e Diana.

Recitano frammenti di due monologhi allo specchio.

Diana è di volta in volta aggressore e vittima, bersaglio e prigioniero, si trasforma nel corso della notte in un censore lunatico, si chiude in se stessa, accusa e poi perdona. Guarda Michele liquefarsi, urlare, e poi ritrovare, è quasi l'alba, quell'eloquio elegante e bugiardo che faceva innamorare tutte le ragazzine alle riunioni politiche.

Le sembra di combattere una guerra e non ricorda più per cosa, ma sa che deve continuare a combattere. Contro di lui.

La rabbia che prova verso Michele è miracolosamente intatta, eppure Diana è caduta ancora una volta in una trappola.

L'alba sta sorgendo sulle colline e lei è ancora lì.

Sono le 6.30.

Lentamente cammina per la casa. Il fuoco manda ancora qualche bagliore. Michele dorme sul divano. Russa. Non si è nemmeno tolto le scarpe.

Diana raggiunge il telefono. Ci mette almeno cinque minuti per capire come usarlo perché non ricorda il prefisso internazionale, e se togliere o mettere uno zero al prefisso cittadino. Ogni volta le risponde un trillo sconosciuto.

Il magone la divora. Vorrebbe tornare indietro al giorno precedente. Vorrebbe aver chiamato Luca quando doveva, e non ora, ora che sente di avere tradito il loro patto.

Non ora che la testa sta per esplodere, e la voce esce arrochita.

Luca risponde al quinto squillo, assonnato, spaventato.

Le parole si disfano, Diana si sente soffocare da un groppo in gola.

"Dove sei?"

Diana tossisce.

"Sono da Michele. Vicino a Pauillac."

Luca non ha nemmeno un momento di esitazione. Il pensiero del fantasma che torna a prendersi la scena gli dà una inaspettata scarica di energia.

Mentre l'acqua bollente della doccia lo strappa al sonno, ripassa nella mente il programma.

Sveglia i bambini, prepara la colazione, chiama l'Alitalia.

Il primo volo per Bordeaux parte alle 10.15.

Telefona al suo aiuto-regista, annulla le prove con gli attori.

Chiama sua madre, le chiede di andare a prendere Tommaso e Cristina a scuola.

"Dite che è una vacanza premio a casa dei nonni. Magari domani non mandateli a scuola, portateli allo zoo, o dove vi pare... no, mamma non è successo nulla... solo cose di lavoro... Diana sta bene, sì mamma, scusa devo scappare... lo so che sono le sette del mattino... ciao... bacio... ciao..."

"Ha un bagaglio signore?"

"No."

La ragazza del banco Alitalia gli consegna la carta d'imbarco quando l'aereo sta per decollare. Luca corre lungo il corridoio, sul pavimento di plastica nera che sembra quello di un prefabbricato, urtando turisti in partenza e coppie assonnate. Corre senza domandarsi cosa stia facendo, se la troverà lì, se ha davvero voglia di vedere l'uomo che ha tenuto in scacco i primi anni del suo matrimonio. Corre e pensa solamente che quella storia deve finire. Come un mantra. Finire. Finire. Ripete a fior di labbra la parola, come un ordine che ristabilirà l'equilibrio del mondo.

Corre perché è l'unica cosa che può fare.

Corre come se fino in Francia dovesse arrivare attraverso quel corridoio.

Atterra a Bordeaux all'ora di pranzo, affitta una macchina

e guida verso Pauillac. Diana si sta svegliando sul divano.

Si fa una doccia, quando finisce di asciugarsi i capelli Michele è in mezzo ai filari d'uva. Lo raggiunge, lo trova che sorseggia caffè nero da una grande tazza di metallo smaltato.

Si fronteggiano in silenzio. Poi lui la abbraccia. Senza motivo.

Diana cede, appoggia la fronte al suo petto.

Quando si allontana di un passo, Michele le porge la tazza:

"Calumet della pace? Possiamo parlare con calma ora?".

Sono seduti al tavolo sul patio. Lui le tiene la mano, ascolta con la testa leggermente piegata da un lato.

"È durato un paio d'anni, il lutto. Scrivevo questi quaderni come se parlassi con te. Se poi ti avessi incontrato, non credo che avrei avuto più molto da dirti. Sono le declinazioni che prende il dolore. La ferita narcisistica. Quando tu e Alice siete andati via insieme, io stavo per lasciarti. Scrivevo lettere che poi buttavo prima che tu tornassi a casa, lettere per spiegarti che non volevo più quella vita. Poi, quando sei scappato con mia sorella, ho creduto di impazzire. Ti ritrovi in questo territorio inesplorato, confuso. La verità non conta più nulla. Vuoi il tuo dolore, ti affezioni. Luca mi ha portato via da quel territorio. O forse mi ci sono tolta io quando era il momento."

Diana fruga nel volto di Michele cercando le tracce del ragazzo di dodici anni prima. Le sopracciglia folte, gli zigomi appuntiti, gli occhi sempre distratti da qualche pensiero, fino a quando quel pensiero non diventi tu, e allora ti guardano.

Quel viso è ancora lì, intatto, eppure ogni elemento fa

venire in mente a Diana un pezzo da museo: un utensile che ha perso la sua funzione, un vaso di età micenea che racconta un'epoca diversa, un bel dipinto sradicato dalla chiesa dove era custodito per essere conservato in uno spazio asettico.

È questo che chiamano invecchiare?

Il viso di Michele è ancora bello, i suoi occhi in alcuni momenti conservano la stessa intensità di un tempo, ma non seduce, non intriga.

Allude a un passato splendore, cita il ragazzo che era, ma non abita il presente.

Diana si domanda se sia davvero così, o se non sia solamente lei a essere guarita dall'amore.

Michele sembra intercettare i suoi pensieri.

"Ho smesso di vivere a trentacinque anni. Dopo Alice è tutto finito. È strano. Non avrei mai creduto che una donna potesse contare tanto per uno come me. Potevo avere quelle che volevo... la politica, quando eravamo a Milano, era una palestra di seduzione. Forse è per quello che ho messo la mia vita in mano all'unica che sembrava così intangibile... Alice era un alieno, lo sai..."

Diana annuisce.

"...poi infatti un alieno non poteva fare altro che morire così presto."

Luca non ci ha messo molto ad avere un indirizzo. Pauillac è una piccola città, e Bernard Vivant è abbastanza celebre nei bar.

Parcheggia fuori dal cancello. Li guarda da lontano, due figurette strette nei cappotti, che si tengono la mano in silenzio.

Luca, che ha frequentato o frequenterà tutti e tre quei

territori, pensa che la letteratura indaga le emozioni, il cinema le racconta, e il teatro le formalizza. E quella che ha di fronte è senza dubbio una scena di teatro. Stagnante e calligrafica, un dramma da interpretare con voci sostenute e gesti lenti.

Così imbocca il vialetto di ghiaia che porta alla casa camminando piano e schiarendosi la voce.

Il cuore rallenta, l'ansia si placa: è l'occhio del ciclone.

A dire il vero tutto attorno a Luca sembra rallentato. Come in una buona regia di teatro. I gesti vanno sostenuti. Il pubblico è lontano, non esistono i primi piani per sottolineare un particolare.

Quando le teste si voltano verso di lui, gli pare che quel movimento duri un'eternità.

Diana sgancia la sua mano da quella di Michele e si alza. La bocca aperta come il personaggio di un cartone animato giapponese.

Luca si ferma sul limitare del patio, a qualche metro dal tavolo.

Michele ride. Scuote la testa e ride.

"Luca, suppongo...", dice.

Luca non lo guarda.

Ora che è arrivato fino a lì, quell'uomo gli è ancora più antipatico.

Camminano attraverso i filari d'uva, le scarpe affondano nella terra, lei si appoggia al suo braccio e non riesce a mettere in ordine le cose che ha in testa.

È commossa. Si sente onorata da quello che lui ha fatto, anche se quello che ha fatto contiene un elemento di violenza. È un'invasione. Così, anche se è contenta non lo dice, e avanza per quella campagna color carbone, punteggiata di alberi spogli.

Luca è secco, spigoloso. Un ruolo che si concede di rado.

"Dovevamo parlare di Alice."

"Potevi berci un caffè e non sparire tutta la notte."

"Era una cosa che...", ma lui non la fa nemmeno finire.

"Non mi interessa. Quell'uomo deve stare fuori dalla nostra vita. Abbiamo fatto un patto, te lo ricordi? Voglio sapere tutto quello che è successo. E voglio che tu mi dica se vuoi tornare a Roma. E non rivederlo."

"Hai capito male, Luca."

"Sei sicura? Sono anni che è una presenza tra noi. Aleggia. Aleggia da sempre. Saresti sparita così per chiunque altro?"

Diana respira a fondo.

"Luca, cazzo. Ho passato tre anni senza sapere se mia sorella fosse morta davvero o no. Senza credere più a nulla. Piena di dubbi. Riesci a pensare solo a questa gelosia demenziale, ma cosa c'entri tu?"

Luca batte una mano aperta contro un albero, poi si vergogna di tutte queste parole. Vorrebbe essere altrove, all'improvviso ha paura.

Ha paura di perdere Diana, e si accorge che mentre viaggiava fino a lì quella non era una ipotesi che aveva contemplato per davvero. Si sentiva nella parte del cavaliere che va a riconquistare la dama. Ma la realtà è più complicata di così.

Diana si allontana di qualche passo.

Vorrebbe dirgli che è contenta che lui sia lì.

Doveva farlo subito. Doveva abbracciarlo e baciarlo. La presenza di Michele l'ha condizionata. Ora è più difficile.

Sta recitando una parte, fa l'offesa, vorrebbe smettere ma il suo corpo e la sua voce non rispondono.

"Sei stupido." Lo ha detto con un tono affettuoso, sperando di aprire una breccia, ma Luca rimane tre passi dietro di lei, rigido.

Michele li guarda dal patio, ormai diventati piccoli come bambole a metà della collina.

Distingue appena Diana che si ferma e torna verso Luca, intuisce mani che si muovono, e poi un lungo abbraccio. Si passa una mano sulla barba.

Ha voglia di mettere fine alla giornata, che poi è una iperestensione della notte. Forse ha sfiorato l'idea di andare a letto con Diana. Un omaggio al passato, un odore che le ricordava Alice. Forse Diana ci sarebbe stata, e poi lo avrebbe odiato ancora un po', ma cosa vuoi che importi, arrivati a questo punto?

Ma quell'abbraccio che vede in lontananza mette fine a quello scenario. Per un pelo il passato non li ha inghiottiti.

Quando Diana e Luca tornano da lui sono una cosa sola.

Michele lo capisce dallo sguardo che si scambiano prima di mettersi a sedere. Luca gli piace, ma sa che quella simpatia non è corrisposta.

Diana va in casa per preparare del tè.

"Sto mettendo da parte un po' di soldi per comprare quella collina dove eravate. Se ce la faccio, posso arrivare a cinque ettari. Passare da 200 a 30.000 bottiglie l'anno di un bel Bordeaux tondo, speziato. La terra qui è buona. Tira questo vento leggero che è come una carezza. L'uva si sente coccolata. È l'ultima cosa che mi rimane, la terra."

"Perché mi racconti tutto questo?", chiede Luca, ma in fondo già lo sa.

Michele alza le spalle. Quando Diana torna con un vassoio in mano le nuvole si aprono, un raggio di sole invernale batte sulla teiera di porcellana, illumina di riflessi l'erba bagnata. Si rimane in silenzio ad ascoltare il frinire dei grilli.

"Se vuoi riprenderti Tommaso è tuo diritto, ma so già che non vuoi. E allora ti voglio togliere questo peso. È nostro figlio, siamo felici di tenerlo con noi. Il primo anno è stato duro, ma il peggio è passato."

Mentre Luca parla, Diana gioca con un cucchiaino.

Michele annuisce.

"So che siete dei genitori molto migliori di me. E ti dico la verità. Non saprei che posto dargli nella mia vita, dopo la morte di Alice. So che stai pensando che sono una persona orribile, Luca. Ma ti assicuro che..."

Luca lo blocca con un gesto: "Non mi interessano le giustificazioni. Io penso a Tommaso, non a te".

"Credo sia la soluzione migliore per tutti, allora."

È la seconda volta che Diana sente la voce di Michele tremare così. La prima era sul pianerottolo di via di San Valentino. Alza gli occhi su di lui:

"C'è una condizione, però".

"Sarebbe?"

"Che tu sia morto. Non posso crescere un figlio minato dalla fragilità di un padre che lo ha abbandonato per scelta. Prima o poi verrebbe a cercarti, e sarebbe peggio per tutti. Gli costruiremo un padre migliore di quello che ha avuto in sorte..."

Michele si morde il labbro inferiore.

Tasta il tavolo alla ricerca del pacchetto di sigarette.

Mentre una nuvola di fumo lo avvolge, dopo un rapido

colpo di tosse, guarda Diana con un sorriso distante. A lei fa venire in mente un sorriso di tanti anni prima, mentre sottolineava un libro negli uffici della Feltrinelli. Entrò questo ragazzo che sembrava un asceta distratto, con le mani cariche di volantini. *Se mi accompagni ti offro una pizza, compagna Rosato*, le disse. Lei gli chiese perché sapesse il suo nome, e lui fece quel sorriso. Così era iniziata.

Ora il fumo della sigaretta viene spinto dal vento verso la campagna.

Michele guarda altrove.

"In fondo è la verità...", dice, "Bernard Vivant non ha figli, non credo che potrebbe averne. È ancora troppo giovane, troppo fragile..."

***

E così era questo che Diana non aveva il coraggio di dirmi. Il patto. Alla fine di questa storia: era lei l'assassino.

TERZA PARTE
Pauillac

Pauillac si sviluppa sulla Gironda, non lontano dal punto in cui il fiume si butta nel mare. Il terreno argilloso che costeggia l'oceano qui si è unito alla ghiaia, rendendo il sottosuolo perfetto per tirare su i migliori vigneti del mondo. Attorno alla città si snodano campi di foglie verde-dorato a perdita d'occhio, la strada sembra disegnata da un bambino: un esile tratto di matita nera che taglia le colline. Gli Châteaux sono alle volte castelli veri e propri che dominano le vigne, ma qui chiamano Château anche una baracca, purché venda del vino. Guidando tra un filare e l'altro ci si sente costretti a diminuire la velocità, come fosse un atto di supponenza non adeguarsi al battito lento delle fronde mosse dal vento. È una respirazione regolare che ricorda le maree.

Il sole, un sole pallido che colora di riflessi chiari le colline, è quello dell'inizio della primavera. Qualche contadino al bordo della strada lavora la terra. Scorrono al mio fianco i nomi degli Châteaux più famosi.

È una toponomastica leggendaria, un catalogo dei giocattoli per adulti: Château Lafite, Latour, Mouton-Rothschild, Margaux, Cos d'Estournel, Cos Labory, Lafon-Rochet.

Alzo la musica dell'autoradio per vedere se i pensieri si cancellano.

Pauillac è una fila di belle case grigie. Il centro della vita cittadina dev'essere la Maison du Vin all'inizio del lungofiume, andando avanti si contano due o tre alberghi, un cinema con due sale, qualche ristorante che pubblicizza vino a prezzi scontati per i turisti di passaggio.

Appena parcheggiata la macchina capisco che da predatore mi sto trasformando in preda. Somiglio a mia madre, che aveva quando è morta l'età che ho io adesso, nella trasparenza e nel taglio degli occhi, nei colori e nelle mani.

Immagino che mio padre, incontrandomi, se messo sulla buona strada da un indizio (il mio accento italiano, l'incongrua natura della mia presenza), possa riconoscermi immediatamente.

Così mi nascondo in un albergo a fissare la carta da parati giallo paglierino. Essere cacciatore è una condizione dello spirito: braccare, vedere prima di essere visti, cercare fino a dimenticare il motivo stesso della ricerca. Il cacciatore è per natura un ossessivo, è un uomo in lotta con la propria ansia, capace di imporsi la disciplina dell'attesa anche quando le ragioni profonde della sua missione sono affievolite.

Il cacciatore, al contrario dello scacchista e del giocatore, non garantisce una partita speculare, fatta di regole condivise e reversibili: insegue chi non sa di essere inseguito, o chi, pur sapendolo, non può fare altro che interpretare il ruolo di vittima. È l'interprete di una geometria dispari, in cui solo lui può dettare un cambio di stato. Se non centrerà il bersaglio, l'intero movimento si risolverà in un atto mancato.

Per questo l'unica cosa che può bloccare il cacciatore è la paura di sé stesso, il terrore di intravedere, di fronte alla preda, in un lampo di lucidità che precede lo sparo, la mancanza di senso che lo afferrerà quando la caccia sarà finita.

Così, cedendo alla paura, il cacciatore si trasforma in preda e inavvertitamente si nasconde, finendo per combattere contro i suoi demoni.

È quello che faccio io mentre fisso la carta da parati di un albergo di Pauillac, un albergo talmente deserto e silenzioso che ogni minimo suono, uno sciacquone tre piani più su, il ronzio di una ventola troppo vecchia, una risata nella hall, mi arriva come un'esplosione.

Qui il vino assolve la funzione che in Florida hanno i pupazzi della Disney, e in Irlanda Oscar Wilde e James Joyce. Ognuno vende ciò che ha, l'oggetto del mercanteggiare sparisce sotto la spessa coltre del linguaggio da brochure. Non si vende più vino, ma l'esperienza del vino come religione di massa organizzata in gruppi di quindici.

Gli opuscoli A4 doppia piegatura in carta lucida sono i piccoli Vangeli dell'eno-turista. Stampati dallo zelante comune di Pauillac con foto a colori, offrono la passeggiata con l'enologo e la visita alla cantina, il bagno nella tinozza con il mosto e il massaggio all'uva Cabernet, la masterclass per esperti e la degustazione verticale per i novizi, il giro dei Classé Gran Cru per il turista di classe e il tour dei piccoli produttori per il viaggiatore a caccia di scoperte low-cost.

Quando finisco di leggere tutto quello che mi propongono, cioè praticamente ogni cosa tranne comprare una bottiglia e scolarmela da solo in albergo senza nemmeno leggere l'etichetta, mi dedico allo studio dell'interminabile elenco dei produttori della zona. È un bel libricino in formato A5, corredato di carta geografica e griglia per individuare comodamente il bersaglio nella pagina centrale staccabile, come i poster nei settimanali per ragazzi.

Ogni produttore ha il suo riquadro, con scheda informativa e foto dei possedimenti.

Mi sto per addormentare seguendo quella litania di nomi quando vedo Château Suzanne.

È un bel casale giallo, le finiture delle porte e delle finestre sono chiare e il tetto in mattoni. Le vigne che si intravedono appena nella piccola foto producono *un vino con note di bosco, deciso e intenso come i libri di chi lo ha fatto nascere e crescere con amore: lo scrittore B. Vivant.*

Château Suzanne. Il cacciatore si trova più vicino alla sua preda di quanto avrebbe mai immaginato.

Era così facile.

Esco dall'albergo, cammino rapido sul lungofiume fino alla Maison du Vin.

L'edificio ricorda una baita svizzera, sembra capitato nel posto sbagliato.

Una commessa sorridente mi osserva mentre scorro le bottiglie lungo gli scaffali.

L'etichetta dello Château Suzanne è grigia, elegante. Il profilo stilizzato di una donna occupa il lato sinistro. L'idea che quella evocata con un leggero tratto nero sia mia madre mi strappa un sorriso involontario. La commessa mi offre di partecipare a una degustazione al piano interrato, io pago la mia bottiglia e un cavatappi in ferro con il logo della città.

All'estremo opposto del lungofiume un piccolo parcogiochi occupa lo spazio tra l'acqua e la strada asfaltata.

Due scivoli ammaccati, una struttura concava per lo skateboard, un girello arancio ruggine, righe per il basket dipinte su un tartan sconnesso, gonfio di radici che cercano aria. Al tramonto l'area è deserta, qualcuno corre sul largo marciapiede che affaccia sulla Gironda, due turisti si guardano attorno a caccia di qualcosa da guardare.

Stappo la bottiglia di vino.

Deve essere uno spettacolo sinistro, il mio metro e ottanta raggomitolato su uno scivolo per bambini.

Lo Château Suzanne scende in gola leggermente legnoso, leggero.

È vino buono, di quelli che ti fanno venire voglia di continuare a bere.

A metà della bottiglia la malinconia mi sta ammazzando.

Ho voglia di tornare a casa.

Ho voglia di una sera banale: uscire dal giornale e parcheggiare sotto casa, poi senza neanche salire passeggiare fino all'isola pedonale del Pigneto. Ho voglia di fermarmi a fare due chiacchiere con le ragazze dell'enoteca lungo la strada, e arrivare in ritardo all'appuntamento con Marta. Ho voglia di non parlare di nulla con lei. Fuori dal cinema, in pizzeria, al bar.

Ho voglia di non parlare di nulla con gli amici. Un martedì sera qualunque, dopo cena.

Lo vuoi il caffè.

Quanti caffè.

Tre caffè più una grappa.

Dopo dove si va.

Si va al Granma, al Kino, al Quirinetta, a Tram Depot.

Si beve qualcosa.

E dopo si va a dormire.
Mai troppo felici, ma nemmeno seduti su uno scivolo.
Ma Marta non c'è più e il giornale nemmeno. Tutto spazzato via.
Il mio telefono non suona da giorni.
Il vento mi gela, è sceso un buio costellato di rumori metallici.
Il parco giochi di notte si trasforma in un film dell'orrore. Il girello si sposta lentamente: sembra il lamento di un animale agonizzante.
L'altalena è mossa da un fantasma. Dalla Gironda scura arrivano versi di uccelli sconosciuti, anche se per correttezza devo ammettere che a me sono sconosciuti tutti gli uccelli tranne il piccione comune e il gabbiano, e anche limitandomi a questi non posso escludere che il verso che sento, un breve grido ascendente e rauco, non sia un canto d'amore, o di morte, di un gabbiano.
Finisco la bottiglia in due sorsi. Un rivolo di vino mi scende sulla guancia, cade sulla giacca.
Tiro fuori l'iPhone, apro Instagram e fotografo l'etichetta della bottiglia.
Modifico la luminosità, correggo la nitidezza, applico un filtro che ravviva i colori: provo X-Pro II, che aumenta la luce nella zona centrale, poi scelgo Sierra, che rende più leggibile l'etichetta.
Carico la foto su Facebook, scrivo:
"Pauillac, esterno notte. Vicino al cuore di tenebra. Prosit!".
Lascio partire il messaggio.
Eccolo lì. Il mio grande segreto è di tutti, incomprensibile eppure visibile, piantato come una rete in mezzo a un

fiume al centro della corrente dell'autobiografia di massa. Quel narcisismo che si è fatto minimo, un narcisismo non ambizioso, che si accontenta di qualche conferma su un monitor. Però la solitudine è andata via. È stato sufficiente dare una prova della mia esistenza.

Ogni minuto apro l'applicazione del cellulare e guardo i *Mi piace* aumentare, poi non lascio nemmeno più passare il tempo: ricarico senza sosta la pagina del mio profilo, incurante dello spreco di banda in roaming da un paese straniero.

A undici persone piace la mia foto.

Poi sono tredici, sedici, diciotto.

Piace a Margherita che lavora al bar vicino casa, piace a Michela che è la ragazza di un vecchio amico, piace a Sergio che scrive in cronaca al *Messaggero*, piace a Simona che non so chi sia.

Piace chissà perché. Piace chissà se è vero, o se è un riflesso condizionato di chi in quel momento è davanti a uno schermo.

Il mio collega Antonio commenta con un punto interrogativo.

Finalmente qualcuno si pone il problema dell'incongruenza di quella frase.

Giacomo posta un sorrisino e scrive *beato te viva il vino buono.*

Alessio commenta: *Evviva le donne evviva il buon vino*, che, a memoria, è una citazione di una canzone.

Si mettono a parlare tra loro. Facebook è un soliloquio alternato.

Chiara scrive *porta una bottiglia.*

Sono abbastanza ubriaco per prendere la macchina, e

farmi portare dal navigatore satellitare fino all'indirizzo di mio padre.

Il casale giallo è a tre chilometri dal centro abitato, il terreno è delimitato da un muretto in pietra e piante basse che illumino con i fari.

La collina l'ha comprata, poi.

Il cancello in ferro battuto proietta ombre esili sul viale in terra rossa.

Lascio i fari accesi, scendo e mi appoggio al muro di cinta.

La finestra del piano terra è illuminata.

In fondo al viale d'accesso, sul lato destro, distinguo una BMW scura e un trattore.

Vedo un'ombra guizzare nel rettangolo di luce sulla facciata.

È appena passato con qualcosa in mano. È lui, anche se da quella distanza è soltanto una macchia.

Eccolo là.

Michele Musso, Bernard Vivant, Jef.

La fine di questa storia è lì a pochi metri.

Il patio è in penombra. Piazzo gli attori sullo sfondo. Diana, Luca. Seduti lì, ancora giovani, una mattina di febbraio di tanti anni fa.

La casa dev'essere stata ingrandita e ristrutturata, anche se la vernice è scrostata in un paio di punti. Passo una mano sul cancello, come una carezza. È l'ultimo confine, poi sarò arrivato. Sono partito da molto lontano, da una clinica di Roma, dal racconto di un medico, adesso è rimasto soltanto un citofono.

Avvicino il dito al piccolo tasto circolare alla destra del cancello.

Poi il mio iPhone comincia a vibrare. Un trillo diverso da quello delle telefonate in entrata, che per qualche attimo mi sconcerta, come se venisse dal cellulare di qualcun altro nascosto nel buio. È il suono delle chiamate via Skype, so già che si tratta di mia sorella Cristina. Quel suono che esplode nell'oscurità mi manda nel panico. Mi sento scoperto, nudo. Incurante di qualunque legge acustica, sono convinto che il lamento sia perfettamente udibile dietro le finestre chiuse dello Château Suzanne.

Annaspo alla ricerca del tasto laterale per togliere il suono, ma il telefono mi sfugge di mano e atterra sull'asfalto continuando a latrare.

Corro fino alla macchina e salgo.

Mia sorella mi fissa attraverso un alone di luce baluginante.

Dietro di lei, la finestra spalancata sul giardino middle-class, il suo secondogenito attaccato alla tetta sinistra. Una madonna dei sobborghi per quasi ricchi dello stato di Washington. Un pallido sole nordamericano illumina il poster di Miles Davis incorniciato a destra della sua scrivania.

"Ho visto Facebook."

"Cri, non è il momento..."

"Mi ha anche chiamato mamma, ieri. Mi ha raccontato tutto, dice che hai dato il giro di brutto."

Sento di non essere pronto a sopportare un'altra paternale.

"Hanno mandato avanti te a rompermi le palle dall'America?"

Cristina muove la manina del neonato che ha attaccato al seno: "Fai ciao allo zio Tom...". Non mi risponde.

"Sono davanti a casa di mio padre. E non ho intenzione

di muovermi. Lasciatemi finire di fare questa cosa. Anche se pensate tutti che è una cazzata."

Cristina sorride: "Veramente ti ho chiamato per darti sostegno".

Ci resto male. "Ah."

"Mamma non ci sta capendo più niente, 'sta cosa l'ha mandata in paranoia, dev'essere pesantissima. Lo sai com'è lei quando qualcosa rompe le sue sicurezze, no? Diventa una specie di maniaca ossessiva, non parla d'altro. Ora il tema è diventato: con Tommy ho sbagliato tutto."

"E tu che pensi?", le chiedo mentre fisso oltre il parabrezza il casale ancora illuminato dai fari. La finestra è sempre accesa.

"A me non dà fastidio essere dentro una vita tranquilla. Henry che torna dal lavoro, Rick che fa casino in salotto e James da allattare, la casa con il barbecue in giardino. La settimana scorsa sono perfino andata a giocare a bingo con la vicina. Ha le vene varicose e parla sempre di soldi, ma che ti devo dire? Mamma e papà mi volevano così, e io non ho mai avuto la forza di tradirli. Ho un bel lavoro, adoro i bambini. È banale? Certo che sì, Tommy. Ma la vita che abbiamo fatto era un po' così, no? C'era tanta patina di lustrini, ma poi alla fine... mamma è una signora milanese. Le piaceva avere due figli che sapevano apparecchiare la tavola mettendo le posate nei posti giusti e fare il fiocco ai tovaglioli. A me il fiocco ai tovaglioli, e curare le piante di aloe per regalarle alle sue amiche a Pasqua... be', me l'ha insegnate quando ero alta così, queste cose. Tu eri maschio, e poi per te era prevista una politica di riduzione del danno. Credo che sotto sotto pensino che hai del sangue marcio nelle vene. Ci crederesti? La grande psicanalista..."

Mi accorgo che ho i brividi.

Quella macchia iridescente che mi parla dallo schermo del cellulare, mio nipote James appoggiato a una tetta, è mia sorella.

E questa mi pare, al momento, la cosa più simile a un legame.

"Mi stai dicendo che sono marcio?"

Mi sorride.

"Tu ci stavi male nella parte del razionale, del ragazzo preciso e beneducato. Ho sempre pensato che fossi un represso. Quindi se stai facendo una cosa stupida, e stai facendo una cosa stupida, mi pare un ottimo segno."

Mi accendo una sigaretta.

"Sai che è la conversazione più importante che abbiamo fatto in tutta la nostra vita? E io sono seduto in macchina con un telefono in mano, e tu sei in salotto a metà di un pomeriggio dall'altra parte del mondo. Che momento del cazzo, Cri..."

Lei ride. James si è addormentato.

"Poi... sapessi cosa ho scoperto... Diana e Luca sono venuti qui, nel 1989, mollandoci dai nonni..."

Non faccio in tempo a finire la frase.

Apro il finestrino per lanciare fuori la sigaretta e vedo la porta di casa che si apre. Mio padre esce lungo il viale.

Ha una torcia e viene nella mia direzione.

"Cazzo Cri... è uscito. Cazzo. Ti devo salutare."

Butto l'iPhone sul sedile.

Giro la chiave nel quadro, e la macchina risponde con un prolungato suono rauco e affannoso. Gli indicatori sul cruscotto prendono corpo nel buio, cercano la spinta per diventare luci fisse, ma dopo un entusiasmo iniziale si appannano e cedono. Spengo i fari, rimasti accesi per tutto il tempo. Provo un'altra volta, ora in preda al panico. Il bagliore della torcia mi punta per poi spostarsi all'altezza della targa.

Provo ancora. Giro la chiave verso l'alto e la tengo ferma per un lungo attimo, ma la macchina di Jo sembra un vecchio cane ansimante.

Sto sudando.

Terzo rapido tentativo, ma senza nessuna speranza.

I fari accesi hanno scaricato la batteria.

Butto la schiena contro la spalliera del sedile, batto il pugno contro la portiera. Michele si avvicina.

Chiudo gli occhi.

Adesso sorridi. Ti prego, adesso ricomponi una faccia.

Apro gli occhi.

Michele ticchetta contro il vetro. Mi punta come un poliziotto durante un controllo.

Tengo la mano destra ferma sul pomello del cambio, giro la testa di scatto. Passa uno strano tempo che non sono in grado di quantificare, poi provo ad aprire il finestrino. Ovviamente il comando elettronico non reagisce. Rimango immobile, è lui ad aprire lo sportello.

Mi saluta in un francese senza accento.

"È andata giù la batteria, eh? Aveva i fari accesi..."

Annuisco.

"*Bon*. Ho i cavi... mi aspetta qui?"

"*Merci*", dico senza guardarlo.

Mio padre si allontana di qualche passo, butta la spazzatura nel bidone, e solo ora capisco la natura della sua passeggiata notturna.

E io che stavo scappando, sicuro che ce l'avesse con me.

Parcheggia con il cofano vicino a quello della Peugeot 206.

È poco più alto di me, la barba grigia, incolta, un paio di occhiali dalla forma spigolosa. Ha la pancia gonfia, l'incarnato pallido lo intuisco appena alla luce dell'abitacolo.

Quando scende noto che trascina leggermente la gamba destra.

"Che ci faceva qui?", mi chiede diretto.

"Litigavo. Litigavo al telefono con la mia ragazza."

Lui serra gli occhi, mi squadra. Forse è meglio anticiparlo: parlare per primo. Dire la verità, giocare a carte scoperte. Dire: "Ciao papà", e godersi il suo sconcerto.

Rimango in silenzio.

È più anziano di come me lo immaginavo. Più anziano, e non in buona forma. Quella barba gli dà un aspetto da montanaro, o da orco.

Le sopracciglia sono spesse, troppo folte. Le borse sotto gli occhi confinano con due rughe profonde che contengono, come in una cornice, le labbra sottili. La barba arreda, ma non riesce a nascondere le rughe.

Mi fissa per un momento troppo lungo.

"Di dov'è? Ha un accento..."

"Spagnolo", dico senza sapere quando l'ho pensato, ma dev'essere una scelta azzeccata perché lui sorride come se avesse appena risolto un cruciverba.

"Ecco. Sentivo che non era francese."

"E lei? È di..." La voce mi trema.

"Non di qua. Provenzale..."

Scuote la testa, e si avvia verso il portabagagli. Esce con i cavi e mi fa un segno eloquente che io non capisco. Resto piantato lì, in piedi accanto alla portiera della Peugeot.

Lui punta la torcia verso il logo sopra il paraurti.

"Il cofano", dice senza intonazione.

Certo. Il cofano. Lo apro. Poi esco e mi fermo vicino a lui.

Michele cerca la batteria, poi si rialza e mi tende la mano: "Non mi sono presentato: Bernard Vivant".

Lascio passare un tempo. Tendo la mano. Stringo la mano. Sarebbe normale dire il proprio nome. Strabuzzo gli occhi.

"Miguel." Dico.

Lui piega la testa di lato: "Miguel".

Annuisco.

Ecco. Adesso abbiamo tutti un nome falso.

Bernard Vivant scopre i poli della batteria, attacca le pinze, poi ripete l'operazione con la BMW.

Entra nell'abitacolo lasciando aperto lo sportello, e dà gas.

Anch'io salgo, giro la chiave. La macchina di Jo si accende al primo colpo. Faccio cantare il motore, lo faccio salire di giri.

Mio padre si affaccia nel mio finestrino.

"Queste macchine francesi fanno schifo, amico. I francesi sanno fare tante cose. Il vino. La filosofia. Ma le macchine sono roba per tedeschi..."

Ha l'alito che sa di whisky.

Cerco per un'ultima volta il coraggio per dire la verità, ma lascio perdere, mollo la frizione, e me ne vado lasciando mio padre sul bordo della strada, che mi saluta con la mano nella luce rossa degli stop, come se stessi partendo per un lungo viaggio.

"Ho dovuto guidare per un'ora in giro per quella campagna tutta uguale per essere sicuro che si ricaricasse la batteria. Sono andato a dormire che albeggiava."

Sono sdraiato sul letto, e Jo è sopra di me, nuda. Mi ha telefonato dalla stazione di Pauillac verso le 11, e mi sono rifiutato di andare a prenderla farfugliando qualcosa nel sonno.

Così è arrivata in albergo in taxi, si è infilata nel mio letto spogliandosi. Abbiamo scopato senza dirci una parola.

"Poverino. E così non gli hai detto niente."

"No. Ma che ci fai qui?"

"Una sorpresa. Che c'è? Non ti piacciono le sorprese?", fa un sorriso da cattiva ragazza.

Provo a spostarmi, ma lei mi blocca: "Non provare a uscire, bastardo. Ti tengo così finché non mi racconti tutto".

Il moto di fastidio che mi porta a spingere Jo alla mia destra facendola quasi cadere dal letto è ingiusto. Mi ha prestato la macchina, mi ha ascoltato e consolato, è arrivata fin qua in treno per stare con me. Non è colpevole di nulla, e proprio per questo sento arrivare un'ondata di rabbia che non riesco a nascondere.

Non ho voglia di stare con qualcuno, non ho voglia di essere di buonumore.

Vorrei non essere niente e ho mal di testa.

Jo salta in piedi e mi fissa.

Penso che ha dei punti neri tra il seno e l'ombelico che formano una costellazione. Li unisco mentalmente.

"Sei una merda", mi dice.

"Non è questo. È che non ti avevo chiesto di venire qui..."

La frase rimane troncata dalla porta del bagno che si

chiude. Raccolgo con calma i suoi vestiti, li piego e li metto sul tavolino di legno, vicino al televisore.

Quando esce ha i capelli bagnati e un asciugamano legato sopra i seni. Si veste con pochi gesti secchi, meccanici.

"Ehi, comunque... scherzavo. Non è che mi dispiace che tu sia qui." Non volta nemmeno la testa.

È sulla soglia.

"Hai i capelli bagnati. Non puoi uscir..."

Ora si gira di scatto, mi fronteggia.

"Sembri mia madre."

"Ho solo detto una cosa di buonsenso..."

Sto per aggiungere *per farti rimanere*, ma lei è già in corridoio.

"Allora scopati lei, visto che ti è tanto simpatica."

Sbatte la porta e se ne va.

La guardo dalla finestra mentre sale sulla sua macchina. Non mi ero nemmeno accorto che avesse ripreso le chiavi.

"Non c'è niente che non c'entri con l'umore, ragazzo." Ride, una risata grassa, che mi fa pensare ai vecchi che giocano nei bar del Nord del Belgio descritti da Simenon. Jean-Claude Emery ha i bottoni della camicia nera che tirano sulla pancia, un anello con un teschio al dito, i capelli bianchi raccolti in un codino. È caporedattore della *Gazette Girondine*, dove scrive dal 1978. È suo l'unico articolo su Bernard Vivant che ho trovato su Internet.

"Niente. Se mi alzo male oramai non vengo neanche al giornale. Si fottessero. Ma poi che vuoi? Tu scrivi su un giornale importante, anche se, lasciatelo dire, in un paesello. Triste che l'Italia sia diventata così, no? Era un bel posto. Adesso è anche brutta. Ci sono tornato di recente, e... beh, è così rovinata, cupa, tutta sporca, che ti passa proprio la voglia. Cosa stavo dicendo?"

Scuoto la testa: non ricordo.

Siamo seduti in un ristorante di Bordeaux, dal vetro si vede un angolo di centro storico che sembra disegnato da un illustratore di fiabe.

Jean-Claude Emery parla e beve vino rosso da un'ora, io gioco con il quaderno, disegno gatti al bordo della pagina, e aspetto.

Quando finalmente arriviamo a Bernard Vivant, Jean-Claude si piega in avanti per guardarmi meglio.

"E così finalmente l'Italia si è accorta del buon Bernard, eh? Era ora. È uno scrittore sottovalutato, stra-sottovalutato (scandisce).

Per me oggi il migliore autore di *polar* che abbiamo qua in Francia è Antonin Varenne. L'hai letto? Vale la pena. Ma ti dico che Varenne deve tantissimo a Bernard. Bernard ha quella capacità di raccontare la sporcizia della vita, come nessuno. E del resto lui ha vissuto di tutto, almeno io credo, anche se del suo passato non parla mai, ma si sente che certe cose..."

"Da quanto tempo lo conosce?"

"Ah... una vita. Lui era appena arrivato qui."

"Che anno era?"

"Era il 1984. Ne sono sicuro perché c'erano gli Europei di calcio qui in Francia. Io guardavo tutte le partite. Nella Francia giocava Jean Tigana, che era del Bordeaux ed era un mio amico.

Ci vedevamo tutti in un ristorante che di solito frequentavamo con Jean per vederlo alla televisione. Era un postaccio vicino alla stazione, una bettola, però aveva del vino alla caraffa che scendeva leggero leggero. Insomma una sera entra questo tipo da solo. Si siede da una parte e si ordina da mangiare. Alla fine del primo tempo mi sono avvicinato e abbiamo cominciato a chiacchierare. Ci siamo piaciuti subito."

"Faceva lo scrittore?"

"Non faceva niente, il buon Bernard. Aveva certe occhiaie che lo prendevamo in giro: ci fai navigare le barche là dentro, gli dicevo... sembravano laghi... lui se ne andava in giro come un relitto."

"Per la moglie morta?"

Jean-Claude piega la testa di lato, mi scruta. Almeno interrompe il flusso di parole.

"Ah, ma allora qualcosa la sai."

"Faccio il giornalista, no?"

Jean-Claude chiama l'oste, un omone con la faccia distrutta da una scottatura su una guancia. Si fa portare altro vino, e del pâté de Campagne. Non sembra convinto.

"Rispiegami perché sei qui."

Fiuto il pericolo, ma a questo punto non me ne frega più nulla. La sparo grossa.

"Un editore italiano vuole pubblicare i suoi libri, e così al giornale ci siamo interessati al personaggio. Ho fatto le mie ricerche."

"Come hai saputo di Suzanne?", mi chiede.

Esito. Per fortuna arriva l'oste con il pâté, i cetriolini e il vino.

Jean-Claude chiacchiera con lui. Due parole sul Bordeaux, che quest'anno proprio non gira.

"Ma a me non frega più un cazzo del calcio da quando hanno fatto andare via Jean. Lo sai no?"

"Non so di cosa parla."

"Jean Tigana. Ha allenato il Bordeaux, due anni fa. Hanno aggredito la figlia di sedici anni, a scuola, perché la squadra andava male. Lui è andato in conferenza stampa e si è dimesso."

"Uomo vero, schiena dritta...", dice l'oste con un gesto verticale della mano.

"Bordeaux non è più la stessa, ragazzo. *La Belle Endormie.* Ma quando mai? Dicevamo?"

"Bernard Vivant. Perché è diventato uno scrittore."

"Ah, già. Bernard. Viveva in un appartamento a Cours de la Martinique, a Chartrons. Non è lontano da qui. Era un sottotetto, piccolo piccolo, con soffitto che declinava tipo *chambre de bonne*, un casino. Non aveva oggetti, non aveva nulla, e c'era casino. Era estate, una estate piovosa, o almeno quel giorno lì pioveva. "

"Che giorno?"

"Il giorno che ho sfondato la porta di casa sua. Così, a spallate. Erano appena finiti gli Europei, doveva essere luglio."

***

Bernard è sdraiato per terra, rannicchiato in posizione fetale, degli spasmi muti lo attraversano come scariche elettriche.

La parola "pallido" non rende l'idea: il suo viso ha il colore di un foglio di carta scarabocchiato dal viola delle occhiaie.

Jean-Claude pensa alla sfiga di trovarsi a casa di un semisconosciuto che gli muore davanti, e intanto chiama un suo amico che fa il primario all'ospedale. Il vantaggio di fare il giornalista in un posto come Bordeaux: non c'è nessuno che non conosca. Mette in piedi Bernard, lo trascina fino alla strada, e poi all'ospedale.

Marc, il primario, esce a tarda sera, dopo ore di sigarette nel cortile. Si è tolto il camice, ha una maglietta gialla con un canguro disegnato.

"Sta bene. È sveglio. Chi è?" C'è qualcosa di rigido nel tono della sua voce.

"Un amico."

"E cosa fa?"

"Non ne ho idea. Si è trasferito qui da poco, è un lupo solitario."

"Mhh."

Marc chiede una sigaretta. La accende guardando verso gli alberi, i lampioni, e le urla dei ragazzini in lontananza.

"Dice che ha mangiato qualcosa che gli ha fatto male."

Jean-Claude sorride: "Gli avevo detto di non cenare nelle bettole di Chartrons...".

"Però non è un avvelenamento alimentare, e..."

Marc si interrompe.

"E?"

"...e ha due ferite molto profonde e mal curate sull'addome e alla schiena. Non voglio farmi i fatti tuoi, ma credo che non ti abbia raccontato tutto..."

"Non mi ha raccontato niente."

"Senti, Jean-Claude. Visto che è un tuo amico non passerò il fascicolo alla polizia, almeno non senza il suo consenso. Il signor Vivant sarebbe morto ammazzato, se non fossi arrivato tu."

Jean-Claude gli stringe la mano.

"Ti ringrazio. Cercherò di scoprire qualcosa. Ho la sensazione che non ami molto parlare di sé."

Nelle due ore successive, Bernard, in evidente stato confusionale, parla di una donna che chiama con due nomi diversi, e di *bastardi che ucciderà uno per uno*.

Dice che è colpa sua, soltanto sua. Dice che potevano anche ammazzarlo, che sarebbe stato giusto.

Tutta la faccenda, Jean-Claude prova a tirarla fuori quando si incontrano di nuovo.

Sono passati dieci giorni, nei quali Bernard è sparito nel nulla.

Quando si fa rivedere sembra di nuovo padrone di sé, e con la padronanza di sé è tornata la cortina fumogena che oscura il suo passato.

Il giornalista gli ripete quello che ha detto, semi-cosciente in quel letto d'ospedale.

"Deliravo. Mia moglie Suzanne è morta in un incidente. Io ero fuori per lavoro."

"Che facevi?"

"Lavoravo in biblioteca, a Parigi."

"Dove sei nato, Bernard?"

Sono seduti su un molo a Gujan-Mestras, una cinquantina di chilometri da Bordeaux, davanti a un piatto di ostriche appena pescate, Bernard si alza e indica la marea che monta.

"Mi va di uscire con i pescatori una di queste mattine. Chiediamo a quelli laggiù?"

Jean-Claude gli va dietro.

Il sole del primo pomeriggio picchia forte sulle barchette in legno rovesciate, su quella strana sabbia fatta di gusci triturati.

I pescatori hanno la pelle quasi nera, portano tutti un cappello. In tre stanno tirando una grande rete verde scura, l'odore del mare portato dal vento forte fa venire voglia di essere felici. Almeno questo è l'effetto che fa a Jean-Claude. Adora passare per pranzo ai piccoli moli di Gujan-Mestras, e mangiare pesce a buon mercato nei baracchini con due tavolacci lì fuori.

"Perché mi racconti tutte 'ste cazzate? Perché faccio il giornalista? Pensi che voglia indagare, scrivere, farmi i cazzi tuoi?"

"Non mi rompere i coglioni, Jean-Claude."

Il giornalista alza le mani in segno di resa.

"Ho solo mangiato qualcosa che mi ha fatto male."

"È quello che dico anch'io. La cucina francese non è più quella di una volta."

La questione finisce lì. Nei mesi successivi Bernard scrive il suo primo romanzo, Jean-Claude legge il dattiloscritto, e lo porta a un editore di Lione che lo pubblica.

Nessuno dei due fa riferimento ai tratti autobiografici del libro, ma tra loro il gioco è scoperto.

***

Mentre torno in albergo il cielo scurisce all'improvviso.

Le nuvole arrivano dal mare, dall'Atlantico, veloci, cariche di elettricità. Dalla finestra, oltre il parcheggio che ha visto uscire Josephine Coutard dalla mia vita, oltre l'argine fitto di alberi spogli, c'è il fiume.

Il vento prima della tempesta è talmente forte che ho la sensazione che i fusti si spostino, come in una tragedia.

Cominciano a cadere grosse gocce contro il vetro.

Tengo il cellulare in mano, Jo non chiama.

Jean-Claude mi ha dato il numero di telefono di mio padre. Era parte del piano. Un piano che non prevedeva il colpo di scena di ieri notte.

Rimango seduto in mutande a guardare la pioggia.
Io seduto e la pioggia che schiocca sempre più forte.
Lui ha capito? Mi avrà riconosciuto?
Quel modo di ripetere *Miguel* era ironico?
Non ho voglia di chiamare.
Sono le sei passate quando qualcuno bussa alla porta.
L'aria è fredda e trasparente attorno ai lampioni appena accesi.
È Jo, e ha una strana espressione negli occhi.
Uno sguardo ingarbugliato, offeso, che potrebbe nascondere un'allegria sfacciata.
Sei tornata, le dico, e cerco di non avere un tono.
Lei alza le spalle: "Sono stata da tuo padre".
La frase sale nella stanza come una bolla di sapone, si arrampica fino al lampadario, vibra nella luce artificiale, esplode sopra la mia testa.
"Avevi lasciato le coordinate nel navigatore satellitare."
"E perché cazzo ci sei andata?"
"Volevo vedere com'era."
Jo si butta sul letto, si rotola sul letto. È ubriaca.
"Cosa gli hai detto?"
Una strana sensazione di vuoto nella pancia.
Jo ride (o piange?) con la faccia nel cuscino. Ho voglia di prenderla a schiaffi. Accendo una sigaretta, mi appoggio alla piccola scrivania in finto rovere.
Lei si mette a sedere sul letto con la schiena contro il muro.
"Volevo andare a Parigi, ma poi si è acceso il navigatore, ho pensato di fare un salto. Non volevo entrare, ma poi sono entrata..."

***

Michele ha degli stivaloni di plastica al ginocchio, una camicia a scacchi e una coppola sulla testa: un vero contadino che gira per le sue vigne. Quando vede Jo si pulisce le mani sulla camicia, e le va incontro sorridente. Il cielo si va scurendo, lui lo indica e fa un commento banale.

Jo ha parcheggiato lungo la strada perché non voleva che lui riconoscesse la macchina.

Gli chiede di assaggiare qualcosa.

"Sono di Parigi. Sono qui per fare un giretto di degustazioni. Lei è il primo."

"Interessante. Perché hai scelto di partire da me?"

Jo pensa che Tommaso aveva ragione quando le descriveva quello sguardo. Lo sguardo di uno che ti scava dentro.

"Ho scelto a caso: mi piaceva il nome."

"Sei capitata nel posto giusto. Vieni con me."

Jo segue Michele in una stalla riadattata a cantina. È profonda una ventina di metri, e delle botti di metallo sfiorano i soffitti altissimi. L'odore di mosto e terra è rassicurante, l'aria fresca.

Michele lascia le grandi porte socchiuse, filtra una luce teatrale, che cambia di intensità e colore con i movimenti delle nuvole in cielo.

Riempie due bicchieri (li ha presi da una credenza in legno grezzo, dipinta a metà) da due bottiglie diverse senza etichetta.

Spiega che corrispondono alle annate 2009 e 2010.

"Perché non sono etichettate?"

Jo lo trova più vecchio di come se lo aspettava, forse perché assegna alla categoria dei padri l'età che aveva il suo quando è morto. Michele ha la pancia gonfia, le mani che si muovono lentamente, e una leggera esitazione prima di rispondere alle domande lo fa sembrare insicuro.

"Non sono etichettate perché sennò le rubano."

Lei aggrotta le sopracciglia.

"I ladri. Senza etichetta non valgono nulla, non hanno ancora il marchio della regione bordolese, non sono state controllate. Non hanno valore commerciale."

"E quindi quelle etichettate le tieni in cassaforte?"

"Ne etichetto poche per volta."

Jo beve in un sorso tutto il primo bicchiere.

"Non sei portata per le degustazioni...", sorride Michele.

"No. E non mi piace bere da sola. Perché non se ne versa un bicchiere anche lei?"

"Non dovrei, ma se smetti di darmi del lei... Ti sembro così vecchio?"

Lui si versa da bere. Il vento fa cigolare le porte. Jo ha un brivido. Chiede a Michele dove è nato, e quando lui dice di essere francese lei scuote la testa.

"No. Io ho orecchio per gli accenti. Tu non sei francese."

Michele sparisce nel retro, diviso dal resto dello spazio da una grande scaffalatura coperta di libri e giornali vecchi.

Torna con una bottiglia, che svuotano in fretta.

"In questa vita sono francese, è quello che conta."

"Quante vite hai avuto?"

"Tre, forse quattro."

Fuori dalla stalla la pioggia ticchetta sul lucernario.

Jo è quasi ubriaca. Si è rannicchiata su un divano con le molle sfondate, le ginocchia ripiegate. Parla della paura. È tanto tempo che parla, Michele se ne sta di spalle e armeggia con chissà cosa. Qualche volta annuisce. Jo adesso lo trova bello. Nonostante la pancia e quel viso pieno di macchie. Nonostante le mani gonfie e i capelli radi. Quando si volta ha un sorriso gentile e distante, le sopracciglia leggermente aggrottate, uno sguardo attento e sfuggente. Jo si sente al centro della scena. È uno sguardo da marinaio, pensa.

"Volevo non avere paura di nulla, per quello ho cominciato ad avere paura di tutto", sta dicendo.

Lui prende una sedia e si mette di fronte a lei.

"Interessante."

"Cosa?"

"La paura. Io ne ho provate tante di paure."

"Qual era la peggiore?"

"Quella di finire le parole. Il linguaggio mi rassicura."

"Dai la sensazione di essere un bugiardo", dice Jo, e si stiracchia sul divano come un gatto.

"Sei una ragazza intelligente."

È a questo punto che si dimentica dove si trova.

"Perché lo dici con un tono sorpreso? Come se 'ragazza' e 'intelligente' non stessero bene vicini..." Jo spalma sulla frase un sorriso civettuolo.

È brava a rendere i segnali complessi: quando aggredisce con le parole è rassicurante con gli occhi, e viceversa. Ha sempre pensato (confusamente, ma non senza lucidità) che gli uomini li controlli soltanto se non ti capiscono.

Michele si arrotola una sigaretta col tabacco.

"Ho avuto due donne importanti nella mia vita. Una era più intelligente di me, una più pura. Non ero meglio di nessuna di loro."

"Quale hai scelto?"

"La pura."

“Lo pensavi davvero, che erano meglio di te?”

Michele sorride: “No. Lo so adesso che una è morta e una è molto lontana. Da giovane non pensi mai a queste cose. Almeno, noi eravamo così, tutti convinti di essere il centro del mondo”.

“I maschi.”

“Forse sì. Forse tutti.”

Jo si sta avventurando in un terreno pericoloso. È rilassata, e sta dimenticando che tutto quello che sa di quell'uomo è un segreto da non confessare.

Per due volte rischia di chiamarlo Michele.

Per due volte rischia di nominare Alice.

“Come è morta?”, dice con un filo di voce.

Jo si stiracchia ancora. Il maglione si tira su, e le scopre la pancia fino all'ombelico, Michele guarda la pelle nuda per un attimo troppo lungo. Dovrebbe coprirsi, non lo fa.

Per gioco, per scommessa, per vendetta, per divertimento.

La pioggia scende ancora più forte. Dalla porta aperta e dal lucernario cade una luce fioca.

Il ticchettio si trasforma in un rombo cupo.

Jo si accarezza distrattamente un fianco scoperto.

“Non voglio parlare di Suzanne.”

Riempiono e svuotano di nuovo i bicchieri.

“Io sì.”

“Perché?”

“Perché mi stai guardando la pancia.”

Michele sorride, piega la testa di lato, annuisce.

“Va bene. Suzanne è stata ammazzata da un famoso terrorista. Contenta?”

Jo si tira su a sedere sul divano.

"Mi pigli per il culo?"
Pausa.
"Certo."
Michele si volta verso Jo.
Le accarezza una guancia, poi il collo.
Lei lo lascia fare guardandolo negli occhi.
Sente odore di alcol e sudore. Sente il desiderio di lui. Le piace. Questo è il momento che preferisce, quello in cui gli uomini sono in suo potere.
La mano di Michele è lenta e leggera.
I corpi si ascoltano. Gli occhi si allacciano.
Nel contatto tra la mano e il suo collo scoperto Jo può leggere tutta la vita di Michele. Una carezza è come un libro, racconta molte cose se sai leggerla.
Jo intuisce un uomo incupito, solitario, che ha perso il desiderio di piacere. C'è in quella carezza qualcosa di trattenuto e triste, un tremore.
Ma il gesto è misurato, seducente.
Jo si lascia trasportare.
La mano scorre sotto il maglione e scopre la spalla, Michele non parla.
Lei guarda davanti a sé: la grande porta semichiusa e la pioggia fuori.
Quante volte si è trovata così. A vent'anni quando beveva e si drogava di tutto quello che trovava in giro, e poi andava a cercare qualunque uomo fosse disponibile, meglio se più vecchio di lei.
Tante volte si è lasciata spogliare guardando da un'altra parte, e poi le è bastato voltarsi per scatenare un desiderio incontrollabile. Come se quel suo gioco sul confine, quella sua economia di gesti, la rendessero una preda da prendere

più in fretta, perché sempre sul punto di scappare.

Lo era, effettivamente, sempre sul punto di scappare. Poi non lo faceva mai.

Il furore della tempesta è diminuito. Nel silenzio ogni movimento genera un rumore insopportabile. Il fruscio del maglione che scende lungo il braccio, una molla del divano che si sposta, Michele che deglutisce.

Lei gli si avvicina spostandosi appena, e la mano arriva a lambire il seno.

Vorrebbe fermarlo, non lo fa.

Michele avvicina la faccia alla sua.

"E tu? Tu mi hai detto tutta la verità?"

Le prende un seno con la mano, stringe leggermente la presa.

"Una degustazione di vino...", le dice. Minaccioso.

Jo si alza di scatto. Attraversa la stanza. Le parole hanno rotto l'incantesimo.

L'aria fredda sulla pelle la riporta alla realtà. Mentre si aggiusta il maglione qualche goccia che cade dal cornicione la colpisce sui capelli.

"Chi sei veramente?"

Jo scuote forte la testa e non risponde.

Esce, corre fino alla macchina.

In ogni caso Michele non è uscito per seguirla.

***

Jo è rannicchiata in un angolo del letto. La ragazza alla *conciergerie* salc pcr informarmi chc sc un'altra pcrsona dormc in camera con me devo pagare un supplemento. Butto sul pavimento del corridoio una banconota da 20 euro e chiudo la porta. Passo un paio d'ore guardando un film su una tv via cavo: Alain Delon si aggira per Rimini vestito con un cappotto chiaro.

Al mattino cerco un negozio di articoli sportivi.

Compro un paio di Mitzuno X10 con finiture giallo fosforescente, una maglietta bianca Adidas Techfit a maniche lunghe, pantaloncini bianchi con striscia blu Adidas, banda da braccio porta-iPhone Kalenji, cuffie Panasonic.

Scorro le playlist che ho salvato nel telefono. Sono ordinate da Run1 a Run11. Ciascuna mi richiama alla mente un periodo preciso.

La numero otto è quella con cui correvo mentre cercavo di conquistare Marta. Ci sono i suoi cantanti preferiti, ci sono canzoni che mi facevano pensare a lei, e poi brani appena scoperti e rapidamente dimenticati, come vuole la nuova emotività usa-e-getta garantita dalla rete. Scopri, consuma, cancella, scopri qualcos'altro. Ogni nuova canzone garantisce quindici-venti ascolti prima di venire a noia, ma ce n'è sempre un'altra simile con cui sostituirla. Si può trovare facilmente: ci sono i suggerimenti di Last.fm e le radio di Spotify, la vetrina "Solo per te" di iTunes e la Mood-Radio di Musicovery, dove puoi inserire il tuo umore e ricevere una collezione intonata di brani.

Esistono foreste di tag che conoscono i tuoi gusti.

L'undicesima playlist, l'ultima, è quella che sentivo quando è successo il fatto. Quando mi sono accasciato lungo la curva del laghetto di Villa Pamphilj.

Per scaramanzia evito di selezionarla. Uso Run10, quella con Shearwater, *Animal Life*, e poi O. Children, The Veils, Toy.

Metto le scarpe con cura.

Cammino, per due volte accenno passi di corsa e poi mi fermo.

La memoria biologica mi dice di non accelerare.

Il lungofiume di Pauillac è piatto e silenzioso, scivola comodamente sotto i talloni, l'aria è pulita.

Devo soltanto mettere un piede dopo l'altro, prima il tallone, poi la pianta e la punta (retropiede-mesopiede-avampiede), un movimento continuato, come se si srotolasse un tappeto. Era facile, era naturale, fino a quel giorno.

Jo si è svegliata stamattina senza il coraggio di guardarmi negli occhi.

"Perché corri? A cosa serve?", mi ha chiesto, ma il tono di voce (brillante, offeso, fastidioso) non era quello di sempre.

"Allora anche tu qualche volta ti senti in colpa", ho detto dal bagno sperando che non mi sentisse.

"Sempre. Mi hai perdonata?"

Sono uscito opponendo al suo imbarazzo un silenzio regale.

Allungo il passo in salita. Il lungofiume è finito, svolto verso sinistra ed esco dalla città.

Corro per sei chilometri lungo le colline morbide, a bordo strada.

La mente divaga. Una sensazione piacevole che avevo quasi dimenticato. Il sudore espelle le tossine.

Mentre prendo una curva a destra in leggera salita sento il respiro che si regolarizza, il sole si apre uno spazio nel cielo grigio, e improvvisamente rianima tutta la campagna.

Le caviglie scricchiolano, le giunture sembrano i cardini di una vecchia porta.

Mi butto su un tratto in discesa slanciando le gambe all'indietro come un bambino. I bassi rimbombano nelle orecchie.

Trovo Jo che fa colazione sul lungofiume. Mi guarda imbronciata e si alza.

Butto via trent'anni di educazione filo-femminista.

Mi avvicino, mi fermo di fronte a lei, e le do uno schiaffo in piena faccia.

Sono incredulo, Jo guarda altrove per una quindicina di secondi.

Se dicesse qualcosa probabilmente finirebbe male, ma l'intuito la induce a rimanere immobile. Finché non sono io a chiederle scusa.

"Tranquillo. Non sei il primo", mi risponde.

Io sudato, in pantaloncini corti, senza fiato.

E Jo con lo sguardo fisso su un punto lontano.

Tre ragazzi seduti al tavolino ci osservano divertiti.

Mi distraggo per guardarli, e lei carica un pugno che mi colpisce alla bocca dello stomaco.

I tre stanno ridendo come matti. Anche Jo ride.

Mi mette una mano sulla spalla.

"Pari. Vieni. Ti offro la colazione. Non ho molto tempo..."

"A che ora devi essere a Parigi?"

"Ieri sera."

Sorrido.

Camminiamo sul lungofiume verso la macchina. Lei ha uno zaino sulla spalla destra, le occhiaie e un modo di restare in silenzio che non conoscevo.

"Ci rivedremo?", mi chiede quando ci troviamo a poche centinaia di metri dalla Peugeot.

"Ci rivedremo, perché no?"

"Lo sai, perché no. Perché sono una stronza distruttiva."

"Non ti buttare così giù."

"Ce l'avevo con te. E poi volevo vederlo. A me mi ha sempre fregata la curiosità. Questo leggendario padre terrorista. Forse volevo un posto nella tua storia..."

"Ce l'avevi già, un posto."

Lei si ferma, mi prende la mano.

"Sembrava una cosa gentile."

Io sorrido: "Allora hai capito male...".

"No. Tu non sei arrabbiato. Tu non sei arrabbiato!"

Jo comincia a saltellare. Ripete: tu non sei arrabbiato.

"Ok. Sono arrabbiato, ma potrei smettere di esserlo un giorno..."

Si alza sulle punte dei piedi, con le braccia allacciate dietro la schiena, la testa protesa verso di me e le labbra atteggiate in un bacio.

Sembra Lucy Van Pelt quando cerca di farsi baciare da Schroeder, appoggiata al pianoforte.

"Ti odio. Però a modo tuo mi metti di buonumore", le dico mentre le poggio un dito in verticale sulle labbra.

"Quando lo incontri?"

"Oggi pomeriggio. Jean-Claude Emery mi ha combinato un appuntamento."

"Lui sa che..."

"Che sono un giornalista. Ho dato un nome falso..."

"Siete bugiardi di famiglia, eh?"

Ci abbracciamo, un lungo abbraccio pieno di costole e scapole.

"Non doveva andare così, vero?", mi chiede Jo.

Ma io non so cosa rispondere. Non so più come dovrebbero essere le cose.

"Ci vediamo a Parigi?"

Alzo le spalle.

"Ho diritto di sapere il finale."
"Ti telefono."
"Che noia."
"Che vuol dire?"
"Che noia."
Sale in macchina. L'ultima frase mi resta in testa con l'evidenza di un epitaffio.

Lui è seduto al tavolino di un café, voltato verso il muro di legno chiaro, un Pernod in mano.

La coppola non l'ha tolta nemmeno per entrare, come i vecchi che tengono il cappello mentre guidano.

Lo guardo attraverso la vetrata.

Mio padre che aspetta Giustiniani Enzo, giornalista culturale.

Non controlla l'orologio, anche se ne ha uno al polso, di metallo, quadrante tondo. Sorride alla cameriera che gli sfiora una spalla portando un vassoio.

L'appuntamento preso attraverso Jean-Claude, caro Tommaso, non implica già una decisione?

Potevi andare a casa sua (sarebbe stata la terza apparizione bizzarra in quarantotto ore), ma non hai trovato il coraggio di farlo.

E ora? Ce l'hai il coraggio?

Fumi un'altra sigaretta nascosto dietro una Nissan Micra, mentre passano i minuti (sono già dieci dopo l'ora dell'appuntamento). Guardi quell'uomo, e hai scelto questo momento per le domande stupide. Come sarebbe stato? Un padre è un valore in sé? È così importante, poi, la biologia? Se posso cambiare fidanzata e piatto preferito, nazione e marca di sigarette? La sorte non mi ha forse dato in dono un padre sostitutivo più attento e presente di come sarebbe mai potuto essere il mio?

È questa leggerezza. Tutto quello che mi sono lasciato alle spalle negli ultimi due mesi?

Vorrei dirlo ad alta voce: mi sento bene. E ho paura che entrando lì dentro starò di nuovo male.

Lo dico ad alta voce.

Ti ho trovato. Ti ho già trovato. Sorrido.

Spengo la sigaretta con la suola della scarpa.

Passano altri minuti.

Una signora con un cane al guinzaglio mi osserva incuriosita.

Non ho voglia di unire i puntini del disegno che ho di fronte.

Unire la carogna che ho odiato e idealizzato e odiato a quel signore seduto lì. Sarebbe, tutto sommato, una forma di ordine. Riportare ogni cosa dentro un flusso coerente.

Entra, Tommaso. È tutta la vita che sei in anticipo agli appuntamenti.

Entra, Tommaso.

Giro attorno alla Nissan Micra, punto l'ingresso. Sì, il giornalista che aspetti è Miguel. Tra poco lo vedrai. Magari sorriderai, e dirai anche tu come Jo che siamo fatti della stessa pasta, sottintendendo che i bugiardi generano bugiardi, e vorrai pacche sulle spalle e cameratismo perché sì, in fondo sono proprio tuo figlio. E io penserò che sei invecchiato proprio male, e forse ti preferivo come eri nel 1979, o nel 1989, anche se non lo so davvero come eri nel 1979, e nel 1989.

Oppure no. Ti alzerai dalla sedia e te ne andrai, convinto che il mio gesto sia, in qualche modo, un atto di violenza.

Proprio tu. E mi farai capire con una occhiata che i margini della libertà di un individuo non sono quelli che vuole la morale comune, ma ciascuno si sceglie i propri, e io allora sarò non più cacciatore ma preda. Imprigionato nel mio ruolo, stupido, reso inoffensivo.

Sono fermo al centro della strada, ma tu non guardi fuori.

Entra, Tommaso.

Ma non riesco a decidere, e cammino in direzione dell'angolo, prendendomi un giro dell'isolato di tempo per calmarmi.

Seguo il bordo del marciapiede, come facevo da adolescente.

Lentamente. Avanzo lentamente.

Cade una pioggia finissima e improvvisa.

Quando mi riaffaccio sulla via del café, sono dal lato opposto rispetto alla Nissan, sullo stesso marciapiede della vetrata e della porta d'ingresso. Cinquanta metri. E a questo punto ti vedo uscire. Senza fretta chiudi l'impermeabile. Mi schiaccio contro il muro.

Il destino vuole che tu vada nella direzione opposta.

Ti guardo andare via, trascini il piede destro.

Dovrei essere triste, ma mi viene da ridere.

Per la prima volta dopo tanto tempo penso che ho tutta la vita davanti.

QUARTA PARTE
Milano

L'osteria di via Lomellina ha una sala sul retro dove non cena mai nessuno. Non è diventato un ristorante alla moda, ha lo stesso menu da quarant'anni, ma per qualche motivo non è frequentato neanche dai cultori del vintage. I sei tavoli della sala che affaccia sulla strada bastano per il manipolo di vecchi clienti abituali, così lo stanzone rettangolare che sembra una sala da ballo il padrone lo ha aperto apposta per noi.

Mi siedo sul bordo del palco che ho allestito con l'aiuto di mia sorella Cristina.

L'oste distribuisce su un lungo tavolo bottiglie, piatti e bicchieri. Non voglio che sembri una cosa triste. Neanche una festa, no. Una via di mezzo.

Milano fuori ha la sua solita luce. Il cielo scuro contiene una nota ineluttabile: il sole qui è l'interruzione precaria di uno stato delle cose. Gli amministratori locali, gli architetti e i geometri si sono adattati costruendo una città color pioggia.

Cristina mi precede. Raddrizza due sedie, sposta un microfono, spalanca una finestra. Riempie il tempo morto di correzioni dello spazio. La battaglia che si deve combattere per rendere accogliente una grande stanza rettangolare con il pavimento in graniglia e i muri verde pastello, una stanza che mette freddo solo a guardarla, io l'avrei senza dubbio persa.

Per fortuna è arrivata lei con il suo jetleg ("Faccio tutto io, ma voglio essere pagata in melatonina..."), i bambini appesi al marito americano alto e magro come un albero, i suoi modi da professoressa ("Scusi se glielo dico, ma le tovaglie di carta, oltre che davvero brutte, sono anti-ecologiche...").

Adesso è tutto pronto e sono soltanto le sette di sera, l'estate sembra un tempo remotissimo ("A Roma c'è il sole, a Washington c'è il sole, a Bogotà, a Nuova Delhi c'è il sole. Possibile che faccia freddo soltanto qui in tutto il pianeta Terra?"), io apro la prima delle sedici bottiglie di vino che ho fatto allineare sul tavolo del buffet.

"Come ti senti?"

"Benissimo."

"Non hai paura?"

"No. Ti giuro."

"Mamma è terrorizzata."

"Non mi aspettavo che accettasse."

"Sei sicuro di quello che stai facendo?"

"No. È nato tutto per gioco. Ero appena tornato dalla Francia, non avevo un cazzo da fare."

***

7 maggio

Ciao Sandro,

non ti ho ancora ringraziato per quella splendida notte di racconti di febbraio. Ti sono davvero grato: ho scoperto più cose sui miei genitori in una serata con te, che in tutta una vita.

Ci ho messo del tempo per trasformare il turbamento iniziale in qualcosa di utile. È stato un processo simile a quello che porta le scarpe di pelle a diventare comode dopo qualche giorno di uso: doveva cedere qualcosa, aderire al mio corpo (mi perdonerai questa tendenza alle metafore poco ortodosse. So che il tuo amato Flaubert non approverebbe :)).

Grazie, quindi. Quando passerò per Milano (e capiterà, visto che ho perso il lavoro, e ho un sacco di tempo libero) magari parleremo ancora.

Un abbraccio,

Tommaso

11 maggio

Caro Tommaso,

non vorrei sembrare invadente, né vorrei che tu pensassi che la mia proposta possa essere in qualche modo legata all'affetto che ancora provo (Ah! Che necropoli è mai il cuore umano!, come diceva Flaubert) per i tuoi genitori.

Ma ho un posto come redattore nella mia piccola casa editrice, e, stanco come sono di gestire tutto da solo, mi piacerebbe averti come collaboratore.

La paga non è altissima, e so quanto per voi romani un trasferimento a Milano sia paragonabile a una deportazione in Siberia. Ma se non hai di meglio da fare, pensaci.

Sono contento che la nostra chiacchierata ti sia stata di aiuto.

Tuo,

Sandro

12 maggio

Ciao Sandro,

la tua proposta mi riempie di gioia. La prospettiva della Siberia non mi è mai sembrata tanto gradevole!

Dopo il nostro incontro a Milano sono successe parecchie cose con cui non ti tedierò. Ti basti sapere che è stato, tutto questo percorso, una specie di viaggio verso la leggerezza. Ho accettato di essere figlio, sono riuscito a pensare a Michele e Alice perfino con allegria in qualche momento.

Ho passato tutta l'adolescenza defraudato non tanto della loro presenza, quanto del diritto a vivere la loro assenza. È un errore che oggi perfino Diana ha ammesso.

L'idea folle mi è venuta per questo.

Vorrei fare a Michele e Alice una specie di festa/commemorazione. Il prossimo 2 settembre saranno trent'anni dalla loro morte.

In questi mesi ho riletto gli articoli che ha scritto mio padre negli anni Settanta, e mi sono convinto che la fine che ha fatto lo abbia condannato a essere sottovalutato come teorico e analista politico.

Mi piacerebbe che qualcuno ne riparlasse oggi.

Pensi che si potrebbe ragionare su una cosa del genere?

Un abbraccio,

Tommaso

21 maggio

Caro Tommaso,

la tua idea non mi pare affatto folle.

Ne ho parlato a Toni Negri per via telematica, e per telefono con Franco Piperno, tutti e due hanno conosciuto e apprezzato tuo padre nella veste di teorico della rivoluzione, e ho scoperto che entrambi lo ricordano con affetto e stima.

Ti aspetto a Milano lunedì prossimo come da accordi telefonici per iniziare il nuovo lavoro!

Tuo,

Sandro

20 luglio

Ciao Sandro,

come va il decorso post-operatorio?

Vorrei passare più spesso a trovarti, ma come sai la casa editrice ha bisogno di me tutta la giornata.

Ho finito di leggere il testo di Thomas, e ti devo dire che è veramente buono. Ma di queste cose parleremo quando riprenderai il tuo posto sul ponte di comando.

Per le questioni burocratiche (commercialista ecc.) ti chiamo nel pomeriggio.

Intanto ti immagino sommerso di libri, mentre litighi con le infermiere...

Ho preparato l'invito per la serata del 2 settembre, te lo allego in .pdf (non pretendo che tu sappia cos'è un .pdf, limitati a premere sul disegnino qui sotto, il resto lo farà il tuo potente Mac...).

Penso di mandare una cinquantina di inviti via mail a chi li ha conosciuti, e di stampare qualcuno cartaceo da spedire per posta.

Dimmi se ti sembrano buoni.

Un abbraccio,

Tommaso

***

Sandro cammina ancora con una stampella. A luglio è stato operato all'anca, e io ho passato l'estate chiuso dentro gli uffici della casa editrice cercando di non farla fallire. Ho scoperto che i conti erano un disastro: Sandro pubblica tutto quello che gli piace, senza pensare alle conseguenze economiche. La sua assenza è stata una benedizione. Abbiamo avuto mano libera (io, le due redattrici, il commercialista), siamo riusciti a saldare qualche debito.

Gli ho fatto leggere la mia traduzione del romanzo di Bernard Vivant, ovviamente senza dirgli la verità.

"Forse pubblicare qualche giallo potrebbe aumentare le vendite."

Lui lo ha letto. Poi mi ha chiesto se mi ero bevuto il cervello.

"Questa roba è scritta male! È citazionista, finta..."

Io ho fatto di tutto per non ridere.

Diana è intervenuta per prima, in piedi sul piccolo palco improvvisato. Si è pulita gli occhiali, si è schiarita la voce. Ha un tailleur color panna, e ha messo una collana di perle finissime che Luca mi ha fatto scegliere tra le altre un giorno di tanti anni fa, avrò avuto sei anni, come regalo per un anniversario.

La sala è piena. Non conosco più della metà dei presenti. Vecchi amici, ex compagni. Ci sono più persone di quante ne aspettassi.

Una donna con l'aria da vecchia ragazza, scarpe basse, jeans e poco trucco, mi stringe la mano, proprio come si fa con i figli ai funerali.

"Io l'ho conosciuto durante un'occupazione all'università, Michele Musso. Parlava sempre, madonna quanto parlava. Sapeva sempre tutto. Adesso mi darebbe fastidio, credo, ma all'epoca, sa, erano gli anni Settanta..."

Sorrido. Capisco cosa intende. Immagino che lei sia stata una delle molte amanti di mio padre, una delle tante ragazzine adoranti che pendevano dalle sue labbra durante le assemblee.

Già. Gli anni Settanta.

Mi piace l'autoindulgenza che emanano loro quando pronunciano la locuzione "anni Settanta".

Quelli della mia età hanno lo stesso sguardo quando dicono la parola "crisi".

Ho perso il lavoro, ma c'è la crisi.

Sono tornato a vivere da mia madre, ma c'è la crisi.

Ogni epoca ha le sue parole-confessionali, buone per assolversi da ogni peccato.

"Quando Tommaso, mio nipote, il bambino, poi il giovane adulto che ho allevato come fosse mio figlio, mi ha proposto questa serata, la prima reazione è stata di sconcerto.

Non avevo capito il suo bisogno di appropriarsi di un lutto che gli era stato negato, causa la sua giovane età, quando mia sorella e il suo compagno sono morti. Non lo avevo intuito durante la sua infanzia. Forse a causa della mia tendenza naturale a rifuggire le forme rituali. Io stessa non ho mai saputo di avere il bisogno di parlare in pubblico di mia sorella Alice. Pensavo che l'elaborazione, solitaria, testarda, di tanti anni fa fosse stata sufficiente. Invece non era così. La cosa bella di avere dei figli è proprio questa: diventano grandi, e vedono delle cose che a te sono sfuggite..."

Sono seduto in prima fila. Luca fuma la pipa spenta alla mia destra. Alla mia sinistra c'è Cristina, e accanto a lei suo marito che non capisce una parola, ma da bravo americano apprezza le ricorrenze, gli assembramenti e i buffet.

"...Non è facile parlare di una sorella che non c'è più. Allora leggerò solamente una pagina che ho ritrovato. Una vecchia lettera che è saltata fuori da quelle terribili scatole dei ricordi che, pessima abitudine, si conservano per anni in soffitta a prendere polvere. E che forse non andrebbero aperte mai..."

Sorride, Diana. Chi la conosce sa che è una trincea per arginare la tensione.

Caro Babbo Natale,

mi chiamo Alice Rosato. Ho undici anni, i capelli biondi, e forse quest'anno non so se voglio dei regali. Forse una bambola e il carrarmato verde che aveva il mio amico Giovanni.

Però mia mamma mi ha detto che non sono stata buona, e che se volevo dei regali dovevo essere buona.

Non voglio mai mangiare, perché non ho fame, e tiro sempre i capelli a mia sorella Diana. Allora se non mangio non mi danno i regali, allora puoi regalarmi di avere fame, così la mamma è contenta, e io divento buona. Poi forse anche la bambola.

Diana chiacchiera davanti al buffet con Sandro Ganci. Si è commossa mentre leggeva, quel modo che ha lei di commuoversi invisibile agli umani, le sopracciglia si avvicinano, un labbro sale e compone un broncio.

Mi aggrego a loro mentre mando l'ennesimo WhatsApp con cronaca dettagliata dell'evento a Jo. Avrebbe dovuto essere qui, ma è bloccata a Parigi da un progetto di riqualificazione delle periferie che deve consegnare entro dopodomani.

È stata a Milano tutto agosto, sopportando un clima da Sud-Est asiatico mentre io marcivo dentro la casa editrice.

Imprimo ogni particolare nella memoria. I fiori finti, i tavoli appoggiati contro le pareti, le voci che rimbombano, la luce fredda (una luce che in altre epoche mi avrebbe soffocato d'ansia), l'oste che ci osserva dalla porta senza capire esattamente cosa stiamo facendo: una festa, un funerale, un convegno.

Sandro prende il microfono, un bicchiere di vino in mano. È vestito come al solito, con un cardigan scozzese a tre bottoni e sopra una giacca grigia. Si è lasciato crescere la barba, e somiglia in modo impressionante a Mandy Patinkin, l'attore che interpreta Saul Berenson in *Homeland*, ma questo non posso dirglielo visto che non frequenta le serie tv (e in particolare non mi imbarcherei mai nel tentativo di convincerlo che *Homeland* non è una apologia del fascismo imperialista americano. Anche perché forse lo è. Ma allora dovrei fargli capire che è possibile pensarlo, e guardarlo lo stesso). È ubriaco. Il pubblico ascolta in piedi, reggendo il piatto di carta riempito di spezzatino e patate.

"Michele Musso è stato il mio migliore amico per tanti anni. È stato anche un terrorista. Le sue scelte le ha pagate e le ha fatte pagare a chi era accanto a lui. Ci ho messo molto tempo per capire, e ancora oggi non so se sia giusto farlo. Mi ricordo una notte... era un secolo fa. Eravamo qui, in questo ristorante. Mangiavamo poco e bevevamo molto, soprattutto Michele, ma Michele era sempre più estremo di me. Era il 1975, forse. Forse era dopo la morte di Claudio Varalli, alcuni di voi se lo ricorderanno. Eravamo qui, mi ricordo, e litigammo. In quel momento non diedi molto peso a una discussione che consideravo uno dei mille esercizi teorici di Michele. Sosteneva che il terrorista avesse intrinsecamente ragione per il fatto stesso di esistere al di fuori della società.

Io mi infuriai, e poi qualche giorno dopo ritrovai le sue teorie scritte, in forma di editoriale, sulla rivista che dirigeva. Ho frugato parecchio per ritrovare quell'articolo, che riletto oggi, alla luce di quello che è accaduto, fa capire quanto Michele fosse determinato, e io cieco a non rendermi conto della verità.

Ve ne leggo un passaggio:

"La scelta del terrorista è una scelta univoca, e pertanto non giudicabile. Lui stesso si pone come colui che strappa il tessuto narrativo della società, è un soggetto non organico, che non cerca una riconciliazione, come il fuorilegge del West, e, appunto, il brigante ottocentesco, che deve essere considerato il vero paradigma pre-italiano del conflitto di classe...".

Un noto ex-terrorista emiliano annuisce dalla seconda fila, qualcuno invece sembra inorridire. Una signora con i capelli rossi e una spilla a forma di foglia autunnale fa un chiaro gesto con la mano: ma va' al diavolo.

Io però non ascolto più.

Fermo poco prima dell'uscio, in un punto dove non cade la luce, il fantasma sta ascoltando il suo vecchio amico parlare di lui.

Se ne sta attaccato alla parete, con la coppola calcata sulla testa e un trolley poggiato vicino.

Chissà da quanto tempo è lì che ascolta.

È probabile che sia appena arrivato: è tutta la sera che a intervalli regolari mi ricordo dell'invito spedito su cartoncino rigido a Bernard Vivant, e guardo in direzione dell'ingresso.

Non riesco a capire se sorride. Mi alzo, cammino verso il muro di destra, accanto al tavolo del buffet. Esito per qualche secondo davanti alle bottiglie, mi verso da bere per darmi un'aria rilassata.

La voce di Sandro mi arriva distante.

Arrivo sulla porta, lo prendo per un braccio e lo spingo indietro, verso la seconda sala del ristorante. Lui, mansueto, si lascia portare.

La camicia gli scende male addosso, la giacca avana è macchiata in due punti. Ci fissiamo da una innaturale assenza di distanza.

"Sei qui", dico.

"Sei tu che mi hai invitato." Mi risponde.

Ma lo scambio non ha nulla del dialogo. Ci stiamo constatando a vicenda.

Nell'ultimo mese, soprattutto di notte, durante quelle crisi di insonnia scandite dai cigolii del primo tram del mattino, ho pensato spesso a cosa avrei fatto se mio padre fosse arrivato qui questa sera.

In tutte le variazioni della fantasia ero brillante e assertivo.

Allora, cosa hai fatto in tutti questi anni?

Invece rimango in silenzio.

Michele si affaccia sulla soglia che divide i due ambienti. Spia Sandro che parla di lui. Scuote la testa incredulo.

"Ti devo ringraziare. È un privilegio guardare il proprio funerale."

Sorride scoprendo i denti gialli.

Rimango fermo alle sue spalle.

"Andiamo via. Non voglio che mi riconoscano", dice.

Tra di noi un pacchetto di tabacco sfuso Pueblo, la buccia di un'arancia, una birra appena stappata, la coppola scura. Almeno dentro casa se l'è tolta.

Casa mia. Per dimensioni è più simile a una camera d'albergo: venti metri quadri al terzo piano di un palazzo che odora di chiuso (aglio, deodorante e fiori morti), il terrazzino invaso di scope, stracci e fuliggine. Tutto il caseggiato vibra quando passa il tram, ma non è distante dalla casa editrice. E poi è una sistemazione transitoria, e non perché ne stia cercando un'altra più stabile, ma perché ho accettato la transitorietà come condizione.

"L'ho capito subito. L'automobilista con la batteria scarica, la ragazza che fa domande, e poi il giornalista italiano. Tutto in due giorni, era troppo. Non si è mai rilassati quando si ha il passato strano che ho io."

"Strano?"

"Chiamalo come vuoi. Ti ho aspettato, quel giorno al café Pombal. Ti ho visto nascosto dietro una macchina. Ti ho visto andar via."

"Però non mi hai seguito."

"Pensavo che la scelta spettasse a te. Ho pensato che avessi cambiato idea."

"In effetti era così."

Seguo la linea delle guance arrotondate dall'alcol, seguo il bordo degli occhi arrossati. Il viso di mio padre. Mio padre. Lo sconosciuto che ho di fronte.

Cerco le tracce dei racconti di Diana, di Sandro, di Luca. Il tempo è crudele.

"Come mai sei venuto?"

Non mi risponde subito. Beve dalla bottiglia, si asciuga la bocca con la manica.

"Mi è piaciuta l'idea."

Esita. Batte una mano sul tavolo.

"E così mi hai trovato. Immagino che Diana ti abbia detto tutto. Ha resistito anche troppo."

Faccio un bel respiro.

"Ho incontrato il dottor Pinto, quello che ti ha salvato la pelle a Grenoble. Qualcosa mi ha detto Diana, poi Sandro Ganci, Armando, quello con cui hai fatto l'assalto alla sede del Msi. Ho letto i diari di Christian Dupont, Luca mi ha raccontato quando sono venuti a casa tua nel 1989. Ho letto il tuo primo romanzo. Ecco. È stato un lungo viaggio, no?"

Michele fischia.

"Interessante questa cosa. Davvero." Lo dice a bassa voce, come se stesse, nel frattempo, sottolineando una frase su un libro. Poi sposta gli occhi su di me:

"Mio Dio. Giacomo Pinto. Come lo hai trovato?".

Eccolo quello sguardo, e quella risata. Improvvisamente il Michele che mi è stato raccontato si ricongiunge a Bernard. Un lampo di superiorità, una bonomia unidirezionale, come se l'interlocutore fosse al mondo solo perché illuminato dal suo sguardo. È solo un attimo, eppure basta per farmi incazzare.

"Una coincidenza."

"Interessante, davvero."

Suona il mio cellulare, è Diana.

Fisso Michele mentre parlo, sottolineo: "Ciao Diana".

Lui scuote la testa.

Le rispondo che no, non è successo nulla e sì, è stata una serata splendida e mi dispiace non essere rimasto per mettere a posto. Chiudo la comunicazione.

Ripeto: "Come mai sei venuto qui?". Il tono adesso è ultimativo.

"Perché te lo dovevo, credo. E perché quando ho letto quell'invito ho capito che mi avevi perdonato."

"Non ti ho perdonato."

Non so perché l'ho detto. Forse perché è vero, o forse perché era la battuta giusta da dire. Troppo giusta, infatti Michele non sembra granché impressionato. Non sono mai le battute giuste quelle che bucano una corazza.

"Vuoi delle scuse? Perché se vuoi delle scuse eccole qua. Non mi costa nulla. Scusa. Se la mia vita fosse andata diversamente ti avrei fatto da padre. E probabilmente sarei stato un disastro."

"In effetti, non so che farmene delle scuse."

"Allora perché sei venuto a casa mia? Volevi conoscermi? Volevi arrabbiarti? Volevi uccidermi? Volevi che ti facessi da padre?", mi chiede mentre si rolla una sigaretta.

Restiamo in silenzio.

"Parliamo di mia madre."

Apre la bocca. Ha l'espressione di un orso che aspetta di agguantare con i denti un salmone che risale il fiume.

"È morta il 21 maggio 1984."

"È sepolta vicino alla tua tomba vuota?"

"Sì. Credo di sì. Ma io al cimitero non ci sono mai andato."

"Come è morta?"

Scuote la testa.

"Le hanno sparato."

Ho finito le sigarette. Senza una parola lui mi porge quella che ha appena preparato.

Ha le unghie quadrate, le dita macchiate di giallo.

Si schiarisce la voce. Tossisce, mi cade addosso una improvvisa tristezza. Mi ricorda l'ultimo litigio con Marta: quando finiscono le schermaglie, e rimangono soltanto le frasi che non hai voglia di ascoltare.

Eppure non puoi fare a meno di ascoltare.

"Raccontami."

Mio padre va verso il trolley appoggiato contro il muro. Lo apre sul pavimento e tira fuori due bottiglie di vino.

"Ho dovuto imbarcarlo per portartele. Sono pazzi questi che fanno i controlli negli aeroporti. Ma chi farebbe mai un attentato con delle bottiglie di Bordeaux?"

Il trolley svela, sotto le bottiglie, uno spesso raccoglitore in cartone verde scuro.

"Quello cos'è?"

"Lo vedrai."

Vado a prendere il cavatappi. Fuori dalla finestra la città si è svuotata. Dev'essere già molto tardi.

"Cosa sai degli anni di Parigi?"

"Poco, Michele. So che c'entra Hyperion, poi basta. Non so altro."

"Ti prego, non chiamarmi Michele."

"E come dovrei chiamarti?"

"Non chiamarmi, facciamo prima."

"Allora?"

"Allora ci sono parecchie cose che non sai. Ma sei in buona compagnia. Ora che Christian è morto sono rimasto il solo a saperla, quella storia lì."

Aggrotto le sopracciglia.

"Christian? Christian Dupont?"

Michele annuisce.

Mi guarda, si alza in piedi e sembra indeciso.

"Che storia è?", chiedo.
Abbiamo freddo tutti e due.
"La storia dei tuoi genitori. La storia di come ti hanno messo al mondo e poi sono morti. Non l'ha mai sentita nessuno."
"E adesso ti è venuta voglia di raccontarla?"
Lui piega la testa di lato. Tempo teatrale.
"Si preferisce parlar male di se stessi piuttosto che non parlarne affatto", dice. "La Rochefoucauld", aggiunge.
"È il tuo modo di farti perdonare?"
"Non ho nulla da farmi perdonare."
Michele fuma un'altra sigaretta.
Beve direttamente dalla bottiglia. Io rifiuto il vino quando me lo passa.
"Ne sei davvero convinto?"
Difficile descrivere lo sguardo e la postura, descrivere l'angolo della bocca arricciato in una espressione offesa.
Quelli che ho di fronte sono gli occhi di un assassino.
Piatti, senza complessità. Uno sguardo paratattico. Che asserisce senza alludere.
"Solo la morte di Alice mi devo far perdonare. Ma quello non succederà mai", dice a bassa voce.
"Quanta gente hai ammazzato?"
Scuote la testa.
"Non mi rompere i coglioni, Tommaso. Non ho l'età."
Non gli rispondo.
"Tu non vuoi un padre, e io non voglio un figlio. Quindi mi pare che siamo d'accordo."
Rimango immobile. Ha ragione.
"Tutto quello che posso darti è una storia. Una storia vera, bella o brutta che sia. La mia. Magari ti aiuterà a cam-

pare, magari no, se proprio lo vuoi sapere non me ne frega nemmeno tanto."

"Finisce tutto il 9 maggio del 1978, quando ammazzano Moro.

Guarda, forse questo non lo dicono i libri di storia, ma quelli tra noi che non si erano fritti il cervello lo hanno capito subito, che era una cazzata.

Una cazzata. In più, difficile da credere."

"Da credere cosa?"

"Che fossero state le Br. Oggi lo sanno tutti. La geometrica potenza delle Brigate rosse. Che stronzata. Ma figurati. Non c'avevamo nessuna geometrica potenza, eravamo quattro gatti armati male e organizzati peggio. Figurati se Moretti poteva fare una cosa così da solo. A Roma. Lasciare il cadavere in pieno centro..."

"Chi è stato?"

Lui sorride.

"Che è? Un'intervista? Queste cose anche se le so non te le dico. È di noi che ti devo raccontare."

Alzo le spalle: fa' come ti pare.

"Cerco di parlare con i compagni a Roma, ma sono spariti, e lo posso capire. Lì a Parigi sembravano tutti impazziti. Chi esultava, chi si infuriava.

Sospettavamo tutti di tutti. Ci guardavamo come delle spie. Chiunque poteva essere un infiltrato, un agente, un venduto.

Io poi in quei mesi mi ero stancato. Sentivo che la storia ci era passata accanto e ci aveva superato.

In più, tua madre era incinta. Appena lo ha scoperto è cambiata. Da un giorno all'altro. Non lo voleva ammettere perché si vergognava, ma io me ne accorgevo.

Improvvisamente aveva paura di tutto.

Per fartela breve, nella seconda metà del 1978 ci defiliamo."

Mio padre racconta. Seduto, le mani poggiate con i palmi sulle cosce, come fosse di fronte a un obiettivo per scattare una fototessera.

Racconta che non si riesce a smettere di fare il terrorista.

Non puoi uscirne così, non te lo lasciano fare.

E poi ti manca l'adrenalina.

Chiedo cosa facevano.

Rapine per finanziare la causa, gestivano la fuga di compagni che dovevano uscire dall'Italia.

Poi c'era il lavoro teorico.

Hanno scritto decine di documenti, rivendicazioni, comunicati.

Dopo la mia nascita la loro vita diventa quasi normale.

Alice insegna l'italiano, Michele lavora nella scuola.

Non hanno una lira, allora Michele decide di vendere la casa di Milano.

Lo fa, attraverso lo studio Bompart di boulevard Raspail, il 1 ottobre 1979.

Io ho dieci mesi.

"Il 4 aprile 1981 arrestano Mario Moretti. Quello è un altro punto di svolta. Hyperion era legata direttamente a Moretti, attraverso Simioni. A quel punto io immagino che il nostro ruolo sia finito, ma mi sbaglio. Perché ormai dentro la scuola ci sono interessi più alti... non so se mi capisci..."

"No."

Michele si alza e prende dal trolley il raccoglitore verde scuro. Odora di muffa.

"Esistono due copie di questi documenti, l'altra è in una cassetta di sicurezza. Questo è stato per tanti anni nel doppio fondo di una botte di vino."

"Cosa sono?"

"Sono documenti secretati... Inizia tutto nel 1981, dopo l'arresto di Moretti. Alice vuole regalarti un gatto. Lo dice sempre. Dice che ogni bambino dovrebbe avere un gatto. Così io una mattina decido di farvi una sorpresa, e me ne vado su quel pezzo di Lungosènna con i negozi di animali... è quel tratto all'altezza di Notre-Dame. Tu sei un bambino molto serio, silenzioso. Alice ha deciso che un gatto ti farà bene. Così entro in quel negozio. Ci sono tutti questi gatti che mi ronzano attorno, li tengono liberi per il negozio..."

***

Meglio quello bianco e nero, che sembra un cucciolo di pantera.

Michele lo prende in braccio, e il gatto cerca di saltare giù e scappare.

"Mi è simpatico", dice alla commessa.

"Monsieur Michele, il mio giovane ex pigionante..."

Michele si volta: di fronte a lui c'è il professor Christian Dupont con un pappagallo su una spalla.

Non si incontrano da qualche mese, si sono sempre visti in modo sporadico, ma Michele lo considera uno dei pochi amici che ha a Parigi.

Christian Dupont sposta delicatamente il pappagallo su una mano.

"Una ragazza portoghese molto cattiva mi ha fatto innamorare di questi animaletti. Si sono rivelati più fedeli di lei. Tu invece, a quanto vedo, ti dedichi a un amabile esemplare di *Felis Catus*, che però non sembra entusiasta di vivere con te..."

Il gatto, approfittando della distrazione di Michele, si è lanciato verso il pavimento e si è nascosto sotto la cassa.

"Professore!"

"Abbandona i tuoi propositi animaleschi e accompagnami a bere qualcosa, fino a quando il cielo di questa città ci benedice con un raggio di sole..."

In un café della riva destra, a pochi metri dalla Senna, Christian ascolta Michele parlare di politica.

Ha quel modo di stare a sentire, serrando leggermente gli occhi, tamburellando con il cucchiaino da caffè sul tavolo. Fa domande dirette, che spingono Michele a raccontare sempre qualcosa in più del necessario.

Michele è deluso. Parla di movimenti, di giustizia sociale, delle lotte studentesche. Non rivela mai la vera natura del suo operato.

Christian lo sa, e gioca con lui come gioca con il pappagallo.

"Come si chiama?", chiede Michele indicandolo.

"Cravos. In portoghese vuol dire garofani. Come la Rivoluzione dei garofani..."

"Immagino c'entri sempre quella ragazza..."

"Ottima deduzione. Ma parlavamo di te. Di questa improvvisa stanchezza che mostri..."

Michele si tormenta le mani.

"Stiamo entrando in un tempo nuovo. Peggiore. Non pare anche a te?"

Il professore si soffia il naso, gli chiede se non abbia sbagliato a credere che ne valesse la pena.
"Di fare cosa?"
"Lo sai bene, caro italiano."
"Vale sempre la pena di fare le cose in cui si crede."
Dupont sorride: "Ammiro le tue certezze. Vorrei poterti parlare in privato. Puoi passare domani a casa mia, dopo le 18?"
"Perché?"
"Vieni e basta. L'indirizzo lo conosci."

Michele aspetta Dupont per un quarto d'ora nella penombra della biblioteca. Passa il tempo leggendo il dorsetto dei libri: sono alcune migliaia, ordinati per epoche e nome dell'autore lungo sei piani di mensole in mogano che arrivano fino agli altissimi soffitti della casa. Michele sta sfogliando una vecchia edizione degli *Annales* di Tacito quando Christian apre la porta.
Lo direbbe corrucciato. Rimane a distanza, si chiude lentamente la porta alle spalle. Segue un silenzio chiaramente innaturale che Michele riempie prendendo posto in una vecchia poltrona di cuoio con finimenti in legno chiaro.
Il professore appoggia la schiena contro la finestra.
"Mio caro ragazzo, sono anni che ti seguiamo. Per la precisione io mi sono limitato a qualche appunto, ma c'è chi si occupa di te in modo più pressante."
Michele batte nervosamente il piede nell'aria: tiene un tempo immaginario. Quella frase è un presagio sinistro.
"Chi? Cosa intendi?"
Dupont si prende tutto il tempo necessario per godersi la scena.

"DST. Direction de la Surveillance du territoire. Servizi segreti."

Michele si alza in piedi, d'istinto arretra verso il muro, ma la risata piena di Christian lo paralizza.

"Non fare quella faccia, non ti sto arrestando."

"Perché?"

"Perché è sempre la domanda più stupida. Come sai benissimo, esistono decine di perché per ogni cosa. In ogni caso, lavoro per il DST saltuariamente. Scrivo qualche informativa, del resto la mia è una posizione privilegiata. Il grande professore, punto di riferimento dell'estrema sinistra francese... buffo, non credi?"

Emette una risata appena percettibile, come se non fosse riuscito a trattenere il divertimento.

"Sei un infame."

Il professor Dupont non si scompone. Si volta, ripiega un giornale poggiato sul bracciolo di una poltrona e lo sposta sul tavolino.

"Che esagerazione. Se lo vuoi sapere, a decidere da che parte dovevo stare è stato il destino. Ammesso che il destino preveda l'arte sottile del ricatto. Qualche anno fa ebbi una relazione con una mia studentessa. Bellissima ragazza, nulla da dire. Il problema fu quando mi presentò sua sorella, e io non seppi resistere, nonostante fosse ampiamente minorenne.

La faccenda rischiava di venire fuori, e fu così che un omino con gli occhiali, quanto di più diverso tu possa immaginare da una spia, sembrava un topolino, mi propose un patto. Dovevo solo tenere d'occhio qualche mio studente troppo preso dal fascino della rivoluzione, e in cambio dei miei servigi la mia vita privata sarebbe rimasta privata. Vuoi dell'acqua?"

"Voglio andarmene."

"Prima dovresti scoprire cosa ho da proporti. Non perdere mai l'occasione di sapere qualcosa. In fondo cosa hai da perdere? Se rifiuti, mi avrai comunque scoperto senza pagare nessun prezzo."

"Io non voglio sapere nulla."

Christian si avvicina alla porta e la chiude a chiave.

"Sinceramente Michele, non credo tu abbia molta scelta. Sei un criminale comune, con l'aggravante di uno scarso senso della storia. Sai bene quanto me che il vostro tempo è passato. Ora hai un figlio, una donna, e tanta voglia di smetterla di rischiare la pelle."

Michele protesta debolmente.

"Ma né il governo francese né quello italiano te lo lasceranno fare senza presentarti il conto. Quindi..."

"Quindi?"

"Quindi tu fai qualcosa per loro, bada bene che non dico noi, non tengo in gran conto le appartenenze, e loro si dimenticheranno di te. E di tua moglie e di tuo figlio."

"Questo è un incubo. Non sei tu che stai parlando in questo modo..."

Christian si gode lo sconcerto dell'italiano con evidente allegria.

"Pensaci, *mon ami*. Parlane con la creatura dei boschi. Non c'è fretta."

La creatura dei boschi è Alice. In quel momento sta insegnando l'italiano nelle aule di Hyperion. Probabilmente parla appoggiata alla cattedra, perché da lì riesce a vedere Tommaso oltre la porta aperta dell'aula che dorme tra le braccia di una segretaria.

È Alice a decidere.

Camminano per i vialetti alberati di Bois de Boulogne.

Tira vento, Tommaso sgambetta pochi metri avanti a loro. Alice ha ascoltato in silenzio il racconto di Michele. È rimasta meno sorpresa di lui, come se avesse intuito fin dalla loro prima conversazione con Christian qualcosa di doppio in lui, qualcosa di liquido come il tradimento.

Alice si ferma al centro della strada prima di prendere la mano di Michele.

"Lo faremo. Ma solo il tempo necessario per andarcene via."

Michele sente una voragine nello stomaco, che si è aperta quando era a casa di Christian e non lo lascia dormire, mangiare, pensare.

Era questa la fine della corsa. Sandro Ganci li aveva mandati senza saperlo nella bocca del lupo. Fin dall'inizio. Quella fuga si rivelava adesso una corsa sul posto, un movimento circolare e degenerativo. Michele ricorda sé stesso ragazzino, una sera a Chiavari che tirava lo stesso vento che tira oggi, e cerca di capire la traiettoria, il viaggio lungo che collega tutte le strade fino a qui. Ricorda le curve e gli sbandamenti. Le infatuazioni, le lotte, quella voglia di gridare che tanti anni fa lo prendeva di fronte alle ingiustizie, e che adesso è diventato una specie di groppo nella gola.

Non sta scegliendo, perché il tradimento non è neanche concepibile. Ma non ha la forza di opporsi. Si sente trasportato, pensa che magari può mentire, fare il triplo gioco, vincere un'altra volta.

Che poi è stato sempre quello il problema. Vincere.

Alice parla di Tommaso, delle responsabilità, della conquista di un futuro. Alice lo dice ora, per la prima volta. I nostri errori.

“Non erano errori. Abbiamo lottato. Forse perso, ma ha mai contato questo?”

Lei scuote la testa. Non vuole farsi trascinare su quel terreno, non vuole sembrare amara. Allora corre dietro a suo figlio, lo chiama pinguino per quel modo basculante di camminare, lo solleva da terra e poi lo porta a giocare con un cucciolo di cane. Si rotolano tutti e tre sull’erba, madre, figlio e cane, e mentre rotola Alice lancia uno sguardo di preghiera a Michele.

Lo prega perché non distrugga tutto. Lo prega perché smetta di serrare la mascella in quel modo. Lo prega di ammettere che le cose possono finire, ma che a volte possono anche finire bene.

Quella notte litigano. Lo ha cercato in tutti i modi, Michele. Aveva bisogno di alzare la voce, voleva un pubblico per il suo turbamento.

In Italia il nuovo capo delle Br, Giovanni Senzani, ha rapito Roberto Peci. Roberto è un compagno, come suo fratello Patrizio, che però è stato arrestato e si è pentito.

Alice ripete: ci stiamo sparando addosso tra di noi. Scuote la testa. Gli dice: tu non sei come loro. Loro sono diventati brutti.

Michele la interrompe, alza la voce: “Da quando pensi queste cose? Da quando c’è Tommaso? Sei debole, stupida. Non ti riconosco”.

La sua voce si rompe in mille schegge, il fiato non torna, Michele è intrappolato. Alice si alza. Con lentezza mette su un pentolino pieno d’acqua. Prende da una piccola scatola rossa una bustina di tè.

Quando si volta ha gli occhi tristi, crudeli.

“Mi tratti come una scema perché amo mio figlio, ma io non sono una scema, Michele. Farò quello che va fatto.

Perché è sempre stato così. Arresteranno qualcuno per colpa nostra? Ti importa davvero? No, non te ne frega un cazzo. Tu hai solo paura di fare qualcosa di poco nobile."

"Che vuol dire?"

"Hai sempre voluto che gli altri ti credessero migliore di quello che eri. Volevi che pensassero che eri un martire, un poeta, un avventuriero. A seconda dei casi."

Michele le si avvicina e le blocca un polso. Potrebbe spezzarlo. La schiaccia contro i fornelli, rovesciando il pentolino d'acqua bollente.

L'acqua si allarga sul piano della cucina, lambisce i fianchi di Alice, gocciola verso terra. Michele sente il calore salire, lei non si muove.

Gli occhi di Alice lo attraversano quando i loro visi si trovano a pochi centimetri. Ha le labbra tese, le spalle appena incassate.

"Tu non hai capito...", ma la frase finisce così.

Ha ragione Christian. Sembra un animale boschivo. Potrebbe saltare via sulla fronda di un albero o tra un masso e l'altro, bordeggiare un crepaccio con la leggerezza di chi conosce il pericolo per istinto, ma non ha paura.

"Michele, amore mio", dice. Come se recitasse un nome e un titolo di studio.

Rimangono fermi. Una natura morta con acqua che gocciola. Un bambino in pigiama che dorme nella stanza accanto, con la porta aperta. L'alba che colora appena il cielo.

Victor è alto un metro e settanta, ha una testina piccola con pochi capelli e i modi servizievoli di chi non vuole raccontare nulla della sua vera natura. Non ha un cognome, e anche il nome potrebbe non essere vero.

Michele e Alice lo incontrano, alla presenza di Christian, in una villa fuori città.

Sarà il loro angelo custode durante l'intera operazione.

"Dovete semplicemente continuare a fare quello che facevate prima. E raccontarmelo. Voglio nomi, descrizioni fisiche, targhe delle macchine, indirizzi, gusti sessuali di tutti quelli che incontrate."

Michele si tormenta l'accenno di barba che gli copre le guance. La sua magrezza in quei giorni ha recuperato la stessa forma ascetica della gioventù.

"Per chi lavorate?", chiede.

"Per la Francia."

"E poi? Vendete informazioni? Agli americani, agli italiani, a chi?"

Victor compone sul viso un sorriso tirato.

"Le domande le potrai fare più avanti."

Michele sembra in cerca di aria. Si siede, si alza, si siede di nuovo.

"Cosa state cercando?"

Ma questa volta Victor nemmeno gli risponde.

"Noi non abbiamo più i contatti di prima. Sono mesi che non facciamo più nulla..."

"Ricomincerete."

***

La voce di Michele adesso si abbassa, incespica in una improvvisa malinconia.

Guarda verso il minuscolo terrazzino ingombro di oggetti, illuminato da una lampadina appesa a un filo. Indica il vecchio mobile di plastica scolorita, la scopa e lo straccio buttati lì accanto.

Dice: "Sai qual è la cosa che mi mette più tristezza? Gli oggetti che invecchiano. Non le persone. Gli oggetti che scolorano, impallidiscono lasciati al sole per anni. Quelle giostre per i bambini che erano rosse e sono diventate rosa. Mi mettono il magone. Beh. Pensare a tua madre è diventato così. È strano. Le cose passano due volte, prima quando finiscono, e poi quando i ricordi si usurano..."

Mi fissa ma è come se non mi vedesse.

"L'altro giorno mi sono ricordato una cosa. Doveva essere il mio compleanno perché c'era una torta, era una casa piena di finestre e voi stavate litigando."

Di colpo mi mette a fuoco.

"Sì. È stato un giorno importante quello. Erano quasi due anni che lavoravamo per la DTS."

"Era il mio compleanno."

"Sì. Compivi quattro anni, credo."

"Il 2 gennaio 1983."

"Esatto. C'era Marie, una ragazza che lavorava a Hyperion e che ti faceva da baby-sitter qualche volta, e c'era Christian..."

***

La casa ha tante finestre. In inverno entra una luce color latte.

Fuori dai vetri è una domenica lenta, fredda. Per strada camminano poche persone che si trascinano davanti ai negozi chiusi del centro, ancora addormentate dopo le feste per l'ultimo dell'anno.

Tommaso ha un pigiama rosso con un topo disegnato.

Christian suona il campanello quando la torta è già fuori dal frigo, porge un mazzo di fiori ad Alice.

Si avvicina al bambino, e gli fa il solletico sotto le ascelle. È il loro gioco, tanto che Tommaso si contorce come se avesse le convulsioni appena lo vede entrare nella stanza.

È un anno e mezzo ormai che Michele e Alice lavorano con lui.

Christian porta spesso a cena da loro le sue conquiste femminili, che attira nella rete parlando di canoni rinascimentali e zuppe di ramen giapponesi.

Loro, Michele e Alice, sono la parte della sua vita che non finisce sui celebri diari. La parte oscura, quella che lui chiama, non senza una divertita pomposità, "le segrete stanze della mia anima di patriota e puttaniere".

Questa volta è da solo.

Alice lo bracca immediatamente: "Allora? Notizie da Victor?".

Christian annuisce, lascia capire che notizie ne ha avute.

"Credo che non vi piaceranno. Quindi vi prego di servirvi da bere e mettervi comodi."

"Cazzo... Che vuol dire? I patti...", sibila Alice.

"Tu fai patti con il diavolo, cara."

Michele torna dal salotto con una bottiglia di pastis, e una d'acqua.

"Victor è molto contento del vostro lavoro, e ha riflettuto sulla proposta che prevede la fine immediata della vostra attività. Era anche propenso ad accettare, ma poi sono sopraggiunti fatti nuovi."

Christian si versa da bere. Sospende il bicchiere in aria per guardare meglio il liquido che cambia colore, diventando lattiginoso, al contatto con l'acqua.

"È sempre impressionante guardare la natura di una sostanza che si modifica in modo così evidente. Bevo il pastis solo per godermi questa trasformazione da una cristallina chiarezza al torbido. Mi rappresenta, non credete?", e ride, mentre Michele lo fulmina con lo sguardo.

Il rapporto tra i due è cambiato nel corso del tempo, e ora Michele non può fare a meno di provare una ammirazione che confina con la soggezione di fronte a quello che considera il più perfetto figlio di puttana che abbia mai incontrato.

"Ma torniamo a noi. Vi dice qualcosa il nome di Ilich Ramírez Sánchez?"

Ilich Ramírez Sánchez, Carlos per gli amici, Lo sciacallo per quelli che non lo amano, è il più famoso terrorista del mondo.

Al soldo dei palestinesi, dei sovietici, e secondo molti, di chiunque lo paghi.

Solo a sentire quel nome Michele si poggia con la schiena alla parete.

"Ora, sembra che il compagno Carlos sia da queste parti, e abbia intenzioni poco gentili verso il paese che ha accolto voi e visto invecchiare me. Signori, Victor è convinto che voi potreste piacere molto all'amico Carlos, e quindi..."

Alice esce sbattendo la porta.

In salotto Tommaso comincia a piangere.

"È una follia..."

"Una follia ben pagata. Se porterete a termine questa azione la Francia vi sarà riconoscente."

"Cosa vuol dire riconoscente?"

"Vuol dire una nuova identità. Ovunque al di qua della cortina di ferro. Tanti soldi, fedina penale immacolata."

"E cosa dobbiamo fare?"

"Portarcelo. Ma non sarà facile, ci vorrà tempo. Dicono sia furbo, paranoico, e molto attento alle persone con cui lavora. Voi avete delle ottime credenziali, ma vi dovrete muovere con cautela."

"Hanno un aggancio? Qualcosa da cui cominciare?"

"Se lo avessero, mio caro amico, non si sarebbero rivolti a voi..."

Michele si affaccia sulla soglia del salotto. Tommaso è con Marie, aspetta sua madre per spegnere le candeline, ma Alice ha le lacrime agli occhi dalla rabbia, e non riesce a mascherare un nervosismo che il bambino sente vibrare nell'aria.

Ci sono con loro altre due coppie. Una ha un figlio di cinque anni, che Tommaso non sopporta. Alice pianta con malagrazia quattro candeline sulla torta, e il bambino smette di piangere.

Christian porge un foglio a Michele.

"È una copia del comunicato che Carlos ha mandato alla polizia francese. Immagino tu conosca le puntate precedenti, ma se vuoi te le riassumo.

Un anno fa, febbraio '82, la polizia francese ha arrestato Madgalena Kopp, la moglie di Carlos, e Bruno Bréguet, suo più stretto collaboratore.

Carlos ha mandato questo foglietto, annunciando la guerra.

La guerra l'ha fatta. Il 29 marzo mette una bomba sul treno Capitole, ad aprile un'autobomba a rue Marbeuf. Ma questo lo sai già. Lo scontro però si alzerà. Carlos è di nuovo qui a Parigi."

Quando rientrano in salotto, Tommaso sta soffiando sulle candeline. Poi batte le mani. Alice lo solleva e lo mette a sedere ai piedi di un piccolo abete. Ci sono tre pacchetti.

"Mia moglie ha deciso di darvi una piccola dimostrazione di vita borghese. Guardatela... sembra una casalinga americana negli anni Cinquanta..."

Il tono di Michele vuol essere giocoso, ma Alice lascia cadere per terra uno dei pacchetti. Tommaso scarta un camion rosso fuoco, un libro da colorare, un pigiama azzurro con una foca disegnata al posto del taschino.

Alice gli saltella attorno, ma con un fondo di angoscia negli occhi. Tommaso la sente. Ricomincia a piangere. Prima a singhiozzi leggeri, poi disperato. Tra gli adulti scende un velo di imbarazzo. Michele afferra il piccolo camion e lo mette sotto il naso del bambino, ma non riesce a mascherare il fastidio, e Tommaso piange più forte. Alice lo prende in braccio e lo porta nell'altra stanza. Michele sorride a Christian, ma il sorriso si deforma in una torsione delle labbra.

***

Le pause tra una frase e l'altra durano un'eternità. Mio padre sembra stanco. Tiene una mano sul portadocumenti.

"Passa qualche mese. Carlos è la mia ossessione. È lì. È nell'aria. Qualcuno lo ha visto, qualcuno fa finta di sapere dov'è. Ma io devo trovare un modo perché sia lui a cercare noi. Carlos lo Sciacallo. Cristo. Per noi era la leggenda. Un bastardo con un istinto di sopravvivenza che fa paura. Dicono che quando ti guarda negli occhi ha già capito tutto di te. Dicono che se non si fida di te ti ammazza. Dicono che è paranoico, pazzo. Vuoi sapere la verità?"

Non rispondo.

"È tutto vero."

Deglutisco.

"Perché mi spedite a Roma?"

"A maggio trovo una pista. I francesi hanno arrestato Magdalena Kopp da più di un anno ormai. Ci sono stati altri arresti. La banda di Carlos è decimata, indebolita, non ha più la rete che aveva prima degli attentati del 1982. Io penso che chi lo protegge, probabilmente russi e palestinesi, si stia rompendo le palle di lui. Si è lanciato in una campagna di vendetta personale per far liberare Magda, e questo non lo hanno apprezzato. Insomma, ha bisogno di aiuto.

Un bel giorno, sarà stata primavera, un compagno di Hyperion mi dice che lo ha visto, e che sta cercando dell'esplosivo.

È la mia grande occasione per agganciarlo. Ci siamo."

***

Fa caldo. Quel giorno Parigi sembra una città tropicale. Michele ha chiesto di non essere pedinato. Patti chiari. Deve conquistarsi la fiducia di Carlos. Comunque le precauzioni sono inutili, visto che quando arriva al luogo dell'appuntamento viene caricato su una macchina e spostato in giro per la città per più di un'ora, accelerando e frenando, bruciando semafori, attraversando parcheggi sotterranei.

Sta seduto sul sedile posteriore in silenzio, la mascella serrata. Si esercita nel tentativo di mascherare segni di nervosismo. Respirare normalmente, deglutire con naturalezza, non cambiare posizione. Ogni volta che sente l'ansia montare, accende una sigaretta. Non è voglia di fumare. È una scusa per muovere gli arti superiori, la testa e la bocca senza tradire la tensione. L'uomo al volante, un arabo alto e magrissimo, lo lascia a Jourdain indicando un bistrot.

Michele si siede a un tavolino rotondo, ordina un'Orangina.

Il locale è deserto.

Dopo venti minuti lo avvicina un ragazzo con un forte accento tedesco. Gli mette davanti un catalogo di tappeti e moquette. Michele risponde a tono. Accetta di acquistare diversi metri di poliestere color panna, allora quello gli dice di seguirlo al negozio.

Camminano fino all'ingresso del metrò.

Entrano nel quarto vagone, Michele ha la sensazione che non sia una scelta casuale, scendono e risalgono per tre volte in tre diversi punti della rete: primo vagone, poi terzo e poi di nuovo quarto.

Il tedesco lo spia. Michele lo sa. Si sente osservato, analizzato.

Cambiano ancora e prendono la RER, la Rete Ferroviaria Regionale. Scendono a Nanterre, il tedesco spinge Michele in un bagno. Lo perquisisce, poi sparisce. Dieci minuti dopo arriva un francese, e lo accompagna senza dire una parola fino a un appartamento seminterrato vicino alla stazione.

Carlos è lì. Seduto su un divano che è metà dell'arredamento della casa. L'altra metà è un frigorifero da campeggio che ronza contro una parete spoglia.

Non si alza, non saluta. Scruta.

"Michele Musso. Si parla molto di te. E di tua moglie. Pare sia molto bella..."

Michele cerca di non rimanere pietrificato. Carlos sembra sapere tutto di loro.

***

Mio padre apre la cartellina che tiene sul tavolo. Tira fuori un foglio. Me lo porge.

Protocollo 24/A
Da M. a Fonte sicura 124
Numero 34/1983

Ilich Ramírez Sánchez, per tutti Carlos, è basso e rotondetto, ha le mani da contadino e un taglio di capelli da impiegato. Quando te lo trovi davanti ti ripeti che è solo un uomo. Ma non è solo un uomo. Carlos quando si toglie i famosi occhiali fumé e ti guarda sembra un cinghiale, ti senti solo in una foresta, con le spalle contro un albero e il buio attorno.

Carlos fissa sempre le persone negli occhi. Parla con frasi brevi.

Si prende delle pause, dei lunghi silenzi.

Vuole sapere se so sparare, vuole sapere se so lanciare una granata, e come guido la macchina.

"Quando si lavora per me, si lavora per me tutto il giorno. Anche quando sei da solo, sei in servizio. Entra solo in bar che hanno due uscite. Entra da quella principale, esci dal retro. Usa il metrò facendo almeno tre cambi. Imparare a memoria la rete dei mezzi pubblici è la prima cosa che devi fare in ogni città dove vai. Guardati sempre le spalle. C'è sempre qualcuno che ti cerca, se nessuno ti cerca vuol dire che non conti un cazzo, che non fai paura. Se non fai paura sei una nullità. Se sei una nullità non lavori per me."

Ha detto queste cose nel corso di un'ora.

Alcune sono molto banali, e lui le ripete come fossero formule.

Il dialogo si svolge in un appartamento vuoto: tre o quattro stanze grandi, una nell'altra. I suoni si diffondono e rimbombano.

Carlos mi mostra una foto di Magdalena Kopp. È bella. Ha degli occhi profondi, e un bel viso. Ho la sensazione che lei sia come un guardiano. Delle loro attività, ma non solo: di Carlos, della sua anima. Ora che lei è in galera lui sembra una bestia inferocita.

"Tutti i compagni hanno garantito su di te. E poi mi piacciono gli italiani. I francesi mi stanno sulle palle."

Tira fuori una sigaretta e me la porge.

Si gode la sua fama. Sa di essere una leggenda, ripete spesso che è "il terrorista più ricercato del mondo". Ti mette alla prova fissandoti in silenzio per vedere quanto sei impressionato da lui. Non credo che gli interessi davvero la politica. Ha molti soldi. Gli interessa avere molti soldi.

Credo di essergli piaciuto.

"Christian mi disse che ero troppo letterario", dice mio padre mettendosi a ridere.

***

Mentre torna a casa, Michele è agitato. Quell'incontro gli ha lasciato una elettricità addosso.

Apre la porta. Alice fissa il vuoto, ha in braccio Tommaso, gli passa una mano sui capelli. Avanti e indietro. Come un'automa.

Stanno seduti su una panchetta di legno che ricorda un arredo da chiesa.

"Alice."

Lei non si scuote.

"Alice."

Tommaso cerca di liberarsi per andare a salutare suo padre, ma lei lo blocca.

"Credevo che non saresti tornato", dice alla fine di un lungo silenzio.

"Perché non sarei dovuto tornare?"

"Lo penso sempre, che non tornerai."

"La prossima volta verrai con me. Carlos non vede l'ora di conoscerti..."

Michele avanza, tende una mano al bambino.

Alice risponde seria: "Non posso lasciare Tommaso solo".

I capelli di Alice scendono dritti lungo le spalle. Sembra una rappresentazione della madonna, ma di una madonna del lamento, senza speranza.

"Non posso, Michele. E se ci succede qualcosa?"

Michele ha un moto di fastidio. Lo irrita la fragilità. Soprattutto la sua. Diventa aggressivo.

Si chiude in camera, quando torna in salotto ha preso la decisione.

"Lo porto a Roma, da Diana. Quando questa storia finisce, lo andiamo a riprendere."

Alice ha aperto il frigo. Prende un limone, lo spreme in mezzo bicchiere d'acqua.

"No."

"Farai quello che ti dico. Lo sai benissimo."

È vero. Alice lo sa benissimo. È stufa di combattere, di fare muro. Si lascia andare, per la prima volta dopo tanto tempo riconosce all'uomo che ha accanto il potere di decidere cosa è meglio per tutti e tre.

La stanchezza, improvvisa, febbrile, le cade addosso

tutta insieme. È il sonno di chi da mesi dorme notti costellate di incubi, un sonno lieve come una tela che si strappa di continuo.

Porta Tommaso nel lettone, e insieme dormono fino al mattino successivo, per tredici ore.

Michele è seduto su una poltroncina color carne. Lui e Christian sono da Victor, in una casa sicura a rue de Rivoli, al terzo piano di un bel palazzo grigio abitato dalla buona borghesia parigina. Parlano dell'incontro con Carlos. Studiano un piano per fare in modo che il terrorista non riceva l'esplosivo che Michele gli ha promesso.

"Abbiamo deciso di portare nostro figlio a Roma, dalla sorella di mia moglie", dice Michele all'improvviso.

Christian gli poggia una mano sulla spalla, Victor si volta verso la finestra aperta e riflette.

Prova a negargli il permesso: troppo pericoloso.

Michele si alza e cammina verso l'agente dei servizi. L'andatura è rilassata, distratta. Quando arriva a un passo da Victor, allunga il braccio destro e lo afferra alla gola. Lo spinge verso il vuoto, sposta il peso del corpo su di lui. Christian muove solo un muscolo della faccia. Solleva le sopracciglia.

Michele spinge Victor contro la balaustra di ferro smaltato, preme.

L'uomo tossisce, sente il vuoto sotto di sé. I fianchi premono sul metallo, la testa è perfettamente visibile dalla strada.

"Cerchiamo di capirci, Victor, o come cazzo ti chiami. Io ti sto dando una mano, e posso smettere quando voglio. Se continui a usarmi come un soldatino io ti faccio saltare la testa."

Victor si contrae. Cerca di divincolarsi.

"Dimmi che hai capito."

Ancora un colpo di tosse.

"Dimmi che hai capito."

Victor annuisce.

"Bravo. Ora parliamo da buoni amici."

Il 13 giugno Alice porta Tommaso a vedere il fiume dall'Île de la Cité. Madre e figlio stanno sdraiati sul selciato a guardare le luci, la corrente, Parigi che passa vista dall'acqua.

Notre-Dame e il Pont Neuf dietro di loro, il Pont des Arts davanti, e sullo sfondo la sagoma filiforme e altera della Tour Eiffel.

Michele fuma camminando alle loro spalle. Alice vuole stare da sola con Tommaso, ma lui è andato lo stesso. Victor gli ha chiesto se poteva credere che sarebbe mai tornato da Roma.

È stato Christian a rispondere: "Se c'è Alice qui, tornerà".

Quando si volta verso il Pont des Arts, Michele vede un uomo che li osserva fingendo di fare fotografie. Lo riconosce. È il tedesco che vendeva tappeti come copertura. Si guardano a distanza. Sorridono: il tedesco ha preso in simpatia quella madre che gioca con suo figlio sul bordo del fiume.

Michele adesso sa che Carlos lo sta facendo controllare prima di contattarlo di nuovo.

"Quando torni ti porto a vivere sul fiume, Balù. In una città con un fiume più grande di questo. In quale città ti piacerebbe vivere Balù?"

"Marte."

"E allora troveremo un fiume su Marte."

Tommaso annuisce, Alice tira su col naso.

Il tedesco si allontana.

La sera del 15 giugno Michele e Tommaso salgono su un treno per Roma. Nella stazione affollata il padre trascina il figlio che trascina uno zainetto. Chissà se qualcuno nota la smorfia di tensione che ha sul viso.

I mesi successivi. Calma apparente. Alice rifiorisce di giorno in giorno. Riprende colore, mangia. Lei e Michele fanno l'amore in continuazione, certe volte con una violenza, una fame sconosciuta. Come fosse un esorcismo contro la paura, o un presentimento.

Aiutano tre brigatisti a scappare dall'Italia. Vanno a prenderli al confine con l'Italia. Portano loro documenti falsi e tinture per capelli, vestiti nuovi. In ogni posto dove arrivano, Alice compra una cartolina e la spedisce, senza testo, a Roma.

È il suo modo di stare vicina a Tommaso.

All'inizio di settembre Victor li convoca. Consegna loro i certificati di morte di Michele Musso e Alice Rosato, passaporti e patenti di guida a nome Bernard Vivant e Suzanne Corsini.

I nomi se li sono scelti da soli.

Lui giocando sul filo della parodia (Vivant), e lei (Suzanne) congiungendosi finalmente a quella canzone che amava tanto da bambina.

Non sono passaporti rubati: sono passaporti freschi di stampa.

Michele e Alice continueranno a chiamarsi con i loro nomi, per ora.

I certificati di morte saranno spediti a Roma, e usati da Diana soltanto in caso di disgrazia.

Suzanne e Bernard resteranno in un cassetto fino al

giorno della fine della operazione, poi prenderanno vita e scapperanno chissà dove.

È ottobre quando Carlos arriva a casa loro senza farsi annunciare.

"Sono venuto a conoscere la ragazza", dice con un sorriso da seduttore.

Gira per il salotto, tocca ogni oggetto. Soppesa un fermacarte, solleva una scarpa, tasta un bicchiere sporco.

Piazza su Alice quegli occhi da lupo, e lei decide di mettersi in scena per lui.

Una geisha allegra, una vestale della rivoluzione.

"Io e Magda eravamo come voi. Uniti, per sempre. Non smetterò di punire i francesi fino a quando non accetteranno di trattare la sua liberazione", dice.

Per Michele è il momento di provare a carpire qualche informazione:

"Cosa farai?".

Ma capisce subito di avere messo un piede in fallo: Carlos posa rapidamente il libro che ha in mano e abbassa il tono della voce.

"Le cose le saprai al momento giusto."

Michele annuisce. Si domanda se chiedere scusa, non lo fa. Risulterebbe debole.

"Ho un lavoro per voi. Tenetevi liberi, sarà Hans a trovarvi e spiegarvi tutto."

"Hans, il venditore di tappeti."

Carlos fa sì con la testa.

L'ordine arriva a novembre.

Rapire un imprenditore. Rapirlo e consegnarlo ad Hans.

Michele e Alice accettano il lavoro, ben consapevoli che si tratta di una prova.

Il problema, semmai, è far digerire a Victor una cosa del genere.

Uno dei capi operativi del DST non può permettere che dei suoi agenti rapiscano qualcuno. Almeno così pensa Michele. Ma si sbaglia.

Lo incontrano sotto i portici di place Colette, alle tre del mattino. Ha scelto apposta un appuntamento che ricorda così chiaramente l'iconografia dell'agente segreto da film?

Questa è una guerra, e io sono un militare. Spiega.

"Avevo vent'anni quando ho fatto l'Algeria. Villa Susini, la camera delle torture. Qualche vittima sul terreno la considero un prezzo da pagare."

"È così che lavorate? Lasciando ammazzare cittadini francesi?"

"Per salvarne altri."

"Mi fai schifo."

Victor si passa una mano sulla guancia destra. Annuisce.

"Abbiamo delle notizie riservate. Carlos sta per fare qualcosa di grosso. Quindi portatemi quello stronzo in tempo. Fate quello che dovete fare, in fretta. Degli effetti collaterali mi occuperò io."

"Che facciamo se Carlos ci piomba di nuovo all'improvviso in casa?"

"Da domani avrete due agenti davanti a casa, e altri due davanti a Hyperion. Se decide di farsi vivo, lo prendiamo."

Camminano in silenzio. Nessuno ha voglia di aggiungere altro. L'operazione Carlos sembra instradata verso la fine. Per Michele e Alice è il confine della libertà. È l'orizzonte che smette di spostarsi e si lascia toccare.

Nei giorni che precedono il rapimento dell'industriale Pierre Lévy sembra che Michele e Alice abbiano ritrovato un senso a quello che stanno facendo. Come era tanti anni prima. Anche se è un senso opposto, un quadro rovesciato.

Ma sono di nuovo in pista. Pedinamenti, fotografie, studio del bersaglio. Ore di lavoro, giorno e notte.

Non è semplice: Lévy è un uomo importante, ne parlerà tutta la Francia. Michele ritrova l'adrenalina delle imprese impossibili. Fare quello che solo tu puoi fare, perché sei il migliore. Alice è leggera e concentrata. Brilla di nuovo nei suoi occhi la luce della brava terrorista, del soldato pronto a tutto per difendere la patria. La sua patria è stata la rivoluzione. Adesso la sua patria è il futuro, qualunque sia. Una vita che contenga un futuro.

Victor ha preso in considerazione l'ipotesi di arrestare Hans nel momento della consegna dell'ostaggio, ma la naturale conseguenza di una azione simile sarebbe la fuga di Carlos dalla Francia.

Così, quando Michele e Alice lasciano Lévy in un casolare di campagna trenta chilometri fuori città, ferito ma in buone condizioni, non succede nulla.

Hans esce mentre comincia a nevicare, prende l'ostaggio incappucciato senza una parola.

Per Michele e Alice comincia l'attesa. Adesso possono ritenersi parte della banda di Carlos. Lui si fiderà di loro, vorrà incontrarli di nuovo, e a quel punto lo faranno arrestare.

L'orizzonte è lì. Lo puoi toccare.

Quella sera festeggiano in un ristorante cinese vicino place d'Italie.

Si ubriacano di un distillato trasparente che sa di erbe aromatiche e tè.

Per strada Alice si aggrappa al braccio di Michele per ripararsi dal vento, e quando vede l'ingresso di una balera lo spinge dentro.

Una grande vetrata dà su un cortile interno scuro. La luce di otto lampade illumina la sala pavimentata in parquet. Una decina di coppie, quasi tutte sopra i cinquant'anni, ballano un valzer suonato dal vivo da un complesso di strumenti scordati. Ai lati della pista ci sono tavolini tondi e sedie di midollino abrase dall'uso.

Alice si appoggia alla parete di vetro. Non si toglie il cappotto nero, con le mani rosse di freddo si accende una sigaretta. Ha tutti gli occhi addosso. Gli uomini la guardano mentre volteggiano, e anzi Michele ha la sensazione che accelerino il ritmo del giro per tornare a guardarla prima possibile. Si morde un labbro, Alice. Poi tende la mano verso un omino con pochi capelli, seduto in un angolo con sua moglie.

Lo porta a ballare proprio mentre la piccola banda attacca un nuovo valzer.

Ancora una volta Michele cerca di riconoscere nella ragazza senza pensieri che si toglie le scarpe la giovane donna che poche ore prima colpiva con il calcio della pistola il cranio di Lévy, colpevole di parlare troppo.

Una leggerezza che confina con il bipolarismo. Un'armonia che rasenta l'assenza. Oppure chissà, solo una recita, questa o quella, la terrorista o la bambina. Mentre danza non allontana mai lo sguardo dal sorriso benevolo e distante di Michele, come fosse un faro privato che la illumina, come fosse, quella corrente che passa tra loro, un segreto ben custodito, invisibile agli altri.

Ballano fino a quando, mentre fuori rischiara, la balera chiude, restituendo alla città quello strano esercito di nottambuli vestiti a festa. L'avvocato con la moglie che si ribella alla monotonia del sabato sera, la casalinga che si fa portare fuori dall'amica del cuore, il portiere d'albergo che si concede una serata insieme all'amante. Visti in quella luce, all'alba, sembra che ognuno abbia una storia straordinaria da raccontare. E forse tornando verso casa qualcuno si chiederà qual era quella di quei due giovani, belli e un po' ubriachi. Nessuno si avvicinerà alla realtà.

Michele e Alice si fermano a bere un caffè. Alice chiede due croissants.

"Sono solo per me. Tu prendi quello che vuoi", dice mentre addenta il primo.

Michele ne ordina altri due. È felice. Per essere precisi, è Alice a essere felice. Ma è la felicità di lei che, possibile che se ne accorga soltanto adesso?, è sempre stata il barometro di tutti e due. Si sente ottimista e riposato. Sicuro che ce la faranno.

Riusciranno a non pagare per i loro errori, direbbe la voce altezzosa di Victor. Ma che importanza ha in quel momento?

Nessuna.

Michele se lo ripete a fior di labbra, e quando Alice si volta per chiedergli cosa abbia da parlare, lui le passa una mano tra i capelli.

Sembra l'inizio di tutto. Sembra un nuovo inizio e invece è la fine.

Pâté e formaggi, una bottiglia di vino. È il pomeriggio del 31 dicembre 1983, Michele e Alice stanno facendo la spesa per Capodanno al mercato di rue Montorgueil.

Carlos non si è ancora messo in contatto con loro, ma quel pomeriggio nemmeno ci pensano. Alice vuole imbucare una cartolina per Tommaso. L'hanno comprata quando hanno incontrato un compagno sudamericano nascosto in Alsazia.

Michele lascia che Alice scelga i formaggi, e si avvia verso il negozio di vino.

Arrivano per primi tra gli invitati a casa di Christian, perché lei ha promesso di aiutarlo nell'organizzazione della cena. Sua sorella riderebbe se la vedesse che fissa la credenza per scegliere quale servizio di piatti usare. Prende quelli bordati d'oro.

"Appartenevano a mia nonna. Una vecchia troia bretone, ma aveva buon gusto", spiega Christian entrando nella stanza.

Non ha il suo solito tono. Si muove con insicurezza tra il tavolo e la parete, inciampa in una sedia. Michele gli poggia una mano su una spalla.

"Sei sicuro che non hai bevuto?"

Christian compone sul viso un sorriso da bambino.

"Sarebbe troppo facile."

Alice poggia i piatti sul grande tavolo di mogano.

"Scelgo io la tovaglia?"

Ma Christian non la ascolta.

Si siede sul divano. Il salone è diviso in due ambienti da una porta di vetro smerigliato a doppia anta. La parte interna affaccia sulla cucina, ed è arredata con la credenza stile impero e il tavolo per cenare. Nell'altra, oltre la porta aperta, il divano occupa tutta la parete di sinistra, e le grandi vetrate sul fondo affacciano sulla cupola di Les Invalides.

Christian la guarda. Le finiture d'oro della struttura riflettono la luce dei lampioni.

"Comprai la casa per questa finestra. Credevo che guardare ogni mattina la tomba di Napoleone mi avrebbe aiutato a pensare la mortalità. Un grande uomo in pasto ai vermi sotto una cupola d'oro. Sapreste immaginare una cosa più triste?"

Alice lascia la tovaglia su una sedia, e con Michele si avvicina al divano. Christian ha gli occhi umidi.

"Non dormo più. Tutti questi anni, tutti questi pensieri, e poi lei mi uccide..."

Michele gli si siede accanto, Christian finalmente si volta.

"Paula. L'ho vista tre giorni fa. Compravo una libreria da mettere nella biblioteca, una bella libreria in legno. E lei era lì, e non era sola. Le camminava accanto una specie di scimmia con i capelli colorati di rosso..."

"Ancora Paula. Spero che tu non le abbia parlato."

"Ho fatto molto di più. L'ho seguita, ho scoperto dove abita con la scimmia. Poi ho fatto delle ricerche. Il primate fa il cantante. Veste giubbe di jeans e pantaloni aderenti."

"Come sta?", chiede Alice, ma è un modo per non mettersi a ridere.

"Paula? Per descriverla dovrei rubare il mestiere a Petrarca, se Petrarca avesse mai immaginato di poter descrivere un incontro in un grande magazzino. *Non era l'andar suo cosa mortale...* ", declama in un italiano da fumetto.

"Quanto la fai lunga. È passato un secolo..."

"Ieri l'altro sono andato di fronte al palazzo dove abita,

e quando il primate è uscito ho suonato il campanello. Mi sono avventato su di lei come un affamato. Urlavo. Ho cercato di baciarla. Lei ha perfino gridato per respingermi."

Michele immagina il professore, l'algido studioso che pochi giorni prima compariva sul giornale come il più serio candidato per l'ingresso nella Académie Française, che cerca di rubare la donna a un giovane cantante punk.

Suona il telefono. Christian interrompe il suo racconto per rispondere.

Ascolta, poi dice qualcosa a bassa voce. Pochi secondi. La fronte si riempie di minuscole pieghe. Un colpo di tosse. Scuote la testa.

Torna verso di loro e accende il televisore senza aggiungere una parola.

Sono immagini di fumo e spintoni, cordoni in plastica della polizia e grida di sottofondo.

Polvere, lamiere.

Una bomba è esplosa alle 19.45 a bordo del TGV Marsiglia-Parigi, poco prima di Lione, in località Tain-l'Hermitage.

"È stato Carlos. Credo che questo segni il fallimento della vostra missione", dice il professore, prima di chiudersi in biblioteca, al telefono con chissà chi.

***

Le tre del mattino. Seguo una crepa sul pavimento di piastrelle, è tanto tempo che non alzo più gli occhi. In certi momenti li tengo chiusi, stringo le palpebre, e una costellazione di puntini colorati sostituisce i visi tratteggiati dei miei genitori, di Christian Dupont (che immagino come

Donald Sutherland, anche se ho visto delle sue foto su internet e non ci assomiglia), di Paula.

"Siamo tutti convinti che Carlos sia fuggito dalla Francia dopo l'attentato, ma non abbiamo fatto i conti con la sua testardaggine. O forse è delirio di onnipotenza. Rivuole Magda. Non vuole andare via senza di lei, e allora rimane lì dov'è. Noi non siamo riusciti a conquistarci la sua fiducia prima della bomba, ed è anche normale. È un paranoico, probabilmente dell'attentato al TGV lo sapevano due o tre persone. Ma a gennaio ci richiama. Lo fa nel solito modo contorto. Non c'è più Hans, ma un ragazzo slavo alto due metri. Si chiama Dejan. Me lo trovo accanto in macelleria, e quando esco mi accorgo che mi sta seguendo. Mi volto di scatto, lo fronteggio.

Lui senza fare una piega mi passa accanto e mi infila un biglietto in tasca.

Dobbiamo ritirare delle armi al confine con l'Italia. Nulla di più semplice per noi. È una operazione ordinaria. Seguono altre istruzioni, sempre consegnate da Dejan, nei giorni seguenti."

Mio padre fa una lunga pausa, si passa una mano sul viso.

"Questa parte la sai già...", mi dice alla fine.

"Il dottor Pinto?"

"Sì, e il mio romanzo, che, a parte qualcosa, è fedele ai fatti. Comunque, prendiamo le armi, ci troviamo davanti un posto di blocco. Io non lo so, Tommaso... quelli avevano tanto l'aria di aspettare noi..."

"Victor?"

La mia frase cade nel silenzio.

"Mi becco una pallottola. Per un paio di giorni sono più morto che vivo. Ma il problema è nella testa. Io e Alice decidiamo di farla finita, costi quel che costi, con quella situazione. Quando torniamo a Parigi, siamo pronti a rischiare tutto. Facciamo quello che non avevamo mai osato fare. Decido di dare nell'occhio. Me ne frego di tutte le cautele, faccio il giro di tutti i compagni che conosco per sapere dove si trova Carlos. Ma nessuno lo sa. Aspetto che Dejan si materializzi dal nulla come usa fare lui, ma per un intero mese di Dejan non c'è traccia. Più passa il tempo, più vado nel panico. Poi, a metà marzo, Alice si trova di fronte Hans."

***

È seduto al tavolino di un café a pochi metri da lei, nascosto dietro una copia di *Le Figaro*.

Alice segue la prassi che ha imparato. Passa vicino al tedesco sfiorandogli una gamba, attraversa il café ed esce dalla seconda porta, quella che affaccia su una piccola strada del Marais. Ferma all'angolo, con la scusa di accendersi una sigaretta, aspetta che Hans si alzi e la superi, poi lo segue.

Quando si dedica la propria vita a una attività illegale come ha fatto Alice Rosato, le possibilità di fare una brutta fine sono abbastanza alte.

Eppure, anche in un caso come il suo, una serie di pianeti devono allinearsi, e un sortilegio maligno deve allungare un'ombra scura su avvenimenti apparentemente casuali.

Verrebbe da dire che non si muore mai per caso.

Si muore perché Hans è molto intelligente, e nota una stonatura nell'atteggiamento di Alice, troppo preoccupata di spiegare la sua innocenza. Si muore perché Hans evidentemente condivide con Carlos i suoi sospetti.

Si muore perché non si diventa il terrorista più ricercato al mondo senza essere persone minuziose, che controllano ogni traccia.

Quando Alice si allontana da Hans, felice perché Carlos vuole incontrarli, non sa che la macchina che la ucciderà è già in movimento.

***

A inizio aprile Alice e Michele vedono Victor nella casa sicura di rue de Rivoli.

"Ce l'abbiamo fatta. Carlos vuole sapere che fine hanno fatto le sue armi, e ci vuole incontrare. Vi faremo sapere presto data e ora", dice Michele.

"È l'ultima cosa che facciamo per voi, comunque vada. Qui cala il sipario."

L'appuntamento è breve. Victor non si leva mai dalla faccia un sorriso da vigliacco, un sorriso al quale Michele ripenserà tante volte negli anni successivi.

Li considera delle pedine sacrificabili, Michele lo sa.

Loro andranno da Carlos, porteranno la polizia francese fino a lui.

"Faremo in modo che voi andiate via, poi interverremo", spiega Victor.

Sanno tutti quanti che potrebbe non essere vero.

Ma che senso ha ormai chiedere la certezza di qualcosa? È l'ultimo muro da superare, dietro quel muro c'è una vita nuova.

Provano a pensarci quel pomeriggio, per farsi coraggio.

Andranno a prendere Tommaso, o forse no. Chiederanno un ultimo favore a Diana: portarlo fino a Londra.

È lì che andranno come prima tappa e poi chissà. È lì, in un pomeriggio assolato dentro Hyde Park, che si daranno appuntamento e forse riusciranno anche a parlarsi. Dopo tutto quel tempo.

Poi via, lontano.

Costarica, Brasile. Marocco, India.

I giorni passano e quelle fantasticherie prendono contorni reali. La scuola di Tommaso, un lavoro qualunque. Victor ha promesso di dare loro molti soldi. I soldi verranno messi su un conto segreto. Li troveranno a Londra. Compreranno un ristorante, anche se non sanno cucinare. Ma impareranno. Ecuador, Honduras, Mozambico.

Venderanno collane, costruiranno mobili.

Kenya. Nepal. Islanda.

Scaleranno montagne, impareranno ad andare in canoa.

Compreranno un camper. Dormiranno in camper.

Il tempo passa, Carlos sembra soltanto una formalità.

Dobbiamo soltanto dare le coordinate a Victor, si dicono. Si fanno coraggio.

Il tempo passa. Non succede nulla.

Giocano con i loro falsi passaporti. Bernard Vivant e Suzanne Corsini.

Lui nato in Provenza. Lei nata a Bastia.

Cosa sai del Messico, Bernard? È bello il Messico? Come si vive in Messico?

Ho visto una foto, del Messico.

Studieranno. Michele imparerà a scrivere in una lingua nuova, una terza lingua per una terza vita.

Incontrano Victor ancora una volta.

"Siete controllati ogni minuto. L'operazione è stata autorizzata dal ministro degli Interni in persona", dice.

Poi per la prima volta stringe la mano con calore a Michele:

"Sarete degli eroi. Ignoti, ma eroi. Buffo, no?".

È il tempo degli addii. Ogni giorno può essere quello buono, perché in ogni momento Carlos potrebbe chiamare.

Christian, dopo mesi passati aggirandosi per la casa come un malato, disperato per Paula, ha accettato la corte di una sua ex studentessa.

Si chiama Jeanne, è cresciuta mitizzando il suo professore. Ha un aspetto dimesso, modi servizievoli e la voce modulata sempre su un'ottava di ossequio. Christian se la tiene accanto come farebbe con una badante. La sposerà.

Jeanne non può capire quel lungo abbraccio alla fine della cena, in un ristorante indiano di rue de Lappe.

Non sente nemmeno l'ultima frase: "Buona navigazione. Che il vento vi sia propizio...", detta dal professore guardando Alice negli occhi.

Aspettano. In Cile no, che c'è Pinochet. In Argentina forse, che Videla è caduto.

In Argentina Tommaso crescerebbe bene. Dicono che Buenos Aires sia così bella. Come Parigi, ma con quella tristezza sudamericana.

Cosa si fa in Argentina? Si balla il tango, si mangiano grandi mucche.

Alice ride. Maschera la paura che le serra la gola. Non ha dimenticato gli occhi di Carlos. Spera di non doverli rivedere.

Per passare il tempo fa e disfa i bagagli. Anche se Michele dice che partiranno senza. Quando si fugge si viaggia leggeri. Come quella notte a Chiasso. Quella notte con Sandro.

Si è alzato un vento caldo, quella mattina.

È martedì 21 maggio. Michele e Alice vanno al mercato di rue d'Aligre.

Lei vuole assaggiare un mango, e pare che lì ce li abbiano buoni.

Si portano appresso i loro angeli custodi dei servizi segreti.

Si mischiano alla folla accalcata davanti ai banchi. Michele sta pagando quando sente del metallo contro la schiena. La voce di Hans gli arriva prima del suo fiato caldo in un orecchio.

"Muoviti."

Spinto verso il lato est del mercato, Michele fa appena in tempo a vedere Alice trascinata con discrezione, da un altro uomo, nella stessa direzione.

Vorrebbe urlare, tanto per sincerarsi che gli angeli custodi si siano accorti dell'accaduto.

Cerca di restare calmo, eppure le pistole che hanno puntate in mezzo alle scapole sono chiaramente un fuori programma.

Hans e il suo socio li caricano su una Golf. L'autista parte facendo stridere le gomme. Manca, rispetto al solito, la recita della naturalezza.

Niente più cataloghi di tappeti. Un'arma nella schiena. Quello è un rapimento.

Michele cerca di convincersi che non ha senso: perché Carlos dovrebbe rapirli?

Ma sa benissimo che cosa potrebbe avere scoperto.

La loro casa è stata controllata da tre agenti dei servizi segreti francesi per un mese. È probabile che Carlos abbia predisposto un contro-spionaggio, anche solo per essere sicuro che Alice e Michele non fossero sorvegliati. Se poi Carlos, scoperti strani movimenti attorno alla casa, avesse deciso di farli pedinare, Michele e Alice lo avrebbero portato fino a Victor.

Michele prova a fare conversazione.

Hans non risponde.

Alice guarda negli specchietti per individuare la macchina degli angeli custodi. O un taxi. Qualsiasi cosa. Deve esserci qualcuno che li sta seguendo. Michele le poggia una mano sulla mano. Non devi tremare. Va tutto bene. Andrà tutto bene.

Il capo si trova in un barcone attraccato sulla Senna in aperta campagna. Quasi un'ora di macchina. Gli ultimi chilometri, quando il traffico si è ormai diradato, sono una tortura. Nessuno li protegge.

Michele comincia a pensare a un piano disperato.

Fuggire quando si fermeranno? Saltare giù dall'auto in corsa?

Continuare a sperare che quelle cattive vibrazioni siano solo paranoia? O sognare scenari da film western, l'arrivo della cavalleria, quando i nostri eroi stanno per morire?

Come rende stupidi la paura, fa in tempo a pensare, mentre la macchina svolta verso l'argine del fiume.

Hans e il suo socio li tirano giù dalla Golf senza tante cerimonie. La chiatta è là in fondo, sotto il sole. Carlos li guarda dal ponte con quello strano sorriso da scimmia, gli occhiali fumé, a torso nudo.

Hans li tiene sotto il tiro della pistola.
"Non verrà nessuno", grida Carlos.
La sua risata è l'ultima cosa che Michele sente distintamente prima che il terrore alteri i suoi sensi.

***

La voce di mio padre ora è un sibilo, tiene gli occhi chiusi. Scandisce le parole basse basse, sembra ricordare ogni frammento della storia.
Un tic gli muove la palpebra destra, il pomo d'Adamo sale su e giù come un pistone. Cerca aria, cerca saliva.
"Perdonami", dice prima di alzarsi e attraversare la stanza con lentezza. Rimane lì da solo, voltato verso il muro, come se dovesse leggere il resto sulla parete.
Ma non c'è un resto.
Torna a sedersi dopo un tempo che mi pare infinito.
"Non c'è stata nessuna sparatoria. Quello che era scritto nel libro... non è vero. Era una esecuzione."
Un lungo scroscio di tosse lo lascia piegato in avanti, sfibrato.
"Perdonami", ripete.
"Sono riuscito a scappare. La verità è scritta qui."
E mi porge un foglio che ha sfilato dal portadocumenti.
"È tuo", mi dice.
"Sono riuscito a scappare. Fino a Pauillac. Era un posto a caso. Carlos poteva venire a cercarmi, uccidermi. Ma immaginavo che dopo il rischio che aveva corso volesse soltanto sparire. Sono arrivato a Pauillac, mi facevo chiamare Bernard..."
Ancora la tosse. Una tosse secca, di quelle che squarciano i tessuti, graffiano i bronchi e la gola.

Penso che non gli rimane molto da vivere. Glielo leggo nel giallo degli occhi. Lo vedo nei tremori e nei raschi di quella voce che ascolto ormai da ore.

Vorrei non provare l'onda di dolore che mi prende allo stomaco. Invece la sento arrivare.

Vorrei chiedergli se è malato, ma so che non mi risponderebbe.

È per questo che mi ha raccontato questa storia?

"Hanno cercato di avvelenarmi. È stato Victor. Sapevo troppe cose. Doveva coprire il suo fallimento. Jean-Claude Emery, il mio amico giornalista, mi ha salvato la pelle. Jean-Claude Emery. È lui che conosce l'indirizzo della cassetta di sicurezza dove è nascosta la seconda copia di questo archivio.

Hanno cercato di avvelenarmi, era luglio. Luglio 1984. Ero a Pauillac da poco più di un mese. Non ci hanno messo molto a trovarmi.

Quando esco dall'ospedale, decido di andare a Parigi, da Christian..."

***

Il professore va ad aprire in vestaglia. Sono le undici di sera, ed è solo. Legge le bozze del suo prossimo saggio. Quando nel vano della porta distingue Michele con un cappellino in testa allarga le braccia, ma poi vede la pistola.

Con naturalezza, imitando un gesto della nostra memoria cinematografica, le braccia allargate diventano braccia in alto. Christian incrocia gli occhi di Michele. Uno sguardo roso dalla febbre, dalla paura.

"Amico mio", sorride.

Michele lo spinge dentro.

La canna dell'arma si avvicina al viso di Dupont, fino a toccargli la fronte.

"Ehi, ehi...", riesce a dire, poi Michele lo trascina lungo il corridoio.

"Voglio la copia di tutte le informative che ti ho mandato."

Christian annuisce.

"Basta chiedere. Senti... mi dispiace..."

"Stai zitto. Ringrazia che non ti ammazzo."

La pistola trema nelle mani di Michele.

Christian si avvicina alla cassaforte della biblioteca, compone la combinazione.

"Mio giovane amico, io credo che i nervi ti stiano tradendo. Cosa vuoi fare con queste carte?"

"Stai zitto." L'urlo di Michele si sente, attraverso le finestre aperte, fino in strada.

Christian tira fuori una cartellina nera, che consegna nelle mani di quell'uomo, all'improvviso uno sconosciuto, che lo tiene sotto tiro.

"Se mi succede qualcosa, questa roba finisce dritta su tutti i giornali del paese. Dillo al tuo amico Victor. Diglielo. Avrete il fiato sul collo finché starete a questo mondo.

Lo sai cosa c'è qua dentro? C'è Victor che se ne frega di un cittadino rapito dai terroristi. C'è un uso avventato di fonti riservate, c'è ricatto, negligenza. E c'è tutta la tua bella storia, professore. La tua bella storia di infame."

Christian muove le mani dall'alto in basso, come a chiedere di smorzare i toni.

"Michele... Ho letto... ho letto quel foglio che mi hai

mandato. Mi dispiace. Sono andato lì quando hanno trovato il cadavere di Alice nel fiume..."

Michele sta per premere il grilletto.

"...Victor sostiene che Carlos sapeva tutto. Ha preso quelli che tu chiamavi angeli custodi, li ha legati e buttati nel portabagagli. Qualcosa è andato storto, amico mio, qualcosa è andato storto."

Michele avvicina l'arma al viso di Christian. Per mezzo minuto rimangono immobili, in silenzio. Nient'altro che il rumore lontano del traffico estivo lungo i viali di Parigi, e i riflessi dorati della cupola di Les Invalides fuori dalla finestra.

Poi se ne va sbattendo la porta.

Dorme su una panchina in un giardino comunale, la cartellina nera sotto la testa. Ma è un sonno a singhiozzo, leggero come un foglio di carta. Lo stesso sonno da quel giorno di maggio.

La mattina dopo entra nella banca dove tiene i soldi guadagnati negli ultimi anni. Un giovane uomo con la barba incolta, le mani sudate e gli occhi infossati. La pistola l'ha nascosta ai piedi di un albero. Ritira tutto il suo denaro, chiude il conto.

Cammina fino alla strada dove ha vissuto con Alice. Fissa il portone azzurro. La loro macchina, una vecchia Peugeot impolverata, è lì ferma sul bordo del marciapiede.

Si poggia contro la saracinesca di una lavanderia, ha la sensazione che la forza di gravità possa cancellarlo dal pianeta Terra da un momento all'altro. Quando prende le chiavi di casa dalla tasca le trova pesanti.

Muove un passo in avanti, uno indietro. Si ripete che

non è difficile. Entrare. Prendere due vestiti, non tornare mai più.

Aspetta qualche minuto ancora.

Poi entra come un ladro, spinto da una fretta insensata. Tiene la testa bassa lungo il corridoio. Non vede nemmeno il cappotto di Alice, la sciarpa rossa.

Sbatte contro lo spigolo del divano. Sente il dolore pulsare nel ginocchio.

Un giocattolo di Tommaso buttato in un angolo.

Una bottiglia di latte rimasta fuori dal frigo.

Spalanca il cassetto dello scrittoio.

Attorno a lui, i segni di una vita interrotta all'improvviso.

Un pacchetto di sigarette non finito.

Prende soltanto i passaporti, e le patenti. Il cassetto cade per terra. Cercherebbe anche le chiavi della macchina, se non si sentisse inseguito da un fantasma.

Invece corre fuori, e lascia cadere le chiavi di casa in un tombino.

Mentre passa accanto alla Peugeot sfiora lo specchietto con una carezza.

Michele Musso è morto.

Bernard Vivant, dopo Pauillac non cambierà più nome, non cambierà più città. Non ha più voglia di scappare.

Ogni posto del mondo lo ha sognato con Alice.

India, Kenya, Costarica.

Ho visto una foto su un giornale.

Com'è la vita in Messico?

Impareremo a cucinare.

No, non andrà via.

Fuggire lo costringerebbe a ricordarla.

Andare a prendere Tommaso anche.

Ci pensa su, Michele.

Non ha abbastanza voglia di vivere per avere un figlio. Suo figlio.

Se sentisse ancora qualcosa, probabilmente scapperebbe lontano.

Invece. Con il passo di un uomo anziano, le spalle incurvate e una Gitanes tra le labbra, sale sul TGV verso Bordeaux.

Sopra la Gare d'Austerlitz il cielo si sta colorando di rosa.

Michele ripensa a quello che diceva Christian Dupont a proposito delle spoglie mortali di Napoleone. Ad Austerlitz ha sconfitto lo zar, cambiato la storia del mondo, e oggi è soltanto cibo per i vermi. Però alle sue imprese hanno dedicato una stazione.

Michele per un attimo riesce perfino a sorridere. Mentre, come i pazzi, pensa che non gli sarebbe dispiaciuto essere Napoleone.

Il treno esce lentamente dalla stazione. Il controllore passa a vidimare la vita del neonato Bernard Vivant.

Dalla mattina non riesce a togliersi dalla testa il tema musicale de *Le déserteur*, la canzone di Boris Vian. Chissà dove l'aveva sentita la prima volta. Forse era stata Diana. Quanto tempo fa. Cento anni, duecento anni. Per un riflesso condizionato che non perderà mai più, invece di chiederlo a sé stesso immagina di chiederlo ad Alice.

Mentre la campagna francese scorre fuori dal finestrino, canta a bassa voce.

Demain de bon matin
je fermerai ma porte
au nez des années mortes
J'irai sur les chemins

'Demain de bon matin'. Gli pare un bel verso.

Forse ho trovato il titolo del mio romanzo.

Ti piace, Alice? Ti piace?

È bello, vero? Suzanne?

Michele poggia la testa contro il vetro.

Cullato dal treno, per la prima volta dopo tanto tempo si addormenta per davvero.

***

Chissà quanto tempo dopo la Peugeot dei miei genitori è stata rimossa da quella strada di Parigi. Quelle macchine tristi che stanno ferme lì per anni, sporche di fango, con il parabrezza coperto di multe. Cosa spinge un vigile urbano a fare la decima, la ventesima multa, a una macchina rimasta senza padrone? Un randagio immobile contro un marciapiede.

Ci penso mentre aspetto l'alba in piedi sul piccolo terrazzo.

Il tram passa sotto i miei piedi facendo vibrare tutta la casa.

Michele dorme sul mio letto. Mi ha lasciato una sigaretta già fatta perché io non ho mai imparato a girarle.

Russa e tossisce, quando la tosse diventa troppo forte si alza di scatto a sedere sul letto. Uno, due, tre colpi, poi crolla di nuovo sdraiato, come se fosse morto.

Quando si sveglia ha fretta di andare via, e anch'io ho fretta che se ne vada.

Mi lascia il trolley, che ormai è vuoto.

Sul tavolo, accanto alle due bottiglie semivuote di Château Suzanne, è rimasto il portadocumenti. E il foglio ingiallito che mi ha dato poche ore prima.

L'intestazione recita:

Protocollo 24/A – Da M. a Fonte sicura 124 – Numero 5/1984.

"È ora di scappare. Io da questa città posso soltanto scappare."

"Sei ancora ricercato?"

Sorride: "Macché. È tutto prescritto da anni. Però...".

Sembra debole. Si appoggia allo stipite. Domina un giramento di testa.

"Hai qualcosa di forte? Un whisky. Qualcosa per tirarmi un po' su..."

Sembra sul punto di svenire.

"Sei venuto a raccontarmi questa storia perché..."

Mi blocca con il gesto di una mano.

Ride. Una risata catarrosa, lunga, testarda, che lo scuote dalla testa ai piedi.

"Niente domande."

"Quella tosse..."

"Shhhh. Niente domande, ok?"

"Ok."

"È una bella storia, vero?"

"Sì, lo è."

"Scrivila se vuoi, sei l'unico che ha il diritto di farlo. Io non ne ho più voglia."

Apre la porta di casa.

La signorina Marconi, la cinquantenne zitella che mi abita di fronte, sta armeggiando con le chiavi.

Si volta a guardarci incuriosita.

"Se c'è qualcos'altro che vuoi sapere, sai dove trovarmi", mi dice.

Annuisco debolmente.
"Magari verrò."
"Fai in fretta, però."
Quando esce fa un inchino alla signorina Marconi togliendosi appena la coppola dal capo.
"Signora..."
"Signorina", sottolinea lei, acida.
"Avrei dovuto capirlo. È così giovane. Le auguro una buona giornata, signorina..."
Scende le scale a piedi. Lentamente.
La signorina Marconi mi fissa attraverso il pianerottolo.
"Che uomo affascinante. È suo padre?", mi chiede.
Io scuoto la testa.
"Solo un vecchio amico."
La signorina Marconi entra in casa.
"Davvero una persona ammodo... non ce ne sono più così a Milano...", sibila con quel pesante accento nordico che fa sembrare ogni frase un lamento.
Mi viene da ridere. Davvero una persona ammodo.
E accendo il fuoco sotto il secondo caffè della giornata.

EPILOGO

Protocollo 24/A
Da M. a Fonte sicura 124
Numero 5/1984

Questa è l'ultima comunicazione. Gli agenti M. e A., nome in codice Jef e Lola, impiegati nella operazione denominata Cerchio rosso sono stati rapiti in data 21 maggio 1983 dall'uomo che dovevano localizzare e consegnare.

Sono stati prelevati nel mercato di rue D'Aligre da due uomini appartenenti alla banda del latitante Ilich Ramírez Sánchez, nome in codice Sciacallo. *Uno degli uomini corrisponde al nome di Hans, ma c'è ragione di credere che sia un nome falso. L'altro uomo e l'autista sono ignoti.*

Gli agenti 45 e 34, incaricati della sorveglianza, non si sono dimostrati in grado di assolvere il loro dovere, forse per negligenza, forse per ordini diversi dati dall'alto. Chi scrive non è in grado di dire se l'operazione sia stata fatta fallire volontariamente, o se si tratti solo di incapacità.

Gli agenti Jef e Lola sono stati consegnati allo Sciacallo, *che si trovava su una chiatta lungo la Senna in località non precisata.*

L'uomo ha riso.

"Non verrà nessuno", ha detto.

"So tutto. Chi siete, per chi lavorate. È inutile che vi dica che sono molto deluso. Ma in tutta questa vicenda una cosa mi ha fatto felice. Non mi ero mai fidato del tutto di voi. E ho indovinato anche questa volta..."

Carlos ha fatto salire Jef e Lola sul ponte dell'imbarcazione.

Dalle cabine sono usciti due uomini armati.

Carlos si è avvicinato a Lola, e ha cominciato a passarle un coltello su una guancia. Lola non ha mosso un muscolo. Non un lamento mentre la lama le tagliava la pelle del viso.

Jef ha serrato la mascella fino a sentire un dente che si incrinava.

Ha sperato ancora, povero ingenuo, che chi gli aveva promesso di salvarlo sarebbe arrivato.

Ma non si sentiva altro che il rumore dei grilli.

Carlos si è allontanato dalla ragazza, ha ripreso il centro del quadrato come un pugile. Le sue due guardie tenevano sotto tiro i prigionieri.

Carlos si è voltato verso Jef. Lo ha preso per un polso.

"Marcirai all'inferno. Tu, e quelli come te...", ha detto a bassa voce.

Jef riusciva solamente a guardare il viso sanguinante di Lola.

Carlos ha stretto la presa al polso del prigioniero, il prigioniero ha sentito il dolore invadergli il corpo.

Quello che è successo da qui in poi è confuso.

Lola si è gettata a corpo morto contro una delle guardie urlando.

Jef ha approfittato della distrazione di Carlos e gli ha dato una testata sull'arcata sopraccigliare.

Ha sentito il sangue di Carlos sulla faccia.

Ha sentito il rumore di uno sparo.

Ha fatto in tempo a vedere Lola che lo guardava stupita mentre il suo corpo volava via, colpito dalla pallottola.

Un altro sparo, uno spostamento d'aria a sinistra di Jef. Lo hanno mancato. E lui si è lasciato cadere all'indietro, nel fiume.

È affondato nell'acqua trattenendo il respiro. Ha nuotato avendo solo una vaga percezione dei colpi che cadevano attorno a lui.

Ha nuotato e si è nascosto sull'argine, in un punto in cui era boscoso.

Ha sentito le grida concitate di una battuta di caccia. Si avvicinavano. Si è seduto ad aspettare il suo destino. Lola era morta. Non valeva più la pena scappare.

Si è coperto il viso con le mani quando ha sentito i rami rotti e i passi ormai vicini.

Quando ha guardato in faccia il suo assassino, ha visto Hans il venditore di tappeti. Teneva una pistola 9mm nella mano destra.

Hans ha scosso leggermente la testa. Poi ha scosso nello stesso modo la pistola: un movimento da destra a sinistra.

"Vai", ha detto.

Jef non si è mosso. Ha aspettato che Hans si allontanasse. Ha detto agli altri che lì, lì tra quelle canne e quei rovi, non c'era nessuno.

Jef è rimasto fermo ancora per tanto tempo. Fino a quando due automobili si sono allontanate.

Aveva la faccia incrostata di sangue e fango.

Quando si è alzato ha sentito dolore.

Nella testa aveva soltanto un ronzio.

Ha raggiunto una strada provinciale, senza pensare a nulla.

Non saprà mai perché Hans avesse deciso di salvargli la vita.

L'unica immagine che aveva nel cervello era il corpo di Lola che volava via.

Aspettava che una macchina arrivasse alle sue spalle, che qualcuno gli sparasse.

Ma niente. Soltanto silenzio.

Soltanto silenzio.

FINE

Ringraziamenti

Grazie ad Alessia Polli e a Fandango Libri.

Grazie ad Alessandro Trocino, la mia spia al *Corriere della Sera*.

Grazie a Francesco Linguiti per le preziose dissertazioni semiotiche.

Grazie a Franco Piperno e a Pantaleo Elicio per i racconti.

Grazie a Guido Giovanardi, Marcello Olivieri, Annalaura Palma, Sandra Petrignani, Giorgia Villa per la lettura e i consigli.

Indice

Fandango Libri

1. Alessandro Baricco *Questa storia*
2. Albinati&Timi *Tuttalpiù muoio*
3. Sandro Onofri *Vite di riserva*
4. Rupert Holmes *False verità*
5. Eraldo Affinati *Compagni segreti*
6. Davide Enia *Rembò*
7. Dario Voltolini *Le scimmie sono inavvertitamente uscite dalla gabbia*
8. Beppe Salvia *Un solitario amore*
9. Ken Kalfus *Uno stato particolare di disordine*
10. Rocco Ronchi *Liberopensiero*
11. Alessandro Baricco *I barbari*
12. a cura di Marta Trucco *La matematica del gol* con il film in dvd *Con la mano di Dio* di Umberto Nigri
13. Elena Varvello *L'economia delle cose*
14. Goffredo Parise *I movimenti remoti*
15. Bill Buford *Calore*
16. Edoardo Albinati *Orti di guerra* (libro + cd)
17. Antonio Leotti *Il giorno del settimo cielo*
18. Alessandro Baricco *Seta*
19. Filippo Timi *E lasciamole cadere queste stelle*
20. Carlo Lucarelli *Tenco a tempo di tango* (libro + cd)
21. Emma Richler *Date da mangiare ai miei amati cani*
22. Vestal McIntyre *Non sei tu*
23. Mario Perrotta *Emigranti Esprèss*

24. Salvador Plascencia *Gente di carta*
25. Ismail Kadaré *Dante, l'inevitabile*
26. Rebecca Miller *Le vite private di Pippa Lee*
27. Helen Cross *I segreti che lei custodisce*
28. Arianna Giorgia Bonazzi *Oggi stesso sarai con me in paradiso*
29. Florian Henckel von Donnersmarck *Le vite degli altri*
30. Peter Bogdanovich *Chi c'è in quel film?*
31. Raffaele La Capria ed Emanuele Trevi *Letteratura e libertà*
32. Ismail Kadaré *Il crepuscolo degli dei della steppa*
33. Filippo Bologna *Come ho perso la guerra*
34. Herman Melville – *Tre scene da Moby Dick* tradotte e commentate da Alessandro Baricco e Ilario Meandri
35. The Paris Review *Interviste vol. 1*
36. Edoardo Albinati *Guerra alla tristezza!*
37. Davide Longo *L'uomo verticale*
38. Mishna Wolff *Credetemi, c'ho provato*
39. The Paris Review *Il libro*
40. Sapphire *Precious*
41. Ismail Kadaré *Il mostro*
42. Mark Strand *Il Monumento*
43. The Paris Review *Interviste vol. 2*
44. Sandro Veronesi *XY*
45. Eleanor Catton *La prova*
46. Peter Bogdanovich *Chi ha fatto quel film?*
47. The Paris Review *Il Libro della Gente con Problemi*
48. Nichi Vendola *C'è un'Italia migliore*
49. Amoreena Winkler *I bambini di dio*
50. Harold Brodkey *Primo amore e altri affanni*
51. Elena Varvello *La luce perfetta del giorno*

52. Francesca Comencini *Famiglie*
53. Grégoire Polet *Chucho*
54. Ismail Kadaré *La nicchia della vergogna*
55. Gianni Clerici *Il suono del colore*
56. Leonardo Casula *Il trasloco*
57. Antonia Iaccarino *Il figlio della santa*
58. Alistair Morgan *Nessun dorma*
59. The Paris Review *Interviste vol. 3*
60. Antonio Debenedetti *Il tempo degli angeli e degli assassini*
61. Guillermo Rosales *La casa dei naufraghi*
62. Hilary Thayer Hamann *Antropologia di una ragazza*
63. The Paris Review. *Il libro per aerei, treni, ascensori e sale d'attesa*
64. Sandro Veronesi *Baci Scagliati Altrove*
65. Sandro Veronesi *Gli Sfiorati*
66. Iván Thays *Un posto chiamato Oreja de Perro*
67. Filippo Bologna *I pappagalli*
68. Alberto Paleari *Saranno infami*
69. Johanna Skibsrud *I sentimentali*
70. Carolina Cutolo *Romanticidio*
71. Tom Darling *D'estate*
72. Alessandro Piperno *Contro la memoria*
73. The Paris Review *Interviste vol. 4*
74. Ismail Kadaré *L'orbofirmano*
75. Georges Arnaud *Il salario della paura*
76. Laura Lamanda *Aeroracconto dell'amore fatale*
77. Harold Brodkey *Storie in modo quasi classico*
78. Guillermo Rosales *Il gioco della viola*
79. Simon Liberati *Jayne Mansfield 1967*
80. Lorenzo Amurri *Apnea*
81. Arianna Occhipinti *Natural Woman*

82. Michele Riondino *Rubare la vita agli altri*
83. Emmanuele Bianco *E quel poco d'amore che c'è*
84. Sapphire *Il figlio*
85. Dario Buzzolan *Se trovo il coraggio*
86. Gilda Policastro *Sotto*
87. Francesca Comencini *Amori che non sanno stare al mondo*
88. Jean-Jacques Ilunga *Fiori per me che profumo.*
89. Harold Brodkey *Questo buio feroce*
90. Andrea Delogu, Andrea Cedrola *La collina*
91. Andrés Beltrami *Regione Oscura*
92. Solange Cavalcante *Compagni di stadio*
93. Eleanor Catton *I Luminari*
94. Ol'ga Slavnikova *Light Head*
95. Simone Marcuzzi *Dove si va da qui*
96. Edoardo Albinati *Oro colato*
97. Lorenzo Amurri *Perché non lo portate a Lourdes?*
98. Frank Conroy *Stop-time*
99. Clemente Russo *Non abbiate paura di me*
100. Alice Torriani *L'altra sete*
101. M. Asta, M. Gargiulo *Sola con te in un futuro aprile*
102. Vins Gallico *Final Cut*
103. Thomas Melle *Sicario*
104. Radclyffe Hall *La sesta beatitudine*
105. Flavia Piccinni *Quel fiume è la notte*
106. Andrea Cedrola *La speranza è un vizio privato*
107. Silvia Bonucci *Emisferi*
108. Matteo B. Bianchi *Generations of Love – Extensions*

FSC
MISTO
Carta
FSC® C129194

Finito di stampare per conto di Fandango Libri s.r.l.
nel mese di dicembre 2016
presso print on Web S.r.l.
Isola del Liri, Frosinone

Redazione Fandango Libri